이건숙 문학전집 12
이브의 깃발

이건숙 문학전집 12
■

이브의 깃발

이건숙 장편소설

문학나무

오디세우스의 정신

이 장편은 보수교단인 《기독신보》에 1987년에서 89년까지 연재한 소설이다. 소설을 쓰기 시작한 초창기 장편이다. 전집을 내면서 다시 한 번 장편 『이브의 깃발』을 퇴고할 수 있어 행복했다. 40년 넘게 소설을 쓰면서 내 작품 전체에 흐르는 주제와 가치관이 이 소설에 뚜렷하게 부각되어 있었기 때문이다. 어쩌면 내 철학이고 믿음이라고 해도 좋을 것이다. 이런 의식이 내 일생 문학과 삶에 일괄적으로 관통했다. 고난을 당할 때 이왕 당한 것을 기쁨으로 감당하고 도전하는 삶의 태도 말이다.

트로이에서 돌아오다 오디세우스가 조난을 당해 칼립소의 섬에 닿았다. 여기는 아름다운 여신, 칼립소가 살고 있었고 영원히 죽지 아니하고 행복만 있고 고통이나 고난, 질병도 없는 곳이다. 여신은 유한한 인간인 오디세우스를 너무 사랑해서 영생을 살 수 있도록 신이 먹는 음식인 넥타와 암브로시아를 주었다. 몇 주 동안 수평선 너머를 멀리 바라보면서 그는 흐느꼈다. 고국으로 돌아가야 남편, 아버지, 그리고 왕이 될 수 있기 때문이다. 칼립소의 섬에는 그런 미래가 없기 때문에 그는 영원한 생명을 포기하고 전부를 내던지고 고통스러운 미래를 선택했다.

칼립소의 섬은 더 이상 꿈속의 망상이 아니다. 우리가 살아가는 이 시대는 영원히 죽지 않을 생명을 위해 모든 과학자들이 총동원되어 칼립소의 섬을 향해 돌진하고 있다. 하지만 인간이란 주어진 잠재력과 능력을 숨기고 밍밍한 삶을 살 수는 없는 존재이다. 불가능해 보이는 미래의 장애물에 대담하게 대응했던 오디세우스의 정신이 인간성의 회복이 아니겠는가.

　이 소설의 주인공인 두리가 바로 오디세우스의 정신을 소유한 참 인간이기 때문이다. 주인공처럼 인생길에 가로 놓인 장애물을 앞에 두고 고민하면서 죽음까지 생각하는 사람들이 큰 도전을 받는 계기가 되기를 바란다.

2021년 세밑에
이건숙

차례

작가의 말_오디세우스의 정신   005

푸른 꿈   012

유라굴로 광풍   051

가시밭길   091

넓은 길   169

소망의 길   238

좁은 길   361

이브의 깃발

푸른 꿈

1

한나의 결혼식이 내일로 다가왔다. 꽃피는 춘삼월까지 기다리지 못하고 면사포를 쓰게 된 것이다.

"하필이면 동짓달에 시집을 가다니."

"사랑하는 사람들은 칼 날 위에서도 껴안고 잘 수 있다는데 추위가 문제겠어."

너스레를 늘어놓는 친척들의 수다스런 입방아에 곁들여 왁자한 웃음소리가 부엌에서 들려왔다. 바람이 세찬지 전신줄이 바람을 타고 위-잉 울어댄다. 민어 전 익는 냄새와 갈비를 두드리는 도마 소리로 집안은 잔칫집 분위기로 들떠있었다.

"에구구! 딸을 낳으면 두 번 운다더니, 옛말 틀린 거 없구나."

진달래색 저고리에 쥐색 치마를 곱게 차려입은 노 여사가 작은딸의 방에 들어와 가만히 한숨을 삼킨다.

"언니가 영원히 우리 곁을 떠나는 것도 아닌데 뭘 그러세요."

"너같이 속 좁은 아이가 어떻게 어미 속을 짐작하겠니."

노 여사의 팽하니 토라진 음성에 두리는 놀래서 주춤한다.

"낳아서 스물다섯 해를 기른 자식을 생판 모르는 남자에게 주다니. 아이쿠! 내 가슴이 찢어진다니까."

혼자 넋두리를 하다가 노 여사는 옷고름으로 눈물을 찍어냈다. 그때 마침 결혼식 전날이라고 만사 제쳐놓고 일찍 귀가한 나 회장이 두리 방으로 들어섰다.

"경사스런 날을 앞에 놓고 여자가 눈물을 질질 짜다니 쯧쯧……."

"맞아요. 엄마, 울지 마세요. 제가 언니 몫까지 엄마를 사랑할게요."

순간 노 여사의 눈에 차가운 빛이 번쩍했다. 두리는 계면쩍고 머쓱해서 두 사람의 눈치를 살피며 슬그머니 외출할 준비를 했다. 한 뱃속에서 나왔는데 어쩜 저럴까 싶게 두 딸은 닮은 데가 없었다. 큰딸 한나는 미스 코리아에 내놓아도 손색이 없을 정도로 늘씬한 장신에 서양 인형처럼 눈도 컸고 산속의 호수처럼 맑았다. 피부가 곱고 코도 오뚝해서 어려서부터 인형이니 예쁜이라는 별명을 달고 다녔었다. 항상 사람들은 한나를 두고 양귀비가 환생했다고 찬사를 아끼지 않을 정도였다. 이 딸과 외출이라도 하는 날이면 사람들의 시선이 쏟아지게 마련이다. 귀貴티가 물씬 나서 누구나 한나를 보면 사랑하지 않고 못 배길 그런 외모를 지닌 딸이었다.

"신랑 신부 사주는 잘 맞습디까?"

"그럼요. 토끼띠가 뱀하고 만나면 여자 쪽이 좋대요."

"지난번 신랑감은 양띠였지?"

"그래서 제가 거절했지요. 양띠랑 만나면 서로 비슷해서 재미없을 것 아녜요."

"비슷해야 잘 살지."

"지금 세상은 여자가 남잘 들볶을 수 있어야 잘되는 집안이라오."

"그럼 임자가 날 들볶아서 이 집안이 이렇게 부자가 됐나?"

"그렇지요. 내 공로가 크지요."

"점쟁이 찾아다닌 공로 말이야?"

"그럼요."

부모의 이런 대화를 뒤로 하고 두리는 추위에 견딜 단단한 옷차림을 하고 가만히 방을 빠져나왔다.

어머니, 노 여사는 두리를 놓고 울퉁불퉁한 모과처럼 못생겼다고 흉을 봤다. 아버지, 나 회장은 누굴 닮아 조롱게 키가 작으냐고 했다. 한나 언니는 두리를 다리 밑에서 주워온 아이라고 놀렸다.

현관 거울 앞에 선 두리는 저들의 말이 옳다고 생각했다. 자신이 봐도 못 생긴 미운 얼굴이니 말이다. 언니의 쌍꺼풀눈에 비해 두리의 눈은 꺼풀도 지지 않고 쪽 찢어지고 작은 데다 눈가가 밑으로 처졌으니 아주 밉상이었다. 코는 납작하고 입은 참새 주둥이처럼 톡 튀어나오고 살갗은 검고…… 아무리 뜯어봐도 고운 구석이 하나도 없었다. 학처럼 긴 목을 가진 한나 언니는 무엇을 입어도 잘 소화했으나 두리의 목은 짧아서 아무리 비싼 옷을 입어도 촌스러웠다. 키까지 난장이에 가깝게 작으니 높은 구두를 신어도 스타일이 엉망이었다.

'아버지와 어머니는 나를 미워한다. 언니만 사랑한다.'

이런 말이 역사책에 기록된 사실처럼 두리의 마음을 아프게 해서 목을 어깨 사이로 자라처럼 옴츠렸다.

아아! 나는 혼자다. 아무나 죽도록 사랑하고 싶다. 언니의 신랑감처럼 억지를 부려 타인이 뽑아준 남자를 사랑할 수는 없다. 거지든 꼽추든 그 누구도 좋다. 가난뱅이에 난쟁이라도 사랑의 줄이 팽팽히 당겨지는 사람을 사랑하리라.

잎을 떨군 두 그루의 은행나무에 매달린 가로등 불이 달빛에 녹아들어 음침한 빛을 던지는 골목으로 그녀는 맥없이 걸어 나갔다.

두리가 고추를 달고 나왔더라면 얼마나 좋았겠는가라

는 말을 그녀는 얼핏 잠결에 더러는 내밀하게 모여 쏙닥거리는 친척들의 대화에서 엿들은 적이 많았다. 여자가 용띠에다 삼월생이니 너무 그릇이 커서 다소곳이 살지는 못할 것이라 큰일이라고 혀를 차는 것이다. 그녀가 태어난 해, 달, 날, 때의 네 육십갑자가 여자 팔자로는 나쁘다나. 여자란 자고로 뜨뜻한 아랫목에 배를 깔고 누워 남자가 벌어다 주는 밥을 팔자 좋게 먹어야 한다는 것이 노 여사의 인생관이었다. 그런데 말 잘하고 설득력이 센 남자 같은 팔자를 타고난 두리가 집에 붙어있지 않을 것이 뻔하니 딸을 볼 적마다 노 여사는 심사가 편하지 않았다. 게다가 두리가 아들이기를 바랐던 기대감이 무너지자 젖먹일 적부터 노 여사는 두리를 쥐어박으며 구박했던 것이다.

처녀티가 박여가자 노 여사는 두리의 귀가 따갑게 이런 말을 늘어놨다.

"개띠하고 결혼하면 원진살이 끼어 매일 싸울 것이고 돼지띠하고 부부가 되면 상충이라 서로 부딪힐 것이니 남자를 잘 택해야 한다."

"전 그런 미신 같은 말을 믿지 않아요."

"조런 배라먹을 년이 어미 말을 뭣으로 알고 그래."

노 여사의 성난 음성이 무지근하게 집안에 배어들었다.

두리 식구들은 모두 쥐, 소, 범, 토끼, 용, 뱀, 말, 양, 원숭이, 닭, 개, 돼지 중 하나에 해당한다. 이건 누구나 숙명적으로 주어진 성품을 지니고 산다는 뜻도 된다. 그래서 소띠인 나 회장은 소처럼 뚜벅뚜벅 일만 하는 것이고 쥐 띠인 노 여사는 쥐처럼 날렵하게 살아간다고 믿고 있다. 토끼인 언니는 토끼처럼 깡충거려 귀염을 받고 용인 두리 는 징그럽고 커서 미움을 받는단 말인가. 엄마는 쥐고 두 리는 용이니 용이 자라서 힘이 생겨 승천하는 날엔 엄말 혼내 주리라 생각하면서 숨을 죽이고 울었던 유년의 숲은 빛이 차단된 밀림 속이었다.

누가 뭐래도 두리는 이 집안을 찍어 누르고 있는 그 요 상한 믿음을 거슬러 살기로 작정했다. 결혼식을 앞두고 들썩거리는 집을 빠져나온 두리는 버스 정류장으로 천천 히 걸음을 옮겼다.

'그 남자가 오늘도 그 자리에 있을까?'

어젯밤 그는 어김없이 그 자리에 있었으니 오늘도 같은 자리에 나와 있을 것이다. 벌써 열흘을 두고 두리는 그곳 엘 갔었고 그 청년은 변함없이 그 자리를 지키고 있었다.

이십 분을 달려 도심지를 벗어난 버스는 산기슭을 끼고 돌아 종점에 이르렀다. 이 추위에 종착역까지 온 승객은 두리랑 할아버지 한 분뿐이었다. 노인은 두루마기에 토끼 털 목도리를 두르고 총총히 어둠 속으로 사라졌다. 가로 등이 없는 곳이지만 다행히 보름달이 떠올라서 두리는 손 을 오버 주머니에 깊숙이 찌르고 땅을 내려다보며 묵묵히 국도를 따라 걷기 시작했다. 이따금 시외버스가 속도를 위반하고 질주하는 바람에 두리는 길가에 바짝 붙어서 걸었다.

그녀가 이 교회를 점찍어놓은 것은 지난봄에 소풍을 갔다가 돌아오는 길에서였다. 진달래로 붉게 물든 산을 등지고 노란 개나리 울타리를 두른 붉은 벽돌 교회는 한 폭의 그림이었다. 집에 돌아와 잠자리에 들어서도 노란색과 빨간색, 진달래색과 상록수의 초록색이 어울려 느긋한 평화를 자아내는 그곳이 강렬하게 두리의 머리에 인각되어 있었다.

다음날 석양을 등지고 그곳을 찾았을 때 그녀의 추측이 옳다는 걸 알았다. 교회 안은 아담하고 따뜻하고 조용했다. 언제나 문이 열려있어 아무 때나 누구나 들어갈 수 있었다. 교회로 뚫린 길가에 코스모스가 흐드러지게 핀 가을에도 두리는 혼자서 이 교회를 찾아가 한 시간씩 뒷자리에 앉아 기도하고 돌아왔다. 그건 그녀만이 가진 비밀이고 은밀한 기쁨이었다. 겨울이 오니 강단 근처에 늘 피워놓은 연탄난로로 인해 추위를 이길 만큼 저녁 내내 넉넉한 마음으로 하나님을 향해 묵상기도 드리기에 알맞은 곳이었다.

진짜 교회, 서울서 제일가는 교회, 천국 가는 교회, 부활하는 교회, 진리의 교회, 사랑하는 교회……. 교회 이름이 참 많기도 했다. 그러나 두리가 식구들에게 너무 부대낄 때나 마음이 아플 적에 찾아가는 이 교회의 이름이 무엇인지 그녀는 아직 모른다. 단지 하나님은 따뜻하고 포근하며 조용하고 아늑한 아주 은밀한 곳에 계시다는 사실을 그녀는 알고 있었다. 이 조용한 시골 교회에 어쩌다 백발의 목사님이 조용히 강단에 엎드려 기도해서 함께한 적이 있었고, 그리고 어쩌다 나이 지긋한 여인들이 훌쩍이며 기도할 적이 있지만 대체로 조용한 곳이었다. 그런데 열흘 전부터 나타난 청년이 끈덕지게 자리를 지키고 있었다.

교회 문을 살며시 열고 들어서니 강단 천장에 켜진 형광등이 희미하게 교회의 앞좌석을 비추고 있었다. 숨을 죽이고 들어선 두리는 언제나 그랬듯이 맨 끝줄에 자리를 잡았다. 순간 기쁨으로 가슴이 뛰었다. 예상한 대로 그는 거기에 앉아있다.

청년은 몸을 좌우로 흔들며 '주여, 주여!'라고 절규했다.

그 사람도 두리처럼 깊디깊은 말 못 할 사연이 있는 것이 분명했다. 사내대장부가 어떤 사연이 있어서 저녁마다 저러고 있는 것일까? 불같이 일어나는 호기심을 누르면서 두리는 눈을 감았다. 청년은 이 교회에 혼자 있는 줄 아는지 머리를 뒤로 젖히고 아후아후아후후! 하는 애끓는 아픔을 토해냈다. 그의 행동에 마음이 쏠린 두리는 자신이 늘 해오던 기도를 잊고 청년의 짓거리에 온 신경을 곤두세웠다.

'엘리 엘리 라마 사박다니.'

사자가 포효하듯 하늘을 향해 부르짖던 청년은 두 손을

번쩍 쳐드는 것이 아닌가.

불쌍한 젊은이로구나! 무슨 일로 저렇게 괴로워하고 있을까. 속으로 삭이지 못하고 토해내는 저 청년의 고통과 비교한다면 두리의 아픔은 사치스러운 것이 아닐까. 그녀를 우울하게 만드는 것을 곰곰이 생각해봤다. 고작해야 자신이 눈에 띄게 못생겼다는 것과 어머니가 절대 진리로 받아들이는 운명론이 싫다는 점이었다. 요즘 생긴 고민을 하나 더 보탠다면 식구들로부터 사랑받기를 게걸스럽게 갈구하는 것이 두리가 가진 고민의 주요 골자였다. 그러나 이 모든 것은 저토록 가슴이 저미는 괴로움은 아닌 것이다. 한 시간이 지나도 청년은 머리를 주억거리며 중얼거릴 뿐 일어설 기미가 없었다.

시계를 보니 벌써 8시. 갑자기 그를 위로해주고 싶다는 마음이 뭉클 일었다. 그러나 남자의 숨겨진 고통을 숨어서 지켜본 여인이 있다는 걸 알면 얼마나 부끄러워할까 하는 생각에 이르자 두리는 소리 없이 교회를 빠져나왔다. 저녁 내내 극성스럽게 불던 바람이 자니 피부로 느끼는 추위는 한결 덜했다.

내일 찾아와도 저러고 있으면 먼저 말을 걸어봐야지. 이런 결심을 하고 두리는 종점의 텅 빈 버스에 올랐다. 그녀가 가진 괴로움보다 더한 고통을 지닌 자를 가까이서 볼 수 있다는 것이 우습게도 큰 위로가 되다니 모를 일이다.

초인종을 누르자 노 여사는 언니의 결혼식 전날에도 두

리가 여느 때처럼 외출한 걸 알고 대뜸 화부터 냈다.

"언니와 보내는 마지막 밤을 다정스럽게 지내지 않고 어딜 그렇게 싸돌아다니니, 이 소갈딱지 없는 것아."

두리는 못 들은 척하고 핑하니 안으로 향했다. 한나가 대청마루에 나와 서서 한마디 거들었다.

"말만 한 계집애가 밤 외출을 하다니, 너 숨어서 호박씨 까는 것 아니냐?"

"산보를 나갔었다니까."

"널 숨어서 미행했던 사람이 그러는데 미친 여자처럼 버스 종점에서 내려 산 쪽으로 가더라는 거야. 너 거기서 나쁜 짓 하는 것 아냐?"

지청구를 듣는 일에 익숙해진 두리는 놀라울 정도로 평안한 얼굴이다.

"내가 시집을 가도 이 집을 떠날 수 없는 것은 너를 믿을 수 없어서야. 아들이 없는 집안에서 너까지…….."

"알았어. 언니가 관심 있는 것은 이 집 재산이지 나 같은 동생이겠어."

두리의 토라진 대꾸에 한나는 경박하게 혀를 쑥 내밀었다. 전신을 볼 수 있는 체경 앞에 서서 한나는 몸매를 요리조리 비춰보며 빛을 발하는 눈으로 신부가 가져야 할 요염한 자태를 연구하고 있었다. 이때 신랑인 강한철이 노크도 없이 방안으로 불쑥 들어섰다. 시골할아버지들이 마시는 그런 값싼 술 냄새가 역하게 그의 몸에서 풍겼다.

"성스러운 혼례식을 앞두고 술을 잡숫다니 이건 이해가 가지 않아요."

두리가 입을 삐죽이며 비아냥거리자 한철은 느글거리는 웃음을 감추지 않고 얼굴 두꺼운 표정을 지으며 이렇게 대꾸했다.

"노총각이 부잣집 사위가 된다고 친구들이 가만 놔둬야지."

거울에서 천천히 눈을 뗀 한나가 장난기어린 웃음을 삼키며 한 마디 던졌다.

"늙은 신랑이 술을 마시면 어린 신부도 마실 터이니 알아서 해요."

"야하! 이거 대단하군. 뱀이 토끼한테 꼼짝 못 하고 당하니. 그러나 난 시시한 구렁이가 아니라 독사라고. 독사 중에서도 방울뱀이야."

"코브라가 방울뱀보다 더 무섭지 않을까요?"

"그건 딸랑딸랑 소리를 내지 못하니 매력이 없어서 그래."

"우하하……."

저들이 꾸릴 가정도 동물을 표본으로 삼아 동물 같은 삶을 살려는 것이 분명했다. 문득 이 시간까지 어둑한 교회에 앉아 절규할 이름도 얼굴도 모르는 청년의 고뇌하는 뒷모습이 떠올랐다. 그 청년은 절대로 동물의 성격을 사모하여 그걸 닮으려고 애쓰는 남자는 아닐 것이다. 인생을 놓고 진지하게 고민하는 사람이 코브라니 방울뱀 어쩌고 하는 남자보다 얼마나 깊이가 있고 멋져 보인단 말인가! 그를 향한 누를 수 없는 따뜻한 감정이 울컥 두리를 사로잡았다. 이런 걸 사랑이라고 하는 것일까. 그녀는 한참 머리를 갸우뚱거렸다.

"서른다섯 평짜리 아파트는 너무 작단 말이야."

강한철이 다리를 꼬고 등 없는 의자에 앉아 이렇게 말했다.

"방이 셋인데 뭐가 작아요. 우린 두 식구란 말이에요."

"내 책이 얼마나 많다고, 게다가 곧 아이들이 태어날 것이고."

"고시는 패스했지만 금방 판사가 되는 것도 아니잖아요. 연수받을 동안은 친정에서 돈을 타 써야 하는데 너무 큰 평수에 가면 관리비가 얼마나 많이 나오는 줄이나 아세요?"

"처음부터 큰 걸 받아야지 나중에 장인어른 마음이 변해 더 좋은 것으로 사주지 않으면 어쩌지."

"그럼 날 보고 결혼하는 것이 아니고 아파트 보고 하는 건가요?"

"한나는 내일부터 나와 한 몸이니 내가 가진 것이 당신 것이고 당신 것이 내 것이 아니겠어."

두리는 내일부터 형부가 되는 한철을 차가운 눈으로 노려봤다. 두 손이 하나도 수고하지 않고 아파트를 받는 사람이 크다 작다 말할 수 있단 말인가. 하긴 뚜마담이 고시 패스한 사람을 소개할 적에 내세운 조건이 있으니 그런 것쯤은 각오해야 할 일이지만 옆에서 지켜보니 너무 한심했다. 뚜마담은 의사나 고시 패스한 사윗감이 나오면 여자들이 줄을 선다고 그러지 않았던가. 신랑은 단 한 푼도 쓰지 않고 몸만 오면 되는 결혼이었다. 사위와 사돈을 위해 노 여사는 어지간히 신경을 쓰고 있었다. 명품 백을 위시해서 금딱지 시계, 다이아몬드 반지, 양복, 구두, 한복, 이불, 자개농, 사돈의 밍크코트……. 두 달 동안 매일 노 여사는 물건을 사들이느라고 삭신이 쑤실 지경으로 돌아다녔다. 35평짜리 아파트를 채우느라고 용달로 몇 번을 날랐으나 일생 살아가며 마련할 것을 한꺼번에 사자니 빈 독에 물 붓기 식으로 힘에 겨웠다.

한국산 그릇을 한나가 한사코 싫다고 해서 노 여사는 노리다께를 세트로 사들였다. 그뿐인가. 손으로 만들어 작품에 속하기에 값이 엄청난 아리다야끼를 풀어놓고 사들이는 재미에 들뜬 한나는 숨이 가쁠 지경이었다.

어제 아침 마지막 단장이 끝난 언니의 아파트를 둘러본 두리는 찬장에 가득 찬 그릇들을 보며 그릇 가게에 들어선 것이 아닌가 하는 착각에 빠질 지경이었다. 뷔페할 때 쓴다며 사들인 쟁반 크기의 접시 열 개는 중국산으로 용 두 마리가 몸을 틀고 있는 무늬가 새겨져 아주 고급스러워 보였다. 생선구이를 놓을 사각 접시, 메이드 인 제팬의

냉면 그릇, 김밥용으로 디자인 한 앙증맞은 타원형접시, 생선회를 담을 접시…… 힘차게 허리를 휘고 있는 새우 두 마리가 그려진 생선회 접시는 물방울을 튀길 듯 생동감이 넘쳤다.

함박눈이 내리는 겨울에 벽난로를 피워놓고 커피를 마실 분홍 꽃 새겨진 찻잔, 여름 한더위엔 시원한 바다색이 들어간 찻잔, 가을 낙엽질 적엔 청초한 빛을 띤 노란 국화가 그려진 찻잔…… 한나는 커피 잔 컬렉션이라도 하는 것처럼 찬장의 한 칸은 몽땅 찻잔으로 채우느라고 부산하게 돌아다녔다.

두리는 앙증맞은 사기 스푼에 새겨진 계절 꽃들을 하나하나 만져봤다. 국화, 장미, 접시꽃, 나팔꽃, 벚꽃…… 요염한 빛깔을 내뿜는 꽃들이 수저 손잡이를 화려하게 장식하고 있었다.

"두리야, 이 찬장 어때?"

"아주 멋지고 좋아 보이는군."

거실의 한쪽 벽을 전부 차지하고 있는 찬장은 붉은색이 도는 고급스러운 것이었다. 이태리에서 직수입한 최고급품이라나.

"이걸 고르느라고 일주일을 헤맸다."

"가구점이 지천인데 카탈로그를 보지 뭣 하러 돌아다녀."

"국산이 아니고 중국산이니까 그렇지."

"가구까지 국산을 무시하면 어떡해."

"한국산은 순전히 날림이야. 앞면만 번지르르하고 뒷면을 보면 눈 가리고 아옹하는 식으로 엉망이야. 글쎄 베니어판을 그냥 붙여둔 것이더구나. 이렇게 비싼 그릇을 넣어두려면 찬장도 어울리는 것으로 사야 하지 않겠어."

"비싼 거야?"

"그럼. 엄마도 처음엔 놀라시더라."

"얼만데?"

"석 장."

"삼십만 원?"

"이 바보야, 국산도 그 정도면 별로야."

"그럼 삼백만 원?"

그보다 훨씬 더 비싸다고 한나는 만족한 웃음을 삼키며 머리를 흔들었다.

"언니는 너무했다. 그건 사치야."

사람들이 만들어낼 수 있는 가장 곱고 아름다운 그림을 담뿍 담고 있는 그릇들을 구경하며 두리는 가슴 한쪽이 시려오는 통증을 느꼈다. 교회에서 매일 저녁 기도하고 있는 청년의 허술한 옷차림이 짠하게 마음에 파고들었기 때문이다. 그리고 영양실조에 걸린 난쟁이의 얼굴도 눈앞에서 얼찐거렸다.

"억울하면 너도 잘 봐두었다가 내년 시집갈 적에 몽땅 사들이렴."

"싫어, 그런 그릇에 담아 먹어야 맛이 더 나나?"

"인간에겐 누구나 소유욕이라는 것이 있어. 너라고 별다를 줄 알아?"

언니의 그런 성품이 한 핏줄을 타고난 두리에게 없을 수야 있겠는가. 그러나 자신이 생각해도 이상하리만치 그런 물건에 욕심이 나질 않았다. 이럴 때 그전 같으면 수첩을 들고 다니며 메모를 해서 두리도 시집갈 적에 하나 언니가 사들인 것 이상으로 끌어 모아야 원칙이 아니겠는가. 그런데 이 모든 것이 웃음이 날 정도로 하찮아 보였다.

2

이런 변화는 그녀가 생각해도 너무 신기했다. 이건 순전히 작년 겨울에 그 난쟁이를 만난 다음부터 일어난 전환점이었다. 그날도 어머니의 잔소리를 한참 듣고 난 뒤였다. 어머니의 기대를 채워주지 못하는 몹쓸 딸이라 이렇게 살 바에는 아예 죽어버리는 것이 낫다는 생각이 들 정도로 세상이 귀찮고 괴로울 때였다. 약국을 돌며 사들인 수면제가 치사량에 달해서 그걸 가지고 두리는 죽기로 작정했다. 죽음이 참으로 아름다워 보였다. 죽음만이 이런 괴롬을 해결해줄 유일한 길이라고 두리는 믿고 있었다. 어머니의 믿음대로라면 인간은 윤회하는 것이니 죽어서 다시 태어나는 것이 확실했다. 두리는 단 한 번도 나쁜 짓을 한 적이 없으니 죽으면 더 멋진 사람으로 태어날 것이 분명했다. 한나보다 예쁜 여자로 태어날 것이며 두리를 끔찍이 사랑하는 어머니와 아버지를 만날 것이니 얼마나 좋을까! 인생을 다시 시작한다고 생각하니 죽음의 무서움을 벗어날 수가 있었다.

죽을 장소를 찾기로 마음먹고 무작정 길을 따라 걷고 있었다. 그때 마침 허리 밑이 짧아 상체를 둔하게 흔들며 걷고 있는 난쟁이 꼽추여인이 두리의 앞을 막았다. 키에 비해 어찌나 머리통이 큰지 지나가는 사람들이 슬그머니 그녀를 훔쳐봤다. 걸음이 잰 두리는 그녀를 지나쳐 휑하니 몇 발자국 앞장을 섰다. 그 순간 묘한 생각이 들었다. 저 여자도 인생을 나처럼 슬프게 사느니 나랑 동반자살을 하면 태어날 적에 미녀로 자매의 인연을 가질 수도 있다는 엉뚱한 생각이 들었다.

"저 좀 보시겠어요?"

두리를 향해 눈을 돌린 난쟁이 여인의 얼굴은 광대뼈가 두드러지고 뻐드렁니가 입술 밖으로 삐져나온 말상이었다.

'나 같으면 벌써 자살했지 저 나이가 되도록 저 모습으로 살아있지 않았을 거야.'

이런 동정을 품고 두리는 측은한 눈으로 꼽추여인을 바라봤다.

"왜 그러십니까?"

"저랑 함께 저 산에 오르지 않으시겠어요?"

"산엔 뭣 하러 가지요?"

"죽으려고요."

"뭐라고요? 처녀는 죽기로 결심했나요?"

"물론이죠."

"쯧쯧…… 불쌍한 영혼이군. 날 따라오세요."

난쟁이 여인은 두리가 가여워 못 견디겠다는 듯이 한참 바라보다가 앞장서서 뭉그적이며 걷기 시작했다. 이 여인도 죽으러 가는 길이었나 보다. 두리가 가진 수면제보다 더 쉽게 죽는 방법을 알고 있을지도 모른다는 마음에 그녀 뒤를 바짝 따라갔다. 동맥을 끊자고 하려나, 아니면 연탄가스로 죽자고 하려나……. 죽을 장소는 난쟁이의 가난한 판자집일 거야. 갖가지 생각이 두리의 머리를 혼란하게 만들었다.

그러나 엉뚱하게도 두리가 사는 동네에서 제일 큰 교회로 난쟁이 여인이 들어가는 것이 아닌가. 궁궐을 닮은 교회였다. 대기업의 사옥이나 호텔을 연상시키는 그런 건물이었다. 주중이라 텅 빈 교회 안으로 그녀는 스스럼없이 당당하게 걸어 들어갔다. 너무 많은 방이 연이어 있고 거미줄처럼 얽힌 복도에 어리둥절해진 두리는 난쟁이 뒤를 바짝 따를 수밖에 없었다. 죽으려고 허름한 옷을 입고 나왔더니 찬 기운이 뼛속까지 파고들어와 이가 덜덜 떨렸다. 난쟁이는 복도 끝에 있는 방문을 열었다. 십자가를 새긴 강대상이 덜렁 놓여 있고 긴 의자들로 가득 차 있는 방은 화려한 색이 하나도 없어 묵직한 분위기였다. 꼽추 난쟁이는 두리가 따라오는 걸 잊어버렸는지 맨 앞자리로 나가 씩씩한 용사처럼 척 버티고 앉더니 조용히 머리를 숙였다. 문을 열어놓고 썰렁한 복도에 서서 한참 기다려도 난쟁이는 두리를 부르지 않았다. 이러고 무작정 기다릴 수도 없고 혼자 교회를 빠져나가 죽으려 하니 좀 전의 용기가 사그라지고 섬뜩한 무섬증이 그녀를 덮쳤다.

두리는 조촘조촘 난쟁이 곁으로 다가가 나란히 앉았다. 그리고 도둑질을 하듯 난쟁이의 옆얼굴을 훔쳐봤다. 밤색 커튼 사이로 파고 들어온 빛에 드러난 그녀의 얼굴엔 놀랍게도 황홀한 기쁨이 넘쳐흐르고 있었다. 저 추물은 도대체 누구하고 대화를 나누고 있길래 저렇듯 환희에 넘치는 것일까?

그 수수께끼를 풀기 위해 두리는 난쟁이 옆을 떠날 수가 없었다. 얼마나 시간이 흘렀을까. 난쟁이는 깊은 기도에서 깨어나더니 옆에 서 있는 두리를 보고 빙긋 웃었다. 그 얼굴이 어찌나 아름다운지! 세상에서 제일 미인이라고 떠드는 한나 언니의 얼굴에서도 찾아볼 수 없는 전혀 다른 유의 기막힌 평화가 깃든 아름다운 얼굴이었다. 난쟁이 추물 여인에게 아름다움이 있다니! 이건 정말 역설적인 논리였다. 두리가 살아온 인생길에선 상상도 못 했던 발견이었다.

"처녀를 위해서 열심히 기도했어요."

"저를 위해서요?"

"처녀가 예수님을 만나게 해달라고요."

"예수님을 만나면 이런 외모를 지니고도 기뻐할 수 있나 보지요?"

"물론이지요."

"저도 만나게 해주세요."

"믿기만 하면 돼요."

"용띠하고 예수님하고 맞을까요?"

"우후후……. 이 아가씨가 날 웃겨, 인간이 만들어놓은 상상의 세계를 놓고 걱정을 하다니."

난쟁이는 두리의 두 손을 꼭 잡고 기도하기 시작했다. 뜨거운 눈물이 두리의 손등에 떨어졌다. 뜨뜻미지근한 눈물이 아니라 온몸의 세포가 곤두설 지경으로 달아오른 몸에서 흘러나오는 뜨거운 눈물이었다.

'어머니도 아버지도 하나 언니까지도 날 위해서 이렇게 울어준 적이 없는데 처음 만난 이 여인은 날 위해 이렇게 울 수 있다니 그 이유가 무엇일까? 혈육이 할 수 없는 것을 해낼 수 있는 이런 사랑의 힘이 도대체 어디서 나오는 것일까?

순간 번개 치듯이 두리의 가슴을 꿰뚫고 지나가는 것이 있었다. 아아! 난쟁이가 믿는 예수님이 이 힘을 지닌 것을 왜 몰랐단 말인가! 그 순간부터 난쟁이의 예수님이 두리의 예수님이 되었다.

3

"두리야, 너 무슨 생각을 하는데 그렇게 멍청하게 서 있니?"

"난쟁이 여인."

"뭐야? 아직도 넌 그 여자의 마력에서 벗어나지 못한 거니?"

한나는 기가 찬다는 듯이 입을 딱 벌렸다. 이미 난쟁이 여인으로 인해 집안에 한바탕 소동이 있었기에 두리는 이즈음 그 여자에 대해 거론한 적이 없었기 때문이다.

"언니나 엄마가 가는 길이 아무래도 틀린 길인 걸 어떡해."

"쉬! 조용히 해라. 엄마가 들으시면 기절하실라."

파출부를 데리고 새로 들여놓은 자개농에 이불을 정리하고 있는 노 여사가 듣는다고 한나는 안달했다. 그날 흰 곰 인형을 안고 있는 언니의 몸에서 참을 수 없는 구릿한 냄새가 풍겨 두리는 애 서는 사람처럼 욕지기를 했었다.

한나 언니가 일주일간 제주도로 신혼여행을 떠난 집안은 태풍의 눈이 지나간 곳처럼 사람도 가구도 모두 후줄근해 보였다. 피로가 일시에 밀려든다며 노 여사는 링거를 꽂고 누워 있고 나 회장도 몸이 아프다며 집에 있는 저녁, 두리는 청년이 기도하고 있는 교회로 향했다.

어김없이 청년은 앞줄에 앉아 머리를 앞뒤로 꺼덕이며 기도에 열중하고 있었다. 여느 때와 다른 점이 있다면 그가 거세게 훌쩍이고 있다는 점이었다. 사내대장부가 졸장부처럼 눈물을 보이며 울다니……. 두리도 가슴이 뭉클해져서 눈가가 젖어왔다.

주여! 주여를 외치는 청년의 목소리가 기어들어간다고 생각되는 순간, 검불처럼 스르르 청년은 의자에 누워버렸다. 피곤해서 잠시 쉬는 것이겠지 하고 두리는 난쟁이가 그녀를 위해 기도해주었듯이 눈을 질끈 감고 마음을 다해 열심히 '주여! 청년에게 힘을 주소서.'라는 말을 수없이 간구했다. 추위로 발끝이 시려왔다. 밤이 깊어갈수록 연탄난로 하나로 큰 공간을 데운다는 것은 무리였기 때문이다. 저대로 깊이 잠이 들어버린다면 청년은 새벽녘에 얼어 죽는 것이 아닐까. 일기예보엔 내일 새벽 영하 이십 도까지 떨어진다고 했는데 걱정이 되었다. 두리는 한참을 망설인 끝에 청년이 누워 있는 의자로 다가갔다. 청년은 죽은 듯이 널브러져있었다. 맨 뒷자리에 앉아 있을 적엔 몰랐는데 가까이서 보니 청년의 짙은 감색 잠바 깃이 때에 절어 반들반들했다. 꼭 감은 눈가가 너무 창백해서 파르스름한 빛이 돌아서 청년이 죽어가고 있는 것이 아닐까 하는 두려움이 생긴 두리는 청년의 어깨를 마구 잡아 흔들었다.

"여보세요. 이대로 잠들면 얼어 죽어요. 첫 한파가 밀려온다는 일기예보를 못 들으신 모양이군요."

두리의 목소리에도 아랑곳하지 않고 죽은 듯이 누워 있던 청년이 징그러운 벌레처럼 꿈틀했다. 힘없이 눈을 떠서 그녀를 쳐다보다가 다시 스르르 눈을 감아버렸다.

"어디가 아프세요? 의사를 부를까요?"

"아니요."

"그럼 일어나세요. 여기서 자면 어떡해요."

"미안해요, 배가 고파서 그래요."

"네에! 배가 고프다고요?"

"나흘을 굶었답니다."

60년대의 배고픔이 칠십 년 중반에 접어들면서부터 지금까지 호황을 타고 거의 해결이 되었다고 알고 있던 두리는 배고프다는 청년을 보니 오히려 이상했다. 육신이 멀쩡한 청년이 굶어가며 기도를 하다가 여자를 보고 배고프다고 죽는시늉을 하니 두리로선 이해할 수가 없고 황당했다.

"금식하시나요?"

청년은 누운 채로 가만히 머리를 흔들었다. 안경을 쓴 눈은 조금 튀어나온 듯했고 콧날은 오똑했으나 참새부리처럼 입술이 튀어나와 고집이 있어보였다. 형광등 밑이어서 그런지 청년의 얼굴은 폐병환자처럼 보였다. 오이씨처럼 갸름한 얼굴이 신혼여행에서 돌아오면 형부라고 불러야 할 강한철과는 아주 대조적이었다. 형부의 얼굴은 한

마디로 말해 우람했다. 정사각형 넓죽한 얼굴 한가운데 어린애 주먹만 한 코가 떡 자리를 잡고 있고 눈썹이 어찌 짙은지 고집불통의 군인을 대하는 듯 억센 인상을 풍기는데 이 청년은 그 반대로 카랑카랑한 말라깽이였다. 형부는 너무 단단하고 옹골차서 동정도 사랑도 들어갈 틈이 없는 바위처럼 생긴 사나이인데 이 사람은 간데없이 사랑을 주어도 다 끌어넣을 그런 나약한 사람처럼 보였다.

"저하고 함께 시내로 나가요. 여기서는 음식을 먹을 수가 없지 않아요. 어서 일어나세요. 이 추위에 나흘을 굶다니 말이 돼요."

청년은 일어나려고 몇 번 시도하다가 힘이 없는지 스르르 긴 의자에 일자로 누워버렸다. 겨울밤은 깊어가고 발끝이 시려서 더 이상 참을 수 없을 정도로 추위는 점점 잔인한 발톱을 드러내고 있었다.

"이 추위에 여기 이대로 누워 있으면 위험해요."

두리가 애타게 청년을 내려다보며 일어나라고 어깨를 세차게 흔들었으나 청년은 이제 대꾸도 하지 않았다.

"먹을 것을 가져올까요?"

이 말에 청년은 승낙의 뜻으로 머리를 가볍게 끄덕였다. 두리는 구르듯이 교회를 빠져나와 큰길로 나갔다. 무엇을 먹일까? 따끈한 호빵, 아니면 찹쌀떡, 아니지. 나흘 굶었다니 죽을 먹어야 할 거야. 일주일 금식한 난쟁이 여인은 묽은 미음부터 마시기 시작해 밥을 먹는데 열흘이나 걸리는 걸 지켜본 적이 있지 아니한가. 두리는 허겁지겁 버스를 타고 가다가 상가가 많은 곳에 내려서 이곳저곳을 기웃거렸다. 집에 가서 죽을 끓여올 수도 있으나 이 밤에 청년을 위해 죽을 끓인다고 부엌에 나가 덜거덕거리면 집안이 발칵 뒤집힐 것이 분명했다. 생각다 못한 두리는 중국집에 들어가 컵라면의 속을 꺼내버리고 우동 건더기를 담아달라고 사정을 했다. 국물을 사이다병에 넣고 단무지를 비닐에 싸고 그래도 마음이 놓이질 않아 구멍가게에 들어가서 요구르트를 사고 약국에 들러 박카스와 종합비타민을 사고……

두리가 교회에 들어가니 청년은 여전히 죽은 듯이 의자에 널브러져있었다. 두리는 어린아이에게 하듯 청년의 상체를 일으켜 가져온 음식을 입에 넣어주었다.

"꼭꼭 씹어 삼키세요. 빈속에 갑자기 음식이 들어가면 죽을 수도 있대요."

이런 두리를 청년은 흘끔 훔쳐봤다. 조금 튀어나온 청년의 눈에 맑은 빛이 고여 있음을 그녀는 단숨에 읽어낼 수가 있었다. 청년은 한 그릇의 우동을 맛나게 먹고는 요구르트와 영양제까지 게걸스럽게 탐하며 삼켰다. 음식이 들어가니 청년의 뺨에 서서히 붉은 기운이 돌기 시작했다. 음식의 힘이 몸에 퍼지는지 청년은 의자에 기댔던 등을 곧추세우고 두리를 보고는 수줍어서 머리를 숙이고 피식 웃었다.

"설마 돈이 없어 굶은 것이 아니겠지요?"

두리는 작년 이맘때 자신도 죽기로 결심하고 헤맸던 생각이 나서 이렇게 물었다.

"돈이 없어 이러고 있었어요."

"어머! 뛰어나가 벌지 이러고 있으면 돈이 하늘에서 뚝뚝 떨어지나요? 그건 뭔가 잘못 생각한 것이에요."

"돈 벌기가 그리 쉬운 줄 아시오."

두리보다 세 살 이상 더 먹어 보이는 청년의 입가에 어린 티가 흘렀다.

"예수를 믿는 사람이 이렇게 나약해서는 어디 믿음이 있다고 말할 수 있겠어요."

"하나님이 천사를 내게 보내 음식을 날라다 주지 않았소."

"하하하······."

두 사람은 마주 보고 흔쾌하게 웃었다.

"어떻게 도와드릴까요?"

두리의 이 말에 청년은 놀라서 몸을 움찔했다. 두리는 아침에 받은 한 달 치 용돈을 몽땅 청년에게 내밀었다. 그는 선뜻 돈을 받지 않고 멈칫거리다가 갑자기 두리의 손에서 돈을 채가듯이 빼앗아 바지 뒤 호주머니에 찔러 넣었다.

"일주일 뒤 이곳에 오면 이 돈을 갚으리다."

이름도 모르는 청년이 돈을 가지고 사라진 뒤 매일 저

녁 어스름이 내려 덮일 즈음 두리는 청년에 대한 막연한 기다림을 품고 교회를 찾았다. 그가 앉았던 자리에 형광등 불빛만 외롭게 졸았다. 두리는 텅 빈 교회에 들어가 혼자 동그마니 뒷자리에 앉아 눈을 감고 속으로 기도하기 시작했다.

'하나님, 그 청년을 다시 만나게 해주세요. 돈을 받으려고 그러는 것이 아니고 괜히 만나고 싶다는 생각이 드는군요. 그의 친구가 되고 싶어요. 저도 그 사람도 외로운 사람들이 아닙니까. 청년이 돈을 돌려줄 힘이 없어 나타나질 않으면 어쩌지요. 덥석 돈을 준 것이 잘못이었나요? 예수님이 제 입장이었다면 어떻게 하셨겠어요.'

일주일이 지나고 보름이 되어도 그는 교회에 나타나질 않았다.

4

하얀 눈이 발목이 빠지게 내리는 밤, 두리는 청년을 애타게 기다리며 교회에 들렀다. 썰렁하게 빈 교회에 들어가 눈을 감았으나 온통 청년의 얼굴이 눈앞에서 얼쩐거려 마음을 모아 기도할 수가 없어서 힘없이 집에 돌아오니 한나가 신경질적으로 대들었다.

"귀신에 홀린 아이처럼 저녁마다 나돌아다니니 걱정이

다."

"언니 왔어? 형부랑 재미있게 지냈우?"

두리는 시집간 언니와 아옹다옹 말다툼하는 것이 싫어서 마음에도 없는 인사를 하고 돌아섰다.

"넌 내 말을 뭐로 듣니, 아들 없이 우리를 바라보고 사시는 부모님도 생각해라. 대입을 세 번이나 쳐도 떨어지는 돌대가리가 저녁이면 마녀처럼 싸다니니 모두 무섭다고 야단이야."

"볼일 있어 나가는 거야."

"도대체 그 볼일이 뭐냐? 대학에 가려고 학원에 다닌다면 몰라도."

"내겐 공부할 달란트가 없기도 하지만 시집갈 자격증을 따느라고 너도나도 주체성 없이 가는 대학엔 가지 않기로 했어."

"그럼 어떻게 하자는 거냐?"

"난쟁이 여인을 통해 받아들인 기막힌 진리를 따라 살기로 했어."

"야. 또 개똥철학을 늘어놓을 참이냐?"

"먹고 싸고 죽는다는 동물적인 인생을 살고 싶지 않다는 거야."

"혁명가가 되어서 깃발을 날리겠다는 거야?"

"맞아, 인간이 꼭 죽어야 한다면 벌레처럼 죽어 흙으로 돌아가지 않기 위해 영원한 생명을 내 속에 품어야 해. 그런 생각을 해본 적이 없는 언니가 불쌍해 죽겠어. 언니도 나를 따라 교회에 나가자."

"쉬. 어머니 기절하실라."

두 자매가 말하고 있는 거실 천장에 눈부시게 매달린 샹들리에의 유리알들이 높은 촉수의 전등 빛에 반사되어서 그들의 음성이 높아질 적마다 파르르 떨렸다. 노 여사는 방에서 연속극을 보느라고 볼륨을 한껏 높이고 있어 딸들이 주고받는 이야기를 듣지 못했는지 이쪽에 신경을 쓰는 것 같지 않았다.

"너 성경을 이 집에 들여놨니?"

한나는 너무 놀라 숨이 막힌다는 듯이 목소리를 낮추었다. 성경책을 악마의 부적처럼 여기는 이 집안의 생리를 너무 잘 아는 두리는 머리를 가만히 끄덕였다.

"너 미쳤니? 이 집안에서 예수를 믿으면 집안이 편안치 않다는 걸 몰라?"

"왜? 성경책이 언니를 못살게 굴었우?"

"쉬! 조용히 해라."

한나가 겁먹은 눈을 하고 나 회장과 노 여사가 있는 안방에 눈길을 던졌다. 그 순간 안방 문이 소리 없이 열리더니 노 여사가 거실로 나왔다.

"아버지가 이렇게 편찮으신데 넌 어딜 그렇게 쌀쌀 거리고 돌아다니니? 에쿠구! 언제나 철이 들려나. 하라는 공부는 집어던지고 어둠이 내리면 저러고 싸돌아다니니 혹시 놈팡이를 만나러 나가는 것이 아니냐?"

"아버지가 많이 아프신 줄은 몰랐어요."

두리가 어머니를 따라 안방에 들어가 아랫목에 누워 있는 나 회장 옆에 무릎을 꿇고 앉았다. 한나도 두리 옆에 나란히 앉아 아버지의 이마 위에 손을 얹어 보고 걱정이 돼서 못 견디겠다는 눈을 하고 시름에 찬 한숨을 내쉬었다.

"안과에선 장님이 될지도 모른다는구나."

"원인이 있을 것이 아닙니까? 갑자기 왜 눈이 멀어야 하는지 이유를 알아야 조치를 취하지요."

"오늘 점쟁이한테 갔었다."

노 여사는 중대한 선언을 하려는 여장부답게 두 딸을 누르는 음성으로 이렇게 서두를 꺼내자 한나가 다급하게 어머니의 말을 받았다.

"복채를 듬뿍 주더라도 백운동에 있다는 고명한 여승에게 가보시지 그랬어요."

"아버지를 안과에 보내놓고 그리로 갔었지. 사람이 하도 많아 기다릴 수가 없어서 급행료까지 물고 먼저 보고 왔다."

"뭐래요?"

"글쎄, 우리 집에 예수 믿는 사람이 들어와서 네 아버지 눈을 갉아 먹는다고 그러더라."

한나는 의미 있는 웃음을 삼키며 두리의 눈을 직시했다. 마치 이 자리에서 얼른 이실직고해서 성경책을 내던지고 저녁 나들이를 중단하라는 함축된 그런 내용을 담고 있는 싸늘한 눈빛을 두리에게 던지며 의뭉스럽게 이렇게 호들갑을 떨었다.

"어머! 우리 식구들 중에서 누가 예수를 믿는다고 그래요?"

"지난달에 들어온 부엌 아줌마가 의심이 간다니까. 처음에 들어올 적에 내가 단단히 물어봤는데 교회에 다니지 않는다고 하더니 고게 날 속이고 들어온 것이 분명해. 예수귀신이 얼마나 세면 글쎄 네 아버지 눈을 저렇게 상하게 한단 말이냐."

"지금 당장이라도 그 여잘 내보내세요. 어서요."

노 여사가 가만히 있으면 한나가 대신 내쫓겠다며 잽싸게 일어나 방문 고리를 잡았다. 나익두 회장도 어서 그런 조치를 내려야 한다며 잘 보이지 않는 눈을 황소처럼 크게 뜨고 끔벅거렸다.

다음날 부엌아줌마가 쫓겨나는 걸 숨어 지켜보면서도 두리는 입을 다물고 한나의 눈치를 살폈다. 예수 믿는 사람이 이 집에 들어와서 아버지의 눈을 쳤다면 두리가 믿는 하나님과 성경이 이 집에 있는데 아버지는 그럼 영원히 장님이 된단 말인가. 두리랑 난장이 여인, 또 배고픈 청년이 믿는 하나님이 얼마나 힘이 세서 아버지의 눈을 저렇게 만들었단 말인가. 그렇다면 두리가 이 집에 있는 한 환난과 핍박이 대단할 것은 너무나 뻔한 일이었다. 아무튼 그녀가 믿는 하나님의 힘에 두리는 놀랍고 두려울 뿐이었다. 어머니의 점쟁이가 두리가 이 집안 화근의 장본인임을 못 맞추고 애매하게 부엌아줌마를 누명 씌워 내보낸 걸 보면 얼마나 웃기는 일인가! 나무를 깎아놓고 거기에 절을 하며 손을 비볐을 여승을 생각하며 두리는 숨어서 키드득 웃었다.

나 회장의 눈이 안경을 맞춰 끼고 어느 정도 볼 수 있게 되자 노 여사는 영검한 여승의 족집게 같은 점괘를 칭찬하느라고 입에 침이 말랐다. 장님이 될 것을 무꾸리해서 적절한 조치를 취해 면케 한 그녀의 공로를 식구들에게 길이길이 기념하여 알게 하려고 앉으나 서나 그 말을 했다. 그뿐인가. 안방의 문설주나 대문에 부적을 붙여놓고 들어가며 나가며 경건하게 손을 맞잡고 읍하고 만족한 눈으로 쳐다보며 승리의 웃음을 흘렸다.

두리는 성경을 농 깊숙이 숨겨놓고 식구들이 잠든 한밤중에 몰래 꺼내 읽었다. 숨어서 읽는 성경의 내용은 살아서 움직여 그녀의 골수를 쪼갤 정도라 소리를 죽여 가며 흐느껴 울어야 했다.

5

형부의 생일이라고 친척들이 모이고 상이 휘게 음식을

차리고 술자리가 벌어져 안방과 거실은 사람들 소리로 들썩거렸다. 두리는 갈비찜을 일회용 도시락에 넘치게 담고 약밥, 인절미, 절편, 생선전 등을 그녀의 핸드백이 터지게 집어넣었다. 주스를 한 통 냉장고에서 슬쩍 꺼내 보자기에 싸들고 그녀는 매일 나가 기도하는 교회로 향했다.

오늘도 청년이 교회에 와 있지 않으면 거짓말쟁이니 더이상 기다릴 필요가 없을 것이다. 길가나 지붕 위에 흰 눈이 소복이 남아 있었으나 사람의 발길이 닿는 한가운데는 완연하게 줄을 그으며 길을 내주고 있어 땅거미가 내린 교외의 길을 두리는 부지런히 걸었다. 교회 앞에 이르자 두근거리는 가슴을 가누지 못해 잠시 깊은 호흡을 삼키고 문의 손잡이를 잡았다.

'만약 교회에 그 청년이 나와 있다면 이름을 알아내야지.'

소리 없이 문을 밀치고 들어선 두리의 눈에 뒷자리에 앉아 있는 청년이 제일 먼저 눈에 들어왔다. 두리가 나타나기를 상당히 오랫동안 기다렸는지 문소리를 듣고 군인 아저씨처럼 벌떡 일어섰다. 교회 강단에 켜놓은 불빛이 흐려 자세히 볼 수는 없었지만, 청년의 귓불이 붉어져 있다고 두리는 생각했다.

"여기 꿔간 돈을 가져왔습니다."

청년은 아주 당당하게 돈봉투를 그녀의 코앞에 내밀었다. 두리는 당황해서 잠시 멈칫거리다가 돈을 받아 가방에 넣지 않고 한쪽에 밀어놓고 청년 앞에 나란히 앉아 가져온 음식을 청년과 그녀 사이 의자 위에 늘어놓았다. 청년은 의자 위에 놓이는 갈비와 떡, 생선전을 기다렸다는 듯이 자연스럽게 집어서 맛있게 먹기 시작했다. 주스를 종이컵에 담아 목이 미어지게 먹고 있는 청년 앞에 내밀자 그것도 거절하지 않고 단숨에 마셨다. 게눈 감추듯이 먹어치우는 그를 넉넉한 표정을 짓고 바라보던 두리는 그가 너무 게걸스럽게 먹는 것이 꼭 체할 것 같아 주의를 주느라고 애교 있게 머리를 흔들어 보였다.

"아서요. 천천히 꼭꼭 씹어 잡수세요."

청년은 입가에 번지르르 흐르는 기름기를 닦을 생각도 않고 피시식 웃을 뿐이었다.

"우린 오래전에 알았던 친구 같지?"

어느 정도 시장기가 가신 청년이 아주 친근한 말투로 이렇게 서두를 꺼냈다.

"저도 그런 생각이 들었어요."

"걱정 근심이 없는 양갓집 처녀로 보이는데 뭣 하러 혼자 교회를 드나들어. 정기집회나 참석하지."

"하나님은 걱정 근심 많은 사람만 만나는 것이 아니잖아요."

짧은 수염이 거뭇하게 자란 탓인지 청년은 두리보다 나이가 상당히 들어 보였다.

"몇 살?"

청년은 어린아이에게 묻듯이 그렇게 정감이 넘치는 목소리로 물었다.

"제 나이를 묻기 전에 서로 이름이나 알고 지내요."

"내 이름은 김석두."

"전 나두리라고 해요"

"내 기도에 하나님은 천사를 보내서 응답을 해주셨어."

"천사라니요?"

"여기 앉은 이 아가씨를 말하는 거지."

김석두는 두리의 손을 아프게 잡고 소탈하게 웃었다. 얼굴을 붉히며 손을 빼내는 두리를 석두는 강렬한 눈빛으로 바라봤다. 밖에는 바람이 점점 거세게 불어서 교회 옆에 서 있는 미루나무가 잔가지를 흔드는 음산한 소리로 겨울밤은 깊어갔다.

"두리가 여기 나와 기도하는 걸 난 다 알고 있었다고."

"전 항상 뒤에 앉아 있었는데 어떻게 알았단 말이에요?"

"사람이란 때에 따라선 뒤통수에도 눈이 달렸단 말이야. 아하하하⋯⋯."

두리가 의자 위에 밀어놨던 돈봉투를 집어 석두에게 내밀자 그는 머리를 흔들면서도 손을 내밀어 돈을 받았다.

"난 사형수의 아들이야. 내가 무섭지 않아?"

사형수란 단어에 그는 힘주어 말하며 두리의 얼굴에 나타나는 반응을 보려는 듯 그녀의 눈을 뚫어지게 노려봤다.

"사, 사형수라니요?"

두리가 그의 독이 오른 듯한 눈빛에 질려 말을 더듬으며 상체를 약간 뒤로 젖혔다. 사형수의 아들은 여느 사람과 달리 징그러운 특이한 어떤 것을 지녔을 것이란 선입관이 몸을 움찔하게 했기 때문이다. 그녀의 이러한 태도에 약간 실망했는지 석두는 두리에게서 조금 물러나 앉으며 가만히 한숨을 삼켰다.

"무슨 죄를 지었기에 사형선고를 받았나요?"

"살인."

"왜 살인을 했나요?"

"그건 아무도 몰라."

석두는 마치 자신의 아버지가 아닌 타인의 이야기를 하듯이 그저 덤덤히 말했다.

"세상에 왜 죽였는지도 모르고 사형을 받는 사람이 있겠어요. 법이란 살의를 가지고 의도적으로 죽였을 때만 사형을 내리게 돼 있는 것이 아닌가요."

"세상을 모르는구먼."

"우리나라는 엄연히 법치국가인데 왜 죽였는지도 모르는 사람에게 사형을 내릴 리가 있겠어요."

두리가 열을 내며 이렇게 말하자 석두는 냉소 어린 웃음을 입가에 흘리며 차갑게 두리의 눈을 응시해서 그녀에게 섬뜩한 느낌이 전해졌다.

"검사가 형사하고 짜고서 고문해 억지로 조작한 연극을 방어할 능력이 평범한 인간에겐 없는 걸 아직 모르다니 두리는 세상을 덜 살았어."

"성경에선 우상을 섬기는 것이 용서받지 못할 가장 큰 죄악이라고 했어요. 설령 살인했다 해도 회개하면 아버지의 죄는 용서받아요."

두리의 확신에 찬 이 말에 석두는 조금 놀란 듯 한참 멍청히 앉아 있다가 그녀의 두 손을 와락 잡더니 남자답지 않게 눈물을 펑펑 쏟기 시작했다.

"넌, 넌 내 아버지를 믿어주는 것이지. 모두 아버지를 살인자라고 손가락질을 하는데도 넌 아니라고 믿어주는 것이지."

"새는 죽을 때 그 소리가 구슬프고 사람은 죽을 때 선한 말을 한다고 했어요. 죽음을 앞에 둔 사람이 진실을 말하는 것을 인간이 만든 법으로 부인할 수는 없어요."

"아아! 맞아. 맞는 말이야. 우리 아버지는 절대로 살인자가 아니야!"

석두는 너무 감격해서 어쩔 줄 몰라 하며 기쁨에 넘쳐 몸을 떨었다. 그의 양어깨 위에서 너무 무겁게 찍어 누르던 짐을 두리와 함께 지니 훨씬 가볍다는 듯 석두의 얼굴엔 금세 생기가 돌았다.

"하나님이 다 아시는데 뭘 그렇게 고민하고 슬퍼하세요."

두리는 어른처럼 그를 타일렀다. 여자가 나이에 비해 남자보다 성숙한다더니 이런 경우를 두고 하는 말인가 보다고 그는 생각했다.

"억울하게 죽을 아버지를 생각하면 가슴을 칼로 째고 소금을 뿌린 듯 아파서 참을 수가 없어. 그 많던 재산도 재판한다고 5년 동안 변호사를 사대니 다 날아가고 어머니는 병들고 하나 있는 남동생은 속을 썩이고…… 아아! 나는 인생의 패배자야."

"하나님을 믿는 사람이 그런 소릴 하면 못써요. 어떤 역경이 와도 승리할 수 있는 믿음을 지녀야 우린 하나님의 자녀가 될 수 있다고 했어요."

두리는 난쟁이 여인에게서 들은 것을 그대로 석두에게 옮겨놓고 있었다. 예수를 야소라고 부르며 길길이 뛰고 멀리하는 어머니나 아버지, 그리고 언니나 건강미가 넘쳐흐르는 형부보다 그녀가 하는 말이 모래에 물 스며들듯 석두에겐 쏙 빨려 들어감을 그녀는 느낄 수 있어서 말도 술술 잘 나왔다.

"어떻게 하면 아버지의 억울한 누명을 벗길 수 있을까?"

석두는 자신보다 훨씬 어린 두리를 어른으로 생각하고 이렇게 의논조로 나왔다. 자신보다 넓은 마음을 지닌 그녀가 지금까지 그의 가족이 해내지 못한 일을 분명히 해내리란 확신이 왔기 때문이다.

"기도하세요. 기도밖에는 다른 방도가 없어요. 우리 매일 저녁 여기 나와 세 시간씩 그 문제만 놓고 열심히 합심해서 기도해요."

석두는 두리의 이 제의에 고개를 끄덕였다. 두리가 처음 예수를 영접했을 때 사람들이 추하다고 피하는 난쟁이 여인이 두리를 위해 썼던 방법 그대로였다.

"어쩌다가 아버지는 그런 누명을 쓰셨나요?"

"배꼽 친구라고 마음 터놓고 사귄 친구의 아들이 살해당하자 그 집에선 아버지를 걸고 넘어진 것이지."

석두는 5년 전에 일어났던 끔찍했던 살인현장을 떠올리면서 몸을 부르르 떨었다. 그날도 오늘처럼 바람이 세차게 부는 이상한 날씨였다고 기억했다. 신문을 가지러 나간 아버지의 비명소리가 들렸고 연이어 백차가 오고 검사, 형사, 경찰이 꾀어들어 동네 사람들이 머리를 내저을 정도로 진을 치고 사람들을 들볶아서 동네는 온통 발칵 뒤집혔었다. 아버지의 친구 이돌만의 열 살 난 막내아들이 목에 나일론 줄을 칭칭 감고 그의 대문 앞에 버려져 숨져있었던 것이다. 미친 듯이 쏟아놓는 욕설 속에 아버지는 잡혀갔고 아무리 친한 사람이지만 자식의 죽음을 본 친구는 검사의 확신에 찬 증거에 틀림없이 석두의 아버지가 범인이라고 주장하지 않았던가. ✤

유라굴로 광풍

1

두리가 갑자기 석두를 끌고 들어와 결혼하겠다고 선언하자 나 회장의 집안은 발칵 뒤집혔다. 큰딸 한나의 남편감을 고른 것처럼 판사나 검사, 아니면 의사 사위를 보려고 욕심을 내고 있던 노 여사의 꿈은 여지없이 짓밟혔을뿐만 아니라 용띠인 두리가 원진살이 낀 개띠와 결혼을한다니 정말 환장할 노릇이었다.

"사형수의 아들과 결혼을 한다니 그건 있을 수도 없는일이다. 그 녀석이 도둑놈이지 어떻게 기른 딸인데 훔쳐가려고 그래. 널 구박한 것은 다 널 위해서 한 말이야. 그놈 눈에 어쩐지 살기가 있다니까. 눈이 커야 사람이 선한법인데 이건 눈을 감았는지 떴는지 모르게 작으니 독종임이 틀림없어."

　노 여사는 억장이 무너져내리는 듯 숨을 제대로 쉬질 못하고 헉헉거렸다. 항상 부모의 눈치를 보며 조용하게 숨어 다니던 두리가 김석두랑 죽어도 결혼을 하겠다고 우기면서 나 회장의 집안은 온통 벌집 쑤셔놓은 듯이 소란했다. 너무 기가 차서 할 말을 잊은 듯 한나나 형부인 강한철은 구경꾼처럼 멍청히 서서 야단맞는 두리를 멀건이 바라볼 뿐이었다.

　얼굴이 못생겼으면 키나 크든지 키가 작으면 재산이 많든지 뭐 하나 내세울 것이 있어야지 도대체 이런 남자와 뭘 믿고 결혼하느냐고 입 가진 사람이면 모두가 한마디씩 했다. 더구나 원진살이 끼었으니 일생을 두고 매일 싸울 것이며 다소곳이 살지를 않고 집안이 전쟁터가 되어 분명히 이혼할 것이라는 점괘를 받아낸 노 여사는 두리 앞에서 야단을 치다가 지쳐 눈물을 흘렸고 심지어 매를 들기도 했지만 두리는 막무가내로 결혼하겠다고 나댔다. 가족들은 모두 입을 열어 두리를 성토했다.

　"김석두라는 녀석과 결혼하면 넌 내 딸이 아니다. 그러니 내 앞에 나타날 생각일랑 말고 아예 죽은 아이로 알 터이니 그리 알아라."

　"부모가 반대하는 결혼엔 그만한 이유가 있는 법이다. 그러니 눈 한번 딱 감고 돌아서라. 정이나 사랑은 순간이고 인생은 긴 법이다."

"저녁마다 나가서 어쩐지 예감이 좋지 않았다니까."

식구들은 모두 두리를 코너로 몰아붙이며 나무랐지만 두리는 단호하게 그와 결혼할 것을 선포했다. 마치 강한 나무가 휘지를 않고 딱 꺾어지듯 그렇게 말이다.

"두고 보세요. 전 못생겼지만 이 세상에서 제일 행복한 여자가 될 터이니까요. 그 이유는 우린 하나님을 믿으니까요."

두리의 이 중대 선언에 나 회장은 안경을 벗어들고 눈을 비볐고 노 여사는 기절할 듯이 몸을 비틀대서 한나와 한철이 양쪽에서 부축하고 급하게 구급차를 부르는 소동까지 일어났다.

"김석두라는 사형수의 아들과 결혼한다면 좋다. 나가라, 이 집안에 다시는 발을 들여놓지 마라."

악을 쓰는 나 회장 앞에 석두는 두 무릎을 꿇고 앉았다.

"따님을 제게 주십시오. 절대로 고생시키지 않겠습니다. 저의 집안도 뼈대가 있는 집입니다. 검사들의 조작극에 휘말려 집안이 이 꼴이 되었지만, 반드시 성공해서 자랑스러운 사위가 될 터이니 절 받아주십시오."

석두는 꿇어앉은 무릎 위에 눈물을 떨구며 이렇게 애원했으나 두리의 식구 중 어느 누구도 그의 말에 귀를 기울이지 않았다. 너무나 기가 찬지 한나의 남편인 강한철이 그 넓은 가슴을 펴고 당당하게 서서 호령했다.

"이봐, 청년, 어떻게 감히 이 집안의 사위가 되겠다는 생각을 했어. 나도 자네 같은 남자와 동서가 되는 건 참을 수 없어."

한철이 이렇게 엄포를 놓고 툴툴대며 부엌으로 가버렸다. 찬장에 진열해놓은 술병에서 술을 따르는지 유리잔 부딪히는 소리가 이쪽까지 들려왔다. 뿔이 난 가족들이 두리와 석두를 거실에 남겨놓고 모두 등을 돌리고 사라지자 집안은 큰 전쟁을 치른 뒤처럼 섬뜩할 정도로 괴괴했다. 석두는 머리를 깊숙이 숙이고 있다가 눈물이 그렁한 눈을 내리깔고 손마디를 아프도록 꺾었다. 이런 상황에 두리는 눈을 반짝이며 재미있는 연극이라도 보고 있는 것처럼 묘한 미소를 입가에 흘리며 석두의 팔에 머리를 기대는 것이 아닌가.

"우린 아무래도 결합하기 힘들겠어. 누가 나 같은 놈에게 딸을 주겠어. 난 사회에서도 손가락질 당하는 사형수의 아들이라고. 집안은 그렇다 쳐도 외모나 학벌까지 단 한 군데도 점수를 따낼 건더기가 없으니 말이야."

석두가 울먹이며 이렇게 말하자 두리가 그의 눈에 자신의 눈을 맞추며 힘주어 말했다.

"전 이 집 식구들이 가는 길과 다른 길을 가는 여자예요. 저들은 우연의 가치관을 가지고 뜯어 맞추느라고 야단이며 있지도 아니한 헛것을 찾아 헤매지만 전 반대의 길을 가고 있어요. 우린 공동의 가치관을 가졌잖아요. 하나님이 두리와 석두씨를 창조했다는 믿음 위에 결합하는 것이에요. 저들이 가진 재산과 명예에 비해 지금 우리가 가지고 있는 이 신앙이 몇 천 배 크다고 알고 있는 저에게 나약한 말을 하지 말아요. 우린 이미 기도하며 서로 그걸 깨닫고 있었는데 왜 물러서요."

두리가 이렇게 확신에 찬 또렷한 음성으로 말하자 석두는 눈물을 무릎 위에 주르르 흘렸다. 두리의 눈가도 서서히 젖어왔다.

"난 가진 것이 하나도 없고 두리의 식구들이 말하는 조건에 합격할 것이 단 한 점도 없지만, 두리를 일생 사랑할 자신은 있어."

"그 사랑으로 전 족해요."

이들의 대화를 거실로 통하는 복도에서 숨어 들은 한철이 술잔을 든 채 불쾌한 빛을 감추지 못하고 퉁퉁거리며 거실로 다시 불쑥 나타났다.

"사람 사는 데는 계층이 있는 법이야. 다시 말해서 문화적 배경이 맞지 않으면 힘들다 이 뜻이지. 설령 이 집으로 장가든다 해도 회장님 차나 모는 기사가 될 것인가, 아니면 우리 회사의 수위를 할 것인가? 도대체 자네가 할 일이 하나도 없잖아."

석두에 비해 머리 하나가 더 큰 우람한 체격을 가진 한철이 그들 앞에 떡 버티고 서서 여차하면 한 대 쥐어박을 터이니 어서 물러서라는 듯이 위세를 부렸다. 잠시 어색한 긴장감이 돌았다. 집에 들어온 거지를 내쫓는 것이니 이제 몽둥이를 찾아들고 휘두를 일만 남았을 뿐이란 태도였다.

"형부, 사람을 이렇게 개, 돼지 취급하는 법이 어디 있어요. 눈에 보이는 것으로 사람을 취하지 말아요."

두리가 악을 쓰며 흥분을 누르지 못하고 발딱 일어서서 형부를 향해 돌진할 기세를 보이자 벌집을 건드린 듯이 식구들이 이방 저 방에서 쏟아져 나왔다.

"눈이 삐었지. 저런 남자에 반해 형부한테 대들어."

한나가 두리의 팔을 우악스럽게 잡아채자 식구들의 미움 어린 눈이 두 사람을 향해 꽂혔다. 창녀를 향해 돌을 던지라는 명령이 떨어지길 기다리는 군중들의 눈빛이 저럴까. 그 순간 쥐구멍이라도 찾을 듯이 숨을 죽이며 주눅이 들어 있던 석두가 갑자기 군인처럼 빳빳한 자세로 일어서더니 좌중을 누르는 음성으로 또박또박 말했다.

"아니 누가 장가 못 들어 환장했나, 제기랄, 딸 하나 가지고 되게 유세하네, 내가 고자라도 된답니까. 사람 팔자 시간문제요. 어디 두고 봅시다."

돌변한 석두의 태도에 어리벙벙해진 두리의 식구들은 비웃음을 참느라고 입과 눈 가장자리에 경련을 일으켰다. 이런 낌새를 뒤통수로 이미 감지하고 있었는지 석두는 홱 돌아서며 이렇게 소리치는 것이 아닌가.

"나한테 이 집안의 딸, 열을 가져다 놔봐라. 단 한 여자도 쳐다보지 않을 터이니. 내가 비록 사형수 아들이지만 난 어디까지나 개, 돼지가 아니고 사람이란 말이야, 모두 돈돈하고 돈을 쫓아다니는 돈 세상이긴 하지만 돈 냄새 자작들 피우시오. 돈이란 독수리처럼 날개가 달려 하늘로 금세 날아가버리는 세상이요. 언제까지 당신들만 그 돈 움켜쥐라는 법이 있는 줄 알아."

"아니 저게 이제 정신까지 돌았군. 여기가 어딘 줄 알고 떠들어. 교육도 못 받은 쌍스러운 자식이 누구 앞에서 그런 행패를 부리는 거야. 어서 썩 나가버려. 어서 썩."

병원에서 진정제 주사를 맞고 와서 어느 정도 평정을 되찾은 노 여사가 턱을 까불고 얼굴빛을 파리하게 바꾸며 고함을 쳤다. 한철이 효자의 얼굴을 하고 이런 장모의 손을 잡아끌어 안방으로 들어가버렸다. 일이 이렇게 진행되자 한나가 두리를 향해 마주섰다. 그녀는 명상에 잠긴 부처님처럼 자비한 표정을 지으며 입을 열었다.

"네가 아무래도 우리 결혼을 놓고 데모를 하는 모양인데 부모 돈을 그렇게 쓰는 것이 싫었다면 넌 알몸으로 시집가면 되지 않니. 네 철학은 자립이라면서. 그러나 저 신랑감은 무능해서 널 꼭 죽일 것 같다."

"언니가 가는 길은 넓은 길이고 내가 가는 길은 좁은 길이라 아무리 설명해도 이해를 못 할 거야."

"야야! 힘들게 뭣 때문에 큰길을 놔두고 좁은 길을 가니. 좀 모자라는 앤 줄은 알았지만 넌 이런 상식도 모르니."

"언닌 꼭 동물 같은 사고구조를 가지고 있으니 내가 추구하는 사차원의 세계를 어찌 알겠어."

"그럼 내가 형부하고 요즘 스포츠 플라자에 나가는 것이 싫다 이거냐. 그렇다면 당장 오늘부터라도 함께 나가자. 그렇지 않아도 배에 끼기 시작하는 기름을 빼려고 실내수영장에 가려던 참이다. 어서 준비해. 나하고 신나게 헤엄치고 나서 맥주를 한 잔 마시면 그 짜릿한 쾌감에 만사가 오우 케이가 될 터이니 말이다. 비가 오면 허리가 요즘 조금씩 쑤신다고 했지. 사우나에 가서 때밀이를 하고 쑥탕에 들어갔다가 미장원을 거쳐 호텔 뷔페나 가자꾸나. 아빠, 내가 이 일을 기름 쳐서 쓱싹 처리할 터이니 마음 놓으시고 삼십만 원 내놔요."

한나 혼자 지껄이다 자신 있게 결론을 내리며 어깨를 으쓱했다. 마치 모든 것이 이런 과정을 거치고 나면 해결이 난다는 듯이 설쳤다.

이런 한나를 석두가 현관에서 아니꼽다는 듯이 흘끔 훔쳐보고는 아주 여유 있게 퍼질러 앉더니 구두끈을 매느라고 시간을 끌었다. 딸들의 너무나도 판이한 짓거리에 어떻게 할지 몰라 어리벙벙해 있던 나 회장은 우거지상이었다.

"아빠, 우리 나간 김에 기분 내서 롯데에 들러 옷 사 입게 아주 백만 원 한 장 내놓으세요."

한나가 두리의 이상한 행동을 도맡아 처리할 터이니 나

회장은 돈이나 내놓으라고 협상을 벌이는 동안 석두가 두리를 향해 호령했다.

"어쩔 거야, 어느 쪽이야?"

모두의 시선이 두리에게 집중되었다. 나 회장이 큰딸, 한나의 요구를 들어주려고 안주머니에 손을 넣어 지갑을 꺼내려는 찰나였다. 총알처럼 두리가 현관으로 달려 나갔고 석두는 얼빠져 있는 식구들 앞에서 두리의 손을 보라는 듯이 힘차게 잡고는 현관문을 나섰다.

"아니 저럴 수가."

"너 이 집을 이렇게 나가면 절대로 들어올 수 없어. 죽어 시체가 되어서라도 이 집에 들어올 생각을 아예 하지 마라."

한나와 나 회장의 격한 음성을 뒤로하고 두 사람은 손에 손을 잡고 춤추듯이 경쾌한 걸음걸이로 대문을 빠져나왔다.

"자기 참 멋있었어요. 난 자기가 주눅 들어 있을 때가 제일 괴로워서 뛰어나가려고 수십 번 움찔거렸으나 척박한 내 집안을 보여주려고 끝까지 참았어요."

"내가 머릴 수그리고 있었던 것은 두리를 데려다 고생시킬 것이 뻔해 미안해서 그런 것이지 두리의 식구들이 무서워 오금을 못 편 것이 아니었어."

"그럼 이젠 날 데려다 공주처럼 모실 자신이 생겼다 이거예요?"

"부잣집 따님이 고작 그 정도의 사랑을 받고 있는 것이라면 별것 아니라는 생각이 들더군. 난 최소한 두리의 마음을 그렇게까지 짓밟지 않고 존경하며 살 수 있다는 자신이 생겼어. 적어도 우린 하나님 앞에서 피차 사랑하며 동등하게 살 수 있으니 두리 집안이 줄 수 없는 큰 자산을 내가 가지고 있는 셈이 아니겠어."

"그럼 난 공주에서 평민이 되는 것인가요?"

"그래 맞았어. 평민, 서민, 노동자…… 얼마나 가슴을 뭉클하게 하는 신분이야. 우리에겐 두리 집안이 갖지 못한 인간적인 정이 있어. 이건 아버지의 재산이 많아 상류층에 살적에 가져보지 못한 느낌이요 자유야. 가진 자들은 자신이 만든 울안에 갇혀 가여운 삶을 살아간다고 할까. 우린 가진 것이 하나도 없어 그야말로 몸과 마음이 결합되는 것이니 얼마나 자유롭고 순수해."

"마른 떡 한 조각만 있고도 화목하는 것이 육선이 집에 가득하고 다투는 것보다 낫다 했어요."

"그래 그 말이 맞아. 우린 마른 떡 한 조각을 놓고 서로 사랑하며 일생을 살아가는 거야."

"난 속이 메마르고 거죽만 기름이 흐르는 것과 늘 교만하여 사람들을 억누르는 권위의식과 독선적인 편견의 올가미에 갇혀 죽어가고 있었어요. 아 아! 난 이제 자유로워진 것이에요."

초롱을 벗어난 새들처럼 날개를 퍼덕이며 두 연인은 골

목을 빠져나왔다.

손에 손을 맞잡고 나란히 걸어가는 곳은 손에 잡힐 듯이 가까이 놓여있는 행복의 지평선이라고 생각했다. 먼동이 터오는 하늘이 감빛으로 물들 듯이 온통 몸과 마음이 그런 빛으로 물들어가는 기분이었다.

"나도 자기 집에 가면 환영받을 여자는 아니잖아요. 키도 작고 요렇게 못 생긴데다가 더구나 부모가 반대하는 결혼을 한다고 하면……."

"그 점은 마음 놓아. 우린 사형수의 집안이니 내세울 것이 하나도 없어."

"어머님이 사시는 집으로 가요. 이젠 그 집이 우리 집이지요?"

"형사들이 건수를 올리느라고 씌운 올가미에 걸려든 아버지 때문에 그 많던 재산을 다 날리고 우린 시골 고향으로 낙향해서 살고 있어."

"시골이라면 섬마을을 말하는 것이에요, 아니면 산촌을 말하는 것인가요. 난 서울에서만 자라서 시골이라면 벽촌이 떠오를 뿐이에요."

"서울 근교야."

"그럼 오늘 시골에 가서 어머님과 형제들에게 인사하지요."

두리의 이 말에 금세 얼굴의 핏기가 싹 가신 석두는 여자의 눈을 피해서 불안한 눈빛을 감추려고 어깨를 옴츠렸다. 석두가 쫓기는 사람처럼 무작정 앞을 향해 걷기에 키가 작은 두리는 뛰듯이 따라가며 울상을 했다.

"어디로 가는 버스를 타야 하는 것이지요? 난 자기를 따라 나오느라고 입은 옷 그대로라 토큰이랑 돈이 든 지갑도 가지고 나오질 못했어요."

좀 전에 그들의 마음을 물들였던 감빛 무드는 싹 사그라지고 그들 앞엔 당장 쓸 차비가 없었다. 인간이니 곤충처럼 나무나 바위틈에서 기숙할 수는 없는 일이 아닌가. 최소한 잠 잘 방과 배설할 곳이 있어야 하며 생명을 유지하기 위해 먹을 음식이 필요했다.

"아아! 삶이란 왜 이렇게 돈이 필요하게 만들어진 것인지 난 알 수가 없어. 하나님은 그 점에서 인간의 마음에 사탄이 들어올 기회를 허락해서 범죄하도록 창조한 것이 틀림없어."

석두는 하늘을 보며 한숨을 삼키다가 이렇게 넋두리를 했다.

"그럼 시골에 갈 차비도 수중에 없단 말이에요?"

석두는 답답하게도 사내답지 않게 히죽 웃으며 머리를 끄덕이는 것이 아닌가.

"우린 길거리로 내쫓긴 무숙자들이군요."

"……."

"그래도 시골에 가서 자기의 가족들을 먼저 만나는 것이 도리가 아닐까요?"

"거긴 가서 뭘 해. 거긴 우리처럼 먹고살 것이 없어."

"그래도 자긴 장남이라고 그랬잖아요."

"병신 같은 형님이 한 분 있으니 서열로 치면 장남은 아니야."

"그럼 왜 처음엔 장남이라고 했어요?"

"형이 하도 웃겨서 그런 것이지. 수중에 돈이 생기면 난 장남으로 돌아가야 한다 이 말이야."

두리는 처음으로 석두에게서 벽을 느꼈다. 그러나 이내 마음을 고쳐먹었다. 두리가 집을 등지고 나올 때 이 정도의 고난을 예측 못 했다면 그건 어린애가 해변 가에서 모래성을 쌓다가 자꾸 뭉개는 꼴밖에 더 되겠는가.

2

어디로 갈까? 두 사람은 잡았던 손을 놓고 한길을 따라 홍수를 이루며 달리는 차들의 물결에 휩쓸려 무작정 걷기 시작했다.

'마른 떡 한 조각만 있고도 화목하는 것이 육선이 집에 가득하고 다투는 것보다 나으니라.'를 수십 번 외웠으나 그들 앞엔 마른 떡 한 조각도 없으니 무얼 가지고 화목한단 말인가.

"아아! 예수님처럼 우린 머리 둘 곳이 없군요. 여우도

굴이 있고 공중에 나는 새도 깃들일 곳이 있으나 인자는 머리 둘 곳이 없다던 예수님의 처지가 바로 우리의 처지가 아니겠어요. 그러니 우리 힘을 내요."

두리가 다시 석두의 손을 잡으며 용기를 주었으나 그는 석상처럼 굳어진 얼굴로 묵묵히 목적지 없는 앞만을 응시하며 걸어갈 뿐이었다.

"아아! 갈 곳을 생각해냈어요. 나를 부모보다 더 극진히 사랑해주는 난쟁이 여인이 사는 곳을 알고 있거든요."

난쟁이 여인은 외모로 인해 시집도 못 간 처지였으나 하나님이 주신 달란트로 대학가의 화방에서 목공일 해주며 산다고 하지 않았던가. 몸이 시원찮은 여자도 믿음으로 굳건하게 서서 이웃을 사랑하며 혼자의 삶을 꾸려가는 세상인데 두리와 석두에겐 싱싱한 젊음이 있고 건강하지 아니한가. 머리가 닿을 정도로 야트막한 한옥의 문간방에 세 들어 사는 난쟁이 여인의 방에 들어섰을 적엔 두 사람 모두 지쳐 몸을 가누기 힘들었고 허기로 인해 입술이 바짝 타고 있었다.

갑자기 찾아든 젊은이들, 두 사람을 맞는 난쟁이 여인의 얼굴은 찌그러진 육신에 비해 너무나도 평온해서 아가의 얼굴을 대하는 듯했다. 한 번 깨어진 달걀처럼 다시는 원래의 모양으로 바꿔놓을 수 없는 연약한 육신이지만 그 안에 거하는 영은 하나님과 동행해서 저럴 수 있을 것이란 지혜를 두리는 그 낙망 중에도 정확하게 포착했다. 그러자 좀 전에 석두랑 함께 낙망하고 걸어온 것이 부끄러워 머리를 숙이고 있던 두리는 난쟁이 여인이 서 있는 높은 곳을 영의 눈으로 바라보며 지친 가슴을 쓰다듬었다. 그러고 보니 두리가 난쟁이 여인을 만난 곳은 항상 교회였고 어쩌다 한번 이 근처까지 그녀를 바래다준 적이 있을 뿐 이렇게 방안까지 들어온 것은 처음이었다.

지하도 입구에서 싸구려로 파는 장난감 뒤주 위에 성경책이 펴져 있었고 가까이 가서 보니 아모스서 위에 다리를 쪽 펴놓은 안경이 놓여 있어 그녀가 성경을 읽고 앉아 있었음을 일러주고 있었다. 길가로 뚫린 창문은 어린아이가 빠져나갈 수도 없을 정도로 작은 것이었으나 그녀의 외모와는 동떨어지게 패랭이꽃 빛의 커튼이 얌전하게 매달려있어 방 안의 분위기는 아주 차분하고 안정되어 감히 근접 못 할 경건함이 깃들어있었다.

땀을 흘릴 기후가 아닌 삼월이건만 워낙 먼 거리를 걸어와서인지 두 사람은 이마에 진득하게 번진 땀을 손바닥으로 쓰윽 닦아냈다.

"웬일이야? 귀한 집 따님이 총각을 모시고 이 시간에 내 집을 찾다니 근심거리가 생긴 모양이군."

"맞아요. 전 지금 낭떠러지 가장자리에 서 있어요."

"무슨 소릴 하는 거야?"

"집을 나왔어요."

"아니, 다 큰 처녀가 집을 나오다니."

난쟁이 여인은 입가에 고였던 웃음을 삼키고 진지한 표정으로 돌아가 두리 옆에 앉아 있는 석두를 불안한 눈으로 바라봤다.

"저, 이분하고 결혼하기로 했어요."

"뭐라고! 도대체 이게 무슨 소리야?"

"이분이 제 신랑감이라니까요."

　두리의 단정적인 이 말에 난쟁이 여인은 편안하게 가지런히 앉았던 다리자세를 고쳐서 무릎을 꿇었다. 큰 바가지를 엎어놓은 듯 짜부라진 등이 다리를 접고 앉자 앉은 키가 예상외로 작아져서 이렇게 긴박한 일을 의논할 상대로는 적합지 못하다는 생각이 든 석두는 양반다리를 하고 앉아 샌님처럼 눈을 내리떴다.

"보이소. 참말 우리 두리를 색시로 맞을 생각이요?"

　난쟁이 여인의 이런 질문에도 그는 시큰둥하게 머리를 한 번 끄덕할 뿐 입을 열지 않았다.

"신랑 가족들에게 허락을 받았는지요?"

"허락을 받으나 마나예요. 저들은 우리에게 관심이 없어요. 혹여나 돈이나 많이 벌어 드리면 눈을 뜨고 볼까요."

　석두의 이런 진지하지 못한 태도와 대답에 다소 실망한 난쟁이 여인은 어이없다는 듯이 한참 입을 다물고 있다가 두리를 향해 입을 열었다.

"두리도 부모들의 반대를 무릅쓰고 이 청년하고 결혼하

겠다고 가출했단 말인가?"

난쟁이 여인의 나무라는 목소리에는 두리가 집을 나올 때 당했던 수모와 달리 사랑이 깃들고 아픈 마음이 깃들어있는 말에 눈물이 글썽해진 그녀는 그렇다고 머리만 크게 주억거렸다.

"결혼은 양가 부모의 축복을 받고 해도 힘든 법이야. 두 사람이 이룬 가정이 하나님 앞에서 잘 자라면 천국을 닮은 곳이 되지만 잘못하면 지옥이 되어버린 걸 난 수없이 봐왔어. 하나님이 짝지어주신 것을 사람이 나눌 수 없어서 서로 미워하면서 살아가는 불행한 부부들이 우리 주변에 얼마나 많은 줄 알아?"

난쟁이 여인의 훈계가 길게 이어지자 상을 찌푸리던 석두가 노골적으로 기분 나쁜 표정을 감추지 못하더니 다리가 저려오는지 허리를 뒤로 젖히고 앉은 자세를 느슨하게 풀었다. 꼽추여인이라면 이미 인생의 대열에서 낙오된 사람인데 이런 델 찾아와 도움을 청하는 두리를 도저히 이해할 수 없었기 때문이다.

"절 도와주세요. 우리 집안에선 어떤 도움도 기대하지 못해요. 그 이유를 잘 아시잖아요."

갑자기 두리가 흐느껴 울기 시작했다. 어머니와 아버지에게 심지어는 같은 피를 나눈 언니에게조차 보이지 않았던 눈물이 봇물이 터진 듯 쏟아져 나오는 것이 아닌가.

"바보같이 울긴, 어서 나가자."

눈물이 쏟아져 주체 못 하는 두리에게 난쟁이 여인이 손수건을 찾아 건네주는 동안 뿔이 난 석두는 벌떡 일어나 나가려고 문고리를 잡았다. 이런 석두를 싹 무시하고 난쟁이 여인은 두리의 양손을 잡고 기도를 시작했다. 참 모를 일이었다. 육신이 버젓한 사람이 보잘것없는 꼽추를 찾아가 눈물을 쏟는 이유를. 저들의 기도 소리를 듣지 않으려고 횡하니 밖으로 빠져나온 석두는 그렇다고 두리를 버리고 갈 마음은 아니었다.

삼십 촉의 외등을 켠 골목에 서서 자신의 몸이 던진 흐릿한 그림자를 물끄러미 바라보고 있자니 삼월의 봄바람이 진저리를 치게 품속으로 파고들었으나 그는 두리를 기다릴 수밖에 없었다.

"어서 들어오세요. 아줌마가 우리의 결혼을 허락하셨어요."

두리의 목소리를 들으니 이제 저들의 넋두리가 끝이 난 것이 기뻤으나 안으로 들어가지 않고 그는 천천히 버스정류장을 향해 걸음을 옮겼다.

"어서 들어오세요. 아줌마가 석두씨에게 하실 말씀이 있는 모양이에요."

"싫어. 그 여자에게 무슨 충고를 듣겠다고 여길 왔어?"

석두가 퉁기는 것을 보고 두리가 종종걸음으로 다가와서 그의 팔을 억세게 잡아 끌어당겼다.

"저분을 전 하나님 다음으로 사랑하고 존경해요. 어쩜

전 석두씨보다 저분을 더 의지하고 있으니까요."

"흐흥! 이거 뭔가 잘못되어가는 것 아니야? 부잣집 따님이 병신꼼추에게 의지하다니. 더구나 이런 데서 사는 걸 보니 가난한 사람인데 여기서 뭘 어떻게 하겠다는 거야?"

"우리가 기대하는 것은 돈이 아니어요. 그런 도움을 청하려면 전 벌써 어머니와 아버지 앞에서 비굴한 태도를 취했을 거예요. 우린 이분으로부터 충전되어 확신을 가지고 세상에 나가야해요."

"무슨 충전? 우리가 배터리라도 된다고 생각하는 거야?"

두리 손에 이끌려온 석두가 이렇게 빈정거리는 걸 얇은 벽을 통해 다 들었으련만 난쟁이 여인은 얼굴도 내밀지 않고 부엌에서 그들이 먹을 음식을 차리느라고 덜그럭거렸다. 두 사람은 난쟁이 여인이 들여놓은 밥상을 받고 며칠 굶은 사람들처럼 침을 꼴깍 삼켰다. 이런 그들을 물끄러미 바라보던 난쟁이 여인은 다소곳이 머리를 숙이더니 조용히 기도하기 시작했다.

상 위에 놓은 것들은 마른 새우를 넣어 끓인 맛깔스러운 뚝배기 된장찌개를 제외하고 모두가 밑반찬들이었다. 콩자반, 오징어젓, 쥐포 무침, 무짠지, 고추조림…… 고기가 없는 밥상이지만 금방 지은 밥이 적당히 뜸이 들어 입안에서 살살 녹았다. 어느 정도 배를 채운 석두는 숭늉을 한 모금 마시고는 여전히 기도에 여념이 없는 난쟁이 여인을 흘끔 쳐다보고 단정하게 정리되어 한쪽에 쌓아 올려놓은 이불더미에 시선을 던졌다. 군인이 되어 매를 맞아가며 정리하는 습관을 익힌 터인데도 그가 따라갈 수 없을 정도로 이불의 네 귀를 정확히 접어 깔끔하게 쌓아둔 것이 방주인의 살림솜씨를 잘 드러내고 있었다. 보통 여자는 아니구나. 이런 생각을 하며 두리를 보니 벌써 밥 한 그릇을 비우고 수저를 내려놓았다.

"꼭 우리 두리를 아내로 맞을 생각이요?"

어느새 기도를 마친 난쟁이 여인이 아주 단호한 목소리로 석두에게 물었다. 일시적인 장난으로 한 여인을 꼬이는 것이라면 어서 물러나라는 꾸짖음도 담긴 물음이었다.

"네."

"기쁠 때나 슬플 때나 언제나 한결같이 두리를 사랑하고 존경할 각오가 되어 있는 것이요?"

"그럼요."

"그렇다면 하나님을 모신 아름다운 가정을 꾸밀 기도는 얼마나 한 것이요? 결혼이란 준비기간이 필요한 법인데."

이번엔 두 사람을 번갈아보며 이렇게 묻자 두리가 손가락을 세 개 펴 보였다.

"삼 년, 아니면 삼 개월이란 뜻인가? 설마 삼 일이란 뜻은 아니겠지."

"삼 개월이에요."

"여자 쪽의 부모가 반대하는 결혼은 삼 년 이상 준비하고 피차 다짐해도 어려운 법인데 더 시간을 두고 기도한 뒤 정하는 것이 어떨까."

난쟁이 여인이 점잖게 두 사람의 결합을 반대하자 석두는 슬그머니 화가 치밀었다. 원색적인 감정으로 반대했던 두리의 식구들이 더 솔직한 편이 아니었던가. 왜 두리가 존경하고 사랑한다는 이 꼽추여자는 사랑이라는 가면을 쓰고 나서는 것일까. 의혹의 구름이 그의 마음을 사로잡았다. 무슨 내막이 있을 것이다. 부잣집 색시를 소개해 줄 친척이라도 있어 그걸 미끼로 여자 쪽의 재산을 탐내는 것은 아닐까.

"이미 우린 결혼하기로 결심한 뒤라 더 이상 재고할 것이 없습니다."

약간 건방진 투로 석두가 말하자 두리도 그의 말끝에 크게 머리를 끄덕였다.

"청년은 언제부터 하나님을 믿기 시작했소?"

"군대 가서 단체로 세례를 받을 적에 끼어들어 예수를 믿었습니다. 왜 그것이 결혼에 문제가 되는 것입니까?"

"그럼 부모님들이나 형제들은 예수를 믿지 않는다는 말이오?"

"네."

난쟁이 여인은 놀란 가슴을 감추며 두리를 측은한 눈으로 훔쳐봤다. 부사사과를 내놓는 난쟁이 여인의 손이 몹시 떨려서 두리는 그녀의 손에서 과도를 빼앗아 과일을 깎기 시작했다. 긴 침묵. 이런 어색한 분위기를 깨고 난쟁이 여인이 딱 부러지게 말했다.

"이 결혼은 반대하오. 두리를 사랑해서 하는 말이요."

두리는 놀라서 과일을 떨어뜨렸다. 여직 봐온 난쟁이 여인은 언제나 그녀에게 다정하게 굴었고 어떤 어려운 일에도 반대를 하는 일이 없이 늘 이끌어주었기 때문이다. 석두도 한 입 깨물어 막 삼키려던 사과 쪽을 입에 문 채 아니꼬운 눈으로 난쟁이 여인을 노려봤다.

"아줌마, 저분은 엘리 엘리 라마 사박다니라는 기도를 할 정도로 신앙이 돈독한 걸 이 두 눈으로 똑똑히 확인했으니 걱정 마시고 저희들을 위해 기도나 해주세요."

"두리가 걸을 길이 너무 험난해서 마음이 아파 그래."

"지금까지 절 가르치실 때 무엇이라고 하셨어요. 하나님은 감당할만한 고난과 시련을 주신다고 했잖아요."

"후유! 좁은 길 중에서 가장 좁은 길을 골라잡는 두리를 보니 가슴이 저미는군 그래."

"실망 드리지 않게 잘 살게요. 위해서 기도나 해주세요."

"아직 두리는 인생을 잘 몰라. 하나님이 인간에게 자유의지를 주신 것은 감사한 일이지만 삶이란 그렇게 쉬운 길이 아니야."

"꼭 승리할게요."

대화가 잘 풀리는 걸 본 석두는 마음이 놓이는지 깎지도 않은 단감을 쟁반에서 집어 들어 맛있게 깨물어 먹고 있었다. 크나큰 괴물 같은 이 도시에서 어둠이 내리는 밤을 지낼 지붕 밑에 있다는 사실이 너무 다행이어서 그는 안도의 숨을 내쉬고 있었다. 그렇지 않으면 두리를 만난 교회로 가거나 아니면 노동자들이 여럿이 끼어자는 합숙소로 가야 하는데 거기에 비해 여긴 얼마나 아늑하고 따뜻한 정이 서린 곳이란 말인가!

"아휴! 이들이 앞으로 어떻게 할 것이란 말인가."

셋이 나란히 누워 잘 이불을 깔면서 난쟁이 여인은 두리를 보지 않고 혼잣말처럼 이렇게 중얼거렸다.

"살길을 모색해야지요."

"부잣집에서 자라 가난이 무엇인지 모르는 두리에게 앞으로 닥칠 일은 우리 주님이 십자가에 달리신 것만큼 아플 터인데……"

"해낼 수 있어요. 전 기름진 고기나 반찬보다 라면이나 채소를 더 좋아했으니까요."

"삶이란 그렇게 간단한 것이 아니야. 물론 두 손이 수고한 대로 먹는 것이 하나님이 우리에게 주신 삶이지만 그렇게 길들여지지 않은 두리가 당할 고통이 내 마음에 전해져서 그래."

난쟁이 여인은 끝내 괴어오는 가슴 저림을 참지 못하고 벽을 향해 돌아앉았더니 훌쩍였다. 그녀에게 이렇게 약한

면이 숨어 있었던가. 한 번도 두리 앞에서 이런 나약한 모습을 보여준 적이 없었기에 두리도 괜스레 마음이 요상해져서 울컥 눈물이 나왔다.

"결혼 비용은 있어?"

두리는 대답 대신 머리를 가만히 가로 저었다.

"쯧쯧……. 인생의 전환점에서 가난하다는 것은 불화를 초래하는 무서운 시련인데 이를 어쩌지, 우선 서울 근교에 산다는 시부모를 찾아가서 인사하고 결혼승낙을 받고 의논하지."

"갈 필요 없어요."

석두가 성난 목소리로 난쟁이 여인의 말을 꺾었다.

"낳아 키워준 부모 허락 없이 어떻게 인륜대사인 결혼식을 치를 수 있단 말인가."

"우린 고아끼리 만난 것이나 다름없어요. 저 사람은 돈 많은 부모가 있으나 사랑을 받지 못하고 버려진 여자지요. 전 깨어진 가정의 버려진 탕자니까요."

"맞아요. 저흰 외로운 사람들끼리 만났어요. 그러니 서로 사랑하며 잘 살아갈 수 있어요."

두리도 석두의 말을 받아 자신 있게 말했다. 그런 두 사람을 측은한 눈으로 한참 바라보던 난쟁이 여인은 저들이 들을 수 없는 낮은 목소리로 중얼거렸다.

'아아! 하나님은 이렇게도 역사하시는구나. 젊음은 그래서 좋은 것인가 봐. 무작정 안개 속을 헤매는 습성을 지닌 이십대의 나이로 인해 저들은 두려움 없이 용감할 수 있고 하나님은 이것을 이용해서 자기 뜻을 이루려 하시는 것일까?

"내일 시골에 갈 돈은 있는가?"

"그것도 없어요."

"아아! 누군가가 이들을 위해 희생을 해야 이 가정이 일어설 터인데 주여, 저들의 길을 평탄케 하소서."

난쟁이 여인은 이렇게 말하고 작은 농 서랍을 열어 돈 봉투를 그들 앞에 내놓았다.

"미안해요. 이렇게 큰 돈을……."

두리가 냉큼 돈을 받지 못하고 얼굴을 붉히며 멈칫대자 석두가 얼른 돈을 앗으면서 난쟁이 여인 가슴을 우악스럽게 밀어냈다.

"결혼식은 하나님 앞에서 해야 하니 부모님 만나 뵙고 이리로 와요. 두리가 늘 혼자 찾아간다는 그 교회에 내가 말해 놓을 터이니 거기서 결혼식을 하는 것이 어때요."

"아 좋아요. 우린 그 교회에서 만났으니 얼마나 의미 있는 결혼식이 될까요. 아줌마 고마워요."

두리가 감격해서 울먹이며 난쟁이 여인의 가슴에 얼굴을 묻고 있는 동안 석두는 굳어진 얼굴로 벽을 향해 앉아 못마땅한 듯 저들을 곁눈질했다.

"제 부모님을 만나러 가봤자 시간 낭비예요. 저희들은 이 도시에서 이대로 살아가는 편이 더 현명해요."

"아니, 이 사람아, 그럼 우리 두리랑 결혼식도 올리지 않고 거지처럼 길거리에서 잠을 자며 히피처럼 떠돌아다닐 작정이었단 말인가?"

침착하고 인내심이 강해 강철 같은 인상을 지녔던 난쟁이 여인이 끝내 참지 못하고 분통을 터뜨렸다.

3

세 사람 사이에 거북살스러운 분위기가 감돌자 석두가 그걸 참지 못하고 구시렁거렸다.

"저란 놈은 이 세상 끝까지 가본 놈입니다. 사형수의 아들이라고 눈총도 많이 받았고 돈이 없어 다니던 대학도 입학하자마자 도중하차를 했으며 배가 고파 사흘나흘씩 굶으며 길거리를 헤매며 운 적이 있었습니다. 혼자서도 이런 고통을 이겨냈는데 사랑하는 여자와 손을 잡고 걷는데 쓰러질 리가 있겠습니까. 우린 성공할 것입니다."

"자네가 대학을 다녔었단 말인가?"

"의과대학 일 학년에 들어가 기분을 내며 꼭 한 학기 다니다가 하숙비가 없어 휴학계를 냈지요. 몇 년 빌빌거리다가 군에 갔다 오니 모두 의젓한 의사 가운을 걸치고 폼을 잡고 있더군요."

"자넨 지금도 의사가 될 꿈을 가지고 있는가?"

난쟁이 여인의 눈에 생기가 돌더니 얼굴에 근심이 서서히 가셔갔다.

"그야 물론이지요. 전 머리는 기차게 좋은 놈인데 하필이면 의과대학에 들어가서 빛을 못 본 것이지요. 의사가 되려면 돈이 엄청나게 드는데 그걸 누가 뒷바라지해줍니까."

"으음, 우리 두리에게 하나님이 일거리를 주셨군 그래."

갑자기 난쟁이 여인은 미친 사람처럼 손바닥을 치며 신나게 깔깔 웃어댔다.

노트르담의 꼽추처럼 징그럽게 웃어대는 여인을 두 사람은 겁먹은 눈으로 한참 바라보다가 서로 눈치를 살피며 달팽이처럼 몸을 도사렸다. 석두는 이 여자가 정말 미쳐서 이렇게 웃어대다가 그를 물어뜯는 것이 아닐까 하는 걱정이 앞섰기 때문이다.

두 사람을 앞에 놓고 눈물이 눈꼬리에 그득 고여 흘러내릴 때까지 손뼉을 치며 웃어대던 그녀가 갑자기 웃음을 뚝 그치더니 자신 있게 외치는 것이 아닌가.

"자넨 유명한 의사가 될 거야. 하나님은 자넬 들어 쓰시려고 이런 고난을 주셨고 착한 두리와 짝을 지어주신 것이 확실해."

"혹시 저 여자 예수 무당 아니야?"

석두가 두리의 귀에 대고 이렇게 속삭였다. 신이 내린

무당이 작두 위에서 신나게 춤을 추다가 점괘를 불어대는 것처럼 느껴졌기 때문이다.

"아니야. 이 아줌마는 기도하는 아줌마야. 이런 훌륭한 아줌마를 그렇게 몰아붙이지 말아줘."

석두의 귀에다 대고 이렇게 대꾸를 하면서도 두리도 걱정이 돼서 눈은 난쟁이 여인의 얼굴에서 떠나질 못했다.

"어서 서둘러서 이번 학기에 복학을 하라고. 어느 대학엘 다녔는가?"

난쟁이 여인은 달력을 올려다보며 이렇게 다그쳤다. 벽에 걸린 달력은 가지에 물이 올라 푸른 잎들이 막 얼굴을 내미는 나무들로 가득 찬 시골 풍경을 담고 있었다.

"조금 늦은 감이 있지만 어쩌겠나. 어서 학교에 찾아가서 애걸해 보게나. 제발 의사가 돼서 나같이 불쌍한 사람들을 위해 무료진료를 베푸는 의사가 돼야 해."

난쟁이 여인은 이번엔 아주 성녀로 변신해서 이렇게 훈계를 하고 있었다.

"피이! 무슨 돈이 있어 이 나이에 의사가 되겠다고 학교엘 간답니까?"

"할 수 있어. 왜 못해. 믿는 자에겐 능치 못할 일이 없다고 했어. 할 수 있단 말이야. 우리 두리가 곁에 있고 내가 함께 있어준다면 그건 가능해."

난쟁이 여인은 확신에 차서 이렇게 소리 지르지만 두리와 석두는 수중에 단 한 푼 없어 오도 가도 못하는 주제라 그저 멍멍해서 어찌해야 좋을지 모를 지경이었다.

"첫 학기 등록금은 내가 적금을 넣은 걸 꺼내주면 되지만 꼭 갚아야 한다는 조건이야."

이렇게 혼자 말하고 혼자 결정을 내린 여인은 농을 뒤져 적금통장과 도장을 두리 앞에 내밀었다. 두리가 펴든 통장엔 5년을 부은 적금이 어제 날짜로 만기가 차 있었다.

"그럴 수는 없어요. 저흰 아직 혼례식도 올리지 않은 사람들인 걸요."

돈을 본 석두는 감격했지만 그러나 5년이란 기간을 두고 불구의 몸으로 매달 넣어온 돈으로 첫 학기 등록금을 넣겠다고 선뜻 결정을 내리지 못하고 이렇게 뒤로 물러섰다.

"맞아요. 저흰 젊지만 아줌마는 몸도 이런데 이 돈을 어떻게 우리가 쓰겠어요. 아줌마 앞날을 위해서 넣어두세요."

두리도 석두의 말을 거들며 통장과 도장을 여인의 앞으로 밀어냈다.

"아니야. 꼭 자넨 공부해야하네. 그건 못난 이 여자가 지닌 마지막 소망이기도 하네. 아아! 내게도 꿈을 주신 주님, 감사합니다."

"저희 결혼식은 어떻게 하구요. 제겐 두리를 아내로 맞는 일이 공부보다 더 급합니다."

"우리 함께 시골로 내려가지. 부모를 뵙고 의논해야지. 가난해도 마음을 합하면 무서운 것이 없는 법이야."

난쟁이 여인은 두 사람의 의견을 무시하고 나들이옷으로 갈아입기 시작했다. 목과 가슴이 위쪽으로 착 달라붙어 허리 밑으로 내려진 치마 길이가 없었다면 가슴과 허리의 구분을 짐작할 수 없을 정도로 망가진 몸에 그녀는 분홍색 원피스를 걸치고 갈퀴손을 해서 머리를 빗더니 어서 가자며 방문을 나서는 것이 아닌가. 얼떨결에 두 사람도 여인을 따라 버스길로 나왔다. 봄바람이 미친 여자처럼 불어오다가 세 사람을 휘감으며 회오리바람을 일으켰다.

"어디로 가는 버스를 타야 하지."

난쟁이 여인은 토큰 세 개를 두리의 손에 쥐여 주며 버스 정류장 쪽으로 걸어갔다.

"어쩔 셈이에요. 어머님이 계신 시골로 가야 하는 건가요?"

두리가 걱정스럽게 물었다.

"가보자고. 날 의사까지 만든다고 야단인데……. 내 어머닌 육신이 멀쩡하고도 날 공부 못 시켰는데 꼽추가 나서서 야단이니 어머니가 보시면 아마 찔리는 바가 있을 거야."

두 손을 바지 주머니에 찌르고 이렇게 이죽거리며 석두는 마장동으로 가는 버스에 올라탔다.

4

세 사람이 북한강을 끼고 있는 오봉리 마을에 도착한
것은 정오가 조금 지난 뒤였다. 새털구름을 이고 고깃배
가 한 척 유유히 강물 따라 흐르고 있어 참으로 평화로운
마을이었다. 산봉우리가 다섯, 나란히 줄을 서듯 고만고
만하게 머리를 내밀고 있어 오봉이란 마을이름이 생겼다
는 고장이다.

젖소들이 야트막한 산비탈에서 꼴을 먹고 있는 전형적
인 목장 마을이라 소 냄새가 퀴퀴하게 세 사람의 코를 찔
렀다. 무뚝뚝한 석두가 목장 마을에서도 가장 큰 집을 향
해 걸으며 벙어리처럼 아예 입을 다물어버려 두 여자는
그의 뒤를 급히 따라 걸었다. 대문이 드높고 고풍이 깃든
기와집으로 석두는 쑥 들어가버려서 두 여자는 문 앞에
서서 기다릴 수밖에 없었다. 얼마를 기다렸을까. 기다림
을 달랠 겸 채마 밭에 냉이와 꽃다지가 쏘옥쏘옥 얼굴을
내밀어 그걸 캐느라고 엎드린 난쟁이 여인 곁에 선 두리
는 속살로 파고드는 봄바람에 어깨를 웅숭그리고 진저리
를 쳤다.

"이봐, 두리. 생명이 얼마나 신비한가! 하나님은 흙을
가지고 요술을 부린다고 생각지 않아?"

냉이의 실 같은 뿌리를 보이며 난쟁이 여인이 씨익 웃
어 보였지만 두리는 석두가 들어간 대문을 연신 돌아다

보았다. 갈비뼈가 앙상하게 드러난 삽살개 한 마리가 갑자기 대문 안에서 뛰어나오더니 두리의 치맛자락이라도 물어뜯을 듯 컹컹 짖으며 맹렬하게 달려들었다. 도시에서 이렇게 못생긴 개를 본 적이 없는 두리는 무서움에 질려 냉이를 캐고 있는 난쟁이 여인 옆에 앉아버렸다.

"워이, 워이, 이 못난 개가 왜 이래."

여인이 두리 대신 나서서 개를 발로 쫓는 동안 이쪽을 무섭게 노려보는 여자가 있었다. 꼽추여인의 발길질이 무서운 것이 아니라 대문에 나와 이쪽을 보고 있는 주인여자의 눈을 의식했는지 똥개는 슬그머니 꽁지를 꽁무니에 사려 넣고 물러섰다. 난쟁이 여인은 손에 넘치게 뜯은 냉이와 꽃다지를 버리지 못하고 그냥 든 채 대문으로 다가갔다.

"처음 뵙겠습니다. 댁의 아드님이 석두라는 청년이지요?"

"그런데요."

"이 아가씨가 댁의 아드님과 결혼할 나두리입니다."

난쟁이 여인이 여기까지 설명했는데도 대문 앞에 선 여자는 귀머거리인 양 입을 열지 않고 매섭게 두 사람을 노려보기만 했다. 매사에 신중한 탓도 있지만 자신이 남 보기에 흉하게 일그러진 꼽추라서 항상 양보하고 뒷전에 숨어 없는 듯이 살아왔던 난쟁이 여인이 불같이 성을 내며 두리를 그녀의 발 앞까지 끌고 갔다. 그 행동이 어찌나 난

폭한지 두엄을 파헤치며 정신없이 모이를 찾아먹던 암탉과 병아리들이 푸드덕거리며 그들 옆을 비켜갔다.

"아니, 우리 두리가 이 집 며느리 될 자격이 없단 말이요? 단 하나의 조건만 좋아도 내가 이렇게 화를 내지 않을 터인데 적반하장 격이지 집안에 들어온 보물을 놓고 곱게 받아들이지 않고 오히려 냉대를 하다니 도대체 당신 정신이 있는 사람이요, 없는 사람이요!"

너무 격해서 숨이 턱까지 막혀오는지 난쟁이 여인은 컥컥거리며 목청을 높이다가 이내 눈물을 주르륵 흘렸다. 석두의 어머니 앞에 선 두리는 그제야 장차 시어머니로 모실 여자를 찬찬히 뜯어볼 수가 있었다. 석두와는 달리 얼굴이 정사각형이고 우람한 몸이 햇빛으로 그을린 살갗으로 인해 아주 거세 보였고 눈은 썩은 생선의 눈처럼 희미했다. 울컥 소주 냄새가 코를 찔렀다. 한낮인데 벌써 저렇게 곤드레가 되게 여자가 술을 마셨다니! 두리가 싫다고 뿌리치고 나온 부모보다 더한 부모를 하나님은 접 부처주시고 있구나! 두리는 아무 말도 못하고 난쟁이 여인의 손에 왼팔이 잡힌 채 눈물이 그렁한 눈으로 한낮의 햇살을 담뿍 안아서 전신의 추함을 몽땅 내보이면서도 부끄러운 줄도 모르고 히죽히죽 웃고 서 있는 불쌍한 여인을 바라보았다. 거친 풍파로 인해 시들어가는 육신장막의 추함과 시달린 영혼의 냄새가 술 냄새와 함께 역하게 풍겨와서 두리의 가슴 깊은 곳에서 연민의 정이 솟아났다. 생에 실패한 가련한 노파를 어찌 미워하겠는가? 이 여자를 사랑하자, 이 불쌍한 여인에게 삶의 소망을 불어넣어주자. 두리는 두엄 가를 맴도는 닭들보다 더 시들어버린 한 여인을 앞에 놓고 이렇게 자신에게 다짐하고 있었다.

"도대체 당신은 누구요? 설마 꼽추가 나와 사돈이 된다는 뜻은 아니지요. 우리 집안이 지금 몰락해서 이렇지 본래는 뼈대가 있는 집안이요. 석두란 녀석이 공부도 잘했고 누구에게나 고임을 받았던 놈인데 집안이 쑥대밭이 되는 바람에 저렇게 되었지만 못생긴 며느리를 맞을 지경까지 가진 않았소."

마지막 자존심을 살리려는 안간힘이 역력히 살아나서 가련해 보일 지경이었다. 척추가 휜 여자가 키가 작고 호감을 살 수 없는 외모를 지닌 두리와 함께 섰으니 모녀로 보인 것은 당연했다. 외양으로 인간을 평가하는 것은 역사의 흐름과 함께 내려오는 평범한 인간의 유산이 아니겠는가.

"난 두리의 에미가 아니요. 다만 저들이 이루려는 가정을 잡아 붙들어주려는 이웃일 뿐이요."

외양을 놓고 시비를 걸어오면 언제나 기가 죽는 난쟁이 여인이 한발 물러서며 달팽이처럼 오므라들었다.

"결혼하려면 사돈끼리 만나는 것이 절차가 아니겠소."

"전 이 결혼으로 인해 집에서 쫓겨났어요."

"여자가 집을 나오다니, 이거 갈수록 태산이군. 난 이런 여자를 내 며느리로 맞을 마음이 없으니 어서 썩 데리고 가시오."

여자가 대문을 걸어 잠그고 안으로 사라지려하자 두리가 대문을 두드리며 애걸했다.

"어머니, 제가 어머니를 잘 모시고 이 집안을 평화롭게 이끌어 나갈 테니 절 받아주세요."

두리가 아무리 애걸해도 굳게 잠긴 대문은 삐거덕거리는 소리를 낼뿐 열리질 않았다.

"잘된 일이다. 두리야, 이건 하나님의 뜻이야. 깡그리 포기하고 어서 돌아가자. 여기 있으면 넌 너무 고생한다. 왜 사서 고생을 하려느냐."

난쟁이 여인이 두리의 양손을 모두어 잡고 간절하게 타이르고 나서는 잽싸게 온 길을 향해 되돌아섰다. 두리는 이럴 때 어떻게 해야 할지 몰라 조개껍데기처럼 잠긴 대문과 발끝으로 처마 밑에 놓인 돌부리를 차고 있는 석두를 번갈아 쳐다보았다. 석두가 결단 있는 태도를 얼른 보이질 않은 탓에 두리도 어쩔 수 없다는 듯이 천천히 몸을 돌려 난쟁이 여인이 걸어가고 있는 산길을 향해 걸음을 옮기려는 찰나였다.

"그러게 내가 뭐랬어. 오지 말라고 했잖아. 어머닌 날 미워해."

"무엇 때문에 미워해요? 자식을 미워하는 부모가 어디 있어요."

"아버지가 사형수로 판결을 받고 나중엔 무기수가 되어 광주로 내려간 뒤부터 어머니는 변하기 시작한 거야. 매일 술 먹고 저러고 지내."

"저 집은 누구네 집이에요?"

"큰 외삼촌 집인데 모두 서울로 이사하고 목장을 경영하는 사람에게 안채를 세주고 뒤채는 우리더러 살라고 빌려주었어."

"그럼 지금까지 무얼 먹고 살았어요?"

"매달 쌀 한 가마와 연탄 백 장을 외삼촌댁이 사주고 가지. 죽지 않을 정도로 주는 거야. 저희들은 고급아파트에 살면서 자녀들을 미국으로 유학 보내고 떵떵거리고 살아가고 있어."

"얼마나 감사한 일이에요. 친 형제간이니 그렇게 해주지 누가 그렇게 신경을 써 주겠어요."

"두린 무엇이나 감사인데 그게 난 싫단 말이야. 기분 날 때 갈빗집에 가서 한 끼에 먹어치우는 돈 정도를 주면서 그걸로 한 달 살라는 거야."

"그렇게 생각하고 사니까 불행한 거예요. 두 손이 수고한 대로 먹는 것이 진리예요. 왜 가만히 앉아서 가져다주는 걸 받아 먹고 살아요. 그것도 주는 이를 욕하고 불평하면서 말이에요."

두리가 재게 걸어 난쟁이 여인을 따라가자 불안해진 석두가 뿔난 아이처럼 갑자기 두리의 왼팔을 그악스럽게 잡아챘다.

"왜 이래요."

"넌 내 색시야. 이왕 여기까지 왔으니 결혼식을 치르고 며칠 살다가 서울로 가기로 해."

석두가 단호하게 이렇게 나가자 앞서 가던 난쟁이 여인이 걸음을 멈추었다. 그러나 전기를 차단시킨 떡 방앗간 기계처럼 침묵할 뿐 저들을 향해 돌아서진 않았다.

"어떻게 결혼식을 해요. 어머니도 반대하고, 청할 손님도 없는데."

"건넛마을에 교회가 있어. 입은 이대로 가자. 목사님께 부탁해서 하나님 앞에 서서 서약을 하면 되잖아. 증인은 아줌마가 서주세요."

석두가 처음으로 난쟁이 여인에게 아줌마라는 칭호를 붙여주며 짜부라져서 사람들이 같이 있기를 꺼리는 그녀에게 따뜻한 눈길을 던졌다.

"이제야 똑똑한 태깔로 돌아간 것이요?"

석두가 힘차게 머리를 끄덕였다. 지금까지의 태도로 미루어봐서 믿기지 않기도 하고 젊은 두 사람의 앞길이 걱정되어 여인은 어두운 표정을 감추지 못했다. 의사를 만들겠다는 꿈도 하나님이 함께하시면 되겠지만 거기에 따를 수고와 고생을 감당할 두리가 가여웠고 그들의 지주가 될 자신의 몸이 너무 약해서 앞날을 예측할 수가 없었기 때문이다.

"아줌마의 말대로 공부를 하겠어요. 두리가 내 색시로 곁에 있어 줘야한다는 조건이에요. 이대로 두리가 떠나가버리면 난 여기 남아야 하는데 전 그것이 두려워요. 저 집에 들어가면 어머니의 어두운 그림자가 날 잡아 먹어버릴 것이 뻔해요."

이렇게 말하는 석두의 눈가가 젖어 있었다. 난쟁이 여인과 두리의 뒤를 따라오면서 많은 것을 생각하고 결심한 것이 분명했다. 그러고 보니 석두의 눈에 총명한 빛이 어려 오는 걸 엿볼 수 있었다. 어쩔 줄을 몰라 난쟁이 여인의 눈치를 보는 두리를 흘끔 일별한 여인은 이렇다 저렇다 말을 하지 않고 굳게 닫힌 대문을 향해 종종걸음을 쳤다.

어찌하려고 저러나 하는 걱정에 석두가 부리나케 뒤쫓았다. 처마 밑에 쌓아둔 커다란 소나무 토막을 힘겹게 여인이 들어 올렸기 때문이다. 그가 말릴 겨를도 없이 여인은 나무토막으로 대문을 두드리기 시작했다. 하나, 둘, 셋…… 하고 세어가면서 말이다.

"제가 담을 넘어가 대문을 열 터이니 이러지 마세요."

석두가 날렵하게 대문 옆의 담을 기어 올라가 빗장을 따주자 난쟁이 여인은 개선장군처럼 의기양양하게 어머니가 있음직한 뒤채의 안방으로 거침없이 들어가는 것이 아닌가. 밖에서 일어나는 소란에 개의치 않고 석두의 어머니 문경댁은 병든 닭처럼 머리를 이불 속에 쑤셔 박고 잠을 자고 있었다.

"여보시오. 이럴 수가 있소. 어서 일어나시오. 댁의 아들 결혼식이 있으니 목욕이나 하고 옷을 입어요."

우악스럽게 잡아 흔드는데도 얼마 전 보였던 당당함을 어디에 버렸는지 문경댁은 흐리멍덩한 눈으로 나대는 꼽추여인을 흘겨보다가 다시 앞으로 고꾸라졌다.

"어머니는 아편을 마신 거예요. 뒤뜰에 심은 양귀비에서 얻어낸 즙을 마신 것이 분명해요. 어머닌 지금이 편한 상태이니 누워 주무시게 하고 우리끼리 결혼식을 올려요."

망가진 인형처럼 널브러진 문경댁을 동정 어린 눈으로 내려다보던 난쟁이 여인은 혀를 끌끌 찼다. 허리뼈가 정상적인 육체를 지니고도 영혼이 병들면 어쩔 수 없구나 하는 말이 튀어나오는 걸 억지로 참고 밖으로 나왔다.

석두의 뒤를 따라 건넛마을로 뚫린 길로 접어들었으나 그 누구도 입을 여는 사람은 없었다.

"아줌마, 제 어머니를 나무라지 마세요. 불쌍한 분이에요."

"나도 그런 생각을 하고 있던 참이야."

"어서어서 우리가 자리를 잡아 모시고 살면서 기쁘게 해드릴 거예요."

"두리가 시어머니를 모시겠다고. 어머머! 착한 것. 그런 마음을 가진 우리 두리를 하나님은 꼭 축복해 주실 거야."

입은 채로 목사님 앞에서 결혼식을 올리러 가는 세 사람의 마음이 모두 안방에 죽은 듯이 쓰러져있는 여인을 생각하고 있었다. 새싹이 돋아나는 봄이건만 구름이 끼기 시작하자 사방이 을씨년스러웠고 곧 비가 올 것 같아서 세 사람의 발걸음은 점점 빨라졌다.

석두를 알아보고 뛰어나와 악수를 청하는 목사님은 칠순도 더 넘어 보이는 할아버지였다. 석두의 설명을 듣고 이해가 간다는 듯이 머리를 끄덕였고 곧 넥타이를 매고 나왔다. 석두네 사정을 너무나 소상히 알기에 아마 더 알아볼 것도 지체할 이유도 없었던 모양이다.

난쟁이 여인이 교회 울타리로 심어놓은 개나리 몇 가지 꺾어다가 신부인 두리의 가슴에 안겨주었다. 봉오리를 터뜨리려고 입을 조금씩 벙긋하게 벌린 노란 꽃이 껍질을 까고 나오는 병아리를 연상케 했다. ✶

가시밭길

1

한나 언니가 사는 아파트를 찾아온 두리는 선뜻 초인종을 누를 수가 없었다. 석두와의 결혼을 반대하기에 가출해서 눈물 나게 쓸쓸한 결혼을 했고 이제 살 수가 없어 돈을 얻으러 왔으니 이런 두리를 한나는 어떤 눈으로 맞을 것인가. 치사하게 죽어도 자신의 힘으로 살아보려 했으나 현실은 돈이 있어야 돈을 벌 수 있는 세상이었다. 가련해진 동생을 붙들고 울면서 가진 돈을 급한 대로 쓰라고 내놓을 것인가 아니면 동물원의 원숭이를 보듯 이상한 눈으로 꼬나볼 것인가 하는 생각을 하며 고급호텔을 닮은 현관문 앞에서 한참을 서서 뭉그적거렸다. 어차피 두리가 처한 상황은 급박한 것이기에 용기를 내 초인종을 눌렀다. 낯선 여자가 인터폰을 향해 누구냐고 물었다.

"이 집 여동생이에요."

"모두 나가시고 아무도 없는데요."

"들어갈 수 없을까요?"

"주인이 아무도 들여놓지 말라고 했는데요."

"전 이 집 주인의 친 여동생이란 말이에요."

"그럼 기다리세요. 전화로 알아볼게요."

여자는 철저하게 훈련을 받은 듯 당차게 굴며 문을 열어주지 않고 얼마를 멈칫대다가 마지못해 문을 땄다. 누구의 제사를 지냈는지 아니면 장식용으로 그랬는지 거실한구석에 굽이 높은 제기 접시들이 놓여 있었다.

"땅을 사러 강남에 가야하니 두 시간 기다리라고 하네요."

파출부인 여자는 후줄근해 보이는 두리의 위아래를 연신 훔쳐보며 끈끈한 의심의 시선을 던졌다. 바쁘게 부엌일을 하다가도 불현듯 나타나 이쪽의 동태를 훔쳐봐서 기분 상하게 만들었다.

"언닌 무슨 땅을 사러 갔대요? 농사지을 사람이 아닌데."

혼자 앉아있기가 지루해진 두리는 파출부가 빨래하고 있는 다용도실로 찾아가서 이렇게 물었다. 선뜻 대답하기를 꺼려하면서 눈치를 보고 입을 열지 않았다. 친자매지간이라지만 너무나 판이한 외모로 인해 의심을 품고 주저하는 것이 분명했다. 영화배우 뺨치게 미인인 한나에 비해 동생이라고 자처하는 손님은 아무리 뜯어봐도 너무 못생겼기 때문이다.

"제가 패물을 훔치러 온 사람인가 의심하는 것이지요?"

"오호호…… 어떻게 내 속 생각을 그렇게 꼬집어내세요?"

"전 생김새가 천덕스러워 그런 소릴 많이 듣고 자랐으니까요."

"어쩜 그렇게 언니와 닮은 데가 한 군데도 없어요. 그리고 부모 재산이 많다고 들었는데 왜 차림새가……."

"하나님이 절 빚을 때 잠깐 졸았나 봐요. 그러나 제 영혼은 기막히게 편안하고 기쁘답니다."

"아니 댁이 하나님을 믿으세요?"

"네. 전 기독교인이랍니다."

"어머! 반가워라. 저는 권찰이랍니다. 이 집 모두가 철저하게 미신을 믿고 있는데 어떻게 교회를 나가게 되었나요?"

"그래서 이렇게 핍박을 받고 내쫓겼지요."

"어휴! 가엾어라. 쯧쯧……. 쓰러지지 말고 굳게 서서 생명의 면류관을 생각하세요."

파출부와 노닥거리며 아파트의 여기저기를 둘러보니 벽 구석구석에 부적이 붙어 있었다. 붉은 글씨로 쓰인 아기 손바닥 크기의 종이쪽이 눈에 거슬려 가만히 한숨을 삼키는 두리를 파출부 아줌마는 지금까지의 경직된 얼굴의 근육을 풀고 사근사근하게 대했다.

"안방 문설주 위에 붙인 부적은 글쎄 자그마치 천만 원을 주고 샀다는군요. 그까짓 종이쪽이 무슨 힘이 있다고 그런 거액을 내놓고 사는지 모를 일이에요. 그악스럽고 똑똑하신 분이 어쩜 그렇게 무식한지. 돼지 대가리 앞에 절하는 고관대작과 똑같은 행위지요."

"뿔 뺀 쇠상相이지요. 언닌 거죽만 화려하지 실속이 없는 껍데기 생활을 하고 있어요."

파출부와 두리가 이렇게 대화를 나누는 동안 현관이 소란했다. 두리가 들어오면서 문 잠그는 걸 잊었던 모양이다. 한나가 우당탕 뛰어 들어오더니 냅다 신경질을 부렸다.

"아줌마, 미쳤어요? 현관문을 잠그지 않으면 어떡해요! 도난이라도 당하면 아줌마가 일생 일해도 갚지 못할 터인데 이게 무슨 짓이에요."

"아이쿠! 미안해요. 동생분이 오셔서 깜빡 잊었어요."

파출부 아줌마는 큰 잘못을 저지른 듯이 굽실거리며 현관으로 나갔다. 혈기가 올라 흰자위까지 불그레해진 언니를 향해 몸을 돌린 두리가 반가워서 눈가를 적시며 다가가자 한나는 한심한 애가 왔다는 듯 위아래를 쓰윽 훑어보더니 담배에 불을 붙여 맛나게 빨았다.

"아버지, 어머니 모두 안녕하셔?"

"네가 그걸 물어 볼 자격이 있니? 그러나 저러나 그 얼간이는 어디에 두고 왜 혼자 왔니?"

"언니 도움을 받으러 왔어."

"그렇게 당당하게 나갈 땐 언제고 이제 이렇게 비굴하게 나타나서 뭐라고? 똑 부러지게 말하는데 십 원짜리 동전 하나 내놓을 수 없으니 그리 알아. 우리 가정을 버리고 사형수 아들하고 도망갈 땐 언제고 이제 배가 고프니까 나타나서 알찐거려?"

"달라는 것이 아니야. 꿔주면 나중에 갚을 거야."

"무능한 사람들이 다 먹어치운 다음에 무엇으로 갚아?"

"장사를 할 거야."

"웃기지 마라. 네가 장사를 해. 아무나 돈 버는 줄 아니? 그 남자와 결혼하면 사주팔자가 밑 빠진 독에 물 붓기로 가난하고 늘 싸움판이라고 했잖아."

"좋은 가게를 봐둔 것이 있어서 그래."

"그럴 돈이 있으면 강남이나 서울 변두리에 땅을 더 사두겠다. 지금 하루가 다르게 땅값이 급등하고 있는데 고생하며 수고하는 장사를 해."

한나는 아주 능숙하게 담배를 빨아 연기를 공중으로 뿜어 올렸다. 그리고 형부인 한철이 먹다 둔 스카치를 유리잔에 따라 찔끔 마셨다. 독한 술이 목을 타고 내려가는 것에 쾌감을 느끼는지 한나의 게슴츠레한 눈에 만족한 미소가 감돌았다.

"너도 한 잔 할래?"

"내가 예수 믿는 걸 언닌 몰랐던가?"

"아아! 그래 넌 예수의 여동생이 되었지."

"마지막 부탁이야. 나에게 오백만 원만 꾸어주지 않겠어?"

"아유! 그렇게 많이? 네 오빠인 예수에게 부탁하지 그러니?"

"언니 제발 그렇게 이죽거리지 말고 한 번만 도와줘."

"그 돈이 있으면 강남에 새로 짓는 집을 사서 은행융자를 끼고 세를 놓으면 얼마를 더 버는데 그러니."

"지금 너무 다급해서 그래. 매달 이자를 가져올 터이니 제발 도와줘."

담배를 두어 모금 빨아서 속으로 삼켰다가 다시 천천히 내뱉으며 무슨 생각이 한나의 머리를 스쳤는지 눈에 번쩍 광기가 서렸다.

"내가 제시하는 조건을 들어주면 꿔주지."

"무슨 조건인지 모르지만 다 들어줄게."

"서약서를 써서 증거로 남겨야 돼."

"무슨 서약서야?"

이 대목에 이르러서 한나는 잠시 망설이는 듯 뜸을 들였다.

"유산 문제인데……."

"유산이라고?"

"그래."

"어떻게 하자는 거야?"

"전부 나에게 넘겨준다는 서약을 해주렴."

두리는 잠시 망설였다. 언니인 한나의 의도가 무엇이란 말인가.

"싫으면 고만 두렴. 사실 어머니나 아버지는 이미 모든 재산을 나에게 넘겨주기로 되어 있지만 만에 하나 너에게 줄 것이 있을 경우를 말하는 거야."

"그럼 그 경우에 꿔준 돈을 거기서 떼어내겠다는 뜻이야?"

"이 멍청아, 그런 조건이라면 뭣 때문에 서약서를 쓰라고 그러니? 아버지가 널 가끔 찾으니까 혹시나 너에게 유산을 넘겨주겠다는 법적절차를 밟아놓을 경우를 생각하는 것이지."

"아버지가 날 생각한다고?"

"왜 귀가 솔깃하냐? 자식이니까 어쩌다 문득 생각이 나겠지만 네가 한 짓을 떠올리면 몸서리쳐진다고 하시더라. 그러니 너에게 유산을 줄 확률은 아주 없는 거나 마찬가지야."

모 여성 잡지에서 읽은 기억으로는 십억만 가지면 한 가정이 일생 손 하나 까딱하지 않고도 편안히 먹고 살 수 있다고 했다. 그런데 나 회장인 아버지의 재산은 시내에 지어져 있는 몇 채의 빌딩을 포함해서 변두리에 사놓은 임야를 줄잡아 계산해도 몇 백억에 가까우니 이런 엄청난 돈을 언니가 혼자 먹겠다는 주장을 펴고 있는 셈이다. 두리는 손에 턱을 고이고 잠시 아버지와 어머니를 생각했다. 어떻든 피가 통하는 육신의 부모이니 울컥 그립고 보고 싶은 생각이 나서 눈물이 났다. 그러나 그 돈 때문에 어머니나 아버지는 얼마나 교만하고 당당하게 사람들을 대하고 없는 자들을 짓밟고 있단 말인가. 나중엔 자신들의 피가 섞인 딸, 두리까지 돈으로 계산하려들어 마음에 맞지 않는다고 내쫓았는데⋯⋯. 주님은 부자가 천국에 들어가는 것이 낙타가 바늘귀로 들어가는 것보다 어렵다고 하지 않던가. 만약 두리가 머리를 숙이고 들어간다면 부모님의 종교요, 우상인 돈에 승복한다는 뜻도 된다.

인생살이에서 돈만큼 화려한 손짓으로 인간을 유혹하는 것이 또 있겠는가? 두리의 경우만 해도 배고픔과 시댁의 비극에 직면하고 있다. 더구나 남편이 의사가 되려고 날개를 펴려는 때이니 돈에 대한 마력을 육신의 힘으론 참기 어려웠다. 인간의 행위로 한다면 즉각 일어나서 나도 딸인데 왜 너 혼자 그 많은 재산을 가지려는 거냐 하고 대들고 싶었으나 두리는 꾸욱 참았다. 석두를 따라 나설 때 이미 그녀는 돈과 관계없는 삶에서 평안을 찾으려하지 않았던가. 더구나 꼽추여인의 눈에 고인 형언할 수 없는 기쁨과 그녀가 베푸는 따뜻한 사랑을 닮아가며 살기로 하지 않았던가. 입술이 바짝 타들어가서 두리는 혀와 입술을 씰룩이며 침샘을 자극해서 입안을 적셨다.

한나는 몸이 아파 사우나를 가겠다고 간편한 옷으로 갈아입고 나왔다.

"유산에 대한 미련이 있는 모양이지. 그러면 얼간이하고 헤어지고 집에 다시 들어오너라. 어머님이 널 받아들일 확률은 무척 적지만……. 이제야 돈이 얼마나 네 인생에서 중요한가를 깨달은 모양이구나. 흐흥! 너라고 별 수 있니? 도도하고 고고하게 돈을 깔아뭉개더니 몇 달 배고파보니 눈이 뒤집히는 모양이지."

한나는 거울 앞에 서서 다이아 귀고리와 반지를 챙기느라 꿈지럭거리며 독이 오른 공격적인 말을 거침없이 내뱉었다.

"난 지금도 돈에 대해선 관심이 없어."

"너같이 생긴 사람들이 갖기 쉬운 오기가 바로 그거야. 외모가 찌그러지면 자기 자신을 자해하는 고집도 세단 말이야."

"돈이 인생의 전부가 아니야."

"그럼 유산을 포기하는 각서를 쓸 용기는 왜 없는 것이냐?"

"알았어. 각서를 쓰지."

순간 한나의 눈에 묘한 미소가 꽃뱀이 머리를 쳐들 듯 서서히 피어올랐다. 부엌에서 갈비를 손보던 파출부아줌마가 이들의 대화를 엿듣다가 놀라서 칼질하던 손을 멈추고 거실 쪽으로 몸을 돌렸다. 잠시 긴 침묵이 흘렀다.

"세상에 어떻게 이럴 수가 있어요. 동생분이 아무래도 뭔가 잘못 생각하는 것 같아요. 절대로 도장을 찍어선 안 됩니다. 피를 나눈 자매끼리 이런 경우는 없습니다."

"아니, 아줌마가 왜 우리 대화에 끼어드는 거예요. 당장 나가요. 어서 나가지 못해요."

격한 한나의 호통이 어찌 거센지 다이아몬드 형상을 닮은 샹들리에 장식들이 파르르 떨렸다.

"세상에 저렇게 착한 동생을 구박하는 언니가 있다니, 저런 여자를 하나님은 악마라고 했을 거야."

파출부가 입었던 앞치마를 벗어던지고 갈 차비를 하는 동안 한나의 귀에 들리도록 이렇게 구시렁거렸다.

"아니 말이면 다 하는 줄 알았어. 어서 나가버려. 내게 정신적 피해를 준 것을 고소해서 돈을 받아내야겠지만 봐주는 것이니 어서 꺼져버려."

"젊은 여자가 돈독이 들어 누렇게 절었군. 돈이 인생의 전부는 아니요, 사람이 떡으로만 사는 것이 아니란 말이요."

"아니, 이 여자가 누굴 훈계하려고 들어. 얼마나 게으르고 머리가 나쁘면 겨우 남의 집안일이나 해주고 살아가는 주제에 흐흥!"

"아줌마, 그냥 가세요. 미안해요."

두리가 파출부에게 다가와서 이렇게 말하며 주머니에

손을 넣어 만 원짜리 한 장을 얼른 꺼내서 여자의 손에 쥐어주었다. 순간 여자의 눈에 감사와 연민의 정이 그득히 고여 왔다.

"하나님이 당신과 함께 하시기를 기도할게요. 우리들의 고통을 알아주시는 분이 계시다는 걸 기억하고 용기를 내세요."

여자는 허름한 반코트를 얼른 어깨에 걸치고 더러운 곳이라도 빠져나가듯이 홀홀 털고 현관문을 나섰다.

"넌 언제나 자기의 피붙이가 당하는 걸 좋아하는 아이였지. 친 언니가 그런 모욕적인 대우를 받았는데도 그쪽 편을 들어."

한나의 신경질이 폭발하자 두리는 아무 소리 않고 부엌으로 나가 파출부가 손보던 갈비를 다듬어 양념장을 뿌려가며 압력솥에 재웠다. 한나는 전화통을 붙들고 복지원에 전화를 하느라고 헐떡거렸다.

"아무튼 네가 오면 우리 집은 언제나 혼란이야. 꼭 미꾸라지 새끼처럼 조그만 것이 나타났다 하면 일하던 여자까지 쫓아내니 넌 골치덩어리야. 전생에 무슨 죄로 너 같은 아이가 내 동생이 되었는지 도통 이해가 가질 않아."

두리가 부엌을 깔끔하게 정리해놓고 한나가 앉아있는 거실로 나왔다.

"언니 앞에 다시는 나타나질 않을 터이니 걱정하지 마."

두리가 너무 차분하게 나가니 세상 짐을 몽땅 지고 있는 여자의 표정을 지으며 불쑥 돈 이야기를 꺼냈다.

"오백만 원으로 무슨 장사를 하려는 참이냐?"

"미술과가 신설된 여자대학 앞에 화방을 차리려고 그래."

"야! 넌 머리가 어찌 그리 꽉 막혔니? 오백만 원이면 지금 한창 개발하는 강남에 사십 평짜리 집을 융자를 받고 전세를 놓아 몇 년 지나 팔면 고생하지 않고 돈을 뭉떵 버는 걸 몰랐어. 아이쿠! 답답해. 내가 네 대신 장사를 해주랴? 이 골치 덩어리야."

"내 손이 수고한 걸 먹고 살 거야."

"네 고집을 누가 꺾겠니. 그럼 돈을 오백 꿔주지. 그러나 우리가 아까 한 약속은 이행하는 거야."

두리는 가만히 머리를 끄덕였다.

"정말이지?"

"언니는 왜 그렇게 사람을 믿지 못해. 난 이런 처지지만 타인을 그렇게 의심하는 여자는 아니야."

"오죽하면 보이지도 않는 가상의 인물인 하나님을 믿겠니? 쯧쯧……."

한나는 무엇이 그리 신이 나는지 요즘 한창 라디오나 텔레비전에서 인기상승하여 흘러나오는 유행가를 흥얼대며 전화부를 들췄다. 급히 누군가를 부르더니 화장을 곱게 하고 홈드레스를 입더니 중국집에 전화를 걸어 탕수육이랑 해파리냉채를 시켜 두리 앞에 내놓았다. 집을 나간 다섯 달, 두리는 얼마나 굶주렸던가. 허겁지겁 음식을 거의 다 먹어치울 즈음 검은 양복을 입은 점잖은 중년 신사가 들어왔다.

"아이구! 어서 오세요. 혹시 자리에 계시지 않을까봐 얼마나 걱정 했는데요. 나두리란 도장도 아주 새겨 가지고 오시지 그러셨어요."

"예, 도장집에 들러 막 가지고 오는 길입니다."

저들의 대화를 식탁에 앉아 들으며 두리는 단무지까지 싹싹 먹어치우고 시키면 중국된장인 춘장에 곁들여 나온 양파를 한 조각도 남기지 않고 다 먹은 뒤 그릇들을 한 쪽으로 밀어놓았다.

"애야, 이리 나와. 이분이 우리 집안 일을 맡아 처리해 주시는 변호사야."

두리는 입에 고인 양파 냄새가 신사에게 역겨움을 안겨줄 것이 두려워 멀찍이 떨어져 앉아서 연신 입을 손으로 가렸다.

"언니 되시는 분의 말로는 동생분이 유산을 전부 포기하고 언니에게 넘긴다는데 그게 사실입니까?"

순간 한나의 매서운 눈초리가 두리에게 꽂혔다. 왼손으로 입을 가린 채 두리는 머리를 크게 주억거렸다.

"제가 그 대신 오백만 원을 꿔주기로 했단 말이에요. 그 돈이 적은 돈입니까."

"그 말도 맞습니까?"

여전히 말은 않고 두리는 머리를 끄덕일 뿐이었다.

"참, 이 변호사님. 아예 이런 서류도 만들어주세요. 매달 오백만 원에 대한 이자를 가져오라고요."

순간 변호사의 얼굴에 분노의 빛이 번쩍했으나 이내 잘 길들여진 순한 양처럼 알겠다는 신호로 멍청한 미소를 띠고 고객의 요구에 응했다. 변호사가 만든 서류에 도장을 꽝꽝 찍고 두리는 오백만 원을 챙겨들고 한나의 아파트를 나왔다. 얼굴이 어른거릴 정도로 윤을 낸 차가 아파트 입구로 미끄러져 들어왔다. 운전대를 잡은 형부 옆을 보고 두리는 아아! 하는 놀라움을 금치 못했다. 한철이 파리 영화제에서 조연상을 탔다고 일간신문의 전면을 장식했던 이십대 초반의 여배우를 태우고 신나게 지껄이고 있었으니 말이다. 검은 테 안경을 쓴 형부의 옆얼굴은 기름이 넘쳐흘렀고 히피처럼 기른 머리가 귀를 덮고 있었다.

언니와 마주치면 싸울 터인데 어쩌자고 저들은 이곳엘 들렀단 말인가. 차가 멎자 두리는 큰 나무 뒤에 몸을 숨겼다. 형부가 차에서 내리기 전에 그 여배우는 부끄럼도 없이 남자의 뺨에 자신의 뺨을 비비고 있는 것이 차창을 통해 보였다. 꼭 외국 영화의 러브 씬을 보는 것 같았다. 여긴 한국인데 말이다. 형부는 집에 무엇을 가지러 온 모양인지 여자를 차에 남겨둔 채 황급히 아파트 속으로 빨려 들어갔다.

형부가 고시에 패스했다는 것이 사실이 아님을 풍문에 들은 적이 있었지만 여자의 가장 깊은 자존심을 건드리는 짓을 서슴없이 행하고 있으니 강한철이란 사내는 동물이라는 생각을 떨쳐버릴 수가 없었다. 어머니 노 여사가 사주팔자를 다 따지고 유명한 점쟁이의 괘를 받아서 한 결혼이니 행복해야 할 터인데…… 동물의 띠를 중시하는 집안이니 동물적인 삶을 살아가는 것일까. 두리는 씁쓸한 가슴을 쓰다듬으며 나무 뒤에서 나와 버스를 타려고 아파트촌을 빠져나왔다. 오백만 원의 돈을 가슴에 꼭 껴안은 두리는 말로 표현할 수 없는 감사와 기쁨을 누를 수가 없었다.

'오오! 주님. 이 많은 돈을 주시고 장사할 수 있는 기회를 주신 것이 너무 고맙습니다. 언니처럼 살지 않게 해주신 것도 감사합니다. 파출부 아줌마가 나를 위해 기도해주고 난쟁이 여인이 가난하지만 사랑이 넘치는 우리 가정을 위해 매일 기도해주고 있으니 이에서 더한 것을 바라는 것은 욕심이겠지요. 그러나 주님! 제 손이 수고한 대로 먹고 살 터이니 이제 차리는 화방을 번성시켜주십시오. 언니가 살아계신 하나님을 만날 수 있도록 제게도 경제적 축복을 주세요. 그리고 제 육신의 부모를 기쁘게 해드릴 방법이 무엇인지 제게 일러주세요. 전 그분들을 사랑하고 있답니다.'

두리는 오십 분이나 걸려 돌아오는 버스 속에서 내내

기도를 했다. 이상한 일이었다. 생전 처음 해보는 장사지만 주님이 함께 하시니 성공하리란 확신이 샘솟듯이 가슴에 넘쳐흘러 길거리에 뛰어나가 버럭버럭 소리라도 내지르고 싶을 정도로 희열이 차올랐고 가슴이 뜨거웠다.

2

대학 정문이 바라보이는 곳에 두리는 두리화방을 차렸다. 물건을 구입하고 미술과 학생들이 그려온 그림에 틀을 짜주는 일을 일생 이런 곳에서 일해 온 난쟁이 여인이 맡아서 했다. 열 평짜리 가게 뒤를 막아 만든 골방에서 대패와 망치를 들고 나무를 자르고 다듬는 꼽추여인의 손은 어찌나 날렵하고 힘이 센지! 게다가 비록 보잘것없는 그림일지라도 그녀가 짜서 맞춘 틀 속에 들어가면 값진 그림으로 둔갑해서 두리를 거듭 감탄하게 만들었다.

"아줌마, 전 너무 행복해요. 이렇게 좋으신 아줌마를 제게 보내주신 하나님께 감사하고 또 이런 가게를 열게 도와준 한나 언니에게도 너무 고맙다는 생각을 감출 수가 없어요."

"우리 두리를 만나 나도 사는 보람을 느끼고 있어. 내가 인간끼리 얽혀 살아가며 정을 나눌 수 있는 기회를 주신 좋으신 우리 주님께 감사할 뿐이야."

"아아! 바로 여기가 하나님과 주님이 계신다는 천국이 아니겠어요."

"맞아, 여기가 천국이지. 아하하하……."

물건은 끊임없이 팔렸다. 이윤도 짭짤하게 남아서 돈버는 맛이 기가 막혔다. 아아! 이런 것을 두고 성경은 두 손이 수고한 대로 먹는 자가 복이 있다고 한 것이란 점을 새삼 느끼며 무릎을 치는 날이 허다했다. 가게 문을 닫기 전 두 여자는 머리를 맞대고 서랍에 넘치게 쌓이는 돈을 세며 눈물이 나도록 웃었고 저들의 인생을 이렇게 재미있게 하나님이 계획하셨다는 사실 앞에 숙연해지기도 했다. 철문을 내릴 때는 언제나 석두가 도서관에서 돌아오는 길이었다. 장차 의사가 되겠다는 그의 얼굴엔 점점 자신감이 넘쳐흘렀고 눈에도 빛이 어려 귀공자의 모습을 되찾아갔다.

"여보, 너무 고생시켜서 미안해."

"이게 무슨 고생이에요. 돈이 잘 벌려서 이대로 나가면 금년에 언니에게 꿔온 빚을 다 갚을 수 있겠어요."

"정말이야? 당신 정말 위대해, 그리고 우리 아줌마도 말이야."

석두는 키가 작은 두리의 허리를 번쩍 안고 한 바퀴 빙그르 돌아 저들이 웃어대는 행복한 웃음소리와 머리에 뽀얗게 내려앉은 톱밥을 털어내는 난쟁이 여인의 만족한 미소가 이른 봄의 썰렁한 가게 안을 데워주었다.

두리화방까지 셋집에서 걸어오려면 잡상인들이 늘어선 골목을 지나야했다. 화려한 슈퍼마켓의 진열대 위에 놓인 생선이나 과일보다 가난한 아낙의 플라스틱 함지에 놓인 생선이 더 맛있어 보이고 값도 훨씬 싸서 두리는 언제나 이런 재래시장의 단골이었다. 단 돈 천 원으로 세 식구의 반찬을 장만할 수 있는 것도 이런 싸구려시장의 서민적인 가격이 그녀에게 큰 도움을 주었다. 석양이 사라지고 전 깃불을 켤 때면 뒷방에서 그림틀 짜던 걸 밀어놓고 난쟁이 여인이 화방으로 나오고 두리는 곤두박질해서 이 재래 시장을 보러가는 것이다. 파장의 시세는 아침나절에 비해 반값으로 떨어져있고 떨이를 흥정하는 날엔 장사꾼이나 두리 모두 입에 함박꽃을 피운다. 저녁을 짓기 위해 가정으로 서둘러 갈 함지박 여인은 몽땅 떨어 팔아버린 기쁨과 귀가할 즐거움에 웃음이 헤프고 두리는 밥상에 오를 푸짐한 반찬에 신이 난다.

오늘도 두리는 생선조림용 새끼고등어 떨이 10마리와 식초무침을 할 생미역 한 단, 봄의 입맛을 돋우는 냉이를 사들고 막 돌아서려는데 아가 팔뚝 크기의 싱싱한 오징어가 눈에 들어왔다.

"한 마리에 얼마지요?"

"내일까지 가면 물이 갈 것이고 그까짓 것 반 값으로 드리지요."

"반 값이라면 얼만데요?"

"마리당 천이백 원 받던 것인데 다섯 마리를 다 가져가 시면 반 값에 드리리다."

상인은 두리의 대답을 기다리지도 않고 주섬주섬 다섯 마리를 몽땅 도마 위에 놓으며 곧 칼질할 자세다. 어머니 노 여사는 오징어 볶음을 좋아했기에 문득 어머니의 얼굴이 두리의 눈앞에 어른거렸다. 시계를 보니 일곱 시. 어머니는 습관적으로 저녁을 여덟 시에 드시니까 지금쯤 어머니를 찾아가면 식사 전일 것이고 서둔다면 저녁상에 찹쌀고추장을 풀고 매운 고추를 듬성듬성 썰어놓고 양파를 뚝 뚝뚝 다져넣어 매콤한 오징어볶음을 상에 올릴 수 있을 것이다. 갑자기 어머니가 그리워지기 시작했다. 그간은 삶에 지치고 돈에 쫓겨 잊고 있던 어머니였다.

먼 훗날 남편이 훌륭한 의사로 성공하고 버젓하게 살 수 있을 때 어머니 앞에 나타나 기쁨을 안겨드리리라 하며 스스로 위로하며 살아왔는데……, 물오징어를 앞에 두고 두리는 잠시 비틀거렸다. 남편이 의대를 나와 존경받는 의사의 자리까지 올라가려면 10년 이상이 걸릴 터이고 과연 그때까지 어머니가 살아계셔서 막내딸의 의젓한 모습을 대견하게 봐줄 수가 있을까. 죽음이란 단어가 천둥치듯 그녀의 가슴을 스치고 지나가자 두리는 미친 듯이 오징어를 사들고 친정을 향해 택시를 몰았다. 언제나처럼 대문가에 켜진 외등이 밤의 어둠을 받고 졸고 있었다.

오른손에 다섯 마리의 오징어를 들고 왼손에 저녁 찬거리로 시장을 본 고등어와 미역이 담긴 비닐봉지를 들고 있어 작은 키가 더 납작해 보였다. 초인종을 누르기 전에 외등 불빛에 자신의 외양을 찬찬히 살펴보았다. 너무 초라했다. 마구 뛰어다니느라고 때가 묻어도 드러나지 않을 어둔 색의 누빈 바지를 입었고 머리는 길러 질끈 머리 뒤에 묶어 핀을 꽂았으며 위에 걸친 스웨터는 길거리에서 싸구려로 쌓아놓고 파는 걸 샀더니 보푸라기가 어찌 일어났는지 그 사이사이에 가난의 냄새가 뭉근히 고여 있는 것처럼 보였다. 어머니가 그리워 이렇게 달려왔으나 자신의 몰골을 보니 갑자기 처량한 생각이 들었다. 어쩔까, 그냥 돌아갈까. 두리는 궁궐같이 치솟은 집을 담 너머로 바라보며 잠시 생각하다가 용기를 내서 초인종을 힘차게 눌렀다.

울안의 도사견이 컹컹 짖어댔다. 얼마간 뜸이 든 뒤 인터폰에서 깡마른 노 여사의 음성이 들려왔다.

"뉘시오?"

"어머니, 저 두리예요."

"너 여기가 어디라고 와서 초인종을 눌러대느냐. 나갈 때는 네 맘대로 나갔지만 들어올 때는 그리 쉽게 들어오지는 못한다."

인터폰의 수화기가 둔탁한 소리를 내며 철컥 놓이는 소리가 밖에까지 들렸다. 두리는 문앞에 기대서서 어쩔까 망설였다. 양 손에 든 시장거리의 무게가 손마디가 아프게 매달렸다. 지금쯤 화방을 지키는 난쟁이 여인은 갑자기 사라진 두리 걱정을 하고 있을 터이고 도서관에 있는 남편 석두는 눈은 책에 가 있어도 배가 고파 오늘 저녁엔 어떤 반찬이 나올까 입맛을 다시며 고픈 배를 움켜쥐고 있으련만. 생각이 이에 미치자 두리 앞에 차갑게 버티고 서 있는 집이 얼음덩이로 변해 그녀를 찍어 누르는 듯했다. 그래도 어머니를 위해 사들고 온 오징어를 그냥 들고 돌아설 수는 없었다. 용기를 내서 다시 벨을 눌렀다. 대답이 없다. 얼마간의 뜸을 들이다가 힘 있게 다섯 번이나 벨을 누르자 철커덕 대문이 열렸다. 두리는 두려운 듯 뭉그적거리며 대문 안으로 들어섰다. 안에서 시끌 시끌 어머니, 아버지가 다투는 소리가 들려왔다.

"아니, 누구 맘대로 문을 여는 거요."

"불효는 했지만 자식은 자식이 아니요. 불쌍한 것, 얼굴이나 한 번 봅시다. 당신 지독한 여자야. 인정머리 없는 여편네 같으니라고."

"당신의 그 물러터진 성격 탓에 우리가 50대 재벌에 끼어들 수가 없었던 거예요. 특혜융자를 받지 못한 것도 그런 연유지요. 당신이란 남자하고 사는 내가 더러운 팔자지."

잔디 사이에 큰 돌을 깔아 아담하게 낸 길을 따라 천천히 안으로 향했다. 두 분이 다투는 소리는 예나 지금이나 변함이 없었다. 현관문을 열고서도 두리는 선뜻 마루로 올라서질 않고 안의 동정을 살폈다. 문이 열리는 소릴 들었는지 나 회장이 먼저 나와 두리를 맞았다. 그러나 너무나 변해버린 두리의 옷차림에 잠시 놀라는 듯 멈칫 마루 한가운데 멈춰 서서 딸의 위아래를 훑어봤다.

"아버지, 저 두리예요. 절 받으세요."

두리가 양 손에 들고 온 시장거리를 현관 입구에 놓고 아버지 앞으로 절을 하려고 막 앉으려는 찰나, 노 여사가 방문을 우당탕 열어젖혔다.

"저 꼴을 하고 여길 나타나서 어디에 대고 절을 하려느냐. 우린 너 같은 자식을 둔 적이 없다. 네가 도대체 누구냐?"

"어머니, 시장에 나왔다가 물오징어를 보고 어머니 생각을 했어요. 절 받지 않으셔도 좋으니까 어머니 상에 오징어볶음이나 해드리고 갈게요."

"내가 거지냐, 왜 나와 무관한 사람의 음식을 받아먹어. 난 네가 누군지 모르니까 어서 썩억 이 집에서 나가거라. 안 나가면 주거침입죄로 고발해서 잡아가게 하겠다."

"여보! 무슨 그런 끔찍한 소릴 자식 앞에서 해. 네 어머니 성격을 네가 잘 알지. 어서 부엌으로 가서 사온 오징어로 요리를 하렴."

나 회장이 두리가 가여운지 중재를 하려고 양쪽의 눈치를 봤다. 그때 총알처럼 안방에서 뛰어나온 노 여사가 두리의 손에 들린 오징어를 빼앗아 쓰레기통에 처박아버렸다. 너무나 순식간에 일어난 일이라 두리도 벙벙해서 장승처럼 서 있을 따름이었다.

"내게 독약을 먹여 죽이려고 너 이 집에 나타났지. 우리 부부를 어서 죽이고 재산을 빼앗아 가려고 말이다."

분이 난 노 여사의 씨근덕거리는 숨소리가 어찌 거센지 심장이 곧 파열하는 것이 아닌가 하는 걱정이 든 두리가 가만히 거실을 빠져나왔다. 어머니의 얼굴 살갗이 푸들푸들 떨리는 걸 본 두리는 어머니를 사랑해서 찾아온 그녀의 영혼과 미움으로 일그러진 어머니의 영혼이 서로 허공을 치는 것을 느낄 수가 있었다. 쓸쓸하게 돌아서서 졸고 있는 외등을 등지고 나오는 두리의 눈에 눈물이 그렁하게 고여 왔다.

아침에 읽은 잠언이 생생하게 살아나서 더욱 가슴이 아팠다.

'아비를 조롱하며 어미 순종하기를 싫어하는 자의 눈은 골짜기의 까마귀에게 쪼이고 독수리 새끼에게 먹히리라.'

효도란 무엇이며 순종이란 어떻게 하는 것일까. 사랑의 줄이 서로 팽팽히 당겨져야 사랑을 하지, 가운데가 토막 난 줄을 가지고 어찌 당길 수가 있단 말인가. 만약 지금의 사랑을 난쟁이 여인에게 베풀었다면 그녀는 몇 배를 더해서 그녀에게 주었을 것이다. 더 담을 데가 없으면 잡아당기고 흔들어서라도 사랑이 들어가도록 그녀는 두리를 아꼈을 터인데……. 그러자 두고 온 시어머니에게 생각이 미쳤다. 아아! 육신의 부모는 아니지만 남편을 낳은 어머니인데 사랑이 받아들여지지 않는 친정어머니를 먼저 찾았다는 것이 두리를 부끄럽게 했다. 무슨 일이 있어도 화방 일을 버려두고라도 시어머니를 찾아가서 사랑하리라 다짐하며 저녁상을 기다릴 사랑하는 사람들을 향해 두리는 재게 발걸음을 옮겼다.

3

"어디 갔었어?"

두리가 화방의 불빛이 보이는 골목으로 접어들어 콧등에 땀을 닦으며 잠시 허리를 펴고 멈춰 서자 가게 앞에서 서성대던 석두가 곤두박질해서 달려왔다. 몹시 걱정을 했는지 입술이 타들어간 마른 목소리로 팍 신경질을 냈다.

"왜요? 시장 보러간 걸 몰랐어요?"

"당신 거짓말하고 있어. 내가 여기 왔을 때가 두 시간 전이야. 지금이 몇 신 줄 알아. 무슨 시장을 두 시간씩 봐. 어떤 시장을 갔는데 그렇게 시간이 걸려. 당신이 늘 다니는 재래시장엘 벌써 다섯 번이나 다녀왔단 말이야."

두리의 손에 들려진 시장거리를 받을 생각도 않고 악을

쓰며 화를 내는 석두를 두리는 흘끔 쳐다보고 안으로 들어갔다. 난쟁이 여인이 밖의 소란을 듣고도 모른 척 하고 있다가 두리를 보자 웃음으로 반겨주고 돌아서서 진열장의 물건에 내려앉은 먼지를 털어내고 있었다.

"아줌마, 왜 날 야단치지 않아요?"

"보나마나 친정집에 들러왔겠지."

"어머! 어떻게 아셨어요?"

"얼굴을 보면 몰라. 눈가에 아직도 눈물자국이 있는데."

난쟁이 여인이 착 가라앉는 목소리로 차분하게 말했다.

"사랑이, 내 진정한 사랑이 받아들여지지 않았어요."

"각기 다른 방향의 길을 걷고 있는데 어떻게 만나질 수가 있겠어."

"제가 걷는 길이 너무 험하고 좁아서 어머닌 싫어하셔요."

"언젠가는 어머니도 큰 길을 버리고 두리가 걷고 있는 좁은 길로 접어드실 터이니 너무 조급하게 굴지 마."

두리는 이렇게 말해주는 난쟁이 여인의 가슴에 얼굴을 묻고 소리를 죽여 가며 흐느껴 울었다. 쏟아질 만큼 눈물이 나오더니 그녀의 가슴에 슬며시 평안이 스며들어왔다.

"배고파 죽겠어, 언제 밥을 줄 거야."

두 사람이 붙어 서서 떨어질 기미를 보이지 않자 석두가 소리를 버럭 질렀다. 난쟁이 여인이 먼저 황급하게 두리를 밀쳐내고 하던 일을 계속했다. 두리는 밝게 웃으며 시장거리를 들고 셋집으로 달려갔다.

"쯧쯧…… 가여운 것, 막일을 해보지도 않고 귀하게 자란 아이가……."

난쟁이 여인이 한숨을 삼키며 중얼거렸다. 석두는 문 닫을 준비를 하느라고 덧문을 찾아 가게 뒤로 돌아갔기 때문에 난쟁이 여인의 눈가에 스며 나오는 눈물을 보지 못했다.

가난과 배고픔은 두리에게 너무나 많은 지혜를 주어서 가자마자 쌀을 씻어 안치고 멸치를 물에 한 주먹 넣어 올려놓고 미역과 냉이를 씻기 시작했다.

'먼 훗날, 먼먼 훗날, 어머니는 내 사랑을 꼭 받아들이실 거야. 아아! 그 먼 훗날이 언제일까.'

손은 찬거리를 다듬으면서도 조금 전 딸을 향해서 분을 발하며 얼굴의 근육을 떨었던 일그러진 어머니의 얼굴을 다시 떠올렸다.

"가여운 우리 어머니!"

멸치국물에 된장을 풀어 끓어오를 때 냉이를 넣자 달작지근한 냉이 특유의 냄새가 좁은 셋방을 그득 채웠다. 바다냄새를 간직한 생미역에 식초와 고추장을 넣어 버무리고 있을 때 석두와 난쟁이 여인이 들어왔다. 밥상에 둘러앉아 허기를 면할 만큼 식사를 한 뒤 두리가 단호하게 자신의 결심을 토로했다.

"저 시골에 계신 어머니께 다녀오겠어요."

예기치 않았던 두리의 제의에 입 안에 밥을 잔뜩 물고 있던 석두가 음식을 삼키지도 않고 눈을 똥그랗게 떴다.

"양가 부모가 다 저희들 결혼식에 참석하지 않으셨어요. 한 분은 우리의 결혼을 반대해서 그러셨고 또 한 분은 건강이 나쁘셔서 그러셨어요. 나를 낳은 친부모는 저를 내치셨다지만 시어머니는 며느리가 된 나를 반기실 거예요. 우리가 이만큼 장사를 해서 자리가 잡혔으니 저 혼자라도 가서 며칠 묵었다가 올게요."

"어이쿠! 효부 났네. 누가 착한 며느리 아니라고 할까 봐 그렇게 서둘러."

석두가 자배기 깨지듯 쇳소리를 내지르며 수저를 팽개 치고 상에서 물러나 앉았다.

"혼자서 얼마나 외로우시겠어요."

"뭐가 외로워. 쌀 있겠다, 잠잘 방 있겠다. 날마다 자녀 들이야 어떻게 되든 상관치 않고 누워계신 분인데."

"아버지가 사형수로 판결을 받은 충격을 어머닌 그렇게 밖에 삭일 길이 없다는 걸 왜 아들이 이해하지 못하세요."

"자식을 낳았으면 책임이 있고 의무가 있는 법이야. 왜 사형수가 되었으며 무엇 때문에 남들처럼 집을 지니고 떵 떵거리며 살지를 못하느냐 이 말이야."

이렇게 떠들어대는 석두를 난쟁이 여인은 기가 찬지 그 저 멍하니 바라볼 뿐이었다. 추운 겨울밤을 꼬박 밝히며 교회에서 기도했던 석두가 어떻게 저토록 변할 수가 있나 싶어 어안이 벙벙했으나 아직도 그가 절규했던 처절한 음성을 두리는 잊을 수가 없었다.

'엘리 엘리 라마 사박다니-나의 하나님, 나의 하나님, 어찌하여 나를 버리셨나이까.'

너무나 감당하기 어려운 환경에 처했었기 때문에 저런 심술이 나오는 것이야. 참아야지. 사랑해야지. 두리는 이런 석두를 이해하려고 애를 썼다. 사랑은 오래 참는 것이라고 하지 않았던가. 가슴에서 끓어오르는 육신의 음성을 삼키기 위해 그녀는 석두가 부르짖던 것처럼 엘리 엘리 라마 사박다니를 설거지를 하며 수천 번을 되뇌었다.

여느 때처럼 아침 일찍 화방 문을 열고 물건을 쓰다듬어 깔끔하게 진열해놓은 뒤 두리는 여행 떠날 채비를 했다.

"꼭 다녀와야 되겠니?"

"네, 제 양심이 그걸 간절하게 원하고 있어요."

"그래, 넌 참 착한 아이야. 하나님이 네 마음에 그렇게 일러주시는 게다. 몸은 이 꼴이지만 내가 다 감당할 수 있다. 일이란 힘으로 하는 것이 아니라 지혜와 기쁨으로 해내는 것이니까."

"미안해요, 아줌마. 밥은 해서 잡숫지 말고 요 앞집에서 사 잡수세요. 점심으론 칼국수가 좋고요, 저녁으론 두부

찌개 백반이 좋아요."

"그럴 거 없어. 여기서 곤로 놓고 해먹을 테야. 한 푼이라도 아껴야지. 신랑 걱정일랑 말아. 내가 잘 모실 터이니."

"아줌마 고집은 못 꺾어요. 왜 사서 고생을 해요."

"두리가 이런 고생을 사서 기쁨으로 감당하는 것과 같은 원리야. 죽으면 썩어 흙으로 돌아갈 몸을 아껴서 뭘 하겠어. 죽은 뒤 하나님 앞에 서면 이런 우그러진 곱사등이가 아니라 기막힌 몸을 내게 주실 터인데 이런 몸을 아껴서 뭘 하겠어."

난쟁이 여인은 허허 웃으며 기역자로 휘인 허리를 으쓱해 보였다. 그녀의 눈에 넘쳐흐르던 평안의 빛이 어제 본 어머니의 분노의 눈과 오버랩 되었다. 사람이란 그릇과 같다더니 그 안에 무엇이 담겼느냐에 따라 눈빛이 변하는 모양이다. 사랑이 담긴 난쟁이 여인의 눈은 몸이 망가졌어도 기막히게 아늑하고 그윽해 보여 옆에 있기만 해도 평안함이 스며들었다. 그러나 어머니는 비싼 보석과 화려한 옷에 파묻혀 모두가 부러워할 풍요로움에 젖어있고 육신도 흠 잡을 데가 없지 아니한가. 그런데도 육체 속에 고여 있는 미움으로 인해 골목시장 좌판에 진열되어 있는 동태의 눈을 하고 있으니 얼마나 끔찍한 모습이란 말인가!

"아줌마, 그럼 제가 내일 떠날게요. 여기서 식사를 해서 잡숫자면 시장 보러갈 시간이 없잖아요. 밑반찬을 해놓고 갈게요."

<h1 style="text-align: center;">4</h1>

　시어머니에게 가려고 나서는 날 아침, 순백색의 자가용이 화방 문 앞에 조촘조촘 다가와 섰다. 왜 차를 여기 세우느냐고 두리가 지켜 서서 혼내주려 벼르는데 문이 열리더니 한나가 나오는 것이 아닌가.

　"아니, 웬일이유? 언니가 날 찾아오고."

　"그 새끼가 날 배반했어. 아버지랑 내가 그렇게 수고하고 힘들여 벌어들인 돈을 그 자식은 물 쓰듯이 흘려버리고 돌아다니더니 결국……."

　한나가 분을 못 누르고 식식거렸다. 문득 화방을 차리기 위해 돈을 얻으러 갔던 날 여배우를 데리고 차를 몰던 형부 한철의 기름기 돌던 옆얼굴이 두리의 뇌리를 스쳐갔다.

　"언닌 그걸 이제 알았어?"

　"고시 패스했다는 것도 순 거짓말이었는데 그것까지는 참아줄 수가 있었어. 그런데 이젠 바람피우고 돌아다니니 내가 참을 수가 있어야지."

　"나보고 형부를 미행해보라고 찾아온 거유?"

"어쩔 수 없어. 이젠 최후의 수단을 쓰는 수밖에."

눈에 핏발을 세운 까칠한 얼굴에다 루주를 바르지 않은 입술은 푸르죽죽해서 깊은 병이 든 몰골이었다.

"언니를 내가 어떻게 도와줄까?"

"형부 명의로 돼 있는 아파트를 헐값으로 줄 터이니 네가 사라."

돌풍처럼 나타나 아파트를 사라는 한나의 말에 두리는 놀라서 입을 쩍 벌렸다.

"빨리 나를 따라와."

한나는 몸을 사시나무 떨 듯이 와들거리며 두리의 팔을 잡아끌었다.

"언니, 그 아파트가 몇 평인데 그래?"

"쉰 세 평짜리야."

"아유! 그런 고급 아파트에 살 능력이 우리 부부에겐 없어. 그이가 학교에 다니고 있는데 그런 곳에서 어떻게 살아. 더구나 다음 달에야 겨우 언니 돈을 다 갚는데."

"잔말 말고 따라와."

"난 한 푼도 없어."

"우선 너 사는 셋집 돈이라도 빼주고 그리고 은행 융자를 받아줄 터이니 사놓고 봐."

"왜 그렇게 아파트를 팔지 못해 야단이유?"

"그 자식이 배우를 데리고 살던 아파트를 그냥 둘 수가 없어서 그래. 금년만 넘기면 두 배로 뛸 것이 뻔한 판에 그냥 두었다가는 그 새끼가 돈맛에 들떠 더 거드럭거릴 터이니 그렇지."

"언니 이름으로 된 아파트가 아니야?"

"그 자식 명의로 사두었더니 이 지경이 된 거야."

두리가 울상을 지으며 난쟁이 여인에게 눈을 돌렸다. 벽에 기대서서 두 자매가 주고받는 말을 엿듣던 그녀는 두리에게 어서 가보라고 가만히 눈짓을 했다. 두리는 손에 들었던 저자바구니를 계산대 가장자리에 찔러 넣고 땟국이 흐르는 헝겊 지갑을 들고 한나를 따라나섰다. 차는 그들을 싣고 여의도로 질주했다. 밤섬을 폭파시켜 없애가면서 만든 여의도는 거대한 빌딩숲을 이루고 있었다.

"지금 이 아파트를 팔면 남에게 좋은 일 하는 거야. 그래서 널 생각했지."

"언니, 난 정말 능력이 없어 그만둘 거야."

"이 바보야, 아파트는 금이나 마찬가지야. 내가 얻어낸 정보로는 이 아파트를 잡고 있으면 일 년 내에 넌 돈더미에 올라앉아."

"두 손이 수고 않고 버는 돈은 무서워."

"암말 말고 날 따라와."

한나는 두리를 데리고 K아파트의 로열층인 팔층으로 갔다. 열두 평짜리 좁은 셋방에서 살던 두리의 눈에 휑뎅그렁하게 큰 쉰 세 평의 아파트 공간은 마치 운동장같이 넓어 보여 현관에 장승처럼 서버렸다. 이름 있는 배우가 한나의 힘에 얼마나 세게 떠밀려 나갔으면 벽엔 아직도 대형사진들이 그대로 걸려있었다. 반라의 요염한 사진이 눈에 띄자 한나는 신경질적으로 그걸 뜯어내서 북북 찢는 것으로도 분이 나서 발밑에 놓고 짓이겼다.

"관리비가 비쌀 터인데 어쩌지."

"어이쿠! 이 바보야. 관리비는 일수 돈을 얻어내도 돼. 넌 돈 버는 법을 몰라서 그래. 일단 이 아파트가 곱으로 뛰면 팔아서 다른 곳에 두 채를 사면 얼마 있다가 네 배로 뛰어."

한나는 전화로 사법서사를 불러 그 자리에서 강한철 명의로 된 아파트를 두리의 이름으로 등기하라는 지시를 했다.

"이 아파트를 넣고 은행돈을 꺼내니까 넌 화방에서 나오는 돈으로 이자를 갚다가 껑충 뛰면 내게 알려. 다른 곳에 사도록 손봐줄게."

갑자기 변한 한나의 태도에 얼떨떨해진 두리는 혼자 남아 방이 다섯인 아파트의 여기저기를 기웃거리며 팔뚝을 꼬집기도 하고 가슴을 터억터억 두드려 보기도 했다.

한나가 바람처럼 나타나 억지를 써서 아파트를 떠맡긴 이유를 두리가 알 턱이 없었다. 그러나 내막은 아주 음흉했다. 비록 강한철 명의로 돼있지만 아버지 돈으로 산 아파트이니 유산으로 동생에게 주는 것이 당연하다고 우길 구실을 남편이나 아버지 쪽에 잡아놓고 돈을 빼돌린 것이다. 다른 여자와 놀아나며 부정을 저지른 주제지만 돈에는 미련이 많은 남편을 한나는 너무나 잘 알고 있었다. 그래서 이렇게라도 복수를 해야 직성이 풀릴 정도로 한나는 속이 꼬여 있었다. 그러니 동생인 두리를 갑자기 사랑해서 한 짓은 아니었다. 그냥 두자니 강한철이 그걸 팔아 도망가서 여배우와 놀아날 것이고 타인에게 팔면 장인이 사준 아파트를 왜 네 마음대로 했느냐고 덤빌 것에 대비해서 약삭빠르게 처치해버린 셈이다.

어떻든 예기치 않게 궁궐 같은 아파트를 소유하게 된 두리는 정신이 없었다. 한참을 허둥대다가 헐렁하게 비어 있는 부엌바닥에 쪼그리고 앉아 두 손을 맞잡았다.

'하나님, 당신의 뜻이라면 이걸 받겠습니다. 제가 시어머님을 모셔 와야 하니 이걸 강제로 주신 것이지요? 비록 빚을 내서 산 것이라 몽땅 남의 돈이긴 하지만 열심히 일해서 갚을게요. 주여! 감사합니다.'

두리는 뺨 위로 두 줄을 그리며 흘러내리는 눈물을 닦을 생각도 않고 얼마간 그렇게 앉아 있다가 한나가 거실의 장식장에 던져놓고 간 열쇠꾸러미를 집어 들었다. 앵두나무 가지에 빈틈없이 달라붙은 농익은 앵두들처럼 열쇠들이 셀 수 없이 많았다. 안방 화장실, 거실 화장실, 식모 방, 안방, 서재, 문간방, 현관 등등 몸집이 작은 두리가 들기에 버거울 정도였다.

학교에 간 남편에게 아파트를 산 사실을 알리질 않고

먼저 난쟁이 여인을 아파트로 모셔왔다.

"안방의 옆방을 아줌마가 쓰세요. 저흰 안방을 쓰고요, 거실 옆에 큰 방을 시어머니에게 드릴 거예요."

두리는 기쁨에 들떠 토끼처럼 아파트의 여기저길 깡충거리며 뛰어다녔다. 너무 흥분해서 입은 쉬질 않고 떠들어댔다. 이런 그녀를 그윽이 바라보던 난쟁이 여인은 잔잔한 미소를 머금고 있다가 두리의 얼굴을 그녀에게 돌리게 하고 가만히 그녀를 안았다.

"이건 하나님이 주신 것이야. 감사하고 조심스럽게 살아야 해, 두려움을 가지고 받아야 해."

"그럼요. 너무 감격해서 여기 이렇게 쪼그리고 앉아 기도했다구요."

"우리 두리 마음이 천사 같으니까 좋으신 하나님께서 복을 주시는 거야. 그럴수록 근신하고 하나님 앞에 겸손하게 서야 해."

"그럼 아줌마는 이 집을 포기하란 뜻인가요?"

"아니지. 이걸 전세 놔서 일부는 은행 빚을 갚고 우린 화방 옆에 허술한 집을 세로 얻자는 것이지."

"전세가 얼마나 나갈 것인지가 문제지요."

그러자 난쟁이 여인은 뚜르르 앞장서서 아파트 주변에 널려 있는 부동산을 찾아들어갔다. 놀랍게도 전세는 엄청난 값이어서 난쟁이 여인의 말대로 한다면 은행 이자도 반으로 줄어 화방 운영으로 넉넉히 꾸려갈 수 있었다.

"두리, 우리 비밀을 가졌으면 해."

"무슨 비밀인데요?"

"신랑에겐 이 사실을 나중에 알리는 것이 어떨까?"

"부부가 동체라는데 이걸 숨기면 갑갑해서 어떡해요."

"두 사람을 위해서 하는 말이야. 별안간 돈이 생기면 공부에 소홀해질 터이고, 남자란 돈이 많으면 좀 빼딱해지는 속성이 있으니 우리끼리 비밀로 하다가 적당한 때에 알리도록 하지."

여의도 아파트를 세놓고 그 돈으로 화방 근처에 방이 셋 있는 아담한 독채를 얻어 이사를 하는 사이 한 달이 후딱 지나갔다. 시어머니 모실 방을 도배하고 시집올 때 못 해드린 혼수 감으로 색동무늬 요에 목련꽃이 탐스러운 이불을 사서 장롱에 넣은 뒤 두리는 시골갈 채비를 했다.

5

"별안간 돈이 어디서 나서 큰 집을 얻고 이법석인지 모르겠네. 그나저나 며칠이나 목장서 머물고 올 거야?"

석두가 책가방을 든 채 화방 한가운데 떠억 버티고 서서 무엇이 못마땅한지 입을 쑤욱 내밀고 퉁명스럽게 물었다.

"글쎄요. 빠르면 일 주일, 아니면 한 달 잡아요."

"세상 모든 여자들이 시어머니 모시기 싫어서 몸살 난다는데 효도하겠다고 촐랑대니 이해할 수가 없어."

"당신의 어머니가 곧 제 어머니가 아니겠어요. 그러나 피가 조금도 섞이지 않은 며느리가 가잔다고 금방 따라나서시겠어요? 며칠 머물면서 효도를 해야 감동해서 절 의지하고 오시겠지요."

"알아서 하라고. 나중에 이러쿵저러쿵 지껄이며 날 들볶지 마. 난 애당초 어머니를 모실 마음 가져본 적이 없는 놈이니까."

"우리가 이렇게 살 만한데 어머니를 혼자 버려두면 벌받아요."

"누가 우릴 벌해?"

두리는 살짝 웃으며 위로 눈을 치켜떴다.

"하나님이 무서워서 어머닐 모시러가는 거야?"

"그래요. 십계명에도 네 부모를 공경하라고 했잖아요."

"의무로는 하지 마. 나중에 힘들다고 날 달달 볶을 거라면 아예 지금 포기하라고."

손이 안으로 굽는다고 석두는 입으로는 그렇게 으름장을 놓으면서도 속으론 싫지 않은지 그다지 기분 나쁜 표정은 아니었다. 이런 부부 곁에서 난쟁이 여인은 한 마디도 거들지 않고 부지런히 손을 놀려 간밤에 화구畵具위에 내려앉은 먼지를 털어냈다.

정들고 사랑하고 성실하게 가꿔온 보금자리를 아줌마

에게 맡겨놓고 두리는 시어머니를 찾아 나섰다. 개나리가 눈이 시리게 핀 돌담을 돌아 시어머니가 혼자 사는 목장 옆 대문 앞에 섰다.

재작년 이맘때쯤 결혼하겠다고 찾아왔을 적에 느꼈던 섬쩍지근함이 두리의 가슴을 짓눌렀다. 그러나 용기를 내어 초인종을 눌렀다. 얼마간 기척이 없더니 조가비처럼 닫혔던 대문이 소리 없이 열리고 안채에 사는 새댁이 얼굴을 내밀었다.

"뒤채에 혼자 사시는 어머니를 찾아 왔어요. 전 이 집 며느리예요."

두리가 얼굴을 붉히며 말을 더듬자 새댁은 구세주를 만난 듯 얼굴을 활짝 펴고 두리를 대문 안으로 맞아들였다.

"잘 오셨어요. 댁이 참말 석두라는 이 집 아들의 색시란 말이지요?"

"네에! 맞아요. 그간 제 어머님께 무슨 일이라도 생겼습니까?"

"모르셨군요. 댁의 시아버지가 계속 항소를 해서 대법원까지 갔는데 일주일 전에 사형이 확정되었다는군요. 이제 어쩔 수 없이 며칠 내로 사형이 집행되면 죽을 수밖에 없는 처지인가 봐요. 그 소식을 건넛마을에 사시는 목사님이 전해드리자 그나마 조금씩 드시던 곡기를 끊고 저렇게 누워계셔서 걱정하던 중이에요."

그런 줄도 모르고 돈 버는 일에만 눈이 벌게 지낸 것이

송구스러워 두리는 수없이 새댁에게 머리를 주억거리고 나서 뒤채로 달음질했다. 댓돌 위에 벗어놓은 흰 고무신 속에 먼지와 지푸라기가 고여 있었다. 가만히 문을 밀치고 들어선 두리는 아랫목에 죽은 누에처럼 누워있는 시어머니에게 다가가서 살그머니 손을 잡았다.

"어머니, 며느리가 이제야 찾아와서 죄송해요."

메주 띄우는 냄새처럼 역겨운 기운이 감도는 어머니의 이불 한 끝을 걷어 올리고 두리가 가만히 어머니의 어깨를 잡아 흔들었다. 덕지덕지 바른 창호지가 빛을 차단해서 방에 들어섰을 적에 보지 못했던 것들이 어둠에 눈이 익어진 두리의 시야에서 제 모습을 드러냈다. 벽은 오랜 세월 도배를 하지 않아 군데군데 흙이 드러났고 네 귀퉁이는 곰팡이가 더께로 엉켜 손끝으로 툭 치면 파란 먼지라도 풀썩 일 지경이었다. 지독한 냄새는 땀과 때에 전 옷에도 문제가 있겠지만 시어머니의 발치에 놓인 요강에서 흘러나온 오물이 방바닥에 괴어 있기 때문이었다. 두리가 점점 거세게 시어머니의 몸을 흔들었으나 죽은 듯이 눈을 감고 아예 미동도 하지 않았다. 삶을 포기한 사람만이 가질 수 있는 그런 몰골에 두리의 가슴이 처음엔 찡해오다가 나중엔 울컥 무섬증이 일었다.

"어머니, 일어나셔서 제가 사온 음료수를 드세요."

여행 가방을 열어 주스를 한 깡통 꺼내 빨대를 꽂아 시어머니를 강제로 일으켜 입에 가져다대었다. 처음엔 완강하게 거부하고 장작처럼 뻣뻣하게 몸을 내맡기더니 목이 마른지 몇 모금 게걸스럽게 빨아대더니 실눈을 뜨고 두리를 올려다봤다.

"어머니, 저 나두리라고…… 이 집 며느리예요."

며느리란 말에 시어머니는 불에 댄 사람처럼 몸을 떨었다. 그러고는 두리더러 어서 나가라고 손을 흔들었다. 그냥 흔드는 것이 아니고 무서운 공포에 짓눌린 표정으로 몸을 떨어가며 다급하게 외마디소리까지 했다.

"어, 어—서, 가. 나가."

"제가 어머니를 모시러 왔어요. 제가 곁에 있어 어머니를 돌볼 터이니 이젠 걱정 마세요."

두리가 모로 쓰러지는 시어머니를 무릎에 안고 이렇게 말했으나 무섭게 거부하는 몸짓으로 괴로워하다가 돌 지난 아이처럼 도리질을 했다.

"어머니, 제가 방문을 열 터이니 밖을 보세요. 지금은 봄이에요. 만물이 언 땅을 뚫고 나와 창조주인 하나님을 향해 모두 노래하고 있답니다. 어머니도 저들처럼 소생하실 수 있어요. 자! 보세요."

두리는 무릎으로 걸어서 방문을 열어놓고 어머니를 안아 끌어서 마루로 나갔다. 강렬한 봄볕에 눈이 시린 그녀는 얼마간 숨을 가쁘게 쉬며 눈을 질끈 감았다. 탱자 생울타리를 두른 마당엔 풀들이 푸릇푸릇 얼굴을 내밀었고 개나리는 벌써 샛노란 꽃망울을 만개해서 눈이 부셨다.

탱자울타리가 끝나는 옆으로는 야트막한 산을 안고 있어 진달래가 화사하게 연분홍색을 자랑하고 있었다. 안채의 젊은 새댁이 기르는 것인지 병아리들이 떼 지어 돌아다니며 봄 벌레를 잡아먹느라고 부산하게 땅을 헤집으려 삐약삐약 거렸다. 대지가 기지개를 켜며 따스한 온기에 꿈틀대는 화창한 봄이었다.

"어머니, 눈을 뜨고 흙을 보세요. 그리고 이 싱그러운 공기를 마셔보세요. 저랑 함께 밖에 나가요. 맛있는 것을 사드릴게요."

두리가 이렇게 나대며 새로 해온 옷을 어머니 앞에 펴놓았다. 연두색 바탕에 자잘한 보라색 오랑캐꽃이 수놓인 고운 한복이었다. 두리는 속에 입을 고쟁이랑 버선을 꺼내놓고 우선 급한 대로 보온병에 가져온 묽은 잣죽을 컵에 담아 어머니의 입에 대주었다. 이런 두리를 한참 그윽하게 바라보던 어머니는 맛나게 잣죽을 비우고 입맛을 다셨다. 그리고 이렇게 중얼대는 것이 아닌가.

"섶을 쥐고 불 속으로 뛰어드는 꼴이야. 어서 도망가라고."

이마에 진땀이 끈적끈적 배어나올 정도로 그녀는 두리를 보고 어서 도망가라고 손을 흔들었다. 어찌 보면 뒤에 보이지 않는 무서운 귀신이 도사리고 있으니 목을 조이기 전에 도망가라고 강요하는 것처럼 보였다.

"어머니, 무슨 말씀을 하시는지 모르겠군요. 전 이 집 며느리예요. 뭘 그렇게 두려워하세요. 아버님이 사형언도를 받고 항소하느라고 광주에 계시다는 것으로 알고 있었는데 이번에 사형 확정을 받았다니 그게 무슨 뜻이에요."

두리가 이렇게 말해도 시어머니는 여전히 머리를 세차게 흔들었다. 잎이 없는 목련이 막 입을 벌려 느끼한 비계덩어리를 연상시켰다. 하필이면 고운 꽃을 놓고 기름덩어리를 생각하다니. 순간 두리는 메스꺼움으로 몸을 비틀며 구역질을 했다. 처음 느껴보는 요상한 기분이라 두리는 참지를 못하고 마당으로 내려가 배를 움켜쥐고 앉아 토해냈다.

"아아! 또 아기를 가진 모양이군. 이를 어쩌나. 가서 떼어버려. 어서."

여자는 눈에 광기를 그득 담고 고함을 쳤다.

"어머니, 왜 이러세요."

"이 집안의 내력을 몰라서 그래. 어서 뒤도 돌아보지 말고 나가라고."

너무나 완강하게 거부하는 안간힘이 전신에 넘쳐흘러 두리는 조금씩 겁이 나기 시작했다. 도대체 왜 이러시는 것일까? 그러고 보니 주기를 거른 것이 보름이 되었고……그렇다면 임신을 한 것이란 말인가.

"아버님에 대해 듣고 싶어요."

"알 것 없다. 석두란 녀석도 널 색시로 맞으려고 집안내력을 숨긴 모양인데 어서 도망 가버리는 것이 좋을 거여."

　시어머니가 뭐라 하든 두리는 가마솥에 물을 붓고 군불을 지펴 물을 데워서 어머니 몸을 대강 씻기고 이불도 볕에 내널고 다른 이불을 펴서 어머니를 모시니 오봉리의 가운데 봉에 걸린 해가 산기슭을 타고 넘어갔다. 재워온 불고기를 굽고 커피 병에 담아온 김치를 곁들여 밥을 지어 대접하고 나니 몸이 솜처럼 무거웠다. 오랜만에 따뜻하고 기름진 것으로 속이 덥혀지자 식곤증이 일었는지 시어머니는 코를 골며 잠들어버렸다. 육신은 노곤한데 이상하게 신경은 고슴도치처럼 스멀스멀 촉수를 세우고 살아났다. 소리를 죽여 방을 빠져나온 두리는 안채로 향했다. 어머니가 이 집안의 내력을 모른다고 야단쳤는데 그걸 들어야겠다는 조바심이 났기 때문이다.

　안채는 대청마루가 어찌 넓은지 삼십 촉짜리 전기불빛이 희미하게 앞쪽만을 밝히고 있었고 고가에서 풍기는 음울한 기운이 곳곳에 서려있었다. 아침나절 만났던 새댁이 설거지를 하고 있다가 부엌문 앞에서 알찐대는 두리를 보고 말은 않고 멍한 눈으로 그녀의 얼굴을 직시했다.

　"제 집안의 내력에 대해 듣고 싶어서 그래요."

　"문경댁이 말씀하시지 않으십디까?"

　"제 어머님이 문경댁이라고요?"

　"그것도 모르셨어요. 호호……."

　"그분의 과거에 대해 듣고 싶어요. 저보고 자꾸 도망가라고 하는데 그게 무슨 뜻이지요?"

"병역 땜에 그러셨을 걸요."

"설마……."

순간 두리는 머리가 띵해 왔다. 혹시 문둥병에 걸렸다는 뜻이란 말인가.

"그걸 모르고 결혼하셨어요? 간질병이 있잖아요."

순간 두리는 안도의 숨을 내쉬며 가슴을 쓰다듬었다.

"심할 때는 하루에 세 번도 더 발작을 일으켜요."

"기력이 약해져서 그러실 거예요. 죄송해요. 자식이 있으면서도 돌보지를 않고 이렇게 혼자 계시게 해서 누를 끼쳤습니다."

이렇게 사과하는 두리를 새댁은 기이하다는 눈빛을 발하며 이상한 미소를 입가에 흘렸다. 그리고 딱하다는 듯이 이렇게 말했다.

"도대체 언제 이 집 며느리가 되었오?"

"꼭 이 년이 되었군요."

"제가 이 집에 시집온 지 석 달이니 저보다 먼저 들어오고도 문경댁에 대해서 아무것도 모르고 있었단 말이에요."

"저희 결혼을 반대하셨어요. 이제 어느 정도 자리가 잡혀 모시러오니 아직도 절 며느리로 받아들이려 하시지 않는군요."

"그럴 거예요. 그분 입장에선."

"왜요? 무엇 땜에 절 며느리로 여기지 않는 것일까요?"

"참말로 이 집 내막을 모르셨어요?"

"시아버님이 사형언도를 받았다는 정도지요."

"세상에! 우리 목장 주인이 문경댁의 오빠예요. 그 재판을 어떻게 해서든지 이겨보려고 재산을 무척 날렸대요. 대법원에서 이제야 사형이 확정되었다고 들었는데, 아마 신랑이 색시를 놓칠까봐 그런 거짓말을 했을 거예요."

"그럼 언제 사형이 진행된답니까?"

"금년 안에 집행될 것이라고 했어요."

"그게 제 결혼을 반대하는 이유가 되지 않는다고 생각합니다."

두리가 이렇게 단호하게 나가자 새댁은 멈칫하더니 무엇이 두려운지 뒤채 쪽을 흘끔 훔쳐보았다. 새댁식구들은 모두 마실을 갔는지 썰렁하게 큰 집에 두리와 새댁 두 사람밖에 없어 사위가 더 괴괴했다.

"이 말을 해주어야 할지 어쩔지 모르겠어요. 저도 이 집에 시집와서 모두 쉬쉬하며 등 뒤에서 하는 말을 들었을 뿐이에요."

"어떤 이야기인데요?"

여전히 새댁은 무엇이 무서운지 자꾸 문경댁이 있는 뒤채를 공포어린 눈으로 흘끔거렸다.

"전 대낮에도 거길 가지 않아요. 어른들이 못 가게 하지요."

"간질발작을 보고 놀랄까봐 그럴 테지요."

"정말 이 집안의 내력을 하나도 몰랐단 말이에요?"

"어떤 내력 말입니까?"

"오늘 밤에 그 방에서 주무실 작정입니까?"

여자는 오히려 이렇게 반문하며 걱정된다고 혀를 끌끌 찼다.

"어서 아시는 대로 모두 이야기해주세요. 전 이미 아기를 밴 여자이니 이 집 식구나 다름없어요."

두리가 임신했음을 당당하게 말하자 여자는 외마디 소리를 지르며 두 손으로 얼굴을 가렸다. 그러더니 시어머니처럼 손을 내저으며 괴성을 발했다.

"어서 도망가세요. 어서요. 이 집에 있다가는 큰일 당해요. 어서요."

아직도 어린 티가 밴 나이 어린 새댁이 겁에 질려 이렇게 나대자 두리는 점점 미궁에 빠져드는 것 같아 가슴이 답답했다. 그래서 새댁의 양손을 꼭 잡고 다그치는 형사처럼 강인한 표정을 지으며 어서 내막을 말하라고 잡은 손에 무서운 힘을 넣었다.

"제가 해드릴 수 있는 말은 어서 이 집을 탈출하란 말뿐이에요. 그렇지 않으면 죽어요. 벌써 두 여자가 그 방에서 죽어나갔다고 했어요."

새댁은 두 손을 두리의 악력에서 뽑아내려고 울상을 하며 몸을 비틀어서 두리는 손에 넣었던 힘을 풀었다. 그러자 여자는 무엇이 그렇게 두려운지 두 팔을 엇갈려 가슴을 안고 사시나무 떨 듯이 몸을 앙당그리고 겁먹은 눈을 했다.

"그 방에서 잔 여자는 누구나 죽어나간단 말이에요."

새댁은 공포에 질린 눈을 감추지 못하고 머리를 크게 주억거렸다.

"죽어나간 여자들이 어떤 여자들이에요?"

"……."

"어서 말해요."

두리가 한 발 다가가며 새댁의 손을 또 잡으려 하자 얼른 뒤로 물러선 여자는 숨을 후욱 들이마시더니 이렇게 중얼거렸다.

"그 집 며느리들이에요."

"며느리들이라니 그럼 제 남편이 결혼을 했었단 말이요?"

여자는 말을 않고 그저 고개만 끄덕거렸다.

"며느리를 누가 죽였어요? 제 시어머니가 목이라도 눌러 죽였단 말이에요? 그런 거짓말하지 마세요."

"어떻든 며느리가 둘이나 죽어나갔다고 동네사람들이 그래요. 그것도 임신을 하면 문제가 생긴대요. 그래서 아무도 저 뒤채에 접근하는 사람이 없어요. 모두 쳐다보기도 두려워해요. 제 시어른들도 여기를 떠나려고 다른 목장을 알아보고 다녀요. 수일 내로 저희도 이 집을 떠날 거예요."

　새댁은 이제 그녀의 의무를 다했으니 어서 가보라는 듯이 돌아서서 냄비를 닦기 시작했다. 이대로 두리는 물러설 수 없다고 생각했다. 이상한 사연이 얽힌 것을 알아낸 이상 그냥 무섭다고 도망칠 수도 없는 노릇이었다.

　"구체적으로 이야기해주세요. 물론 소문이겠지만 전 그 이야기를 들어야 할 의무가 있는 이 집안의 며느리이니까요."

　그러자 새댁은 어쩔 수 없다는 듯이 젖은 손을 마른 행주에 문지르고 나더니 방으로 들어가자고 했다. 꽃이 피는 봄이지만 햇빛이 없는 어둠이 밀려오자 봄의 오스스함이 가슴 속으로 파고들어 자꾸 어깨를 움츠리게 했기 때문이다. 아랫목에 조그마한 조각이불이 펼쳐져 있어 두 여자는 다리를 그 밑에 묻고 나란히 앉았다.

　"보기에 딱해서 하는 말인데 첫 번째 며느리가 지금 문경댁이 있는 방에서 세 살 난 아이를 데리고 자살을 했다고 들었어요."

　"무엇 때문에 자살을 했을까요?"

　두리는 침을 꿀꺽 삼켰다. 석두가 그럼 결혼을 해서 아이까지 낳은 경험이 있는 남자란 말인가? 아득하니 몸이 천길 밑으로 떨어져 내리는 기분이었으나 그녀는 애써 태연한 얼굴로 새댁의 얼굴을 응시했다.

　"글쎄, 그 주제에 남자가 바람을 피웠대요. 형사들이 벌

떼처럼 드나들어 심신이 지친 뒤에 시아버지는 신문에 오르내려 창피해서 살 수가 없는데다 집안도 망해 살 길이 없지요. 그때 마지막 자존심인 여자문제가 터진 것이지요. 듣기로는 열아홉 살 난 다방레지를 데리고 돌아다녔다나 봐요. 그걸 참지 못해 시어머니가 서울로 시아버지 재판을 보러간 사이 연탄불을 방에 지펴놓고 모자가 죽어버렸다고 하더군요."

"그럼 왜 며느리들이라고 해요? 한 사람만 죽었는데."

두리의 질문에 새댁은 답답하다는 듯 비웃는 웃음을 한참 입가에 묻고 있다가 한심한 이 여자에게 다 말해주어야겠다는 듯이 따발총을 쏘듯이 다음 사실을 늘어놓았다.

"그 다방레지도 그 방에서 죽었다니까요."

"아이쿠! 주여."

두리가 아찔해오는 머리를 짚으며 상체를 비틀자 새댁은 겁에 질려 두리를 껴안았다. 오봉리의 산기슭에 빽빽이 심어진 잣나무 사이를 누비고 지나가는 바람소리가 적막한 북한강 가에 자리 잡은 고가古家를 잡아 흔들었다.

"산부인과에 가서 아기를 어서 떼어버리세요. 아기만 없으면 죽지는 않는다고들 해요."

"아기를 가지면 왜 죽어야 하나요?"

"그게 믿기지 않는 일인데 그 방에서 이상한 일이 벌어진다는군요."

"무슨 일이요?"

"소문으론 그 방 안에서 아주 요상한 일이 일어난다고 해요. 아까 예수를 믿는다고 했지요?"

"네에."

"그렇다면 일이 달라질지도 몰라요."

여자는 자꾸 아리송한 말만을 하고 있었다. 어린 시절 어머니인 노 여사가 그녀를 무릎 위에 앉혀놓고 겁을 주던 그런 이야기가 아닐까. 예를 들면 눈이 하얗게 내린 밤에 산에 간 사람이 귀신을 만나 밤새 싸워 고목에 그 허깨비를 묶어놓고 아침에 가보면 엉뚱하게도 싸리비였다는 이야기. 또 구척장신의 시커먼 귀신이 해 같은 두 눈을 번뜩이며 입에서 불덩어리를 확확 토해내서 담력이 약한 사람은 그 자리에서 뻗어버린다는 이야기. 밤에 뒷간에 가면 하얀 만또 까만 만또를 입은 귀신이 나오고 칠흑의 밤에 무덤으로 가는 어느 여자의 뒤를 미행했더니 무덤을 파헤친 여자가 시신을 뜯어먹기에 놀라 도망치려 하니 입에 피 칠을 한 여자가 휘익 돌아다보며 히이 웃었다는 괴기한 이야기. 이런 것들 중에 하나를 가지고 이 여자가 두리를 놀라게 하려고 그러는지도 모른다는 생각이 퍼뜩 들었다. 이 나라의 아이들은 어린 시절에 이런 이야기를 수없이 듣고 컸기 때문에 심층에 깔려있다가 이따금 그런 이야기가 괴력을 발휘했다. 솔직히 말해서 두리 자신도 어둔 곳에 혼자 가기를 꺼려하고 있지 아니한가.

"쉬! 저 구석에서 귀신 나온다. 어서 뚝 그쳐."

마음이 여린 어린 시절 두리가 어쩌다 어머니나 아버지의 비위를 거스르는 일을 하면 이렇게 귀신이 나온다는 것을 핑계 삼아 저지시켰다. 해서 그녀의 무의식 중엔 항상 묵직한 공포심이 도사리고 있었다. 이젠 예수님을 모시고 살기에 망정이지 새댁처럼 이런 공포의 분위기를 새 사람으로 변화되기 전에 부딪혔다면 지금 당장이라도 짐을 싸들고 도망쳤을 것이 분명했다.

"두 번째 여자는 어떻게 죽었지요. 솔직히 들려주세요. 전 교인이에요."

새댁도 두리가 하나님을 믿는다고 하니 덩달아 무섭증이 사라졌는지 평온한 얼굴로 돌아가 낮은 어조로 말을 이었다.

"두 번째 여자가 죽은 것은 재작년 초겨울이었다고 들었어요."

두리는 이번에도 머리를 거대한 망치에 얻어맞는 것 같았다. 그렇다면 두리가 즐겨 찾아갔던 시골교회에서 처음 석두를 만났을 때와 일치한다. 해서 두 번째 여자가 죽자 겁에 질려 하나님을 향해 앉아 청승스럽게 엘리 엘리 라마 사박다니를 외쳤단 말인가. 갑자기 물밀 듯이 석두를 향한 미움이 그녀의 가슴 속으로 파도처럼 밀려들었다. 얼마나 가증스러운 외침이란 말인가. 그것도 교회 안에서 더구나 하나님 앞에서.

"그 여자는 왜 자살을 했답디까?"

"아기를 가져 배가 불러오자 다니던 다방을 그만 두고 시댁을 찾아 왔었겠지요. 근데 그 밤에 무서운 일이 일어난 것이에요."

"시어머님이 머리를 풀어 헤치고 귀신 흉내를 내며 덤볐단 말이요?"

"고만 상상하세요. 그 정도가 아니라 큰 사건이었다고요."

"그게 무슨 사건이요. 아이쿠! 답답해."

두리가 이렇게 다그쳐도 새댁은 선뜻 입 열기를 꺼려했다.

"무엇이 그렇게 두렵소. 새댁이 무서워하는 일을 당할 내가 이렇게 당당한데 어서 말해주어요."

"저도 도시에서 자랐고 현대 교육을 받은 여자라 어떻게 이 사실을 받아들여야 할지 모르겠는데 아무튼 사람이 죽어나갔다는 엄연한 사실을 알려드릴게요."

두리는 조각이불을 끌어올려 새댁의 무릎을 덮어주었다. 아랫목의 따뜻함에 취했는지 아니면 해야 할 이야기의 내용에 흥분했는지 여자의 뺨이 발그레 상기되었다.

"두 번째 며느리가 애를 배가지고 들어와 시어머니 방에 기거하게 되자 문경댁이 일거리를 만들어 집을 한 달이나 비웠다는군요."

새댁은 이렇게 말해놓고 냉큼 그 다음 말을 하지 않고 침을 꼴깍 삼켰다.

"혼자 곤하게 자는 여자를 누군가가 흔들어 깨우더래요. 졸린 눈을 뜨고 보니 가운데 가리마를 탄 여자가 소복을 입고 여자 옆에 앉아 있더래요. 겁에 질려 입도 열지 못하는 여잘 향해 소복 여인은 넌 절대로 아이를 낳을 수 없어. 아이를 낳기만 하면 당장 널 죽여버릴 거야 하더래요."

새댁은 등 뒤에서 무엇이 덮쳐올 듯이 겁에 질려 어깨를 으쓱하더니 머리를 두 어깨 사이에 깊숙이 묻었다. 두리는 친정어머니인 노 여사가 어린 시절 수시로 그녀에게 들려주었던 그런 유의 이야기가 터져 나오자 손뼉을 치며 깔깔 웃었다.

"그걸 새댁이 믿고 있단 말이요?"

갑자기 미친 여자처럼 웃어젖히는 두리를 놀란 토끼눈을 하고 한참 바라보던 새댁이 머릴 세차게 흔들었다. 자신의 이야기가 괴력을 발휘하지 못한 것에 약이 올랐는지 새댁은 따발총을 쏘듯이 말했다.

"믿기지 않을지 모르지만 그 여자도 죽었단 말이에요."

"세상에! 상상 속에 나타난 전처를 보고 죽었단 말이에요? 그 여자 되게 심장이 약했군."

"댁은 딱한 여자군요. 그래서 죽었다면 순진하게 보이지만 그렇지가 않았단 말이요. 전처처럼 방에 연탄을 피워놓고 자살했단 말이에요."

"그래요?"

두리는 말문이 막혀 그저 묵묵히 앉아 있을 뿐이었다.

너무 충격을 준 것에 죄책감을 느꼈던지 새댁은 물엿을 녹여 뭉쳐놓은 강냉이 소쿠리를 두리 앞에 밀어놓으며 먹으라고 손에 한 개를 쥐어주었다. 밖에서 잣나무 숲을 헤치고 나온 바람소리가 위잉 위잉 헐떡이며 주기적으로 신음했다.

"소복 입은 여자를 단 한 번 보고 그렇게 자살했단 말입니까?"

"아니지요. 매일 밤 소복의 여인이 나타나니까 질려서 그 귀신이 지시하는 대로 죽음을 택한 것이지요."

"그런 거짓말 마시우. 그건 댁의 추측이지요."

그렇게 말해놓고도 두리는 노 여사를 생각했다. 일이 잘 풀리지 않아도 점쟁이를 찾아가서 살풀이를 하고 토정비결에 매달려 시름에 잠기고 부적을 사방에 붙이고도 마음이 놓이질 않아 몸에 지니고 다녀야 하는 가여운 어머니의 얼굴이 그녀의 눈앞에 클로즈업되었다. 머리를 숙이고 깊은 생각에 두리가 빠져들자 새댁은 불쑥 이렇게 말했다.

"건넛마을 교회에 가보세요. 그곳 목사님이 이 내막을 상세히 알고 있을 것입니다."

두리는 새댁에게서 손전등을 얻어 들고 논둑길을 걸어 산등성이를 올랐다. 현대인은 밝은 전깃불에 흠뻑 빠져있어 어둠은 곧 공포였다. 외등 하나 없는 산과 들에 홀로 서자 웅덩이에 빠진 사람처럼 울컥 외로움과 오싹함이 가슴으로 파고들었다. 인간에게 꼭 필요한 것은 물과 공기와 밥 그리고 빛이구나. 이런 생각을 해가며 두리는 꼭 2년 전 난쟁이 여인이 꺾어 안겨준 개나리를 들고 눈물을 삼키며 신부로 들어섰던 교회를 향해 빠르게 발걸음을 옮겼다.

어둠으로 인해 허둥거리면서도 주체 못할 아픔이 그녀의 가슴에 파고들어 응어리를 굳히며 자리를 잡았다. 그녀의 남편이란 사람이 이렇게 많은 비밀을 간직하고도 숨기고 있었다니! 무엇보다도 그런 마음을 지니고 어떻게 부부라고 할 수가 있단 말인가. 성경에선 최초의 가정을 이룬 아담과 하와를 향해 하나님은 이렇게 말하지 않았던가.

'남자가 부모를 떠나 그 아내와 연합하여 둘이 한 몸을 이룰지로다.'

얼마나 큰 비밀이란 말인가. 둘이 한 몸을 이룬다는 것은 육체적인 결합을 뜻하기도 하겠지만 더욱 중요한 것은 영혼의 결합일 것이다. 속에 이렇게 무서운 비밀을 간직하고 지내라는 뜻이 아닐 터인데. 두리의 두 눈에 눈물이 흘러내리기 시작했다. 아무리 역경에 처했어도 이렇게 서럽지는 않았는데, 이건 엄청난 배신이었다. 결혼이란 과연 무엇일까? 하나님 앞에서 서약한 것처럼 아플 때나 슬플 때, 부할 때나 가난할 때, 어느 때나 한 몸처럼 사랑하고 아끼는 것이 아닐까. 노 여사나 나 회장처럼 의무적으로 살아가는 부부를 뜻하는 것이 아닐 것이다. 물에 기름 돌듯이 떠돌아다니는 한나 언니와 한철 부부의 관계를 결혼이라고 말할 수도 없는 것이다. 적어도 결혼이란 신이 인간에게 내려준 가장 숭고한 제도로 부부가 가꾸기에 따라 천국도 되고 까딱하면 지옥으로 둔갑하는 곳이 아니겠는가. 노 여사의 부적이나 토정비결이 맺어주는 결합에서는 눈에 보이는 육체적인 결합과 주고받는 타산적인 관계는 있을 수 있다. 게다가 정이라는 끈질긴 줄로 이어질 수도 있다. 그러나 하나님이 주신 바다 같은 사랑을 받아 그걸 서로 나누어주며 묶어진 부부가 두리가 소망했던 결혼이었다.

그래서 그녀는 집안의 반대를 무릅쓰고 이 결혼에 도전했고 일생을 건 것이 아닌가. 돈이 없어도 좋았고 명예가 없어도 문제가 되질 않았다. 벗은 몸으로 부딪혀도 그녀가 바랐던 것은 하나님을 의지하는 믿음 안에서 한 몸이 되는 결혼이었다.

참을 수 없는 분노가 이글거리며 두리의 가슴에서 끓어올랐다. 이 남자를 버리고 달아나버릴까. 순간 이런 유혹이 강하게 그녀를 잡아당겼다. 더 이상 내려갈 곳이 없을 정도로 내팽개쳐진 상태에서 툴툴 털고 뒤를 돌아보지 말고 가버리면 되는 것이 아니겠는가. 목사님은 거짓을 말하지 않을 것이다. 소문을 가지고 남편을 배신해서는 안 된다. 그녀는 쓰러지려는 몸을 간신히 지탱하며 교회 문을 밀쳤다.

흐릿한 불빛 밑에서 목사님이 제단에 무릎을 꿇고 앉아 있었다. 두리는 앞줄에 앉았다. 단 한 마디도 하나님께 고할 것이 없고 그저 눈물이 쏟아질 뿐이었다. 봇물처럼 터져 나온 눈물이 나중엔 주체할 수 없을 정도로 통곡을 자아내어서 두리는 소리 내어 엉엉 울어버렸다. 억울하다는 생각도 남편을 때려죽이고 싶다는 생각 없이 그저 서러울 뿐이었다. 누군가가 가만히 그녀의 등에 손을 얹었다. 그래도 울음이 멎지를 않아 계속 울었다. 울음도 관성의 법칙에 의해 진정되기까진 시간이 걸려서 두리는 울음 끝을 잡느라고 애를 썼다. 어느 정도 울음이 가셔지자 등을 만진 사람이 조심스럽게 입을 열었다.

"난 이 교회 목사요, 우리 이야기해봅시다. 아픈 사연이 있는 모양인데 옆에서 보기에 너무 애처로워서 그러우."

목사님이란 말에 두리는 힐끔 뒤를 돌아다보았다. 바로 2년 전 주례를 서주었던 목사님이었다. 두리는 머리가 하얀 할아버지 목사님을 대하자 아기가 엄마 품에 안기듯 그의 가슴에 얼굴을 묻고 울기 시작했다.

"이런, 석두 군과 결혼한 색시가 아닌가. 왜 또 무슨 힘든 일이 생겼나?"

그는 다정하게 그녀의 등을 토닥여주며 물었다.

"왜 제게 그 날 말씀해주시지 않으셨어요?"

"무얼?"

"제가 세 번째 부인인 걸 몰랐단 말이에요. 그런 험한 자리에 절 밀어 넣는 결혼식을 거절하시지 어쩌자고 묵인하고 주례를 서주셨어요?"

두리가 이렇게 항의하고 머리를 흔들며 괴로워하자 할아버지 목사님은 가만히 그녀의 이런 행동을 지켜보며 말이 없었다.

"절 불쌍히 여기셨다면 그 자리에서 야단을 쳐서 저희들의 결합을 막으셨어야지요. 산 하나를 사이에 두고 사셨으니 사연을 전부 아셨을 것이 아닙니까?"

두리가 이렇게 항의를 하며 원망을 하자 할아버지 목사님은 그저 빙긋이 웃을 따름이었다.

"너무 하셨어요. 정말 너무 하셨어요."

"난 참 훌륭한 결혼주례를 섰다고 지금까지 기뻐하고 있는데 왜 그러지. 하나님이 연분을 맺어준 결혼이라고 얼마나 감사했다고."

"도대체 그게 무슨 뜻입니까. 전 이렇게 그 결혼을 후회하고 있는데 무슨 말씀입니까?"

"그날 신부는 평상복에 개나리꽃을 안고 결혼식을 했지. 너무 감격적인 결혼이라 난 얼마나 하나님께 감사 기도를 드렸는데. 이런 자세라면 이 동네에서 악명이 높았던 석두를 사람 만들 색시라고 난 금방 판단할 수 있었기 때문이지. 더구나 교회에서 올린 결혼식이니 길거리에서 그냥 꼬셔드려 살았던 색시들과는 차원이 다르지 않은가 이 말이야. 신앙이 좋은 색시가 무기수인 죄인과 옥중 결혼을 하는 경우도 많은데 이건 거기에 비하면 얼마나 좋은 조건인가. 석두가 좋은 색시 곁에 있으니 주어진 자유를 잘 활용하면 두 사람은 천국을 닮은 가정을 이룰 것이라고 믿었지."

목사님은 평안한 얼굴에 인자한 웃음을 흘리며 이렇게 말했다. 세상에 한 여자의 가슴에 휘몰아친 아픔을 조금도 이해하지 못하고 어떻게 이런 말을 할 수 있단 말인가.

"몰라요. 목사님은 제 마음을. 요즈음 세 살 터울에도 세대 차이를 느끼는데 저와 목사님과는 오십 년도 더 차이가 나니 어찌 제 마음을 이해하실 수 있겠어요. 아유! 답답해."

"인간이란 하나님 앞에 돌아오면 새로운 피조물이야. 그 남편을 사랑했다면 고난과 고통을 각오하고 사랑을 키워야지. 인간이란 살아가며 버걱거리면서 서로 관계를 맺어가는 것이야. 그런 중에 서로 이해하는 법도 터득하고 사랑하는 법도 알게 되지. 희생하며 봉사할 때 맺어지는 열매도 눈물을 흘리며 만질 수 있는 것이지."

"저도 전 여자들처럼 죽으면 어떡하지요. 전 죽고 싶지 않단 말이에요. 그 집에 들어간 며느리들은 한결같이 연탄 자살을 했다고 하더군요."

"허참! 그걸 모르고 결혼한다고 덥석 뛰어들었단 말인가. 난 두 사람이 모두 이런 점을 이해하고 결혼식을 올린 줄 알았는데."

목사님은 턱을 오른손으로 만지작거리며 깊은 생각에
빠져들었다가 머리를 번쩍 들었다.

"몰랐다 해도 이젠 자기 몸과 같은 사람이니 이해하고
사랑해야지 어쩌겠는가. 죄의 계곡이 깊으면 깊을수록 높
은 곳에 올라가서 내려다보는 기쁨이 큰 법이야. 이해하
고 사랑하구려."

"절 속여 결혼했으면 2년이란 세월을 살아가는 동안 제
게 고백하여 용서를 구했어야 참 부부가 되는 것이 아닙
니까."

"석두 입장에선 색시가 그런 말을 들으면 멀리 도망 가
버릴 것이란 무섬증이 있었을 거야. 그래서 이제껏 숨기
고 있었을 테지. 그러나 속사람은 착해요. 아직 우유를 먹
는 신앙이지만 뿌리는 깊고 마음 밭이 옥토임에 틀림없
어. 참으로 뼈저린 고통을 당해보지 않은 자가 가진 믿음
은 뿌리가 약한 법이야. 색시가 신랑의 영혼을 위해 진정
으로 사랑하고 기도하며 이끌어준다면 좋은 남편이 될 것
을 믿고 있어요. 두고 보라고."

"전 그분의 믿음 하나에 일생을 걸었어요. 적어도 저와
비슷한 분량의 믿음이나 그보다 더한 믿음을 가진 남자라
고 생각했는데 지금 보니 그는 빈 쭉정이 믿음을 가진 남
자였으니 그게 슬퍼요."

어느 정도 안정을 되찾은 두리는 눈물을 보이지 않고

아주 침착하게 말했다. 어느새 아주 야무진 여자로 돌아와 있었다.

"아하하하……. 쭉정이 믿음이라고. 편견을 가지고 보면 그렇게 보이는 법이야. 파란 하늘을 검다고 보면 그렇게 보이는 것이 인간이 범하기 쉬운 무서운 죄질이지. 석두는 색시가 생각하듯이 그렇게 약한 믿음을 가진 사람이 아니야."

"어떻게 그렇게 생각하셨어요. 전 결혼해서 2년을 함께 살아오며 매사에 실망하고 있단 말이에요. 언제나 무뚝뚝하고 이기심이 많고 자기 본위로 일을 처리하고……."

"그건 그 사람이 자라온 환경이 안겨준 습성일 뿐이지 속에 감추고 있는 속사람은 아니야. 하나님이 인간을 창조하실 적에 누구에게나 한 가지씩 좋은 선물을 안겨주었지. 색시는 그것이 무엇인지 찾았는가?"

두리는 머리를 절레절레 흔들었다. 단 한 가지도 그녀를 만족하게 해준 적이 없다는 생각이 머리를 쳐들자 또 억울하다는 절규가 터져 나오려했다.

"이봐요. 어머니가 거하는 방엘 들어가 보았는가?"

"그럼요. 그 방에서 며느리가 차례로 죽어나갔다면서요?"

"방 벽이 무엇으로 도배되었는지 보았는가?"

"신문지이던가요? 전 그렇게 자세히 관찰하지 않았어요."

"그런 관찰력을 가졌으니 남편에게 심어진 장점을 찾지 못하고 있는 것이야."

목사님은 무엇이 그리 재미있는지 너털너털 웃음을 날리며 유쾌하게 몸을 흔들었다. 이분이 날 놀리는 것일까. 남의 집 방 벽이 무엇으로 도배되어 있든 그게 무슨 상관이란 말인가.

"돌아가서 자세히 보구려. 사방을 삥 둘러가며 전부 성경책을 찢어서 발랐다오."

"세상에 그게 무슨 뜻이에요?"

"그래서 내가 석두를 순진한 믿음의 소유자라고 하지 않던가. 색시가 둘이나 죽어나가고 귀신이 나온다며 어머니가 살풀이를 날마다 했는데도 증세가 심한 실성기가 어머니에게 나타나자 생각다 못한 석두는 성경책 전권을 풀어서 정성스럽게 벽에 도배를 했다고. 그리고 어머니에게 이 방엔 하나님이 계시니 살풀이 안 해도 귀신이 도망간다고 장담했다지 뭔가. 물론 유치해 보이는 짓이었지만 어떻든 그의 어머니는 그 뒤에 무당을 부르는 짓을 삼갔으니까."

시어머니와 성경벽지. 얼굴도 모르는 두 여자. 이미 흙이 되었을 터이지만 두 여자의 얼굴은 어떻게 생겼을까. 더럽다. 에이, 더러워. 조각조각 잘라진 사념에 잡혀 두리는 목사님께 인사를 하고 손전등을 들고 시어머니가 계신 집으로 향했다. 손전등 빛이 닿는 논두렁에 설유화가 멍울멍울 맺혀 있었다.

얼마를 걸었을까, 뒤에서 다급하게 쫓아오는 발자국 소

리가 났다. 두리의 등에 식은땀이 흘렀다. 누굴까. 이 시간에 그녀의 뒤를 밟고 있는 사람이. 따라오는 사람에게 잡힐 것이 두려워 두리는 발걸음을 재촉했다. 앞만 보고 걸을 뿐 뒤를 돌아다볼 용기가 없었다.

"저 좀 보세요."

남자의 음성이었다. 바짝 긴장해서 어깨를 올리니 팔뚝에 닭살이 성글게 피어올랐다.

"저 좀 봅시다."

꽤 점잖은 목소리였다. 두리는 기어들어가는 목소리로 간신히 입을 열었다.

"왜 그러십니까?"

하필이면 그 순간 이조시대에 서민들 사이에 유행했던 과부 보쌈 장면이 떠올랐다. 순간 그녀는 성경 구절을 중얼댔다.

'두려워 말라. 너는 내 것이다.'

그렇지, 하나님이 나와 함께하시는데. 그녀는 용감하게 몸을 휘익 돌리며 상대방의 얼굴에 플래시를 들이댔다. 놀랍게도 그녀를 뒤쫓은 사람은 허리가 휜 노인이었다. 그녀가 강렬하게 비추는 손전등에 눈이 시린지 그는 한 손으로 얼굴을 가렸다.

"왜 그러시죠?"

"석두의 새 색시인가요?"

"그런데요."

"석두는 촌수로 따지면 제게 팔촌간이랍니다. 아까 목
사님과 나누는 대화를 엿들었는데 색시에게 도움이 될 것
같아 따라왔습니다."

노인은 나이 어린 두리에게 깍듯하게 존칭어를 썼기에
무섬증이 스르르 가신 두리는 어깨에 주었던 힘을 빼고
손전등 불빛을 땅으로 던졌다.

"또 그가 저지른 불미스런 나쁜 이야기인가요?"

"아니요. 석두는 좋은 녀석이요. 색시가 잘 돌봐주면 큰
인물이 될 걸 믿어요."

"어떤 점에서 그를 그렇게 과대평가하시나요?"

"이 동네는 아주 터가 센 곳이라오. 대대로 믿어오는 미
신이 어찌나 자리를 깊이 잡고 있는지 그 뿌리를 도저히
캐낼 수가 없는 곳이지. 근데 석두가 이 고장을 뜨던 날
나는 그 현장을 똑똑히 목격했는데 대단했었어. 아마 목
사님은 차마 색시에게 그런 이야길 해줄 수 없어 입을 다
문 것 같은데 난 그 현장을 색시에게 들려주고 싶어."

"할아버지도 교회에 나가세요?"

"그럼, 집사인 걸."

두 사람은 좁은 논둑길을 나란히 걸을 수 없어 두리가
손전등을 들고 앞장서고 노인은 그녀의 뒤를 바짝 따라붙
었다. 논둑 근처의 개구리들이 그들의 발자국 소리에 놀
라 울음을 그쳤으나 멀리 있는 놈들은 용감하게 목청껏
울어댔다.

"석두가 일을 저지른 날은 동네 사람들이 모여 서낭당에서 기우제를 드리고 있었지. 가뭄이 심해서 천수답을 가진 사람들은 애간장이 탔어. 심어놓은 모들이 비들배들 노랗게 들떠서 죽어갔었지. 사람들은 돼지대가리와 떡시루를 차려놓고 손이 닳도록 빌며 절을 하는 그런 자리에 석두가 나타난 거야."

두리는 앞을 보며 걸으면서도 귀는 온통 뒤쪽으로 향해 있었다. 석두가 엉뚱하게 또 나쁜짓을 했구나. 해서 그 다음은 듣기가 거북살스럽기까지 했다. 언제나 그는 기발한 짓을 잘 하니까 말이다.

"모두 엎드려 절을 하는 동안 그들의 간절한 기원이 하늘을 움직였는지 비가 저들의 머리 위로 쏟아졌어. 서낭신이 붙어있다는 나무에서 비가 온 것이지. 사람들은 엎드린 자세에서 차마 일어서지도 못하고 그저 감읍해서 이마를 땅에 비벼댈 뿐이었어. 석두가 울긋불긋 헝겊을 매달아놓은 서낭당 나무에 기어 올라가 밑을 향해 오줌을 누었지 뭔가."

"세상에! 돼지 머리와 떡시루가 놓인 서낭당에 그분이 오줌을 갈겼단 말이에요?"

"그래요."

"우하하…… 아하하하……."

두 사람은 논밭과 어둠이 숨겨진 산이 출렁 움직일 정도로 흔쾌하게 웃어버렸다. 그러자 멀리서 용감하게 울어대던 개구리들이 사위가 적막하도록 울음을 일제히 삼켜버렸다. 단지 두 사람이 웃는 웃음소리만 밤하늘로 멀리 멀리 퍼져나갔다.

"그 뒤에 어떻게 되었어요?"

"그야 석두는 줄행랑을 쳤지. 서낭당에 모였던 사람들이 그를 잡으려고 줄을 이어 쫓아갔지만 서낭신이 붙어있는 나무에서 내려온 석두는 죽을힘을 다해서 도망쳐버렸어. 그래서 그의 어머니를 이 동네 사람들이 더 미워하는 거야. 저들의 서낭신을 모욕한 죄를 절대로 용서 못하겠다는 것이지."

"그랬었군요."

두리의 마음에 갑자기 뜨거움이 깃들었다. 그녀가 셋째 부인이라면 그게 어떻단 말인가. 어린 아이처럼 순진하게 말씀을 따랐던 남자가 아닌가. 돼지에게 절하는 자들을 향해 오줌을 눌 수 있는 믿음의 남자라면 이미 죽어 흙이 되어버린 여자들을 향해 질투한다는 것이 얼마나 웃기는 일인가! 스데반 집사는 자신을 돌로 쳐 죽이는 자들을 위해 기도했고 또 예수님은 십자가에서 피 흘려 죽기까지 우리를 사랑했는데 두리가 당하는 아픔은 그야말로 새 발의 피에 불과했다. 작은 아픔이지만 주님의 십자가에 이것마저 훌쩍 던져버리니 가슴이 후련하도록 개운해졌다. 사랑하자. 사랑하자. 이웃을 내 몸과 같이 사랑하라고 하지 않았던가. 그녀의 뱃속에 자라는 아이의 아버지요, 한 가정의 기둥인 남편을 사랑하자. 과거는 모두 묻어버리고 현재와 미래를 생각하며 감사하자. 그녀는 뒤에 따라오는 노인의 존재도 잊어버리고 이렇게 많은 것을 생각하며 논둑길을 벗어났다.

"색시, 잘 가시오. 석두는 멋진 녀석이야. 함께 잘 살아요."

노인은 어둠을 조금도 두려워하지 않고 오던 길을 향해 돌아섰다. 외등이 없이 사는 사람들은 밤눈이 밝은 모양이다. 걱정이 된 두리가 손전등을 그의 가는 길을 향해 길게 비춰주자 고만두라고 노인은 강하게 손을 흔들었다.

두리는 읍의 절규를 그녀의 고백인 것처럼 달이 없는 어둔 하늘을 향해 목청껏 외쳤다.

'나의 가는 길을 오직 그가 아시나니, 그가 나를 단련하신 후에 내가 정금같이 나오리라.'

집에 닿을 때까지 그 말을 수없이 되풀이하자 기막힌 평안이 그녀의 가슴을 채우더니 눈물이 날 정도로 기쁨이 그녀의 작은 가슴에서 용솟음쳤다. 그건 그녀가 전혀 경험해보지 못한 새로운 기쁨이었다.

불 꺼진 방에 들어서니 시어머니 문경댁은 허리를 새우처럼 휘고 요위에 누워 있었다. 가만히 그녀 옆에 쪼그리고 앉은 두리는 목사님의 말을 확인하려고 벽을 찬찬히 훑어보았다. 전부 성경 책장을 찢어 도배한 것이었다. 웃음이 나왔다. 성경으로 뒤발라놓으면 이 집에 엄습해오는

불행과 귀신을 쫓을 수 있다고 믿고 그것만을 발라놓고
어머니를 버리고 도시로 나온 남편의 초라한 모습이 그녀
의 뇌리를 스쳤다. 그 시절 그녀를 만나게 된 붉은 벽돌
교회에서 그는 엘리 엘리 라마 사박다니를 외치며 죽어가
고 있지 않았던가.

　'나의 하나님, 나의 하나님 어찌하여 나를 버리시나이
까'라고 절규하면서 죽어가던 버려진 청년에 반해서 일생
을 맡긴 두리의 순수했던 마음도 여러 빛깔을 머금고 그
녀의 눈앞에서 아른거렸다. 결혼을 앞두고 마음 졸이며
기쁨에 들떠 몸을 떠는 결혼식은 아니었다. 자신을 낳아
준 친정 부모나 피를 나눈 한나 언니까지 반대했던 결혼
이었다. 결혼식장엔 아무도 없었다. 누구나 입을 수 있는
드레스도 걸쳐보지 못했고 신부면 꼭 들고 있어야 할 부
케도 없었다. 세상에 개나리꽃을 들고 식장에 들어간 신
부는 두리뿐이 없을 것이다. 상식적으로 생각하면 기막히
게 서러운 결합이었으며, 난쟁이 여인만이 축복해준 결혼
이었다. 하나님이 함께하시기에 두려움이 없다며 자신을
가지고 덤빈 결혼이었다. 그러니 그녀의 결혼은 겉으로
보기엔 육체적이고 현세적인 기쁨을 빼앗긴 결합이었다.
그러나 엉뚱하게 그녀는 시어머니의 곁에 와서 예수님이
안겨주는 새로운 기쁨을 맛본 것이다. 그것은 신부가 황
홀한 드레스를 입고 식장에 들어설 때 맛보는 기쁨도 아
니요, 허니문으로 제주도행 비행기에 올랐을 적에 안겨오

는 기쁨도 아니었다. 색깔이 아주 다른 깊고 깊은 오묘한 기쁨이었다.

6

밤새워 시어머니 곁에 누워 들척이다가 시계 바늘이 4시를 가리킬 적에 두리는 손전등을 들고 나섰다. 이 기쁨을 하나님 앞에 알리지 않고는 견딜 수가 없었기 때문이다. 결혼했던 교회에서 새벽예배를 드리고 동이 터서 손전등을 끄고 두리는 이슬에 발과 치마를 적시며 집으로 돌아왔다. 메꽃이 연보라 빛 꽃봉오리를 터뜨려 그녀의 마음을 닮아 보이기도 했다. 이름 모를 들꽃들을 한 아름 꺾어들고 막 대문으로 뚫린 길로 접어들자 대문이 활짝 열려있었다. 언제나 조가비 입처럼 닫혀 있던 문이 아니던가. 이상하다 생각하며 들어서는데 뒤채가 소란했다. 무슨 일이 일어난 것일까. 겁이 덜컹 났다. 미신을 믿는 것이 아니지만 애를 밴 며느리가 멀쩡하니까 대신 시어머니가 돌아가신 것이란 말인가. 두리는 성경책을 어깨 밑에 끼고 달음질했다.

"어서 의사를 부르세요."

"아니야 건넛마을에 사는 무당을 불렀으니 곧 올 거야."

"아니 어제 왔다던 며느리는 어디로 도망갔어."

동네 사람들이 다 모인 것일까. 다급하게 내뱉는 사람들의 웅성거림이 두리의 가슴에 화살처럼 박혀왔다.

  "무슨 일이에요?"

  두리가 방으로 총알처럼 뛰어 들어가자 사람들이 파도가 갈라지듯이 좌악 물러섰다. 시어머니는 어디에서 그런 힘이 생겼는지 자반 뒤집듯이 날뛰었고 장정들이 손과 발을 잡고 늘어졌다.

  "귀신이 임신한 며느리를 찾아 들어와보니 없으니까 대신 당신 어머니에게 들어갔어요."

  그러는 동안 사람들이 불러온 울긋불긋 원색적인 옷을 입은 무당이 들어섰다. 모두 구세주라도 만난 것처럼 그녀를 보자 머리를 숙이고 어서 이 요상한 미친 증상을 고쳐달라는 듯이 기대에 찬 시선을 그녀에게 던졌다. 여자는 매서운 눈초리로 주위를 쓰윽 훑어보고 문경댁의 눈을 독수리눈을 하고 노려보더니 덩더쿵 춤을 추며 칼을 빼들었다. 꽹과리가 울리자 그녀의 붉은 입술 사이로 뜻 모를 주문이 흘러나왔다. 처음엔 굼벵이가 기어가듯 느린 동작으로 덩더쿵 춤을 추기 시작했다. 그런 춤을 얼마간 추다가 꽹과리소리가 빨라지자 여자는 미친 듯이 뛰기 시작했다. 신이 내린 것일까. 그녀는 갑자기 사지를 떨더니 칼을 곧추 잡았다.

  "엇쇠이 역신아 물러가라아아 애장골 귀신아! 버드나무 귀신아아."

무당은 칼끝을 떨어대며 문경댁의 머리에서 발끝까지 더듬었다. 어둠을 가르고 번쩍 지나가는 번갯불에 드러난 정경처럼 순식간에 기대하지 않았던 장면들이 눈 속으로 파고들어와서 두리는 잠시 비틀했다. 사고의 사령탑에 혼선이 생긴 듯 귓속에서 위잉 이명이 울렸다. 강신이 임했는지 눈에 번쩍 괴기를 담고 날뛰던 무당이 문경댁에게 겨누었던 신칼을 두리에게 겨누며 무섭게 달려들었다. 두리는 무의식적으로 구경꾼들 속으로 한 발자국 물러섰다.

……
선영 조상을 다 대접을 하면 낫는다고 해서
이 정성을 나서 왔습니다.
어짜던지 이 밤 저 밤 야밤이든지
기면 축시여도 시원성치허그
신약 단약 인삼 불로초를 예겨서 약방 약을 썼거나
사사약을 썼거나 약방을 받아서
정미 내피무 구미 들어서
국에나 밥에나 고슨 맛 만난 맛
단밥 단잠을 점지해서
어서 시원 성추하게 시원하게 나아주시오.

시어머니 몸에 붙은 병마를 내쫓는 병굿이 진행되고 있었다. 무당을 중심으로 둘러선 구경꾼들은 서서히 몸에서 힘이 빠져나가 축 늘어진 두리의 시어머니를 편안하게 마루에 뉘어놓고 굿 구경에 홀려있었다. 참으로 영험한 무당이라고 더러는 혀를 내두르고 머리를 끄덕이는 사람들도 있었다. 햇살이 퍼져 산야가 베일에서 벗어나듯이 모든 것이 눈앞에 또렷이 드러났으나 병굿은 열기를 더해갔다.

두리는 어떻게 이 무리에서 벗어나 시어머니를 들쳐업고 도망갈까 궁리하느라고 이 사람 저 사람 눈치를 보았다. 그 통에 워낙 작은 키의 몸이 구경꾼들 속에 포옥 묻혀서 눈만 살아 반짝였다. 아무리 생각해도 문제는 추욱 처진 시어머니를 그녀가 어떻게 들쳐업고 도망치느냐하는 문제였다.

이런 그녀의 생각을 알아냈는지 무당이 신칼을 두리의 눈에 겨냥하고 사납게 덤벼들었다.

"시어머니 잡아먹을 년이여. 니 손에 든 바로 그 성경책이 시에미를 이 꼴로 만든 걸 몰랐어. 어서 아궁이에 쑤셔넣고 태워버려. 어서 어어샤, 샤샤."

무당에게 쏠렸던 구경꾼들의 시선이 일제히 두리에게 꽂혔다. 정확히 말하자면 두리가 가슴에 꼭 껴안고 있는 성경, 찬송으로 저들의 눈초리가 쏠렸던 것이다.

"우메메, 며느리가 예수쟁이였어. 예수가 이기나 무당이 이기나 우리 보자고. 이거 큰 구경났네 그려."

석두가 서낭당 신수神樹에 기어 올라가 밑에 차린 제상

위에 오줌을 누고 달아난 사건을 아직도 생생하게 기억하고 있던 동네 사람들은 구미가 바짝 당겨 입맛을 다셨다. 그 당시 석두를 못 잡았으니 그 대신 색시라도 잡아서 앙 갚음을 하자는 사나운 심사도 들어 있었다. 그리고 그들 내심으로는 무당이 예수를 보기 좋게 이기는 멋진 게임을 보여줄 것을 예상하고 있었다. 그래서 마치 황소를 걸어 놓고 벌인 씨름판에라도 몰려온 듯 동네 사람들은 호기심에 들떴고 또 한편으론 재미가 있어 실실 터져 나오는 웃음이 저들의 입가에 그득 고여있었다.

이런 무당의 짓거리를 두리는 어머니, 노 여사를 통해 익히 들어왔고 또 실제로 봐왔으나 이렇게 무섭게 번뜩이는 눈을 가진 무당을 보기는 처음이었다. 신칼날의 끝이 두리의 눈에 다가올 때 소름이 등과 팔뚝으로 좌악 퍼져 나갔다. 어쩔 거냐, 이걸 어쩔 거여! 이렇게 망설이던 두리는 난쟁이 여인이 위급할 적에 부르던 찬송이 퍼뜩 머리에 떠올라서 즉각적으로 힘차게 불러재끼기 시작했다.

예수 이름으로 예수 이름으로 마귀는 쫓긴다
예수 이름으로 예수 이름으로 병마는 쫓긴다
예수 이름으로 나아갈 때 누가 나를 괴롭히리오
예수 이름으로 기도할 때 악마는 쫓긴다

두리는 결사적으로 두 손으로 성경, 찬송가를 높이 들

어 무당의 신칼을 막아서며 목이 터져라 함성에 가깝도록 힘차게 불렀다. 작은 몸 어디에 그런 힘이 숨어 있었단 말인가. 제일 놀란 사람은 무대 위에서 쇼를 하듯 칼을 휘두르며 춤을 추던 무당이었다. 멈칫해서 뒤로 물러섰다면 사람들이 그렇게 당황해하진 않았을 터인데 아예 뒤로 벌러덩 나자빠져서 일어나질 못하고 버르적거렸다. 석두가 서낭당 신을 모독한 것을 단단히 갚아 주리라 생각하며 멋진 구경거리를 기대했던 동네 사람들은 두리가 들고 있는 성경 찬송의 위력에 눌려서 도망가지도 못하고 굳어버린 인형들처럼 뻣뻣하게 서 있을 따름이었다.

두리는 끊임없이 찬송을 부르며 시어머니를 들쳐업고 핸드백에 성경 찬송을 넣어가지고 뒤채를 벗어났다. 조가비처럼 닫힌 솟을대문을 힘차게 발로 밀어 열어재끼고 온몸을 등에 맡기며 무겁게 찍어누르는 시어머니를 업고 오봉리 마을을 벗어났다. 자신의 키보다 큰 시어머니의 다리가 땅에 질질 끌려 두리는 이따금 멈춰서서 한 번씩 등을 추슬렀다. 땀방울이 눈이 쓰리게 흘러내렸으나 북한강을 타고 온 강바람에 견딜 만했다. 두리가 시어머니를 만나러 재작년에 왔었을 때처럼 젖소들이 한가하게 풀을 뜯고 있었다. 두리는 목장이 끝나는 풀밭에 시어머니를 내려놓고 목 언저리에 고인 땀을 닦아내고 시어머니의 흩어진 옷매무새를 바로 잡아주었다.

어린 젖소 한 마리가 파란 하늘과 강을 향해 눈길을 하염없이 던지는 곳을 따라 두리도 송아지처럼 잠시 깊고 파란 곳에 시선을 박고 정신없이 평안한 자세로 앉아 있었다.

"아가, 여기가 어디냐?"

"우린 서울 집으로 가고 있습니다."

"여기가 극락이냐, 지옥이냐?"

"어머니, 무슨 말씀을 하세요. 여긴 오봉리 마을 초입이에요."

"그럼, 너랑 나랑 죽지 않고 이 땅에 살아있단 말이냐?"

"그럼요. 동네 사람들이 병굿을 하고 난리를 치는데 제가 이 성경 찬송을 내밀었더니 모두 입이 얼어버렸어요."

"어디보자. 어떤 걸 보고 모두 얼어버렸단 말이냐?"

시어머니는 두리가 핸드백에서 꺼내 보여주는 성경 찬송을 귀중한 금은보화라도 받아들 듯이 무릎을 꿇고 소중하게 가슴에 안았다.

"어머니는 우리를 누가 창조했다고 믿고 계셨어요?"

"그야 미륵님이시지. 옛날 옛적 아주 옛날에 미륵님이 한 손에 은쟁반을 들고 다른 한 손에 금쟁반을 들고 하늘을 바라보고 있었단다. 근데 갑자기 하늘에서 벌레가 떨어졌다지 뭐냐. 금쟁반에 다섯 마리, 은쟁반에 다섯 마리가 떨어져 꼼지락거리며 자라서 금벌레는 남자가 되고 은벌레는 여자가 되었고 저들이 시집장가 가서 자식을 낳아 세상 사람들이 되었다고 하더라."

성경을 가슴에 안고 문경댁은 두리와 나란히 하늘을 향해 팔베개를 하고 누웠다. 새털구름조차 없는 하늘이 측량할 길 없이 깊고 깊었다. 오봉리를 감돌고 나온 바람이 소나무와 잣나무를 어루만지고 와서인지 상긋했다.

"어머니의 조상은 그럼 벌레였나요?"

"그러고 보니 금벌레가 아니면 은벌레였다고나 할까?"

"어머니, 그걸 믿으세요?"

"그럼. 허전해서 뭘 믿고 살란 말이냐? 일생동안 나는 얼마나 많은 굿을 하고 살았는데. 망인의 영혼을 저승으로 보내주는 진오기굿도 시부모를 위해 했었지. 가정의 행운을 쥐고 있는 성주 신께 봄과 가을로 복을 달라고 비는 재수굿을 지성으로 해마다 단 한 번도 거른 적이 없었다. 아이들을 키울 적에는 병원에 가기보다 병굿을 더 많이 했지."

여전히 성경 찬송을 가슴에 보듬어 안은 채 시어머니는 며느리에게 이렇게 살아온 날들을 말해주었다. 어둠뿐이었던 지난날들. 더러운 누에고치를 닮은 방을 벗어나서 이제 제 정신이 든 것이 분명했다. 그렇게도 혼신을 다해 지켜온 가정이 아니던가. 가정을 세우기 위해 얼마나 많은 굿을 하며 정성을 드려왔단 말인가.

"그게 어떻단 말이에요. 이 가정을 이 지경으로 만든 것밖에 더 있습니까. 나무가 커도 무섭다고 거기에 절하고 바위가 거대해도 거기에 절하고 심지어는 마을을 지켜주는 당신堂神이 있다고 믿고 당堂굿을 하고……."

"그게 다 소용없는 짓이었다니까."

"맞아요. 이제부터 저와 아드님이 믿는 하나님을 믿으세요. 하나님은 이 세상천지를 창조하신 분이에요."

"웃기지 마라. 하늘과 땅이 생길 적에 미륵님이 제일 먼저 탄생했는데 그땐 하늘과 땅이 서로 붙어 떨어지지 아니하여 미륵님이 땅의 네 귀퉁이에 구리 기둥을 세워서 갈라놓았고 하늘은 솥뚜껑을 꼭지처럼 보이게 했단다. 그땐 해도 둘, 달도 둘이라 할 수 없이 미륵님이 달 하나를 떼어서 북두칠성과 남두칠성을 만들었고 해 하나를 떼어서……."

"어머니, 그건 사람들이 만들어낸 그냥 웃기는 이야기란 말이에요."

두리가 벌떡 일어나 앉으며 이렇게 강하게 말하자 시어머니도 덩달아 따라 일어나 고부간에 격렬한 언쟁이 붙었다.

"어머니, 하나님을 믿어 영생을 얻으세요. 제가 이렇게 어머니를 사랑해서 무서운 어둠에서 구하러 왔는데도 자꾸 어둠을 생각하시면 어떡해요. 제 얼굴을 보세요. 제가 얼마나 행복해 보이는가."

그녀는 눈이 부신지 며느리의 눈을 오래 응시하질 못했다. 그러다가 이내 고개를 크게 끄덕이며 며느리의 가슴에 얼굴을 묻었다.

"하긴 애기를 배고도 죽지 않은 걸 보면 네가 믿는 하나님이 최고다. 다른 며느리들은 다 자살해버려 나를 괴롭혔는데 넌 다르다. 그러니 내 인생을 네가 믿는 하나님께 맡기마."

"할렐루야!"

두리는 난쟁이 여인이 기쁠 때나 슬플 때나 우렁차게 외쳤던 할렐루야를 연발하며 시어머니를 가슴에 보듬어 안았다.

"우린 하나님이 주신 사랑으로 한 몸이 되었어요. 어머님이 천당에 가시면 저도 거기 갈 것이요. 어머님이 아플 적에나 슬플 적에 제가 항상 곁에 있어 드릴게요. 절대로 떠나지 않을 터이니 제 손을 잡으세요. 전 이 손으로 하나님의 아들인 예수님을 잡고 있으니까요."

"그래, 그래. 절대로 내 귀여운 아가의 손을 놓지 않으마."

며느리와 시어머니가 두 손을 굳게 잡고 힘차게 앞을 향해 걷기 시작했다. 오봉리 마을을 등진 것이다. ✤

넓은 길

1

나 회장의 집은 발칵 뒤집혔다. 나 회장의 눈 수술로 비상이 걸린 것이다. 병원엘 가서 치료를 받았으면 금세 낳을 병을 노 여사의 고집으로 키운 것이 위독한 상태에 이른 셈이다. 그간 고명한 점쟁이를 찾아가니 동쪽 어느 산밑 옹달샘에서 물을 길러다 매일 찍어 바르면 낫는다고 해서 그렇게 1년을 했더니 이젠 아예 시력을 잃어서 할 수 없이 병원을 찾아갔다. 의사의 말에 의하면 장님이 될 가능성이 많으나 만에 하나 다시 보게 될지도 모르니 마지막 수단으로 수술을 해보자고 했단다.

두리는 산달을 앞두고 있어 몸이 무거웠지만 친정의 소식을 듣고 달려가지 않을 수 없었다. 시어머니의 병세가

교회를 함께 나가면서 호전을 보여 제법 집안일을 거들어
줘서 장사에만 전념할 수 있는 두리의 뺨에 오랜만에 핏
기가 돌 즈음 친정의 가슴 졸이는 소식이 날아온 것이다.

성심병원의 수술실 앞에는 노 여사뿐이었다.

"한나 언니는 어디 갔어요?"

안절부절못하며 시계를 흘끔거리든 노 여사에게 두리
는 언니를 찾으며 행방을 물었다.

"그 애가 언제는 집에 있던. 꼭 귀신들인 아이처럼 날마
다 어디를 그렇게 쏘다니는지 모르겠다. 글쎄 이렇게 중
요한 날 이 집안의 대들보가 어딜 갔는지 한심하다. 사위
라는 작자도 도통 믿을 수가 없어. 걔들은 아무래도 이혼
해야 할 것 같다."

노 여사는 두리가 몰라보게 수척해 있었다.

"어머니, 제가 도와드릴 것이 없을까요?"

두리가 병원비에 쓰라고 두툼한 봉투를 노 여사에게 내
밀자, 처음엔 멈칫하다가 얼른 받아 넣었다.

"아직도 학교에 다니니?"

노 여사의 말은 석두를 두고 묻는 것이다. 돈을 벌지 않
고 색시가 벌어주는 돈으로 공부하는 남자를 노 여사는
아직도 이 집안의 사위로 받아들일 수 없다는 태도였다.

"벌써 내년이면 본과에 들어간다고요. 우리 집안에도
의사 선생님이 생기니 어머닌 기쁘지 않으세요."

노 여사는 그 말에 그저 쓸쓸히 웃을 뿐이었다.

"강남에 20층짜리 빌딩을 짓고 있다면서요."

두리는 잠깐 수술실 앞에 놓인 의자에 앉아 기도를 한 뒤 이렇게 말문을 열었다.

"휴우!"

노 여사는 빌딩이라는 말이 두리의 입에서 떨어지기가 무섭게 한숨을 삼켰다. 어머니는 수술 받고 있는 아버지 걱정보다는 현재 마무리 단계에 있는 빌딩에 더 신경을 쓰고 있는 것이 분명했다.

"아무래도 무슨 일을 당할 것 같다. 돈이 문제란 말이야. 도급을 맡은 건축업자가 수상한데 내가 뭘 알 수가 있어야지. 네 아버지는 앞이 보이질 않아 저 모양이고 한나라는 년은 바람이 났는지 집에 붙어있질 않고 큰 사위는 여자사냥에 정신이 팔려 있고 이 집안은 망조다, 망조야. 하나도 내 뜻대로 되는 일이 없어."

어머니의 뜻 속엔 두리의 결혼도 들어있기에 이제 제법 볼록해진 배를 쓰다듬으며 두리는 입술을 깨물었다. 노 여사는 막내딸이 준 돈봉투를 핸드백에 넣으면서 한숨을 쉬었다.

"그놈의 돈이 웬수야."

"돈이란 날개가 달려서 이리저리 날아 돌아다니기에 돈, 돈 한다고 하더군요."

노 여사는 두리가 준 돈봉투가 들어 있는 핸드백을 가슴에 끌어안으며 돈타령을 했다. 어머니인 자신의 손에서 나가는 돈이 없이는 절대 두 발로 설 수 없다고 단정했었는데 막내딸은 용케도 잘 살아가고 있었다. 처음으로 자식에게서 그것도 짜부라져서 우거지상을 하고 기어들어와 항복하기를 기대했던 딸 두리에게서 돈을 받자 전류처럼 찌잉 저려오는 가슴을 어떻게 설명해야 할지……. 게다가 두리는 인생을 달관한 사람처럼 돈 철학을 늘어놓고 있지 아니한가. 큰딸 하나에게서 느껴보지 못했던 넓디넓은 마음밭을 막내에게서 감지할 수가 있었다.

"만약에 니 아버지가 장님이 된다면 아마 자살을……."

"하나님께 제가 기도할게요. 절대로 아버지는 장님이 되지 않으실 거예요. 전 금식을 하면서라도 그분께 매달릴 겁니다."

두리의 단호한 선언에 노 여사는 한심하다는 듯 딸을 흘겨보더니 담배에 불을 붙였다. 깊이 한 모금 빨아 폐 깊숙이 들이마시고는 눈을 스르르 감더니 코로 연기를 슬슬 뿜어냈다. 울컥 치밀어 오르는 격함을 삭이느라고 무척 애를 쓰는 눈치였다. 노 여사의 속눈썹이 파르르 떨리는 것이 그걸 증명해주었다.

"내가 일찍부터 점쟁이에게서 들은 말인데 식구들 중에서 예수를 믿는 사람이 있어 이런 고통이 온다는구나. 조상들이 제삿밥을 먹으러 왔다가 예수귀신이 도사리고 있으니 속이 상해 아우성을 치며 집안에 악귀를 몰아오는 것이라고 하던데."

"세상에! 어머니 그걸 믿으세요?"

"이 시점에서 내가 그런 말 안하게 생겼니? 어떻든 이제 중요한 것은 재산을 날리지 않고 몽땅 건져 올리는 것이 문제다."

노 여사는 두리가 예수를 믿는 것에 대해 수술실 앞에서 이러쿵저러쿵 따지고 싶지 않은지 슬쩍 대화를 바꾸었다.

"어머니, 재산보다 귀한 것은 아버지의 눈입니다."

"눈이 없다고 그렇게 쉽게 죽을라고. 자살도 아무나 하는 줄 아니?"

"세상을 다 얻고도 아버지를 잃으면 무엇이 어머니에게 유익하겠어요."

"흐흥, 내가 니 아버지를 위해서 얼마나 치성을 드렸는데 그렇게 쉽게 세상을 떠나겠니?"

이렇게 말은 하면서도 노 여사는 무엇이 두려운지 연신 코끝을 실룩이며 수술실 안을 기웃거렸다.

노 여사가 믿는 것은 뻔한 것이었다. 두리가 아장아장 걸을 적부터 어머니의 무릎 위에 누워서 들은 옛날이야기를 지금도 생생하게 기억하고 있기 때문이다.

죽음이란 저승사자의 손에 잡혀가는 것이다. 저승사자가 육갑 책을 손에 들고 청 사슬과 홍 사슬을 걸머지고 동네로 들어오면 수문장이 제일 먼저 막아선다고 했다. 수문장의 우람한 얼굴과 장대 같은 키를 두리는 아직도 머릿속에 그릴 수가 있었다. 수문장의 완강함에 길이 막힌 저승사자는 뒷동산으로 올라가서 동네로 들어가려하니 치성을 다해 드린 제사를 받아먹은 서낭당의 서낭님이 막아서기에 또 주춤한다나. 간신히 돌고 돌아 마당으로 들어간 저승사자는 지신地神이 거드럭거려서 할 수 없이 부엌으로 피신하니 조왕님이 막아서 부엌에서도 쫓겨나게 된다. 저승사자는 급히 밖으로 나와 이리저리 기웃거리다가 간신히 대청으로 숨어들어가니 성주님이 버티고 있어 재빨리 안방으로 가자 삼신할머니가 막아섰다. 이래서 저승사자는 할 수 없이 망자를 포기하고 저승의 지부地府왕에게 돌아간다는 이야기다.

지성으로 치성을 드린 집안은 무서운 저승사자도 되돌려 보낸다는 노 여사의 믿음에서 두리는 넘을 수 없는 높다란 벽을 보았다.

"어머니, 죽음이란 그토록 무섭고 복잡한 것이 아닙니다. 제가 믿는 예수님은 우리가 죽은 뒤에 갈 곳을 예비해 두었는데 그곳은……."

"입 닥치지 못하겠니. 자꾸 수술실 앞에서 이렇게 나가면 저승사자를 막아줄 동신洞神인 골매기 수문장, 서낭님, 성주님, 조왕님, 삼신할머니가 화를 내고 가버리면 어쩔 참이냐. 제발 죽은 듯이 가만히만 있어다오."

노 여사가 눈에 쌍심지를 켜고 화를 발끈 내서 두리는 입을 다물어버렸다. 잠시 묵직한 침묵이 흘렀다. 수술실

문이 꼭 닫혀있고 아무도 나오질 않아 거북살스러운 기운이 모녀의 사이에 감돌았다. 이런 무드를 참아내지 못한 노 여사가 먼저 입을 열었다.

"그래, 해산달은 언제냐?"

"내주쯤 될 거예요."

"학생남편이 산모랑 애기를 어떻게 거느리고 살 거여. 어이쿠! 너도 팔자가 드세다니까. 내가 말했지. 두 사람은 궁합이 맞지를 않고 원진살이 끼어서 부부사이에 한때는 기막힌 갈등을 겪어야 하는데 네가 그걸 참아내겠니."

두리는 가슴이 철렁했다. 어머니가 남편인 석두의 과거로 인해 겪었던 아픔을 알았단 말인가. 사랑해서 결혼했고 둘이 예수님을 믿기에 결합했다. 그런데도 과거의 일이 그녀를 괴롭혔다. 여자란 남자가 다른 여자를 사랑했었다는 걸 알았을 적에 느끼는 야릇한 설움을 참기가 그리 수월하지가 않았기 때문이다. 여직 공부하고 있는 남편에게 이렇다 저렇다 말을 한 적이 없었지만 사실 그를 대할 적마다 밀려오는 섬쩍지근함으로 얼마나 불면의 밤을 수없이 지새웠는지 모른다. 이따금 곁에 누운 그가 타인으로 느껴져서 애를 먹지 않았던가.

두리가 어두운 표정을 짓자 노 여사는 직감적으로 냄새를 맡고 두리의 등을 토닥였다.

"남자란 다 그런 거다. 벌써 원진살이 낀 경험을 한 모양이구나."

"다 지나갔어요. 이젠 괜찮아요."

"다른 여자가 있었던 모양이지?"

"다 과거 이야기예요."

"그런 남자는 끼가 있어 또 말썽을 부릴 거다. 비겁한 사내란 어려운 국면에 처했을 적에 여자를 생각하는 법이야. 여자란 불가능을 가능으로 전환시킬 수 있는 힘이 있으니까 잠시 이용할 수도 있단 말이다."

"모두 예수를 믿기 전에 일어났던 일이라 용서할 수 있어요. 이젠 새 사람이라 거듭난 성품인 걸요."

"호랑이는 굶주려도 마른 풀을 먹지 않고 백로는 까마귀놀이에 섞이지 않는 법이여. 아무래도 박쥐근성이 있어 이랬다저랬다 하고 조조처럼 지조가 없이 약아빠져서 여자를 끼고서 그걸 미끼삼아 공부를 하고 자기 이익만 취하는 나쁜 남자일 수도 있어. 너 정신 똑바로 차려라."

"어머닌 석두씨를 편견을 가지고 보니까 항상 미워 보이는 거예요."

"그의 피 속에 녹아 있는 더러운 앙금이 언제 불컥 일어날지 모르니까 하는 말이다."

"걱정 마세요. 어머니가 걱정하셨던 원진살도 다 지나갔고요, 지금 제 결혼생활은 행복해요. 하나님을 모신 가정은 기쁨과 사랑과 평화가 넘치는 것이 특징이라니까요."

"글쎄, 그게 얼마나 갈지 모르겠구나. 사랑이란 일시적이고 짧고 아름답게 보이지만 인생이란 길고 험난하고 멀어서 파란곡절이 많은 법이다. 내 결혼도 행복해 보이지만 얼마나 많은 눈물의 골짜기를 거쳐 왔는지 아니."

노 여사는 눈물이 핑그르르 도는 눈을 두리에게서 감추려고 얼굴을 천장으로 향해 뉘고 딴청을 했다.

"저처럼 하나님을 믿는 사람들은 과거의 죄를 용서하고 다시 거론치를 않는답니다. 그래야 하나님도 저희들의 죄를 사해주시니까요."

두리가 이렇게 더듬거리며 말을 하자 노 여사의 눈에 번쩍 괴기스러운 빛이 고여 오더니 딸의 눈에 자신의 눈을 맞추었다.

"그럼 넌 아직도 그 문제를 가지고 남편과 단 한 번도 거론해본 적이 없단 말이냐?"

두리는 그렇다고 가만히 머리를 끄덕였다.

"이 물러터지고 순진한 바보 같은 것아. 그래 그걸 가지고 한바탕 싸우지도 않았다 이 말이냐."

"그 사람은 제가 그런 사실을 전혀 모르는 줄 알아요."

"안 된다. 당장 오늘 저녁이라도 둘이 결판을 내거라. 버릇을 고치도록 혼쭐을 내야지 다시는 그런 짓을 하지 않지. 남자란 타고나기를 제 계집을 두고도 다른 여자를 기웃거리는 법이여. 더구나 먹고 살기가 나아지면 기승을 부리고 그 짓을 한다는 걸 모르니."

노 여사는 거대한 물결을 향해 도전하는 사공처럼 사뭇

엄숙한 표정을 지으며 두리를 노려보았다.

"흘러간 물을 가지고 이러쿵저러쿵 입방아를 찧는 것은 피차 손해를 보는 것이 아닐까요. 그분은 제가 그걸 안다고 나서면 미안해서 더 쥐구멍을 찾을지도 몰라요. 남자란 여자 앞에서 자존심으로 사는데."

"이 멍충아. 그건 이론적인 이야기이구 실제는 그와 달라. 당장 오늘밤에 모두를 솔직히 털어놓고 다시는 앞날에 그런 짓을 않겠다는 서약서를 받아두렴. 이건 너보다 삼십 년 넘게 인생을 살아온 이 어미의 충고다."

그때 마침 수술이 끝났다는 전갈이 왔다. 그러나 집도 의사의 표정은 어둡기만 했다. 오랫동안 입을 열지 않고 짙은 눈썹을 팔자八字로 곤두세우더니 화난 사람처럼 입술을 투욱 내밀었다.

"장님이 된다고 해도 각오는 한 바입니다. 수술 결과를 알려주세요."

노 여사가 이렇게 간청을 하자 의사가 무겁게 입을 열었다.

"너무 치료가 늦었습니다. 그간 여러 증상이 나타났을 터인데 왜 그렇게 오래 방치하셨습니까. 보아하니 돈이 없으신 분들도 아닌데."

"그야 자각증상이 가벼웠기 때문이지요. 이따금 머리가 아프다고는 했지만 제가 열심히 점을 쳐서 하라는 대로 했는데요."

"뭐라고요? 점을 치고 굿을 했다는 말인가요?"

의사는 기가 막힌다는 듯 어처구니없는 표정을 지었다.

"물체가 안개에 싸인 것처럼 보이기도 하고 전등불 주위에 무지개가 나타난다니 그건 분명히……."

"이거 보세요. 우린 달나라에도 가는 과학시대에 살고 있어요. 샤머니즘적인 가치관에서 벗어나세요. 그간 간단히 내복약이라도 드셨다면 이런 불행이 오질 않았을 터인데. 안압眼壓을 견디질 못해 실명했어요."

의사는 따끔하게 노 여사를 나무라고 잔인할 만치 냉정하게 나 회장이 장님이 되었다는 것을 선포했다. 그리고 찬바람을 일으키며 수술실 안으로 들어가버렸다.

"이걸 어쩌지요. 어머니, 우리 아버지가 장님이 되셨다니."

두리가 눈물을 글썽이며 입술을 깨물었다. 노 여사는 잠시 멍하게 앉아 있다가 놀랍도록 차가운 평정을 되찾아서 이렇게 내뱉었다.

"그 모두 다 네 아버지의 업보다."

"그런 말이 어디 있어요. 아버지는 이제부터 우리의 사랑을 많이 받기를 원하시는 거예요. 특히 어머니의 사랑을 갈구하시는 거지요."

두리가 사랑이란 단어를 반복해서 말하자 노 여사는 즉각적으로 신경질적인 반응을 보였다.

"조강지처 속을 그렇게 썩였는데 노년에 좋을 수가 있

겠니?"

"아버지는 어머니와 한 몸이에요. 어떻게 그런 말을 하세요."

"이날 이때까지 날마다 밖으로 돌면서 여자들을 지분거리고 다녔으니 그렇게 될 줄 알았다. 매독, 임질을 위시하여 안 걸려본 성병이 없을 정도니 눈이 성하고 배기겠어."

"아버지가 그렇다고 외박한 적은 없었잖아요."

"너희들이 어렸을 적엔 여자들을 안방까지 끌어들여 내 속을 태웠지. 그땐 내가 어려서 세상이 뭔지 모르고 그저 벙어리 냉가슴 앓듯이 끙끙댔지만 이젠 가만 안둔다. 내가 닦달을 하니까 밖으로 돌며 낮에만 즐기고 다닌단다. 돈만 주면 널린 것이 여자가 아니냐. 이 나라에 창녀들이 백만 명이 넘는다고 하더라. 돈만 주면 날마다 처녀들을 데리고 놀 수 있다더구나. 네 아버지는 그런 짓을 많이 했으니 눈이 멀어 싸다."

노 여사는 입에 거품을 물며 아버지를 매도했다.

2

큰 일 당한 사람처럼 한나가 헐레벌떡 뛰어왔다. 노랗게 물들인 머리를 어깨까지 늘어뜨렸고 눈 가장자리에 바른 화장이 너무 짙어 싱그러운 처녀시절의 고움이 사라지고 역겨움을 풍기는 치장이었다. 길거리에서 남자를 부르는 여자들보다 더 천박한 화장을 한 탓에 지나가는 간호사나 환자들까지 흘끔거렸다.

"그래도 아버지가 수술한다니까 걱정이 돼 온 모양이구나."

"그까짓 수술이 문제예요? 큰 일 났어요. 우린 망했어요."

얼마나 애를 태우며 달려왔으면 몸에 단내가 뭉근하게 고여 있었다.

"언니, 무슨 말을 하는 거예요? 아버지가 시력을 잃게 되었다는데 그보다 더 큰 일이 어디 있어요?"

두리가 언니의 너무 요란한 차림새에 거부감을 느끼며 이렇게 차갑게 말하자 한나는 이런 두리를 아랑곳하지 않고 어이어이 울기 시작했다.

"아버진 우리가 망하도록 아주 의도적으로 한 짓이 분명해요. 그간 어머니는 뭣을 했어요? 아버지가 일을 이렇게 그르쳐놓았는데도 날마다 우리들 앞에서 으름장만 놓고 겉으로만 똑똑한 척하셨지 뭘 했느냔 말이에요?"

"아니 이년이 누구에게 삿대질이야. 넌 그럼 무얼 했니? 너희 부부는 매일 싸우고 두 사람 다 바람이 나서 돈만 뿌리고 다니느라고 정신 없었던 것들이 뭐가 어쩌고 어째."

노 여사와 한나는 서로 악을 쓰며 맞붙었다. 수술 결과가 나쁘게 나와 울음바다가 될 자리가 언성을 높이며 모녀가 싸우는 소리로 시끌시끌했다. 키가 작은데다 만삭이라 몸을 제대로 가누지 못하는 두리가 두 사람 사이에 끼어 서서 뜯어 말리느라고 진땀을 흘렸다.

"언니, 제발 진정해요. 지금 수술결과가 나쁘게 나와 걱정인데 그까짓 재산이 문제예요. 언니, 차근차근 말해보세요. 무슨 문제가 났다는 거예요. 지금 짓고 있는 빌딩이 문젠가요?"

두리가 그들을 힘을 다해 진정시켜도 더 악을 쓰더니 수술실 앞이 너무 시끄러워지자 달려온 병원직원들에 밀려 제풀에 노 여사와 한나는 조용해졌다. 세 식구는 나 회장이 마취에서 깨어나는 것도 보질 않고 집으로 향했다.

"이 집도 빌딩 짓는 데 융자를 얻느라고 은행에 잡혔더군요. 몇 달 뒤엔 이 집에서 쫓겨나게 되었어요. 이래도 내가 화를 내지 않는 것이 정상이란 말이에요?"

한나는 정원 뜰에 박힌 돌들을 발로 툭툭 걸어차며 이렇게 이죽거렸다.

"이 집은 내 이름으로 되어 있는데 언제 저당잡혔어?"

노 여사는 이렇게 말해놓고 어지러운지 대문가에 서 있는 후박나무를 껴안고 머리를 거기에 비볐다.

"어머니, 정신 차리세요, 그까짓 재산이 문제예요. 돈 없는 사람들이 오히려 더 가정이 편안하고 행복해요."

"잘 한다. 돈 없이 어떻게 세상을 살아가니. 돈이 말하는 거야. 돈 없이 길거리에 나가봐라. 당장 커피 한 잔 주는 사람 있나."

한나가 이렇게 이죽대며 안으로 들어갔다. 두리가 노여사를 부축해서 간신히 안방에 뉘고 찬 주스를 한 컵 냉장고에서 가져다가 어머니의 입술에 대주었다. 노 여사는 애써 그걸 거부하며 머리를 흔들다가 두리가 너무 지성스럽게 권하자 두어 모금 마시더니 눈꼬리로 주르륵 눈물을 흘렸다.

"어머니는 그 내막을 알고 있었지요? 도대체 강남에 짓고 있는 빌딩에 무슨 일이 생겼다는 거예요?"

두리가 노 여사의 머리를 도톰한 베개로 받쳐주며 이렇게 침착하게 묻자, 노 여사는 처음엔 말을 않다가 천천히 입을 열었다.

"너의 아버지 잘못이지. 사람이 좀 얼뜬 데가 있어서 그렇게 되었겠지."

"그럼 혹시 젊은 여자에게 빠져서 재산을 날린 것이 아닐까요?"

두리는 그 이상을 상상할 수 없었다. 어머니는 항상 다른 여자를 끼고 도는 아버지를 욕하며 바가지를 긁어서 두리로선 그렇게 추측할 수밖에 없었다. 그때 안방 문을 흔들릴 정도로 우악스럽게 열고 한나가 들어왔다.

"흐응, 너도 재산에 관심이 있는 모양이지. 그렇게 알고 싶으면 가르쳐주지. 아버지가 작은 빌딩들을 다 팔아서 일생일대의 사업으로 서울에서도 손꼽는 빌딩을 짓는다고 허세를 부리다 당한 거야. 이젠 우리 망했다."

한나는 이렇게 말하며 안방 한가운데 대大자를 그리며 벌렁 누워버렸다. 큰딸의 말에 탈진해서 누워 있던 노 여사가 벌떡 일어나서 한나의 가슴을 세차게 흔들었다.

"내막을 대거라. 내가 알기로는 업자에게 당해서 손해를 봤어도 그렇게 망하지는 않았다고 알고 있는데 그럼 몽땅 날리게 되었단 말이냐?"

"그렇다니까요. 그러니까 아버지가 울화가 터져 눈병이 도진 것이지요. 어머니가 드린 치성으로 봐서라도 그 눈이 다시 나빠질 리가 있겠어요."

한나는 달관한 사람처럼 이렇게 말하며 천천히 일어나 앉더니 핸드백에서 담배를 꺼내 불을 붙였다.

"네 아버지가 내막을 상세히 말하지 않아 잘 모르고 있었다. 다만 무지무지하게 손해를 보았다는 것 정도지. 그래 어떤 내막이냐? 설마 흑장미 마담이란 여자가 아버지의 재산을 다 가로챘다는 뜻은 아니겠지. 고년이 제일 오래 떨어지질 않고 아버지를 쫓아다니고 있으니까."

"조금은 접근하시는군요."

"그럼 고년이 아들을 낳았단 말이냐?"

"양수검사에서 딸이 아니고 아들이라고 나왔대요."

"미친년. 그게 누구 씬 줄 알아. 날마다 사내들을 받는 계집이 그게 나씨 집안의 자식이라고 무엇으로 증명해."

노 여사는 입에 게거품을 물고 소리를 버럭버럭 질러대서 얼굴에 열이 올라 눈까지 벌게졌다.

눈에 강렬한 안광을 머금고 사내들을 호리느라고 사글사글하게 웃으며 따라다니던 흑장미 마담의 얼굴이 거머리가 정강이에 기어오르듯이 스멀거리며 노 여사의 뇌리에 들러붙었다.

가슴에 어린애 주먹만한 흑장미를 항상 달고 다녀 흑장미 마담이란 별명이 붙은 여자다. 광대뼈가 툭 튀어나오고 양 볼에 보조개가 쏙 들어가고 눈에 항상 물기가 촉촉이 고여 있는 여자는 한 남자의 아녀자로 살 운명이 아니라고 한다. 이 여자도 외모처럼 험난한 인생을 살아가는지 결혼 일 년 만에 남편이 죽었고 두 번째 결혼은 이혼을 했다고 한다. 그 사이에 태어난 아이가 있는지 어쩐지는 모르지만 찌든 살림을 하지 않아 그런지 서른 중턱에 있는데도 이십대 초반처럼 살갗에 윤이 흐르고 머릿결도 고왔다. 특히 남자들을 사로잡는 것은 손이 작아서 동정심을 자아낸다는 것이다. 게다가 몸으로 말하는 법을 알아서 주로 입으로 애교를 떠는 것보다 육체언어에 익숙한 여자라 그녀의 사슬에 한 번 걸려들면 여간해선 빠져나오지 못한다는 소문도 돌았다.

노 여사는 흑장미 마담을 두어 번 만난 적이 있어서 이렇게 소상하게 그녀의 외모나 몸에 밴 분위기를 기억해낼 수가 있었다. 같은 여자이면서도 공깃돌처럼 한 번 가지고 놀고 싶은 마음을 자아내게 하는 이상한 마력을 지닌 여자였다. 신은 어쩌다가 만에 하나 이런 요상한 여자를 이 세상에 내놓았고 나 회장은 그녀의 불나비가 된 셈이다.

"그래 그년에게 돈을 다 털어주었단 말이냐?"

기력이 빠진 노 여사는 헛돌아가는 입을 놀려 간신히 한나에게 이런 질문을 던졌다.

"그런 셈이지요."

"아니 어떻게 그 많은 돈을 다 주었어. 트럭으로 실어갔단 말이냐?"

"단 돈 만 원을 가지고도 아까워서 절절 기는 아버지가 그렇게 많은 큰 돈을 주었다고 생각하세요? 그건 상식밖이에요."

두 사람의 대화가 듣기에 거북했는지 두리가 끼어들었다.

"넌 가만히 있어, 세상이 무엇인지도 모르는 애가. 그나저나 어떻게 빌딩 한 채를 꼴깍 삼켰단 말이냐? 그년이 도깨비 방망이라도 들고 덤볐단 말이냐."

"어머닌 시대를 몰라요. 아이쿠! 답답이야. 요즘 누가 현금을 거래해요. 쓱싹 말 몇 마디로 끝이 나는 것이지."

한나는 속이 탄다며 냉장고 문을 여닫았다. 주스고 맥주고 손에 잡히는 대로 마시는 것도 양이 차질 않는지 부엌 아줌마를 불러서 양주를 사오라고 백에서 돈을 꺼내주었다.

"그렇게 퍼마시지만 말고 내막을 자세하게 털어놔라."

기력이 진해 퍼져있던 노 여사가 찬 방바닥에 책상다리를 하고 앉더니 한나의 무릎 가까이로 엉덩이를 들썩이며 바짝 다가갔다.

"한 마디로 사기당한 거지요."

"하루 이틀 사귄 사이도 아닌데 정리를 봐서라도 어떻게 사기를 쳐?"

"그 자식이 끼어있었으니 가능하지요."

"그 자식이 누구냐?"

"우리 집 재산목록을 상세히 알 자가 누구겠어요."

이 말을 해놓고 마음이 켕기는지 한나는 끔쩍 몸을 뒤로 빼냈다.

"그럼 네 남편, 강한철이 끼어들었단 말이지."

한나는 대답을 않고 노 여사를 피해 눈길을 천장이나 벽으로 돌리다가 잽싸게 방문을 열고 나갔다. 힘겹게 뭉그적이며 현관까지 따라나간 노 여사가 줄행랑치는 큰딸의 뒤통수를 향해 절규했다.

"이년, 그럼 네가 이 집을 망하게 만든 장본인이 아니냐."

"어머니, 진정하세요. 살 길이 있을 거예요. 돈이 인생의 전부는 아니잖아요. 우선 아버지가 깨어나셨는지 가봐야지요."

두리는 해산날이 가까워서 걷기가 불편했지만 실의에

빠진 어머니를 간신히 부축해서 안방에 모셔놓고 어기적 거리며 병원으로 향했다. 시계탑이 덩그러니 어둠을 뚫고 서 있는 병원 뜰은 온기를 헤프게 쏟아내는 햇살을 받은 덕에 버적버적 소리라도 낼 듯이 생동감이 넘쳐흘렀다.

일 년에 봄, 여름, 가을, 겨울이 있듯이 한 가정에도 사 계四季가 있는 것이라면 두리의 친정은 낙엽이 지고 있는 늦가을이었다. 열매가 없이 잎을 떨구는 미운 나무의 몰 골이 바로 그녀가 자랐던 친정이라니! 가슴 한가운데가 뻥 뚫린 듯 냉기가 스치고 지나가서 두리는 어깨를 옴츠 렸다.

병실에 들어서니 석두가 나 회장의 침대 곁에 앉아 있 었다.

"당신 중간시험으로 바쁘다더니 어떻게 여길 왔우?"

"장인이 중한 수술을 한다는데 와봐야지. 사실은 당신 이 만삭이라 걱정이 돼서 온 거야."

"아버지 깨어나셨어요?"

"으응, 너무 통증이 심해 참질 못하고 몸부림쳐서 의사 가 진통제를 놓으라고 간호사에게 지시하더군."

"그래서 곤히 잠드셨군요."

두 사람은 병실을 빠져나와 병원 밖으로 나왔다.

"실은 내가 지난 학기에 성적이 좋아서 매달 지급받는 장학금을 타게 되었어."

"어머! 그렇게 좋은 소식을 왜 이제야 알려주세요."

"당신이야 늘 돈을 만지니까 내가 내미는 작은 돈을 시시하게 알 것 아냐. 그래서 때를 기다린 거지. 오늘은 당신하고 뱃속에 있는 아가에게 푸짐하게 한 턱 내지."

석두는 두리를 행인들의 눈길도 아랑곳 않고 다정하게 껴안았다. 배불뚝이 여자를 남편이 안아주는 것이 보기에 좋은지 모두 다정한 눈길을 저들 부부에게 던졌다. 석두가 오른팔을 두루뭉수리인 아내의 허리에 두르자 두리도 몸을 그에게 기대고 가로등불 밑을 나란히 걸었다. 아아! 이런 것을 행복이라고 하는 것일까. 그녀가 자라온 친정은 붕괴 직전에 있는데 그토록 반대를 무릅쓰고 이룬 가정은 봄을 맞아 움이 돋고 있었다.

"너무 행복해요."

"히히…… 여자란 다 이렇게 단순하고 감상적인 동물이라니까."

"당신의 아기를 밴 여자를 놓고 동물이 뭐예요."

"하하…… 미안, 미안."

두리는 동물이란 단어에서 이상한 거부감을 느껴 몸을 석두의 팔 안에서 빼냈다.

"당신에게 할 말이 있어요."

"우리 사이에 뭐 그렇게 심각하게 할 말이 있다고 그렇게 표독스러운 얼굴을 하는 거야."

"당신은 내가 첫 여자가 아니잖아요."

"……."

"왜 말을 못하지요?"

석두는 하루 동안에 거칠게 자라 오른 턱수염을 어색하게 문지르며 뚱한 표정을 지었다.

"어머니가 일러준 모양이군."

"아니에요. 제가 오봉리에 가서 어머니를 모시고 올 적에 동네사람들에게서 다 들었어요."

"다 과거의 이야기야. 지나간 일은 거론하지 맙시다. 내가 이렇게 당신을 사랑하고 있고 당신이 호적에 오른 어엿한 아내인데 뭘 따지겠다는 게야. 과거의 여자들과는 동물적인 관계를 가졌을 뿐이야. 정신적으로 그리고 육체적으로 온전히 사랑한 여자는 당신뿐이야. 내말을 믿어줘."

"전 그렇게 옹졸한 여자는 아니어요. 현재의 당신은 예수님을 믿어 중생한 사람이니 과거의 당신이 아니겠지요?"

"맞아. 땅만을 의지하고 살던 시절에 만난 그 여자들은 내 배설물을 처리한 여자들일 뿐이었어."

두리는 석두가 과거의 여자들을 거지 발싸개처럼 싸구려로 넘겨버리는 걸 보며 가슴이 섬뜩했다. 그러나 마음을 가다듬고 그를 이해하려고 애를 썼다. 죽어버린 여자들을 놓고 질투하는 것처럼 어리석은 짓이 어디 있겠는가. 어떻든 두리가 석두를 만나기 전에 일어난 일이 아닌가. 용서하자. 용서해. 이렇게 중얼거리며 석두가 연신 구워서 입에 넣어주는 불고기를 정신없이 받아 먹었다.

"그래도 당신 나하고 맹세해요. 다시는 당신의 아내 이외의 여자에게 마음을 주지 않겠다고요. 어머님이 그러시는데 그런 기질이 있는 남자는 버릇을 고치지 못하고 꼭 바람을 핀대요."

"무슨 소릴, 그 시대의 여자들은 첩을 여럿 얻는 남편 밑에서 구박을 많이 받아서 그런 말을 하는 거야. 이제 겨우 나도 사랑하는 여자를 만나 공부를 하고 있는데 죽었던 양귀비가 살아나서 날 유혹한다 해도 넘어갈 놈이 아니야. 더구나 십계명 중에 간음하지 말라는 칠계가 있는데 이걸 어떻게 어기겠어."

"됐어요. 그럼 우리 새끼손가락을 걸어서 맹세합시다. 검은 머리 파뿌리가 되도록 서로 사랑하고 우리 주님이 원하시는 아름다운 가정을 이뤄가겠다고요."

"그러지."

두 사람은 새끼손가락을 걸고 수없이 흔들며 작은 식당 방이 떠나가도록 흔쾌하게 웃어댔다.

"여보, 예수를 믿지 않는 사람들은 여자나 남자나 모두 바람을 피워서 가정이 깨어지고 자살하고 야단이래요. 동양화를 전공해서 우리 화방에 자주 들러 캔버스를 사간 여학생이 올 봄 졸업하자마자 결혼을 했는데 아파트 10층에서 투신자살 했대요."

"지독한 여자군. 10층에서 떨어져 죽을 정도로 독한 여자는 일찍 죽어 싸다. 근데 왜 그렇게 죽어야 했대?"

"신혼 3개월 만에 남자가 바람을 피웠대요."

"남자야 장난으로 자기 부인 이외의 여자를 안아볼 수도 있는 것이지 그랬다고 죽어. 자신이 신이라도 되는 줄 알았던 모양이지. 너무 완벽한 여자란 남자를 피곤하게 만들거든. 여자란 가끔 창녀처럼 골빈 데가 있어야 마음이 편하다니까. 동양화를 전공했다면 대단히 깐깐했겠지. 그러니까 나가서 길거리 여자를 건드린 모양인데 그걸 가지고 자살해? 세상을 모르는 여자지."

"그럼, 당신은 육체적으로 일어나는 호기심을 만족시키기 위해 아무 여자나 끼고 자도 된다 이 말이에요? 그런 더러운 이론이 어디 있어요?"

"가장 중요한 것은 정신적인 사랑이야. 마음으로 자기 아내를 사랑하고 있으면 되었고 또 죽을 때까지 데리고 살겠다고 작정했으면 되었지 무얼 어쩌고저쩌고 따지면 피차 피곤한 거야."

"당신 정말 이렇게 나가기예요. 아까 손가락을 걸어서 한 맹세는 뭐예요. 전 육체적, 정신적 모두 하나님 앞에서 정결하기를 원해요."

"정신적으로 자기 아내 아닌 여자를 죽어라 사랑하고 아가페적인 사랑이 죄가 아니라고 생각하는 친구도 있어. 내 경우는 그 반대야. 육체적으로 놀아도 정신적으로 자기 아내를 사랑하는 편이 낫다고 생각해."

"전 정신적, 육체적으로 모두 깨끗해야 된다고 생각해요. 정신적으로 간음을 해도 그건 하나님 앞에서 심판대에 오를 짓이에요."

"그래, 알았어. 나는 당신을 사랑하고 장차 태어날 아기를 사랑하니까 온전히 가정에 충실해서 우리가 믿는 하나님 앞에서 존귀하게 여김을 받으면 될 것이 아냐."

3

장사를 한다고 콩콩거리며 돌아다녔고 게다가 친정집의 문제까지 겹쳐 심신이 피로했던지 초산인데도 예정일보다 일주일을 앞당겨 두리는 딸을 낳았다. 난쟁이 여인도 시어머니도 어찌 정성스럽게 아이를 씻기고 돌보는지 두리는 자리에 누워 여자의 행복이 이런 것인가 생각하며 몸이 붕 떠다니는 기쁨에 젖어있었다. 여자란 아이를 낳아 젖꼭지를 물려봐야 여자라는데, 두리는 하린이라고 이름 붙여진 딸에게 젖을 물리며 하나님이 주신 생명에 경이로움을 금치 못하고 있었다. 작아도 손가락, 발가락, 눈, 코, 입…… 있을 것은 다 있는 앙증맞은 아기를 눕혀 놓고 새삼 하나님의 신묘막측한 섭리에 놀라움을 감출 수 없었다. 난쟁이 여인이 하루에 다섯 번도 더 끓여주는 미역국을 받아먹으면서도 그녀의 머리에서 잠시도 떠나지

넓은 길 193

않고 맴도는 사람들이 있었다. 친정어머니 노 여사와 아버지 나 회장이었다. 첫 손녀를 낳았는데도 친정에선 들여다보는 사람이 아무도 없었고 이쪽에서 전화를 하지 않으면 소식을 전해주는 이도 없었다.

한 달 간을 몸조리하고 난 뒤 하린을 시어머니에게 맡겨놓고 두리는 난쟁이 여인이 혼자 지켜온 화방엘 나가 재고정리를 하고 있는데 느닷없이 한나 언니가 들어섰다.

"언니, 웬일이유? 어디 가 있었어? 집안이 난가인데 언니가 대들보가 되어야지."

"다 망한 집안에 무엇이 있어야 받쳐줄 대들보 역할을 하지."

집안이 난가인데도 한나는 눈에 거스를 정도로 요란하게 몸치장을 하고 있었다. 손톱에 칠한 메니큐어가 야한 핑크색이라 그걸 탓하자는 것이 아니었다. 무릎이 다 드러나는 미니스커트도 그렇고 눈가를 두껍게 입힌 눈 화장이 아주 천박스러운 인상을 물씬 풍겨서 그것이 역하도록 두리의 신경을 자극해서 참을 수가 없었다.

"언니, 나는 한 푼 없이 팽개쳐졌어도 밑바닥에서 일어섰어. 돈이란 버는 재미도 대단하더군. 수고하지 않고 손에 들어온 돈은 그 가치를 몰라서 쓸 때에 기쁨이 없다고 생각해. 듣기로는 아빠 집도 다 은행에 넘어갔다는데 도대체 어떻게 해서 아버지의 그 많은 재산이 몇 개월 안에 거덜이 날 수가 있으며 언니는 어쩌자고 대책 없이 그 꼴을 하고 다녀."

"너도 알고 싶으면 이유를 설명하지. 번화가에 천 평을 구입해서 15층 건물을 지으려고 법석을 떤 것 너도 알지."

"그래요, 그게 뭐 잘못인가."

"시청서 건축허가가 나오고 건설업자를 선정해서 공사를 시작했지. 지하공사를 마친 뒤 골조가 올라가는 동안 아빠가 가진 땅이랑 자잘한 건물들을 팔아서 자금을 대느라고 야단이었지."

"그 건물만 지어내면 아버지의 일생에 가장 바라던 것을 해내는 거라고 어머니는 늘 자랑했던 걸 나도 기억해. 그럼 문제가 된 것은 흑장미 마담이 그 건물을 걸고 넘어졌다 이 말이야."

한나는 빨랑빨랑 말을 하지 않고 연신 줄담배를 피워대서 좁은 화방 안에 연기가 그득히 고였다. 숨이 막힌 두리는 연신 손을 휘저어 담배연기를 쫓느라고 상을 찌푸렸다.

"건물이 거의 올라갔는데 어느 날 갑자기 재미교포라는 작자가 나타난 거야. 60대 신사인데, 대단한 배경을 가진 자로 호통치는 게 굉장했어. 글쎄 그 토지가 20년 전에 사놓고 간 땅이래. 재산정리를 하려고 귀국해보니 엉뚱하게 자기 터에 맘모스 빌딩이 올라가고 있으니 기절할 수밖에."

"어머! 그럼 아버지가 그 땅을 합법적으로 사서 지은

것이 아니란 말인가. 어떻게 그런 일이 일어날 수가 있어. 세상에!"

"면사무소 직원을 매수하는 데 그 알량한 강한철이가 앞장 섰고 그 놈팡이를 끼고 사기극을 벌인 배후가 흑장미 마담이었어. 내가 토지대장을 찾아보니까 인감증을 발급받아 제3의 인물이 자기 땅으로 소유권 이전을 해놓고 아버지에게 팔게 하고 중간에서 한철이 새끼하고 흑장미 마담이 돈을 챙겨 두 연놈이 줄행랑을 친 거야."

"아이쿠! 하나님! 이를 어쩌지."

자신이 매우 어기찬 여자라고 자부하는 두리도 한나의 양 손을 맞잡고 말문이 막혀 그저 멍청이 서 있을 따름이었다. 그럼 재산을 날린 것만이 아니잖은가. 아버지가 데리고 살았던 여자를 형부가 앗아 가지고 장인의 재산까지 앗아갔으니. 아아! 언니가 불쌍해서 어쩌지.

"돈을 버는 데는 인륜이 존재하지 않아. 양심이 마비된 자들이 한탕씩 할 적에 우리 같은 사람은 피를 줄줄 흘리게 마련이야."

"그럼 우린 이 일을 어떻게 처리하지?"

"60년대는 토지투기의 극성기였지만 우리가 살고 있는 70년대는 증권투자로 한탕하고 있는 걸 너도 알지? 그러니 나도 멋들어지게 한바탕 할 것이야. 왜 억울하게 우리만 피를 흘려."

"증권이라면 나도 잘 알아. 그런 분야의 책을 읽었거든.

아서, 제발."

"뻥튀김작전을 쓰자는 게야. 돈을 돈으로 벌어야지. 알라딘의 램프처럼 돈을 뚝딱 버는 법은 부동산이나 증권, 골동품이 아니면 골프 회원권뿐이 더 있냐. 아버지가 잃은 재산을 내가 다 벌어놓을 터이니 두고 봐라."

한나는 결심을 단단히 하고 있다는 표정을 지으며 윗입술로 아랫입술을 자근자근 깨물었다.

"반짝 재벌이나 도깨비 재벌을 언니는 꿈꾸고 있군. 언니의 핏속에 앙금처럼 가라앉아 있는 한탕주의 생각을 버려요. 한탕이란 어쩌다 잡히는 것이고 설령 왕창 번다해도 께적지근하다고 생각해요."

"이 바보야. 그러니까 넌 이런 고생을 하고 있지. 난 성공할 거야. 증권투자로 한 밑천 잡을 것이니 두고 봐라."

"사자는 사람이 많으면 증권이 오르고 팔자는 사람이 불어나면 주식 값이 떨어지는 것이 아니겠어. 그러고 보면 증권시장이란 예측할 수 없는 화약더미야. 제발 아버지의 재산에서 떨어진 고물로 조그마한 아파트를 사서 이사하고 나랑 이 장사를 하자. 경기도에 새로 짓기 시작하는 대학이 있는데 서둘러서 정문 앞에 화방을 차리면 굶지 않고 살 수가 있어. 보기엔 이래도 장사만큼 재미있는 것이 없어. 너무 가난하지도 말고 너무 부하지도 말게 해달라고 기도하며 사는 삶이 천국이야. 그리고 나랑 교회에 나가자. 이 세상에서 제일 평안하고 기쁜 것이 예수를 믿는 것인데 언니는 무얼 찾아 그러고 다녀."

"절대로 나는 너처럼 장사를 하지 않을 것이며 예수도 믿지 않을 터이니 날 괴롭히지 마라. 난 성공할 거야. 두고 보라니까."

한나의 눈에 광기가 어렸다. 여직 그녀는 땀을 흘리며 뼈를 깎는 고생을 해서 돈을 모은 경험이 없다. 탁한 물속에 너무나 오래 헤엄치고 있으니 두리의 말을 알아듣기 어려웠을까. 자꾸 한나를 꺾으려고 몸부림치는 그녀가 딱했던지 난쟁이 여인이 가만히 다가와서 궁둥이 살을 꼬집었다. 그냥 두라는 신호였다.

"그럼 언니는 왜 날 찾아왔어?"

"장님이 된 아버지와 충격으로 몸져 누워있는 어머니를 네가 맡아주렴."

"……."

"당분간이야. 조금 남은 아버지의 재산을 몽땅 주식에 투자할 작정이다. 주식전문가들이 그러는데 ×××물산의 주식을 사면 일 년 안에 열 배를 번다고 했어. 그러니 꼭 일 년만 부모님을 맡아다오."

"거할 집이 누추해서 어쩌지."

"집안을 일으켜 세우는 일인데 일 년을 못 참으시겠니."

"아아…… 뭐가 뭔지 모르겠어. 한 가지 확실한 것은 언닌 사탄의 계략에 휘말리고 있다는 생각이야. 한탕이란 일종의 몽유병이니까. 어쩌자고 그런 무서운 사람들의 싸움터에 끼어들려는 게야. 매수 세력과 매각세력의 조작은 마귀들이 하는 짓이 아니겠어. 언닌 더러운 물결을 타고 아버지의 남은 재산을 날리겠다는 것인데 난 찬성할 수 없어."

난쟁이 여인까지 두리의 말에 머리를 끄덕이며 수긍하는 뜻을 보였더니 한나는 발끈해서 얼굴에 열이 올랐다. 나중엔 제풀에 죽어 창백해지더니 발작하듯 몸을 몹시 떨다가 짜증을 부렸다.

"알았어. 우리 집안이 망하니까 난쟁이 아줌마까지 우릴 업신여기는 것이지. 돈이 없으면 이렇게 똥 취급을 당한다니까. 돈이 모두 말해주는 거야. 돈이 최고라고. 어머니, 아버지를 양로원에 맡겨놓고라도 난 이 일을 시작할 터이니 걱정하지 마라. 어떻게 해서든지 우리 집을 다시 찾고 한철이 자식을 본때 있게 골려줄 거야. 그 새끼보다 내가 더 돈을 많이 벌어서 내 발 아래 깔아 뭉개버릴 터이니 두고 보라고."

한나는 제 정신이 아니었다. 눈이 벌겋게 충혈되어서 섬뜩하기까지 했다.

"그럼 언니야. 땅은 빼앗기더라도 건물을 건져야 될 것이 아니야."

"글쎄 그 돈을 받아서 몽땅 주식에 투자한다니까 그래. 열 배를 넘겨 벌면 우린 전처럼 부자로 살 수 있어."

한나의 이런 고집을 건드렸다가는 뚝 부러져나갈 상태여서 두리와 난쟁이 여인은 어쩔 줄 몰라 어릿댔다. 두 사람에게 등을 돌리고 한나는 승리자처럼 당당하게 어깨를 펴고 화방을 나가버렸다. 어쩔 거냐, 정말. 오! 주여! 이 가정을 이 풍랑에서 건져주소서. 두리는 두 손을 맞잡고 그저 주님만을 어린애처럼 부르며 눈물을 흘렸다. 마침 석두가 화방엘 들렀다. 어깨가 휘도록 책이 든 무거운 가방을 화구들이 놓여 있는 진열대에 처억 올려놓고 피곤한지 의자에 털썩 주저앉았다. 직감적으로 암울한 화방분위기를 눈치채고 돌아서 있는 두리를 와락 껴안았다.

"당신 왜 이래. 울어서 눈이 퉁퉁 부었군. 혹시 하린이가 중병이 난 것이야?"

"그게 아니어요. 글쎄 친정집이 완전히 망했어요."

"히야! 듣던 소식 중에 가장 흥미 있는 소식인데."

"당신 놀리는 거예요. 친정도 당신 가정이나 마찬가지예요."

"당신을 그토록 미워해서 하나님이 심판한 것이 분명해."

"어떻게 그런 말을 할 수 있어요. 하나님을 믿는 사람이."

"하나님이 하시는 일을 우리가 뭘로 막겠어. 구경이나 해야지."

"당신 아직도 우리 결혼을 반대한 아버지, 어머니에 대해 감정이 있는 모양이군요."

"그 많은 재산 중에서 당신에게 준 것이 뭐야. 자기 뱃속으로 낳은 딸인데도 그렇게 미워했으니 하나님이 노하신 거야."

석두는 강 건너 불구경하듯 재미있는 표정을 지어보이고는 석간신문을 뒤적였다. 살을 섞고 살아온 남편이 이렇게 타인으로 다가오다니!

"딸을 낳아 안아보니 부모의 심정을 이해하겠어요. 미워했던 것도 모두 내게 걸었던 기대가 많았기 때문이고 또 내 행복을 위해서 한 일이에요. 배 아프게 낳은 자식이 잘못되길 바라는 부모가 어디 있겠어요. 제가 예수님을 믿으면서도 친정을 복음화하지 못하고 당신을 따라 피신하듯 나온 것에 죄책감을 느껴 괴로워요. 아아! 인내하며 그분들의 곁에 있어주었어야 했는데."

"잘 한다 잘 해. 꼭 자기가 무슨 성녀라도 된 듯이 나대네."

두리가 어린애처럼 어이어이 소리 내서 울어대자 석두는 상을 찌푸리고 이마에 깊은 주름을 잡았다.

이때 밖이 어수선했다. 12인승 봉고가 멎더니 앞을 못 보는 두리의 친정아버지, 나 회장이 가정부의 부축을 받으며 차에서 내렸다. 그 뒤를 이웃 아낙들의 어깨에 매달려 노 여사가 절름거리며 들어오고 있지 아니한가.

"어머! 이분들이 어쩌자고 우리 화방으로 오시는 것일까?"

예기치 않았던 일에 놀란 석두가 어정쩡한 자세로 의자에서 일어섰다.

"예가 어디냐? 왜 나를 내 집에 두질 않고 강제로 이리로 끌고 오는 게야. 내 손을 놓아라. 한나를 불러라. 큰 사위는 어디로 갔어."

나 회장의 울음 섞인 고함이 작은 화방 안을 그득 채웠다.

두리가 아버지를 와락 가슴에 끌어안았다. 나 회장은 두리의 힘에 밀려 화방 바닥에 무릎을 꿇고 앉더니 작은딸에게 몸을 내맡겼다. 두리의 가슴에 아버지의 놀란 가슴이 그대로 전해왔다. 이럴 수가 있단 말인가! 아버지의 심장은 너무 놀라서 후드득 후드득 가쁘게 뛰고 있었다. 아아! 얼마나 가여운 아버지인가! 그녀는 아버지를 꼭 안고 다정하게 등을 토닥거려주었다.

"잘 오셨어요. 제가 아버지를 모실게요. 그리고 제가 가진 평안과 기쁨을 나누어 드릴게요. 그까짓 재산은 아무것도 아니어요. 영혼이 더 중요하답니다. 세상을 다 가지고도 생명을 잃으면 무엇이 유익하겠어요. 아버지, 이제 새 생명을 찾으세요."

두리가 아버지의 귀에 이렇게 속삭이자 그간 너무나 고통을 받아 지친 나 회장은 막내딸이 하는 대로 몸을 맡기고 척 늘어져버렸다. 노 여사도 두리의 곁에 쪼그리고 앉아 찔끔찔끔 눈꼬리를 적시고 있었다.

"눈에 보이는 육신을 위해선 아버지, 어머니가 살아오신 식으로 제가 못해드립니다. 그러나 제가 가진 가장 값진 것을 드릴게요. 세상에 이런 것이 있었나 하고 깜짝 놀랄 아주 귀한 것이랍니다. 참 잘 오셨어요. 좋으신 하나님이 어머니, 아버지를 이리로 인도하신 것입니다."

두리가 친정아버지와 어머니를 끌어안고 눈물을 흘리는 동안 석두는 못마땅해서 뚱하니 서 있다가 휘잉 나가 버렸다.

"어쩌지요. 거하실 방이 준비돼 있질 않아서."

두리가 난쟁이 여인에게 어찌할까 도움말을 청했다. 두리가 난관에 처할 적마다 그녀는 언제나 바른 길을 보여줘 오지 않았던가. 갑자기 불어난 두 식구를 어디에 묵게 할까 걱정하며 전세를 준 여의도의 아파트를 떠올렸다. 편히 모셔야 하는데. 어떻게 해서라도 편히 살았던 이분들을 아파트에 모셔야 도리가 아니겠는가. 아파트를 팔아 전세를 낼까. 두리의 속생각을 알아차린 난쟁이 여인이 아주 야무지게 찬바람이 도는 냉정한 말을 했다.

"아파트로 들어갈 생각을 하지 마. 내가 묵던 방에 두 분을 모셔. 난 화방에 나와서 살지. 조금 있으면 부동산 값이 급등할 거야. 고생되더라도 조금만 더 참아."

세간까지 몽땅 차압당해서 아무것도 꺼내올 것이 없었다. 그나마 돈이 될 것은 한나가 한 알갱이도 남기지 않고 몽땅 현금으로 바꾸어 퍼내 가버려 병든 두리의 부모는 맨몸으로 쫓겨나온 셈이다. 두리가 억척을 부리며 우글대는 사람들 틈에서 이불과 너저분한 짐들을 조금 꺼내온 것이 두리의 친정부모가 가져온 모든 것이었다.

"아줌마, 너무 가슴이 아파요. 그리고 보니 제가 가장 사랑하는 사람에게 제일 못할 짓을 하고 있네요. 다음달에 타는 적금을 몽땅 아줌마 통장에 넣어드릴게요. 절 위해서 너무 고생하셨는데 친정부모까지 맡아달랄 수는 없어요."

"그렇게 해서 두리의 마음에 위로가 된다면 내 일한 몫을 찾아가지."

이상하게 난쟁이 여인은 두리가 매달 심혈을 기울여 적금한 돈을 몽땅 받는 데 크게 이의를 제기하지 않았다. 화방에 조그마한 접이침대를 놓고 기거하면서 현금을 손에 쥐고 있는 것이 큰 위로가 되는 모양이라고 두리는 생각했다.

좁은 셋집에 친정부모와 시어머니, 두리네 세 식구가 모여 살게 되었다. 일이 어렵게 되느라고 노 여사가 화장실에서 혈압으로 쓰러진 것이 화근이었다. 반신이 마비되어 몸져 누워버린 것이다. 장님이 된 아버지를 돌볼 어머니가 똥, 오줌을 가누지 못하고 있으니 두리는 아찔했다. 아버지는 눈이 보이질 않아 고래고래 소릴 지르며 짜증을 내고 어머니는 아랫목에 누워서 질질 짜며 울고 있고…….

"오, 하나님! 제게 닥친 이 고난을 어떻게 극복하지요.

너무 무거워요."

일이 이 지경에 이르렀는데도 한나는 코빼기도 내밀지 않았다. 주식을 사 모으느라고 정신없이 돌아다니는 모양이었다.

하린을 낳은 뒤라 아직도 뼈마디가 느슨한데 이런 일을 닥치고 보니 두리는 그저 비틀거리며 오! 주여! 저를 붙들어주소서란 말만을 되풀이하며 허둥댈 뿐이었다. 이런 두리를 말없이 지켜보던 난쟁이 여인이 두리를 가슴에 안으며 이렇게 위로해주었다.

"사랑하는 자에게 더 고난을 주시는 법이여. 참고 견디면 주님의 형상을 닮게 마련이지."

"전 더 이상 견딜 수가 없어요. 부모님보다 저를 더 괴롭히는 사람은 제 남편인 하린 아빠예요. 말로라도 아내를 위로해주질 못하고 절 이렇게 들볶으니 너무 괴로워요."

오늘 아침만 해도 얼마나 석두는 두리를 가슴 아프게 해주었단 말인가! 아직도 부자로 편안히 살았던 습성이 몸에 밴 나 회장이 아침밥상에서 투정을 부렸던 것이다. 전복죽을 좋아해서 거의 매일 아침 싱싱한 전복을 수산시장에서 사다가 끓여 먹었던 옛 입맛을 못 잊어버리고 투덜댄 데서 문제가 터졌다.

"난 이런 시래깃국에 김치만 가지고는 먹을 수가 없다. 전복죽을 왜 주질 않느냐? 여보! 사람을 보내 수산시장에 가서 전복을 사오라고 해. 에이! 신경질 나서 살 수가 있어야지."

나 회장이 수저를 상 위에 탁 놓으며 뒤로 물러나 앉자 석두의 신경질이 터져 나온 것이다.

"여기가 궁궐이나 되는 줄 아세요. 우린 가난한 장사꾼이에요. 어디서 전복죽을 찾으세요. 정 잡숫고 싶으시면 어서 이 집을 나가세요. 여긴 맨몸으로 쫓겨난 막내딸이 겨우 입에 풀칠하고 있는 가난한 동굴이랍니다. 그렇게 떵떵거려도 눈 하나 깜짝할 사람이 없어요."

"넌 누구냐? 이 빌어먹을 놈의 자식. 어디다 대고 주둥일 놀려. 내 두 눈이 보이질 않는다고 장님 취급하고 떠드는 게냐. 좋다. 내가 나가지. 우리 한나는 어디 갔어. 어서 그 앨 찾아오너라. 내 통장까지 몽땅 주어버렸는데 이게 어딜 갔나."

나 회장은 비실비실 일어나서 문 쪽으로 더듬더듬 걸어 나갔고 이런 장인을 냉소를 흘리며 쳐다보는 석두는 국에만 밥을 맛나게 먹고 있었다.

이 모든 걸 아랫목에서 지켜보던 노 여사는 아무 소리도 못하고 치맛자락으로 눈물을 닦아내며 울음을 삼키느라고 끄르륵 침을 삼켰다. 두리는 하린에게 젖을 물리고 귀머거리라도 된 듯이 조용히 돌아앉아버렸다. 젖을 다 빨고 만족해서 뒤로 벌렁 자빠지는 아이를 한켠에 뉘어놓고 밖으로 나온 두리는 부엌에 몸을 숨기고 있다가 식사를 마치고 가방을 들고 학교로 가는 남편의 뒤를 조용히 따라갔다.

"왜 이래? 아침부터 재수 없게 여자가."

"제발 불쌍한 우리 아버지를 그렇게 구박하지 마세요. 좀 다정하게 대해줄 수 없어요."

"내가 무얼 받았다고 장인을 다정하게 대해. 돈 한 푼 물려주지 않은 장인, 장모에게 잘 해줄 사위가 세상천지에 어디 있어."

"우린 많은 걸 받았어요."

"피와 살을 받았다 이거지. 우리 하린이도 그분들의 피를 받았고. 어림없는 소리. 흐응! 누군 부모의 육신을 받고 태어나지 않았나. 내가 하는 말은 무슨 염치로 여길 기어들어와 살면서 말이 많으냐, 이거야. 내게 설설 기면서 애걸해도 봐줄까 말까 한 처지인데."

순간 여의도 아파트를 인계받았다는 이야기를 꺼낼까 하다가 두리는 입을 다물어버렸다. 난쟁이 여인의 준엄한 얼굴이 떠올랐기 때문이다. 그래도 두리는 억울했다. 이렇게 최선을 다해 남편을 공부시키고 있는데도 그는 두리의 친정을 미워하고 있다니.

4

아침나절은 화방이 항상 바빴다. 이것저것 챙겨서 사들

고 들어가는 미술과 학생들이 밀려들어오기 때문이다. 하루 종일 감질나게 드나드는 것이 아니고 소나기가 내리듯이 좌악 밀려왔다가는 금방 조용해지는 것이 화방의 특징이었다. 손님들로 정신이 없을 적엔 아픔도 괴롬도 심지어는 슬픔까지 몽땅 사라져버렸다가 난쟁이 여인과 둘이 덜렁 남으면 스며들어갔던 아픔들이 살래살래 머리를 들며 일어섰다.

"얼굴을 보니 아직도 남편에 대한 앙금이 남아있는 모양이군."

"그래요. 이건 죄 될 말인지 모르지만 저를 이만큼 길러준 부모에 대한 사랑이 남편에 대한 사랑보다 커서 만약 한 쪽을 택하라면 전 부모를 택할 거예요."

"솔직한 고백이겠지. 그러나 인간에겐 하나님이 맡겨주신 의무가 있어. 남편도 하나님이 짝지어주신 것이니 인간이 나눌 수는 없는 법이야. 두 쪽에 다 충성해야지."

"아아! 그게 그렇게 어려울 수가 없어요. 날 죽여야 하니까요."

"역경처럼 훌륭한 스승은 없는 거야. 여직 두리는 온실의 꽃이었지. 그런 꽃은 약해서 태풍이 불면 서양 꽃처럼 문드러지게 마련이야. 들꽃을 보라고. 이름 없는 들꽃의 가련한 아름다움과 튼튼함이 바로 시련을 이겨낸 사람들의 특징이지. 온실 꽃에서 볼 수 없는 힘차고 강인한 면이 들꽃의 생명이야. 밟혀도 심지어 밟아도 싹이 트는 들꽃을 생각해보라고. 두텁게 쌓인 눈 밑에서 봄을 알려주는 들꽃의 꿋꿋한 기개처럼 어떤 고난이 와도 살아갈 수 있는 사람이 되려면 이런 역경을 거쳐야 해. 그래야 타인의 슬픔을 나의 슬픔으로 받아들일 줄 알게 되고 남의 기쁨을 자신의 기쁨으로 느낄 수 있는 사람이 되는 법이지."

난쟁이 여인처럼 찌그러진 몸에서 어떻게 그렇게도 아름다운 말들이 나오는지! 이 여인이야말로 하나님이 창조하신 있는 그대로의 모습이요, 들꽃이 아니겠는가. 곰살가운 가공의 더께가 앉아서 엉뚱하게 다른 모습으로 둔갑한 추한 인간이 아니요, 창조되어진 순간의 인간의 모습 그대로가 바로 이런 마음을 소유한 인간이 아니겠는가. 들꽃이라, 들꽃. 그래 나는 들꽃으로 남아야 해. 하나님이 들판에 지천으로 창조해놓고 돌보시는 들꽃으로 돌아가야 해. 그렇다면 이번의 시련도 마땅히 거쳐야 할 길이 아니겠는가. 그렇게 생각하니 마음에 용솟음치는 기쁨과 감사를 누를 수가 없었다. 그래서 난쟁이 여인과 함께 캔버스 틀을 짜며 흥얼흥얼 찬송가를 부르고 있었다.

"하린 엄마. 큰 일 났다. 빨리 집에 가봐야겠다."

가게 안으로 얼굴만 내밀고 선 시어머니는 하린을 들쳐업고 겁먹은 목소리로 말해놓고는 파랗게 질려 있었다.

"왜 무슨 일이 생겼어요?"

두리가 기겁을 해서 문 쪽으로 달려나갔다. 갓난아이를 시어머니에게 맡겨놓고 온 것이 항상 마음에 걸렸기에 퍼뜩 머리에 떠오른 것이 바로 하린이라 아이부터 빼앗아 안았다.

"글쎄 하린이 할머니가 뒹굴어가며 대문 밖까지 나가서 완강하게 집으로 들어가는 걸 반대하니 어떡하지."

아침에 사위가 보인 행위가 얼마나 가슴을 아프게 했으면 그럴까 싶어 두린 가슴이 철렁했다. 그럼 아버지도 더듬거리며 길거리로 나가버린 것이 아닐까.

"할아버지는 집에 계세요?"

"그분은 겁이 많아서 문 밖에도 나가지 않아. 할머니가 문제지. 글쎄 나더러 막무가내로 부적을 떼어오라지 뭐야. 그 전 살았던 집 안 방 천장에 붙여놓은 부적이 삼백만 원짜리래. 그건 차압당하지 않았을 터이니 꼭 가져와야 한다는 거야."

"그럼 어머님이 그걸 떼러 간다고 밖에까지 뭉그적이고 나갔단 말이에요? 세상에 그 몸을 하고도 부적을 잊지 못하다니."

두리는 기가 막혀서 입술이 바짝 타들어갈 지경이었다. 그만큼 당했고 이런 지경에 이르렀으면 깨우침이 있을 때도 되었는데. 부적의 힘이 얼마나 강인했으면 똥, 오줌을 싸면서 몸을 내맡겼던 분이 대문 밖까지 기어나갈 수 있단 말인가.

"아침에 하린 아범이 그런 소동을 부린 것도 부적이 집 안에 없어서 악귀가 들끓었다고 하더라. 예전엔 집안에서 할머니나 할아버질 거슬린 사람이 없었다나. 사돈인 내게 아침 내내 옛날 사시던 집의 위치를 대면서 다녀오라는 걸 거절했더니 욕지거리를 퍼붓고 난리를 쳐서 그런 헛된 것을 믿지 말고 하린 어멈이 믿는 하나님을 믿으라고 달래놓고 빨래하느라고 잠깐 수돗가에 앉아 있는 사이 사고를 냈으니 이를 어쩌지. 그렇지 않아도 어멈이 속 끓일 일이 많아 아무도 모르게 처리하려고 했는데 얼마나 드세게 고집을 부리는지 늙은 내 힘으로는 집 안으로 끌어들일 수가 없다. 게다가 오줌, 똥을 싸서 옷은 엉망이구."

하린을 다시 시어머니의 등에 업혀주고 두리는 셋집으로 향했다. 대문으로 뚫린 골목에 들어서니 사람들이 웅성거렸다. 똥, 오줌을 싸서 뭉개며 어딜 가려는지 앞으로 나가려고 애를 쓰는 중풍 걸린 할머니를 그들은 혀를 차면서 구경할 뿐 손 하나 까딱 않고 지켜보고만 있었다. 손톱은 얼마나 결사적으로 땅을 짚고 뭉그적거렸는지 흙으로 테를 두르고 손가락 어디를 다쳤는지 피가 흘러나와 옷 여기저기에 묻어 볼썽사나웠다. 이런 노 여사를 무릎을 꿇고 끌어안은 두리는 간신히 일으켜 업으려 했으나 힘이 모자랐다. 어머니는 물에 젖은 나무처럼 너무나 무거웠고 두리의 살갗에 전해지는 어머니의 몸은 잎을 떨군 겨울 나뭇가지처럼 뻣뻣하고 섬뜩했다.

"누구든지 절 좀 도와주세요. 제발 부탁입니다."

두리가 애걸을 해도 아무도 꿈쩍하지 않았다. 똥, 오줌을 싸서 뭉개고 있는 노인을 선뜻 안아서 옮겨줄 사람이 과연 세상에 몇이나 된단 말인가. 노 여사가 이 지경이 되리라고 그 누가 예측할 수 있었단 말인가. 물질이 없으면 정신력이라도 지녀야 하련만, 돈도 영혼도 떠난 어머니의 모습에서 두리는 버려진 인간 속에 감춰진 동물의 모습을 보았다. 육신의 장막은 꾸미기에 따라 사람을 속일 수 있지만 영혼이 짓뭉개졌을 적의 인간이란 동물보다 더 추한 존재가 아닌가.

"어머니 진정하세요. 제가 뭐든지 해드릴 터이니 그저 가만히 계세요."

"이런 지경이 된 것은 부적을 가져오지 않아서다. 두리야 너 가서 내 부적을 떼어 오너라. 내가 이렇게 빈다."

노 여사는 볼 한 쪽이 마비되어 돌아간 입을 삐죽거리며 이미 기능을 상실한 한 쪽 팔을 축 늘어뜨리고 다른 팔을 들어 비는 시늉을 했다. 아아! 가련한 어머니! 어쩌다가 이 지경이 되었단 말인가. 어머니가 의지했던 돈과 점쟁이들은 다 어디로 가버리고 이렇게 비참하게 버려졌단 말인가. 차라리 그런 것에 몸을 기대고 떵떵거리고 있다면 이렇게 비굴해 보이지는 않았을 터인데 하는 슬픈 생각마저 들었다.

"어머니, 집에 들어가서 이야기합시다. 여기서는 사람들이 꼬여들어 구경하니 창피하지 않으세요?"

"그럼 내 부, 부, 부적을 가져다준다는 말이지, 그치?"

두리의 뺨에 자신의 뺨을 문지르며 노 여사는 성한 팔을 막내딸의 목에 휘감았다. 두리는 비틀거리며 어머니를 안았다. 그러나 걸을 수가 없었다. 그때 슬그머니 다가와 거들어주는 사람이 있었다. 바로 시어머니였다.

시어머니와 며느리가 끙끙거리며 노 여사를 끌어다 아랫목에 뉘고 오물로 더러워진 옷을 벗긴 뒤 몸을 씻기기 시작했다. 미안해서 연신 눈치를 보는 두리를 시어머니는 빙긋이 웃으며 조용히 건너다볼 뿐이었다. 고부간에 말로 표현할 수 없는 사랑과 이해의 줄이 팽팽히 당겨짐을 피차 감지할 수 있었다.

"어머니 고마워요."

"무슨 소리. 사람이란 믿는 것에 따라 모습이 바뀌는 걸. 나도 예수를 믿기 전엔 꼭 이런 꼴이 아니었냐. 그저 가여운 사람일 뿐이다."

"어머니께서 제 어머니를 돌봐주세요."

"아암, 그래야지."

더운 수건으로 전신 마사지를 해주자 맥이 풀려 노곤해진 노 여사는 이내 깊은 잠에 빠져들었다. 중풍환자가 거하는 방에 뭉근히 고여 있는 고약한 냄새로 욕지기가 났건만 문경댁은 웃는 얼굴로 여기저기 널려 있는 빨랫감을 안고 나갔다.

"두리야 이리온. 내 손을 잡아다오."

이런 소란 통에 한 쪽에 앉아 죽은 듯이 숨어 있던 나 회장이 안사돈이 나가는 소리를 확인하고 나서 막내딸 두리를 나직하게 불렀다.

"저 여기 있어요. 이 손 잡으세요. 오늘 저녁엔 싱싱한 전복을 사다 죽을 끓여드릴 터이니 조금만 기다리세요."

"아니다. 내가 주책없이 너무 했지. 전복죽은 고만두고 내 부탁을 꼭 들어줘야 한다."

"뭔데요?"

"두 가지인데 너에게 모두 힘든 것들이라서 미안하다."

"최선을 다 할 테니 말씀해보세요."

"우리가 고사를 지내지 않아 빌딩도 이 꼴이 되었고 한 나도 일이 꼬여 난관에 부닥친 것이 틀림없다. 내 눈도 이렇게 멀었고. 그러니 힘들더라도 돼지머리 하나 삶고 팥고물 듬뿍 뿌린 시루떡을 해라. 그리고 네 어머니가 잘 알고 지내던 미아리 무당을 불러올 수 없겠니."

"아버지. 전 그 일을 못해요. 전 하나님을 믿는 사람인 걸 아시지요. 어떻게 제게 그런 부탁을……. 돼지머리나 시루떡이 무슨 힘이 있겠어요. 바보 인간이 만들어낸 허상일 뿐이지요."

두리가 톡 쏘자 나 회장은 보이지 않는 눈을 천장을 향해 껌뻑이며 슬픈 표정을 지었다. 어쩌다가 당당하고 혈기 있고 패기 넘치던 분들이 이런 꼴이 되었단 말인가! 그것도 탐탁히 여기지 않고 늘 야단만 쳤던 딸 앞에 널브러져 애걸을 하고 있으니.

"두리야. 그럼 한나를 찾아다오. 그 앤 내 말을 다 들어줄 터이니 제발 한나를 찾아다오. 이러고 있다가는 난 내명에 죽지 못할 거야. 네 어머니도 병원에 입원시켜야 하고 나도 눈을 고칠 수 있는 길을 찾아나서야 하는데 돈이 필요해. 한나가 내 전 재산이 든 통장을 가져갔으니 그 앨 찾아주지 않겠니. 그 앤 너보다 속이 트여서 시원시원하게 우리 앞에 놓인 장애물을 후딱 치워줄 수 있어서 그런다. 넌 무엇이나 하나님이니 예수님이니 해가며 반박하고 소극적으로 물러서고 편견을 가지고 보아서 널 의지할 수 없어 그런다."

"이 마당에 와서도 아버진 한나 언니를 사랑하세요?"

"그럼. 내 재산을 다 맡긴 내 큰 딸인데. 그 애를 제발 불러다오."

두리는 칭얼대는 하린을 안아 젖을 물리고 곰곰이 생각했다. 언니를 찾아나서야 한단 말인가. 그나저나 한나 언니는 부모를 이렇게 내팽개치고 어딜 그렇게 쏘다니고 있기에 여직 얼굴도 내밀지 않고 있단 말인가. 아버지의 돈으로 주식을 몽땅 사들여놓고 값이 뛰길 기다리느라고 몸살을 앓고 있는 것일까. 두리는 갑자기 주식이 어떤 시세인지 알고픈 강렬한 유혹을 느껴서 신문을 뒤적였다. 사회면을 장식한 큰 활자가 눈에 들어왔다.

주식 값 폭락. 투자자들 중 자살자 속출…….

낡은 한옥이라 살짝 일어나는 겨울바람에도 문풍지가

푸르르 떨렸다. 정신이 아찔했다. 한나가 빈털터리가 된다면 불쌍한 부모를 어떻게 모셔야 한단 말인가. 두리는 주식 시세 폭락이란 기사를 보며 앞이 캄캄했다.

사람에게 물질이란 이렇게도 중요한 것이란 말인가. 영하 이십 도에 만물이 얼어붙은 혹한에도 더운 집에서 호강하던 분들이 얼마나 을씨년스러울까. 이분들에겐 돈이 절대적으로 필요한데 이를 어쩜담. 예수님이 재림하실 적엔 여러 현상이 나타난다고 계시록에선 말하고 있다. 어떤 상황이든 인간에게 가장 참기 어려운 것은 배고픔일 터이고 문화적인 환경에서 떨어져 나와 원시적인 삶을 살아야 한다는 것도 큰 충격이 될 것이다. 문화란 어떤 면에서 인간을 나약하게 만드는 것이다. 자연 속에 묻혀 살면서 누릴 수 있는 원초적인 기쁨을 문화가 앗아가 버려서 인간이란 온실 속의 꽃처럼 예쁘게 치장만 하고 야드르연해빠진 존재가 되어버렸다. 요염하게 가꿀 줄이나 알고 나불대며 지껄이고 교만해서 목에 힘을 주고 나대는 온실의 꽃들. 돈을 의지하여 두껍게 포장된 문명의 독소에 물들어버린 친정 부모님을 바라보며 새삼 난쟁이 여인이 말해준 들꽃을 떠올렸다.

따지고 보면 한나도 들꽃으로 돌아가는 것이 두려워 기막히게 잘 꾸민 온실을 향하여 뛰어나간 것이 아니겠는가. 돈이란 독수리의 날개를 달고 있어서 재빠르게 날아가버리는 것인데. 그렇다면 주식에 투자한 아버지의 전 재산이 순식간에 독수리의 날개에 얹혀 사라져버렸단 뜻이 된다. 그럼 언니는 어떻게 되는 것일까. 그 성격에 자살을 생각하는 것이나 아닐까.

생각이 이에 이르자 하린에게 젖을 물리며 이렇게 푼더분하게 앉아 있을 수가 없었다. 한나를 찾아나서야 한다. 그러나 어디서부터 손을 써야 한단 말인가. 너무나 막막했다.

"두리야 제발 한나를 찾아다오. 그 애가 돼지머리 맞추는 집도 잘 알고 있다. 한나 얼굴만 봐도 그 사람들이 외상으로 줄 거여."

나 회장은 두 다리를 노 여사가 누워 있는 아랫목에 묻으며 모기소리로 중얼거렸다. 노 여사가 가늘게 코를 골았고 하린은 잠이 들었고 나 회장은 넋두리를 하며 오만상을 찌푸리고 있는 전세방. 두리는 가만히 한숨을 삼키며 석양빛에 물들어가는 문풍지를 응시했다.

한나를 찾아야 한다. 어서 속히. 그냥 방치하면 큰 사건이 터질 것이 뻔했다. 아니 그 반대로 돈이 수중에서 모두 빠져나가면 언니는 그제야 겸손해져서 두 손을 탈탈 털고 가뿐한 맘으로 가족에게 돌아올 것이란 일말의 기대가 마음 한 구석을 채우기도 했다.

"아버지는 한나 언니가 그렇게도 좋으세요?"

"그럼. 내가 얼마나 귀여워했는데. 그 앤 박력 있고 능력이 있어. 고게 사내로 태어났다면 내가 이렇게 되지도 않았을 터인데."

"만약에 언니가 아버지의 전 재산을 걸고 사업을 했다가 실패하고 빈털터리로 돌아온다면 아버지는 어떻게 하실 거예요?"

"그럴 리가 없어. 그 앤 언제나 내가 바라는 것 이상으로 일을 잘 해결했었지. 아마 지금도 우리 빌딩을 찾으려고 동분서주하고 있을 거여. 그 애가 잃은 재산을 곧 다 찾아올 거야. 그땐 너를 더 이상 괴롭히지 않고 우리 집으로 돌아갈 터이니 걱정하지 마라."

나 회장은 딸 하나에게 건 소망에 들떠 문풍지가 바람에 떠는데도 신경을 곤두세우며 문 쪽으로 귀를 기울였다. 금세 하나가 성큼 들어서며 아버지 잃었던 집과 빌딩을 다 찾았어요. 어서 돌아갑시다. 기사랑 자가용도 다 찾아왔어요. 어서 타세요. 이렇게 종알대며 총알처럼 나타나주기를 기대하는 눈치였다. 그래서 바람이 문을 스칠 적마다 나 회장의 시력 잃은 눈에 촉촉한 물기가 어렸다.

화방이 한가한 틈을 타서 두리는 한나가 늘 입에 올리며 열을 냈던 증권회사로 향했다. 어쩜 언니는 증권회사 영업장에 쪼그리고 앉아 스피커에 귀를 기울이며 벌건 눈으로 벽의 전광판을 노려보고 있을 것이다. 증권파동이 휩쓸고 갔건만 그래도 찜찜해서 기웃거리는 사람들로 증권회사 입구는 북적거렸다. 후조처럼 밀려다니며 힘들이지 않고 돈을 따갈 기회를 노리는 사람들의 눈은 영롱한 것이 아니고 동태의 썩은 눈알처럼 흐리멍덩해 보였다. 저들을 보며 하필이면 머리를 숙인 누런 벼이삭을 향해 돌진하는 참새 떼가 연상돼서 두리는 쓴웃음을 삼켰다.

도대체 누가 이런 주식시장을 만들어놓았단 말인가. 자연발생적인 존재일까. 하긴 인간이란 돈을 그리워하는 동물이니 지구가 존재하는 한 주식시장은 어디에고 뿌리를 내리고 자랄 것이다. 영업장에 들어서니 스피커를 타고 흘러나오는 아나운서의 목소리가 사실 이상을 부추기느라고 열을 올리며 들떠 있었다.

‘××× 2백 원 사자 2백10원 팔자. ××× 5백 원 사자 5백10원 팔자…….’

스피커의 소리는 끝없이 이어지고 소파에는 돈을 따먹을 욕심으로 달뜬 군상들이 줄지어 앉아 있었다. 장바구니를 옆에 낀 주부들, 이순을 훨씬 넘었을 노인들, 심지어는 새파란 총각이나 처녀들까지 고객은 나이나 성을 초월해서 아주 다양했다.

돈의 속성은 누구에게나 필요한 것이니 어쩔 수 없는 것이 아니겠는가. 두텁게 화장을 하고 베일을 쓴 사람도 돈 문제에 들어가면 독성을 발한다고 한다. 겉으로는 호호허허 잘 하다가도 돈에 얽혀 조금이라도 손해가 날 것 같으면 비수를 들고 날뛰는 것이 인간의 원 모습이라고 할까. 가장 소중한 인간관계보다 돈을 더 긁어모으려고 혈안이 되어 나대는 이웃을 우리는 얼마나 많이 만나고 있는가. 그래서 성자란 물욕을 떠난 사람이요 빈털터리로 길가에 나앉아 가난한 마음을 덧입고 초연하게 살고 있어 거룩하다는 성聖자를 달게 되는 것이 아닐까.

두리의 친구 집은 증권영업을 하다 망친 대표적인 가정이다. 친구의 아버지는 지점장이었는데 영업실적 때문에 애를 태우다가 친구들을 끌어들였다. 나중에는 친척도 부르고 동창도 부르고…… 그래서 모두가 함께 망해서 그를 친척 킬러고, 친구 킬러라고 부르며 욕설을 해대는 걸 본 적이 있었다. 친척들을 골병들게 했고 친구들을 작살나게 한 케이스다. 미친년 치맛자락처럼 오르내리는 주식 가격을 함께 따라 춤추다 보면 주식독이 올라 성격도 변하게 되고 주식영업 10년 하면 병신 안 되는 사람이 없다니 그 독이 얼마나 가중한 것인가 짐작할만하지 아니한가.

옆의 사람이 건설회사 주식을 사라고 입방을 찧고 있었다.

"모든 사람이 팔려고 할 때 주식을 사들여야 합니다. 그리고 모두가 살려고 할 적에 주식을 팔아야 합니다. 중동 산유국들이 석유 값을 올려 돈을 많이 벌어들이면 저들은 반드시 건설하는 데 투자할 것입니다. 곧 건설 수출이 붐을 이룰 터이니 건설회사의 주식을 사십시오. 지금은 하락세이지만 두고 보십시오. 하늘 끝까지 치솟을 것입니다."

사람들은 귀를 쫑긋거리며 그 주변에 몰려들었다. 그들 틈을 비집고 다니며 아무리 눈을 크게 뜨고 살펴봐도 한나의 얼굴은 없었다. 그럼 어떤 좋은 주식을 듬뿍 사놓고 오르기를 기다리며 여행을 떠난 것이 아닐까. 두리는 화장실까지 가서 기웃거리며 한나를 찾아다니다가 엉뚱하게도 강한철과 맞닥뜨렸다.

"어어! 처제가 어떻게 여길 왔어?"

그는 어색하게 눈을 씰룩이더니 왼손으로 연신 뒤통수를 쓰다듬으며 뒷걸음질을 했다.

"한나 언닌 지금 어디 있어요?"

두리는 뻔한 질문을 하고 있었다. 이 남자가 어떻게 언니의 행방을 안단 말인가. 아버지의 재산을 도둑질하여 움켜쥐고 도망간 사람이. 더구나 아버지의 연인과 짜고 그 짓을 하고 뺑소니친 사람이 아니던가. 마땅히 두리는 그를 움켜잡고 따귀를 올려치고 경찰에 넘겨야 순서인데 그녀의 가슴은 이상하게도 차분해졌고 오히려 강한철이 불쌍해 보여 가슴이 저몄다. 참 이상한 일이었다.

"난, 난 그 사람이 어디 있는지 몰라."

겁에 질려 파래진 이마가 전짓불 빛에 번쩍였다. 덩치 큰 사내가 부들부들 떨고 있었다. 지은 죄를 아는 모양이었다. 그때 제비족처럼 말쑥하게 차려입고 머리에 기름이 흐르고 턱이 뾰족한 남자가 강한철의 팔을 잡았다.

"야, 너 주사 맞을 시간이 된 것이 아니냐. 왜 이렇게 떨어. 어서 가자. 접선할 시간이야. 오늘은 한 달 치를 받기로 돼 있어."

강한철은 그의 팔을 잡은 사내에게 이끌려 비실비실 문쪽으로 가며 연신 머리를 두리 쪽으로 돌렸다. 그러고 보니 뺨에 흐르는 빛이 노리끼리하고 피부가 죽어 있어 히로뽕 냄새가 났다. 눈도 초점이 흐려있고 눈동자가 풀린 듯 게슴츠레하고, 아아! 그는 아편중독자가 되어서 비틀대고 있구나!

"반포 경남 아파트에 사는 신석숙에게 가봐."

두리가 얼마 전까지 형부라고 불렀던 강한철이 문을 나서기 전에 불쑥 던진 말이었다. 신석숙이라면 언니와 단짝이었던 친구가 아니던가. 그렇지. 어째서 여직 그 이름을 기억해내지 못했을까. 두리는 부리나케 증권시장을 빠져나와 반포로 향했다. 퇴근시간이라 직장에서 쏟아져나온 인파 속에 섞이자 비틀댈 정도의 현기증을 느꼈다. 이 많은 사람들이 모두 어디를 향해 가고 있단 말인가. 봇물이 터진 듯 거세게 밀려가는 사람의 물결을 거슬러 헤엄쳐나갈 힘이 두리의 작은 몸에 과연 있을까? 그녀는 잠시 멈춰 서서 머리를 뒤로 젖혔다.

'나의 힘이 되신 여호와여, 내가 주를 사랑하나이다. 나의 힘이 되신 여호와여 내가 주를 사랑하나이다.……'

두리는 사람들의 물결에 떠밀려 걸으며 수없이 시편 18편의 첫 구절을 암송했다.

고맙게도 그 시간에 신석숙은 집에 있었다. 화장기도 없이 까칠해진 두리를 놀라서 한참 훑어보던 그녀는 마지

못해 아파트 문을 열어주며 거실까지 안내했다.

"도대체 너희 집에 무슨 일이 일어났니? 알부자라고 소문이 났던 집안이 아니냐. 네 꼴이 이게 뭐냐. 우리 집에 오는 파출부보다 더 험해 보이는구나."

"왜. 내가 이상해 보여?"

"그래. 워낙 모양을 내지 않기로 유명했지만 그 꼴이 뭐냐."

석숙은 못마땅한 눈으로 두리를 흘겨보았다. 윤기 나게 닦은 거실바닥이나 탁자에 더러운 먼지라도 떨어질까 봐 겁내는 눈치였다. 하긴 똥오줌 싸는 어머니를 돌보다가 화방 일을 봐야 하고 하린에게 젖을 물리며 집안일을 봐야 하니 자신의 몸 매무새를 가다듬을 시간적 여유가 없는 것은 당연한 일이었다. 타고나길 못생긴데다 가꾸지도 않았으니 석숙의 눈에 거지꼴로 비쳤을 것이다.

"한나 언니가 어디 있는지 알아?"

"내가 물어보려던 말이다. 도대체 그 계집애 어디에 있는지 너도 모른단 말이냐. 한나를 찾느라고 내 주변에 있는 사람들이 발칵 뒤집혔는데 너 참 잘 왔다."

"왜 모두 한나 언니를 찾고 야단이유?"

"모든 사람들에게서 거액의 돈을 꿰갔거든."

"언니가 돈을 빌려갔다고? 뭣 하려고 돈을 빌려?"

생가지가 찢어지는 듯한 아픔이 두리의 가슴을 파고들었다.

"주식을 산다고 생난리를 치며 꾸러 다녔어. 워낙 돈을 물 쓰듯이 썼기에 모두가 믿었지. 더구나 일수이자로 계산해준다니까 너도 나도 꿍쳐두었던 돈을 몽땅 주었지 뭐냐. 근데 이 계집애가 갑자기 증발해버린 거야. 시방 난죽을 지경이야. 내가 소개해준 친구들이 글쎄 열다섯인데 모두 나 보고 돈을 준 것이니 대신 갚으라고 야단이다."

"모두 얼마나 되는데 그래?"

"내 돈 가져간 것만도 몇 천만 원이 넘는다."

"아니 일, 이만 원도 아니고 주부가 어쩌자고 그렇게 많은 돈을 내놨어. 그 돈이면 아파트 한 채 값이네."

"이 집을 남편 몰래 담보로 잡고 은행에서 꾸어주었지. 서너 달은 이잣돈을 꼬박꼬박 제 날짜에 주어서 믿고 다른 사람들도 모두 끌어들였지. 그리고 네 아버지가 부동산을 많이 가진 부자가 아니냐."

"아아…… 우린 망했는데."

"아니 뭐라고?"

굶어 죽게 된 아귀처럼 석숙이 두리에게 덤벼들었다. 날카로운 손톱이 고양이 발톱처럼 암팡지게 두리의 바짝 마른 뺨을 할퀴어 상처를 냈다.

"너라도 이 빚을 다 갚아라. 네가 가진 것이 얼마냐. 네 아버지는 어디 있니. 큰 빌딩을 지었다고 소문이 났는데 그걸 내놓아라."

거머리처럼 들러붙는 석숙이를 떼어내느라고 두리는

안간힘을 썼다. 어떻게 아파트를 빠져나왔는지 모른다. 석숙의 아파트에 벗어놓은 오버도 찾아 입지 못한 처지에 블라우스 소매가 찢어져 나불대고 뺨에 난 손톱상처가 찬바람이 스칠 적마다 쓰려왔다. 행인들이 두리를 흘끔거리며 혀를 찼다. 멀쩡한 여자가 미쳤군. 아직 어린데 정신적 충격을 입은 모양이군. 쯧쯧…… 가엾어라. 치마가 저렇게 찢어져 속옷이 나왔는데도 모르고 걷다니. 두리는 귀를 양 손으로 틀어막고 뛰기 시작했다. 겨울바람이 찢어진 얇은 옷 사이로 매섭게 파고들었다. 멀리서 천둥이 울리듯이 우르르 굉음이 그녀의 귀를 가득 매웠다.

"아니 이게 웬일이냐?"

화방에 들어선 두리를 난쟁이 여인이 가슴에 안았다. 서럽게 흐느끼는 두리를 난쟁이 여인은 눈 한 번 깜짝하지 않고 침착하게 보듬어 안아 가만히 의자에 앉혔다. 그리고 더운 물 한 컵을 두리 손에 쥐어주었다. 난쟁이 여인을 보자 아가처럼 두리는 몸부림치며 울어젖혔다. 좁은 화방이 온통 두리의 통곡으로 폭발할 것 같았다.

"울고 싶으면 맘껏 울어. 앙금을 지니고 있으면 병이 되지."

난쟁이 여인은 자신의 치마와 웃옷을 가져다 두리의 찢어진 옷을 벗기고 갈아 입혔다. 흐트러진 머리를 갈퀴손을 해서 빗겨주며 뺨에 난 상처에 연고를 발라주었다.

"한나 언닌 사고 덩어리예요. 글쎄 이 사람, 저 사람에게서 돈을 꿔서 주식에 투자했대요."

"그럼 도망쳐버렸겠군."

"맞아요. 근데 언닐 어디서 찾지요."

"사라져버린 사람을 어디서 찾아내겠어."

"어디로 사라졌단 말이에요?"

"그걸 누가 아나. 동물처럼 머리를 어둠에 틀어박고 숨어있겠지."

"돈이란 돈은 깡그리 주식에 넣어버렸을 터인데 무얼 먹고 살고 있을까요."

"그 성격에 막다른 골목으로 빠져들어 갔겠지."

"어디가 막다른 골목이지요? 제가 찾아 나서겠어요. 언닌 밥도 지을 줄 모르고 빨래도 못해요. 고생을 해본 사람이 아니니까요."

이렇게 나대는 두리를 난쟁이 여인은 한심하다는 듯 한참 노려보다가 혀를 끌끌 차며 한숨을 삼켰다.

5

한나는 빚쟁이들이 들이닥쳐 생난리를 칠 것을 생각하니 앞이 아찔했다. 돈이란 수중에 있을 적엔 목에 힘이 주어지고 얼굴에 돈 기름이 자르르 흘러 사람들을 누르는 위엄이 서리게 마련이다. 그러나 한나의 주머니에서 돈이 모래시계처럼 몽땅 빠져나간 뒤 느낀 무섬증은 온몸에 닭살이 돋아나게 하는 섬뜩함을 안겨주었었다. 더구나 오늘 돈이 필요하니 꼭 돌려달라고 졸라대는 석숙의 눈빛에서 살기를 느끼지 않았던가. 창자라도 다 빼내어줄 듯이 사근거리며 무엇이나 희생적으로 해줄 듯이 나대던 사람들이 돈 문제에 걸리니 무서운 악귀로 둔갑해서 드라큐라처럼 이빨과 손톱을 드러내고 으르렁거렸다.

사글세를 내일 내야 하는데 통장도 비어 있고 핸드백을 뒤집어 털어도 천 원짜리 몇 장과 동전이 쏟아질 뿐, 한나는 완전하게 알거지가 된 상태였다. 이럴 수가! 어떻게 이런 일이 일어날 수가 있단 말인가. 투자한 주식이 바닥가격이니 가서 판다고 해도 끌어댄 돈을 갚을 수도 없고……. 앞길이 캄캄했다. 정말 자존심이 바닥에 떨어진 상태였다.

빈손이다. 맨몸이다. 버스를 타야 한다. 레스토랑에도 들어갈 수 없다. 슈퍼마켓에 가도 주머니가 비었으니 마음대로 살 수가 없다. 사우나도 갈 수 없고 화장품도 살 수 없고 더구나 마음대로 몇 십만 원짜리 옷을 사 입을 수도 없다. 가난한 여자가 된 것이다. 가난이란 얼마나 사람을 비참하게 만드는 것이란 말인가! 얼마나 불편한 것인가! 돈이 없으면 인생을 무슨 맛으로 살아간단 말인가. 여직은 돈을 쓰는 재미로 살아왔는데 돈이 없이 비어 있는 공간을 무엇으로 채워야 한단 말인가. 너무나 막막했다. 허전했다. 혼자 있다는 것이 진저리가 쳐지도록 무서웠다.

죽어버릴까. 한나는 죽을 방법을 곰곰이 모색하기 시작했다. 아버지의 그 많던 재산이 순식간에 날아가버렸는데 그리고 그녀의 거액의 돈이 주식이라는 괴물의 입에서 한꺼번에 눈 깜짝할 사이에 꿀꺽 삼켜져버렸는데 목숨도 그렇게 순간적으로 사그라질 수 있는 것이 아니겠는가. 그나저나 어떻게 죽어야 가장 빠른 방법으로 가장 고통 없이 죽어버릴 수가 있을까. 그녀는 자정이 가까운 시간에 홀로 창가에 앉아 밖을 내다보았다. 괴물처럼 거대한 아파트의 불빛이 어둠을 뚫고 명멸했다. 마치 하늘의 별들이 빛을 내듯이 각 가정의 불빛이 제 나름대로 빛을 내다가 자정이 지나자 새벽별들처럼 하나 둘 자취를 감추고 있었다. 쥐약을 먹을까. 아니야, 그건 너무 아플 거야. 창자가 녹아서 죽을 것인데 얼마나 참기 어려울까. 피를 토하며 온 방을 헤맬 것이니 얼마나 추한 것이며 비참한 모습일까. 수면제를 다량 복용한다면 어떨까. 그것도 죽기 쉬운 방법이 아닐 것이 작년에 친구가 수면제를 먹고 자살을 시도했다가 살아난 일이 있었다. 위를 세척하고도 건강을 버려 지금까지 병상에 있지 아니한가. 단번에 즉각적으로 죽는 방법이 무엇일까. 한나는 두 무릎 사이에 머리를 박고 죽는 방법을 연구하느라고 골몰해 있었다.

그러나 죽은 뒤에 나는 어디로 가는 것일까. 땅 속에 묻혀서 어디로 간단 말인가. 돈이 없어서 인생이 재미없다고 죽는 길을 택한다지만 땅 속에서 꼼짝 안 하고 누워서 한 발자국도 움직이지 못하고 무얼 한단 말인가. 너무 답답할 거야. 그렇다면 살아있는 것이 죽는 것보다 낫단 뜻도 되는데 그럼 돈이 없는 거지로라도 살아있는 것이 현명한 것이 아닐까. 두리가 이야기한 대로 정말 천국이 있을까. 하필이면 이 시간에 부모보다도 그렇게 미워했던 두리가 떠오르다니. 그녀는 머리를 세차게 흔들었다.

그래도 죽음의 유혹이 그녀를 사로잡아서 쉽게 포기할 수가 없었다. 창가로 갔다. 15층 아파트 아래를 내려다보았다. 아아! 그런 방법이 있었구나. 그냥 뛰어내리는 것이다. 그럼 순간적으로 죽을 것이 아닌가.

짜릿한 죽음의 기쁨이 한나의 전신을 감쌌다. 내가 저 밑에 떨어져 죽어있으면 두리도 달려올 것이고 아버지, 어머니도 달려와서 통곡하겠지. 석숙이랑, 바람을 피우고 달아난 남편 한철이도 나타나서 회한의 눈물을 뿌리겠지. 돈과 사랑에 실패한 자신은 죽음밖에 더 바랄 것이 무엇이겠는가. 죽어버리자. 좀 전에 죽은 뒤에 갈 세상을 걱정했던 자신이 너무 어리석어 보였다. 모두가 죽는 죽음인데 조금 일찍 가는 것이 어떻단 말인가. 한나는 용감하게 툴툴 털고 일어나 베란다가 없는 문간방으로 갔다. 문만 열면 바로 떨어져 죽을 수 있는 곳이었다. 창틀에 기어오르려니 그녀의 키에 비해 너무 높아서 등 없는 의자를 가지러 부엌으로 갔다. 술 취한 사람처럼 비틀거리며 한나는 재빠르게 의자를 가져다 창 밑에 놓고 수의로 연분홍 원피스를 입었다. 죽은 뒤에 추한 것을 보여주고 싶지 않아 화장을 하고 향수까지 뿌렸다. 치마가 펄럭일 적에 혹시 밑에 사람들이 볼 것을 막기 위해 원피스 속에 청바지를 입었다. 그리고 경건한 마음으로 창틀로 기어 올라갔다. 창틀을 말 타듯이 끼고 앉아서 아래를 내려다보았다. 아찔했다. 15층이 이렇게 높은 절벽일 줄은 몰랐다. 그녀가 떨어져 죽을 화원엔 갓 지은 아파트라 한창 조경을 서두르고 있어 진흙이 볼썽사납게 속살을 드러내고 있었다.

낙화암의 궁녀들처럼 치마를 뒤집어쓰고 뛰어내릴까. 그러나 그녀의 의사와는 정반대로 손은 움직이질 않고 있었다. 돈이 없는데 죽어야지. 돈이 없이 어떻게 살아. 부모도 돈이 있어야 모시고 친구도 돈이 있어야 모여들고 돈이 있어야 몸도 집도 치장하는데 돈이 모두 독수리의 날개를 타고 날아가버렸으니 어쩐담. 그렇다고 두리처럼 꾀죄죄한 몰골로 노동을 하기는 정말 싫어. 차라리 죽어버리는 편이 낫지.

순간 초인종이 요란하게 울렸다. 인터폰도 울리고 아래를 보니 사람들이 모여들고 주위가 소란했다. 아래 화단에 경비들이 모여서 무어라고 위쪽을 향해서 소리를 지르고 꺼졌던 외등들이 일제히 켜지고 술렁대고 있었다.

"아주머니, 왜 거기 올라가 계세요. 어이 내려오세요."

밑에서 경비가 손을 나팔처럼 모으고 위를 향해 외쳤다.

"주민들이 보고 신고가 들어왔습니다. 거기 앉아 계시면 어떡해요."

"걱정 마세요."

"맞은편 아파트 주민들이 모두 깨어서 난리예요. 어서 내려가세요."

그러고 보니 맞은편 아파트의 창문에 사람의 머리들이 꽃봉오리 내밀 듯이 밖으로 나와서 이쪽을 응시하고 있었다. 울컥 자존심이 상했다. 홍! 내가 죽어? 죽기는 왜 죽어. 저것들 구경거리가 되고 밥상의 말거리가 되라고 죽어. 내가 죽으면 저것들이 얼마나 히히덕거리며 입방아를 찧을까.

"왜들 이래요. 속이 답답해서 여기 올라와있는데. 구경거리라도 생겼나 왜 이 난리들이에요."

"아주머니, 답답하면 사이다나 콜라를 잡수시지 위험하게 거긴 왜 올라가 계세요. 가슴이 떨려 죽겠네요. 어이 내려가세요."

한나는 연신 입을 삐죽대고 툴툴대가면서 창틀에서 껑충 뛰어내렸다. 무엇을 할 것이며 어디로 갈 것인가. 사람이면 먹을 것이 있어야하고 입을 것이 있어야 하며 배설할 곳이 있어야 하며 잘 곳이 있어야 하는데 돈이 없다면 이 모든 것이 해결되질 않으니 어떡한단 말인가. 그저 막막할 뿐이었다. 창틀에서 내려와 돌아설 적에 가슴에 안겨오는 통증은 이젠 혼자라는 것과 그걸 이길 수 없다는 자신의 무력함이었다. 아침햇살이 이 방안에 가득 들어오면 빚쟁이들이 몰려올 터인데 무엇으로 저들의 손을 채워주어야 한단 말인가. 이 무서운 현실을 어떻게 타개해 나가야 한단 말인가. 죽음의 유혹에서 빠져나온 한나는 비틀거리며 몇 발자국 걷다가 머리를 감싸안고 침대 위에 쓰러져버렸다.

그때 섬광처럼 한나의 머리를 스치고 지나가는 것이 있었다. 왜 이제까지 잊고 있었는지 모를 일이었다. 어머니, 노 여사가 즐겨 찾아가는 미아리 무당을 찾아가면 해결책을 줄 것이 아닌가. 복채를 줄 것이 없지만 여직 그 집에 쏟아 넣은 돈을 생각해서라도 단 한 번은 무료로 봐줄 것이다. 사람들의 미래 운명까지 꿰뚫어보는 여자이니 한나가 처한 상황을 몽땅 알고서 복채가 없다고 내쫓을지도 모른다. 그러면 어쩌지, 순간 자신의 손에 끼인 다이야 반지에 눈이 갔다. 요놈을 주고서라도 내가 가야 할 길을 물어봐야지. 어디로 가야 이런 함정에서 빠져나올 수 있는지 무당은 잘 일러줄 터이니 이까짓 다이야 반지가 문제란 말인가. 한나는 급히 일어나 샤워를 하고 화려하게 옷을 차려입고 미아리로 향했다.

아침 9시인데도 문전은 많은 사람들로 붐볐다. 하긴 미아리 무당은 집안 대대로 이어진 세습무당이 아니고 대학을 다니던 중, 신이 지펴서 무당이 된 강신무라 더 유명했다. 고3 자식을 가진 사람은 어느 대학을 가야 붙을 것인지 궁금해서 알찐거렸고 정치가의 아내는 어떻게 해야 줄에서 벗어나지 않고 들러붙을 수 있는지 묘안을 얻어내려고 서성댔다. 부적을 받아서 간직하고 만족한 웃음을 삼키며 나오는 사람도 있고 무당의 거친 입놀림에 놀라서 사색이 되어 나오는 여자도 있었다. 내림굿이라는 통과제의를 통해서 무당이 된 미아리 무당은 시시껄렁한 무당하고 달랐다. 미래는 모르겠지만 과거는 족집게처럼 집어내서 노 여사나 한나, 두 사람 모두 그 여자의 말이라면 팥으로 메주를 쑨다고 해도 믿고 있는 판이었다.

곰곰이 생각해 보니 집안이 이렇게 망칠 징조도 재작년 이맘 때 미아리 무당이 이미 점을 쳐주며 매일 불을 밝혀야 한다고 했는데 게을러서 그걸 못해 이 지경이 된 것이 아닌가. 한나는 그녀의 말을 무시하고 치성을 드리지 않은 불찰에 가슴이 아파 와서 이번엔 무슨 수를 써서라도 무당의 말을 따르리라 작심했다.

"아니 이런 팔자가 어디 있어. 북으로 가야 살겠어."

"북으로 가다니요? 제가 간첩으로 북으로 파견돼야 한단 말인가요."

"쯧쯧…… 그렇게 못 알아듣겠어. 요즘 사람들은 모두 레드 콤플렉스(red complex)에 빠져 있다니까. 정신 차리고 날 봐."

대학을 다니다 무당이 되어서 그런지 다른 무당과는 달

리 영어나 독일어, 더러는 불어까지 쓰기로 유명한 여자였다. 그래서 더 많은 사람들이 몰려오는지도 모른다. 무당은 점괘가 나올 적엔 언제나 이렇게 반말을 지껄이며 상대방을 눌렀다. 아주 도도한 태도로 나와서 장관의 부인도 기가 꺾여 설설 기게 마련이다.

"그럼 북한으로 가란 뜻은 아니군요."

"북으로 가야 귀인을 만나 물을 건너게 되어 있어. 어허, 어허, 이런 팔자가 세상에 어디 있겠나. 사람들에 쫓겨서 막 강나루에 선 몰골이로군. 뒤에서는 백만 대군이 잡아 죽이려고 덤비고 앞에는 깊고 깊은 강이 놓여 있고 어허어허 불쌍한 처지로고!"

한나는 무당의 이 말에 흐느껴 울기 시작했다. 어쩜 이렇게 영험하단 말인가. 이런 자신의 신세를 알아맞힌 무당의 놀라운 영력에 놀랍기도 하고 여기에 바짝 달라붙으면 가야 할 길을 일러줄 것이 분명해서 덜컹 손에 낀 다이야 반지를 빼서 무당의 손에 쥐어주었다.

"살려주세요. 절 살려주세요. 어디로 가야 해요. 전 쫓기는 몸이에요. 모두가 날 죽이려고 해요."

"그래서 내가 길을 일러주지 않는가. 북으로 가라고 북에 있는 도시 말이야. 이래도 못 알아듣겠어."

미아리 무당은 한나가 손가락에서 빼서 준 다이야 반지를 자신의 손에 끼고 창살을 타고 들어온 빛에 알을 비추어보며 만족한 웃음을 삼켰다.

"아버지, 어머니를 잊어버리고 어서 북으로 가. 기막힌 귀인을 만나 호강할 터이니. 금년만 지나면 만사가 오케이라니까."

"북의 어느 도시를 말합니까? 삼팔선 근처엔 도시들이 많은데."

"이봐. 내가 그렇게 힌트를 줘도 모르겠어. 바다를 건너 가려면 코쟁이를 만나야지."

"넷. 그럼 절 보고 양색시가 되라는 말이에요?"

"아참, 그렇게 앞이 막혔다니까. 다른 길은 없어. 뒤쫓아 오는 악귀들에게서 벗어날 길은 그 길밖에 없다니까. 깜상이면 어떻고 백둥이면 어때. 지금 어디가 숨을 거여. 어딜 가나 맞아죽어 횡사할 판인데 그렇게라도 빠져나가야지."

한나는 맥이 빠져 어깨를 늘어뜨리고 무당집을 빠져나 왔다. 북으로 가야 한다니. 그것도 코쟁이를 만나 바다를 건너가야 하고, 그럴 수가 없는데. 내가 어쩌다가 이렇게 되었지. 한나는 비틀비틀 걸어서 해가 으스름 지는 저녁 아파트에 다다랐다. 멀리서 보니 입구에 여자들이 모여 있었다. 재빨리 몸을 숨기고 사태를 지켜보았다. 모두가 핏대가 올라 있었다. 모두가 아는 얼굴이었다. 돈줄을 끌어댄 석숙이가 모두에게 당하고 있는지 죽을 상을 하고 있었다.

"문을 빠개고라도 들어갑시다. 부잣집이었으니 세간이

라도 팔아서 한 푼이라도 건져야지. 손가락에 끼고 다니던 반지들만 해도 값이 나가겠더군. 그거라도 빼앗아가야지."

"난 집에서 쫓겨나게 되었어. 집을 잡히고 돈을 주었는데. 당장 이잣돈이 나오지 않으면 난 살 수가 없어."

"남편 몰래 적금을 빼냈는데 뭐라고 변명하지. 어이쿠! 난 죽었다."

"친구 돈을 빌려서 주었는데 그 돈을 내가 어떻게 갚아. 큰 일 났네."

"믿는 도끼에 발등 찍힌다고 어떻게 그 년이 이럴 수가 있어."

"아파트를 팔면 조금씩은 건져낼 수 있는 것이 아니야. 원금이라도 찾아야지. 우리 서로 평등하게 나누어 갖게끔 서로 액수를 적어 보자고."

저들의 아우성을 뒤로 하고 한나는 돌아서서 도망치기 시작했다. 수중에 남아있는 것은 동전 몇 닢과 입은 옷뿐이었다. 이런 상황에 옷이나 귀중품을 챙기려고 집으로 들어갈 처지도 못 되었다. 어디로 가는 버스인지도 모르고 아무거나 그녀 앞에 선 버스에 뛰어올랐다. 다행히 차 안은 학생들로 붐벼서 저들 사이에 끼어서 몸을 감추니 안도의 숨을 내쉴 수가 있었다. 돈이 없으니 이렇게 초라하게 느껴질 수가 없었다. 돈의 위력에 새삼 놀라서 한나는 참새처럼 할딱였다.

두리에게 가볼까. 차가 광화문을 지나기에 한나는 내려

서 두리화방 앞으로 지나는 버스에 올랐으나 이런 몰골로 동생 앞에 선다는 것이 자존심에 상처를 주었다. 더구나 눈이 먼 나 회장에게 뭐라고 변명을 한단 말인가. 재산을 몽땅 날려 먹고서 말이다. 그것도 장사를 하다가 날렸다면 근거가 있는데 주식에 넣었다가 몽땅 바닥이 되어서 날렸으니 이런 사실을 어떻게 부모 앞에서 떠벌일 수가 있단 말인가.

한나는 화방까지 가서 안을 기웃거리다가 용기가 나질 않아 돌아섰다. 손목시계를 파니 수중에 돈이 몇 푼 들어와서 그걸로 저녁을 사먹고 동두천행 버스에 몸을 실었다. 미아리 무당의 말에 최면이라도 걸린 듯 한나는 동두천이 그녀가 가야 할 마지막 종착역으로 받아들여졌기 때문이다. ✤

소망의 길

1

그리고 5년이 흘렀다.

석두는 의대를 졸업하고 인턴이 되었고 하린은 유치원을 다녔다. 두리는 하린의 남동생인 하수를 낳아 벌써 세살이다. 두리화방은 언제나 손님이 붐볐고 난쟁이 여인은 아직도 그림틀을 짜느라고 골방에 갇혀 콜록거렸다. 두리의 시어머니는 몸이 시원찮은 사돈들을 돌보고 손자, 손녀를 돌보건만 예전보다 더 건강해져서 금년 들어서는 새벽기도를 거르는 적이 없었다. 참으로 편안한 나날이었다. 천국을 닮은 가정이었다. 단지 두리의 가슴에 이따금 찬바람이 부는 것은 5년 전에 자취를 감춘 한나 언니 때문이다.

두리화방 옆에 아담한 양옥을 한 채 사서 그런대로 정착을 한 두리 집은 늘 웃음이 떠나질 않았다.

석두가 졸업을 하고 수련을 받느라고 병원에서 늘 자기에 두리는 오랜만에 남편을 찾아가려고 밑반찬을 준비하고 있었다. 돼지고기를 듬뿍 넣은 고추장 볶음을 작은 병에 담고 장조림할 사태를 인절미 크기로 썰고 있었다.

"하린 에미야, 아무래도 한나가 객사를 한 것이 틀림없다. 미안하지만 어디서 언제 죽었는지 알아볼 수 없겠니?"

지팡이를 짚고 겨우 걸음마를 뗄 수 있게 된 노 여사가 비뚤어진 입을 씰룩이며 부엌 벽에 기대서서 어눌하게 말했다.

사태에 물과 진간장을 부어 가스 불에 올려놓은 두리는 못 들은 척 마늘을 다졌다. 이런 식의 보챔은 거의 매일 계속되는 일이어서 두리는 그저 귀머거리인 척 등을 돌리고 서서 손을 놀릴 뿐이었다.

"동생이 있니 누가 있니 하나뿐인 언니가 아니냐. 어떻게 그렇게 무심할 수가 있니. 벌써 5년이 지났다. 이게 어디 가서 무얼 하고 살아가는지 가여운 것. 아마 길을 건너다가 횡사해서 무연고자로 버려졌는지도 몰라. 내가 이 꼴이 되지 않았으면 벌써 시체라도 찾아서 장사를 지냈으련만."

두리가 참다못해 소리를 버럭 질렀다.

"어머니는 그 딸이 밉지도 않으세요. 부모 재산을 몽땅 가지고 도망갔는데도 안달을 하고 기다리시니 이해할 수가 없어요. 아버지는 눈이 멀고 어머니는 몸을 못 쓰고 이렇게 고생하고 있는데 5년 동안 얼굴 한 번 내밀지 않은 불효녀를 잊지 못하는 것은 뭔가 잘못된 거예요."

"걔가 길에서 횡사하지 않았다면 찾아왔겠지. 죽었으니까 못 오는 것이지 살아있다면 굴러서라도 왔을 거여."

"눈에 보이지 않는 딸을 사랑하지 말고 눈앞에서 고생하는 딸을 사랑할 수 없어요? 전 뭐예요. 항상 언니 그늘에 가려서 천덕꾸러기로 자랐지 않아요. 절 사랑해주실 수 없어요."

"넌 부모 도움 없이도 이만큼 해나갈 수 있는 능력이 있지 않니. 한나는 너무 귀하게 길렀더니……."

노 여사는 두리의 눈치를 보았다. 그러다가 시름겹게 한숨을 삼키며 점자로 책을 읽고 있는 나 회장 방으로 비트적거리며 걸어갔다. 두리가 이렇게 대들지 않으면 틀림없이 노 여사는 미아리 점쟁이에게 가라, 백운대 어디를 찾아가 총각도사를 만나봐라 하고 들볶을 것이 뻔해서 이렇게 쐐기를 박아버린 것이다. 그녀라고 한나 언니 걱정을 하지 않는 것은 아니었다. 신문에 광고도 수없이 냈고 갈 만한 곳을 발바닥에 못이 박히게 찾아가 보았지만, 한나는 바람처럼 식구들의 시야에서 사라져 어디론가 잠적해버려 찾을 길이 없었다.

그때 하린이 유치원에 간다고 열어놓고 간 대문을 소리

없이 밀치고 스물을 갓 넘긴 처녀가 거침없이 안마당으로 들어섰다. 두리는 마늘을 다지느라고 낯선 여자가 집 안으로 들어서는 것도 모르고 있었다. 더구나 두리는 어째서 어머니와 아버지는 몸이 저 꼴이 되고도 하나님 믿기를 거부하는지 속이 상해 있어서 더더욱 밖에 신경을 쓰고 있질 않았다. 석두에게 가져갈 검은콩을 졸이는 냄새가 부엌 창문을 빠져나가 안마당에 고여서 평화로운 가정의 분위기가 온 집안을 감싸고 있었다.

"계세요?"

예쁜 외모에 어울리지 않게 처녀의 목소리는 굵직한 바리톤 음성이었다. 날마다 어거지로 창을 부른 여인처럼 목이 쉬어 걸걸했다. 하수는 할아버지 방에 잠들어 있고 난쟁이 여인은 화방에 있으며 시어머니는 하린을 데리고 유치원에 갔고 노 여사는 딸에게 지청구를 듣고 방으로 들어가 버렸으니 집안은 조용했다. 이런 정적을 뚫고 불쑥 들려오는 목소리에 두리는 이상하리만치 섬쩍지근함을 느꼈다.

"누구신데 안까지 들어와 사람을 찾나요?"

"이 집이 김석두씨 네지요?"

"그런데요."

"아이쿠! 드디어 찾았네."

여자는 자기 집에 들어오는 것처럼 스스럼없이 구두를 벗고 안으로 당당하게 들어와 거실의 소파에 털썩 앉았

다. 알지도 못하는 여자가 무례하게 안으로 들어와 퍼질
러 앉기에 두리는 놀라서 말문이 막혔다.

"동두천서 여기까지 오는데 꼭 두 시간이 걸렸어요. 시
내에 들어와서 시간을 다 잡아먹었다니까요. 택시를 탔는
데 차들의 홍수에 막혀 혼이 났다니까요. 아휴! 서울 사
람들은 자동차들 때문에 큰일 났어요. 차들이 사람 숫자
보다 더 많은 것 같다니까요."

"댁은 뉘신데 남의 집에 들어와 이렇게 떠들어요."

"알 만한 사람이에요. 차차 이야기할 터이니 맥주나 한
잔 주세요."

"아침부터 남의 집에 들어와 맥주라니. 참 기가 차 죽겠
네. 착각해도 한참 한 모양인데, 우리 집은 예수 믿는 집
이라 그런 것 없어요."

"여기가 분명히 김석두씨 네라고 했잖아요."

"그래요. 김석두 카페를 찾는 모양이지요?"

"맞게 잘 찾아왔는데 웬 잔말이 이렇게 많아."

여자는 반말을 찍 하면서 다리를 척 꼬고 앉았다. 두리
는 어리벙벙해서 그저 멍청이 침입자를 바라볼 뿐 어쩌지
도 못하고 여자의 당돌함에 숨이 막혀 어처구니없다는 표
정을 지었다.

"내가 누군 줄 알면 아마 이 집안이 홀딱 뒤집힐 거야.
호호……."

"도대체 하린 아빠 이름을 어떻게 알고 왔나요?"

"그 사람이 제게 아기를 배게 했다니까요. 그러니 이 집에 당당하게 들어올 권리가 있지요. 전 숫처년데 건드려 놨으니 그다음은 어떻게 처리해야 할지 잘 알겠지요."

"아니 그이가 설마…… 아아! 주여."

두리는 앞이 핑그르 돌아서 부엌마루에 털썩 주저앉았다. 어떻게 이런 일이 일어날 수가 있단 말인가. 후드득 뛰던 가슴이 진정되며 분노가 끓어올랐다. 이건 여직 한 번도 경험해보지 못한 이상한 아픔을 달고 몸을 떨게 하는 충격이었다. 도저히 용서할 수가 없어. 이건 있을 수도 없는 일이야. 그만큼 희생적인 봉사로 공부 길을 봐주었고 돌보았는데 은혜를 이런 식으로 보답할 수가 있단 말인가. 더구나 하나님을 믿어 한 몸이 된 남편이 아니던가. 금년에 부부가 나란히 집사직분까지 맡았는데 하나님께 이런 배신을 하다니. 두리의 눈에 이글이글 불길이 타올랐다.

"너무 놀라셨나 보지요. 뭘 그런 일로 그렇게 당황하세요. 요즘 남자들 다 그렇고 그래요. 집에 와선 완벽한 성인군자인 척해도 밖에선 동물근성을 못 버리고 다녀요."

여자는 좀전의 반말을 이번엔 깍듯한 존칭어로 바꾸며 사근사근하게 말했다. 정말 두 얼굴을 가진 여인이었다.

"도대체 당신은 무얼 하는 여자요? 내 남편은 병원에서 인턴 수련을 받느라고 바빠서 집에 오지도 못하는데 동두천에서 왔다느니 애기를 뱄다느니 갈피를 잡을 수 없네."

우선 이렇게 말해놓고 보니 두리의 가슴이 진정되었다. 병원에서 많은 환자를 다루다 보면 개중에 사기꾼이 있어 이런 수작을 부려 돈을 뜯으러 올 수도 있다는 생각이 들었다. 더구나 남편은 김석두란 명찰을 가슴에 달고 있으니 다분히 이런 일이 일어날 수도 있었다. 가끔 젊은 여자들이 의사에게 반해서 이상한 수작을 건다는 말도 들은 적이 있어서 두리는 드디어 평정을 되찾아 아주 냉정하게 응했다.

"참 웃기시네. 남편을 너무 믿는 게 탈이라니까."

"어서 나가요. 계속 이렇게 나가면 경찰을 부를 터이니 어서 썩 나가요. 아침부터 재수 없게 여자가 남의 집에 들어와 미친짓을 하다니 기분 나빠 죽겠네. 나사렛 예수의 이름으로 명하노니⋯⋯."

"저러니 남편에게 속고 살지. 일주일에 한 번씩 동두천에 나타나 나랑 지내다 갔다 이 말이에요."

"그이가 어떻게 동두천엘 가요. 바빠서 집에 오지도 못하는 남자를 놓고 수작 고만 떨고 어서 나가요."

"못 나가요. 믿지 못하겠거든 남편에게 전화를 걸어보시지. 내 이름은 오화자요 오화자. 동두천의 오화자를 아시나요 하며 한번 전화를 남편께 넣어보시지 그래요."

이렇게 어리고 저질적인 여자를 앞에 놓고 남편에게 전화를 한다는 것은 자존심이 상하는 일이었다. 그건 남편을 못 믿는다는 뜻도 되고 파랗게 젊은 것 앞에서 추태를 부리는 일이 아니겠는가. 나이로 봐도 열 살은 아래일 새파란 여자 앞에서 촌티나게 전화를 건다는 것도 웃기는 일이었다.

"왜 겁이 나나 보지. 양갓집 규수를 건드려놨으니 수습을 하려면 이렇게밖에 할 수 없는 내 처지를 한번 생각해 보면 다급하실 터인데."

여자는 계속 이죽거리고 있었다. 그때 전화가 울렸다. 수화기를 드니 석두의 음성이 두리의 귀에 아주 가까이서 속삭이는 것처럼 들려왔다.

"지금 당장 집에 들어오세요."

"왜 그래? 당신 목소리가 이상하군. 어디 아파?"

"글쎄 따져야 할 일이 생겼으니 어서 집에 와요."

"나 바빠서 나갈 수 없어. 밤에 수술한 환자가 아직 깨어나질 않아 지키고 있어야 해. 당신 오늘 내게 밑반찬 해가지고 온다고 했잖아."

"갈 수가 없으니 당신이 와야겠어요."

"하린이가 아파? 무슨 일이야. 당신은 언제나 내가 공부하는 데 지장이 된다고 뭐든지 혼자 처리하지 않았어."

"이건 혼자 처리할 문제가 아니에요. 긴급한 일이니 어서 와요."

마침 여자가 화장실엘 가고 없어서 두리는 토라진 음성으로 딱딱하게 명령조로 말했다. 몸이 구름 속으로 부웅 떠다닌다고 느껴졌다.

"당신답지 않게 왜 이래."

"동두천의 오화자란 여자가 왔어요."

"어이…… 뭐라구?"

전홧줄 저편에서 남편이 당황해하는 걸 감지할 수 있었다. 두리가 선입관을 가지고 들어서 그럴까. 석두의 음성에서 빌미를 잡아내려고 긴장해서 두리는 침을 꼴깍 삼켰다.

"무슨 소릴 하고 있는지 모르겠군. 그런 여자가 나와 무슨 관계가 있다고 그래. 더구나 난 집사직을 맡은 교회의 일꾼이고 하나님의 종이야."

"그럼 여기 와 있는 여자가 미친 여자란 말이에요? 당신 애를 가졌다고 생난리를 치니 당신이 와서 해결하라고요."

"당신 알지 않아. 환자들을 돌보다 보면 더러 의사를 짝사랑해서 상상임신을 하고 들볶는 걸. 그런 케이스일 터이니 잘 달래서 돌려보내요."

석두는 아주 침착하고 자연스럽게 지시를 하고 먼저 전화를 끊어버렸다.

"무슨 일로 이렇게 소란하냐?"

하린을 유치원에 데려다주고 들어선 시어머니가 두리 옆에 앉으며 눈치를 보았다. 그때 여자가 화장실에서 나와 어머니와 맞은 편에 다리를 꼬고 앉았다. 길게 기른 손톱에 초콜릿색의 메니큐어가 반짝였다.

"이 여자가 누구냐?"

너무나 당돌하게 나가는 침입자를 뚫어지게 노려보는 시어머니의 눈빛에 두리는 진저리를 쳤다. 그 눈은 바로 두리가 시어머니를 모시러 시골에 내려갔을 적 만난 문경댁의 모습이었기 때문이다. 시어머니는 옛날의 악몽이 살아나는지 눈꺼풀이 파르르 떨리기까지 했다.

　"이 자식이 복에 겨워 또 이런 짓을 했군. 옛사람을 완전히 벗어 던진 줄 알았더니 그저 가지고 있었어."

　문경댁은 앞에 앉은 여자를 눈 한 번 깜짝하질 않고 노려보다가 벌떡 일어나더니 여자의 멱살을 잡았다.

　"너 여기가 어디라고 기어들어와, 돈을 뜯어가려고 들어왔지. 너 같은 더러운 영혼을 지닌 사람은 이렇게 거룩한 곳에 들어올 자격이 없으니 어서 나가. 그렇지 않으면 너 죽고 나 죽자."

　어디에 그렇게 무서운 미움을 가지고 있었는지 시어머니인 문경댁은 여자와 몸싸움을 벌여 거실의 한 구석에 놓여 있던 꽃 화분이 깨져서 흙이 마룻바닥으로 흩어졌다. 여자는 그런 일에 익어있는지 여유 있게 웃어가며 맞장구를 치고 몸을 피하기도하고 쌈닭처럼 덤벼들기도 했다.

　"왜 이렇게 소란하냐?"

　나중엔 노 여사와 나 회장까지 나와서 두 사람의 싸움을 지켜보며 발을 굴렀다. 한 달 전에 하린이 하도 원해서 사다 놓은 금붕어 어항이 깨어져 새끼 붕어들이 마루바닥에서 펄떡거렸다. 흙과 물이 범벅되었고 거기서 뒹구는 두 사람의 모습은 말이 아니었다. 이런 와중에 해결책을 강구해야 할 두리는 멍청이 앉아서 말을 하지 않고 무엇을 그리 골똘하게 생각하는지 꼼짝하질 않았다. 나중에는 아예 저들에게 등을 돌리고 창을 통해 손바닥만 하게 보이는 하늘을 멍청이 올려다보고 있었다.

그때 난쟁이 여인이 들어왔다. 나 회장을 끔찍이 위하는 그녀는 전복장수가 지나가기에 싱싱한 놈들을 골라 사들고 들어온 참이었다.

"무슨 일이요? 왜 이래요. 하나님이 가꾸어놓은 아름다운 가정에서 이게 무슨 짓들이요."

저들에 비해 키가 작고 몸집도 작은 난쟁이 여인이 먼저 문경댁의 팔을 우악스럽게 잡아나꾸었다.

"설령 잘못한 일이 있다 해도 말로 해요. 무슨 연유로 이렇게 야단인지 모르겠지만 진정하시오. 하린 할머니가 먼저 본을 보여요."

난쟁이 여인의 출현에 갑자기 문경댁은 몸에 고였던 거센 힘을 빼버리고 마룻바닥에 털썩 주저앉아 두 다리를 뻗고 훌쩍이기 시작했다. 머리와 옷에 화분흙을 흠뻑 뒤바른 침입자는 앙칼스럽게 울고 있는 문경댁을 한번 툭 걷어차고도 분이 풀리질 않는지 숨을 몰아쉬며 헐떡였다.

"나랑 이야기합시다. 감정으로 처리할 일이 아닌 것 같은데."

난쟁이 여인이 물수건을 가져다 오화자란 여자의 몸과 옷에 묻은 흙을 닦아주며 달랬다. 여자는 난쟁이 여인을 아니꼽다는 듯 일별하고 어깨를 한 번 추스르더니 등을 돌렸다. 그리고 천천히 대문을 나서며 비참한 몰골로 으스러진 가족들을 향해 한마디 했다.

"그냥 물러설 줄 알아. 이 가정이 깨어지지 않으려면 잘해보시지."

여자는 문을 으깨지게 닫고 골목을 빠져나갔다. 난쟁이 여인이 그런 여자의 뒤를 잽싸게 쫓아나갔다.

"도대체 무슨 일이요? 왜 저 여자가 저렇게 당당하게 이 집에 들어와 생난리를 치고 가는 것이요?"

난장판이 된 집안을 둘러보며 노 여사가 사돈인 문경댁에게 다가가 말을 붙였다. 꼴을 보니 다 알고 있지만 어디 한 번 더 확실하게 들어보자는 투였다.

"미안합니다. 자식이 복에 겨워서⋯⋯."

"내 딸 데려다가 고생시켜서 손가락 하나 꼼짝 않고 주는 돈 받아 의사가 되더니 이제 쓸데없다 이 뜻이요. 어쩐지 내가 처음부터 씁쓰름하더니 결국 이렇게 된 거여."

노 여사가 분을 누르지 못해 덩달아 울음을 터뜨려서 그간 평화와 사랑이 고였던 집안에 어두운 기운이 쏴아 밀려들어오고 있었다.

"고놈의 자식이 머리가 돌아도 한참 돌았지. 이 자식을 그냥 놔두나 봐라. 사내새끼가 집안을 그만큼 버려두고 공부를 하느라고 처자식을 고생시켰으면 이제 제구실해야지. 사람 만들어 놓으니까 바람을 피워."

나 회장도 보이지 않는 눈에 물기를 보이며 온몸을 떨었다.

이렇게 노인들이 울고 분해하고 몸을 떠는데도 두리는 꼼짝 않고 앉아있었다. 날마다 새 힘이 나서 제비처럼 몸을 날려 시어머니와 친정 부모를 돌보고 먹이를 물어다 먹이는 어미제비처럼 몸에서 싱그러운 냄새를 풍기던 두리가 아니었던가. 어항 물로 반죽이 된 화분흙이 하얗게 바른 벽지에 튀어 엉겨 붙어 흉하게 얼룩져 있건만 두리는 정신 나간 여인처럼 꼼짝하질 않았다. 보다 못한 노 여사가 불편한 몸을 끌고 마루를 치우고 있어도 두리는 그저 그런 자세로 앉아 있을 뿐이었다. 마치 인형을 꺾어 앉혀놓은 것 같았다.

"이 애가 정신이 나갔네. 쯧쯧…… 불쌍한 것. 내가 잘 안다. 여자란 모든 것에 희생하고 몸을 불살라 내어주어도 이런 일만은 도저히 용납 못 한다는 걸. 그러나 자식을 봐서 참아라. 네가 의지하는 좋은 하나님께 몸을 피해라."

노 여사가 참다못해 딸의 등을 어루만지며 흐느꼈다. 그렇게 반대하며 거부반응을 보였던 하나님을 들추며 딸을 달랬으나 여전히 두리는 눈동자를 고정하고 돌처럼 꼼짝하질 않았다.

2

이런 북새통에 머리를 박박 깎은 남자가 검은 고무신을 신고 보따리를 옆구리에 끼고 대문 앞을 서성거렸다. 마음이 상해서 음울해진 이런 집안을 기웃대다가 머리를 디밀고 안을 살피더니 문패를 확인하느라고 멈칫거렸다. 김석두라는 문패를 두세 번 더 확인하고 어흠! 잔기침을 한 번 하더니 집 안으로 들어섰다. 예상치 못했던 여자 침입자로 인해 질려 있던 노 여사는 두 번째 들어서는 사람을 향해 신경질적인 반응을 보였다.

"여기가 공중변소인 줄 아우. 어서 나가요."

그래도 반백에 가까운 머리를 한 남자는 얼른 얼굴로 아직도 서럽게 흐느끼고 있는 문경댁을 흘끔 훔쳐보았다. 노 여사의 무례함에 일언반구도 없이 남자는 장승처럼 서 있었다. 서럽게 울고 있는 문경댁을 연민의 정을 누르며 흘끔대는 사내의 눈에 서서히 물기가 차오르기 시작했다.

"아니 뉘신데 남의 집에 들어와서 이러고 서 있우. 그렇지 않아도 집안이 시끌시끌해서 마음이 심란한데."

문경댁과 나그네 사이에 흐르는 이상한 기류에 부쩍 부아가 치민 노 여사가 불편한 몸을 질질 끌고 나가 남자의 면전에서 삿대질을 했다. 그래도 불청객인 사내는 바위처럼 꿈쩍 않고 서 있다가 문경댁 옆에 가만히 앉았다. 두리만 정신 나간 여자처럼 넋 잃고 하늘을 쳐다보고 있을 뿐

나 회장까지 보이지 않는 눈을 침입자에게 주고 있었다.

"흐흥, 그 자식에 그 에미군. 저 나이에 길거리에 나가서
또……."

노 여사는 아니꼽다는 듯 두 사람을 노려보며 혀를 끌
끌 찼다. 조금 전에 생난리를 겪은 탓에 이들 두 사람 사
이도 그렇고 그런 사이라고 단정해버린 것이다.

"여보, 나야 나. 석두 애비야."

남자는 큰 산이 무너지듯 허물어지며 문경댁의 목을 껴
안았다. 예기치 않았던 사태에 집안 사람들은 일이 어떻
게 돌아가나 보려고 숨을 죽였다. 문경댁은 아들의 소행
에 분을 참지 못하고 시름에 잠겨 있다가 갑자기 휘감기
는 남자의 손에서 벗어나려고 퍼드덕거렸다.

"나라니까. 나야."

남자가 꺼이꺼이 목을 놓아 울기 시작했다. 그 울음은
체면을 생각하고 어른임을 드러내는 그럼 울음이 아니고
서너 살 어린아이가 엄마를 만나 터뜨리는 발작적인 소리
여서 모두의 콧등을 시큰하게 만들었다. 남자와 여자 모
두에겐 머리 스타일이 외모를 좌우하는 법이다. 아무리
아름다운 여자라도 중처럼 삭발하면 미모가 반으로 줄 듯
이 남자도 머리카락이 없으니 섬뜩할 정도로 무서워 보였
다. 문경댁은 갑자기 나타나 자신을 껴안고 울음을 터뜨
리는 남자를 찬찬히 훑어보다가 입을 딱 벌릴 뿐 말을 하
지 못했다.

"임자, 나야. 왜 그렇게 오랫동안 면회도 오지 않고 식구들 모두가 소식을 끊었어."

"아니 당신이 어떻게 여길……."

"내가 죽은 줄 알았지."

"……."

죽은 남편의 혼이 너무나도 서러워하는 아내를 위로하려고 이렇게 나타났나 해서 문경댁은 얼뜬 얼굴을 하고 떨떠름한 표정을 지었다.

"나야, 석두 애비라니까."

남자는 문경댁의 뺨에 자신의 얼굴을 비비며 연신 흘러내리는 눈물을 닦지도 않고 흐느꼈다.

"당신이 사형선고 받던 날 나는 충격으로 가보지도 못하고…… 자식들이 속을 끓여주어서 아예 잊고 지냈는데. 그리고 당신은 돌아가신 줄 알았고 시신은 가난한 우리 처지에 찾아갈 기력도 없을 정도로 난 미쳐 있었는데…… 며느리가 날 구해주었어요. 여긴 어떻게 알고 찾아오셨어요."

문경댁은 토막말을 뱉어내며 구름 위에 실려 가는 사람처럼 눈동자가 풀려있었다.

"그런 줄 알았어. 당신은 워낙 마음이 약한 여자였으니까. 자식의 등살에도 충격을 받아 정신을 차리지 못했을 거야."

이런 큰 사건이 일어났어도 두리 영혼은 하늘에 흘러가

는 구름을 타고 어디를 헤매고 있는지 꿈쩍하지 않았다.

"아가, 이리 와 인사해라. 이분이 시아버지시다."

가까스로 정신을 차린 문경댁이 마루에 목각인형처럼 앉아있는 며느리를 향해 손짓을 했으나 여전히 두리는 마비된 사람처럼 반응이 없었다. 멋쩍어진 사내가 문경댁의 손을 잡으며 만류했다.

"갑자기 나타나서 시아버지라고 하면 놀라서 절을 하겠어? 그만 두어. 천천히 하지."

그러고 보니 사돈들도 놀라서 입을 열지 못하고 그저 바라만 보고 있지 아니한가. 사형이 집행되어 죽은 줄 알았던 시아버지가 살아 돌아왔다니까 믿기지 않았는지도 모른다. 더구나 돌아온 사람은 누가 봐도 놀랄 차림이었다. 시대에 뒤떨어진 남루한 바지에 빛바랜 웃옷, 지금은 아무도 신지 않는 검정 고무신, 머리는 죄수의 머리고…… 어디 하나 성하게 볼 것이 없었다.

"이리로 들어오세요. 자초지종이나 들읍시다."

너무나 서먹한 분위기에서 벗어나려고 문경댁은 남편의 손을 잡아끌고 자신이 거하는 방으로 사라졌다. 그제야 노 여사가 넋을 잃고 있는 두리 곁으로 다가갔다.

"쯧쯧…… 불쌍한 것아. 또 널 우려먹을 식구가 한 사람 늘었구나. 이거 어떡하면 좋으냐. 여기가 그야말로 양로원이 되어버렸으니."

그래도 두리는 귀먹은 사람처럼 대답이 없었다.

"남자란 다 그런 것이다. 돌아다니다가 갈 데가 없으면 본마누라를 찾아오는 법이다. 저 사람도 사형수가 되었다가 용케 풀려난 모양인데 오죽했으면 사형선고까지 받았겠니? 다 여자가 낀 거여. 돈과 여자는 뗄 수 없는 관계고 남자란 거기서 헤어나질 못하고 방황하는 거여. 너의 아버지만 해도 그 흙장미마담인가 뭔가 하는 여자 때문에 있는 재산 다 날리고 저 꼴이 되지 않았니. 그러니 너도 정신을 차려라."

노 여사는 딸의 등을 어루만지며 달래기 시작했다. 자신이 젊은 시절 받았던 충격을 되살리며 딸의 아픔을 이해하려고 애를 썼다.

"너 식구들 위해서 희생할 필요 없다. 나가서 비싼 옷도 사입고 맛있는 음식도 돈 아끼지 말고 사먹어라. 넌 남편을 위해서나 다른 군식구들을 위해 너무 고생했다. 옷도 그저 싸구려로 길거리에서 사입고 음식도 좋은 것은 제 입에는 넣지 않고 객식구들 입에 넣어주고 화장품도 아끼느라고 로션도 바르지 않고 선머슴처럼 맨 얼굴로 돌아다니고. 그래서 좋은 게 뭬 있냐. 이 재산이 다 엉뚱한 년 좋게 하는데 사용되어진다. 눈 딱 감고 너도 삶을 엔조이해라. 사우나도 가고 미장원에 가서 마사지 받고 돈이 없으면 하린 아범이 이제 의사가 되었으니 어떡해서든지 못 벌어 먹이겠니. 여자가 주제넘게 남편 일거리를 차지하고 나대는 것도 꼴불견이다."

노 여사가 딸에게 이런저런 충고를 하며 달래도 두리는 나무토막처럼 눈을 하늘의 한 지점에 고정시키고 말이 없었다.

　"안다 알아. 이 에미는 네 심정을. 네가 처음부터 잘못했다. 여자란 남자가 죽을 주면 죽을 먹고 굶으라면 굶고 그저 아이나 끼고 아랫목에 누워 뒹굴어야지 복이 있는 법이여. 네가 너무 나댔다. 자고로 남편을 공부시켜 좋은 꼴 보는 여자 없느니라. 그러니 이제라도 늦지 않았다. 얼른 정신을 차리고 너도 인생의 재미를 보아라."

　노 여사가 딸의 입을 열어보려고 이런 말들을 주워섬기고 있을 때 오화자란 여자를 따라 나갔던 난쟁이 여인이 들어왔다. 망부석이 된 딸을 달래느라고 장황설을 늘어놓는 노 여사를 본 난쟁이 여인의 얼굴에 서서히 분노의 물결이 일었다.

　표정을 잃고 멍청이 앉아 있는 두리의 어깨를 난쟁이 여인이 성난 사자처럼 우악스럽게 잡아나꾸었다.

　"나랑 밖에 나가자. 할 말이 있어."

　하도 난폭하게 딸을 다루니까 노 여사는 덩달아 화를 내며 난쟁이 여인에게 덤벼들었다.

　"불난 집에 기름을 뿌리기지 남의 속도 헤아려보지 않고 왜 이렇게 야단이유."

　"하린이 외할머니는 잠자코 계세요. 제가 처리하겠습니다."

"상처받은 사람을 살살 달래야지 이렇게 끌고나가 어떡할 참이요."

그래도 난쟁이 여인은 들은 척 않고 두리를 업다시피 떠메고 밖으로 나갔다. 불편한 다리를 무겁게 질질 끌며 대문까지 따라나온 노 여사는 발만 구를 뿐 어쩌지 못하고 골목으로 사라지는 두 사람의 등에 대고 입에 거품을 품으며 투덜댔지만 이내 집안이나 골목은 조용해졌다.

난쟁이 여인은 두리를 데리고 화방의 대팻밥 투성이인 뒷방으로 갔다. 여전히 눈동자를 움직이지 않고 정신병자처럼 앉아 있는 두리의 뺨을 쓰다듬으며 여자는 기도하다가 달래기 시작했다.

"아까 하린이 외할머니 하는 말을 다 들었어. 그건 잘못된 생각이야. 그건 하나님을 모르는 사람들의 충고지. 모두가 자신만을 위해서 산다면 이 지상은 지옥이 될 거여. 희생적인 사랑을 베푸는 사람이 있으니까 그걸 받아먹고 사는 사람들이 있는 법이여. 두리가 여직 가족을 위해 또 남편을 위해 살아온 삶은 하나님이 기뻐하신 길이었어. 근데 이렇게 슬퍼하면 여직 쌓아온 두리의 사랑탑이 다 무너져 내리는 거여. 무엇이나 기쁨과 감사함으로 감당해야지 이게 무슨 꼴이야."

그래도 두리는 눈 하나 깜짝 않고 멍청이 바닥에 널린 대팻밥만을 응시할 뿐이었다.

"두리가 그렇게 약한 신앙의 소유자인 줄 몰랐어. 의인은 없나니 하나도 없다고 했잖아. 하린 아범을 의인으로 본 건 두리의 착각이야. 그러니까 우리가 매일 하나님 앞에 우리의 죄성을 아뢰고 성화되려고 노력하는 것이 아니겠어. 용서해라. 용서해야지 네 마음이 편하다. 두리가 용서해야 할 것은 하나님이 명했기에 용서하는 것도 있지만 그래야 너의 영혼에 평안과 기쁨이 임하니까 하는 말이야."

그때까지 벙어리처럼 가만히 있던 두리가 빼액 소릴 질렀다.

"당해보질 않아서 모르시는 거예요. 본인이 당하면 그렇게 쉽게 말 못 해요. 배신도 이런 배신이 어디 있어요. 저도 과거의 그의 죄를 모두 용서하고 장래의 소망과 꿈을 가지고 살려고 애쓴 여자예요. 그런데 우리의 길이 무너져 내린 거예요."

두리는 대팻밥이 널린 바닥에 뒹굴며 몸부림쳐 울기 시작했다.

"속에 깔린 앙금이 다 쏟아져나올 때까지 울어라. 감사해서 울든 분노해서 울든 기뻐서 울든 울음은 널 진정시킬 것이다. 한 가지 확실한 것은 모든 것이 합력하여 선을 이루시는 하나님을 잊지 마라."

"제겐 하나님도 보이지 않아요. 하나님이 살아계신다면 어떻게 이런 일이 일어날 수 있어요. 전 성실하게 살았어요. 모두에게 진심으로 대했고 최선을 다해서 살았어요.

저의 사랑과 성실이 이런 식으로 되돌려지는 걸 전 참을
수 없어요."

두리는 악을 쓰며 울고 있었다. 화방에 들렀던 손님들
이 안을 기웃거리다가 돌아섰다. 난쟁이 여인은 소리 높
여 기도하고 있어 울음소리와 기도 소리로 두리화방은 떠
나갈 것 같았다.

3

이런 소란 중에 두리화방을 들어선 사람이 있었다. 석
두였다. 기도 소리와 울음소리로 가득 찬 화방은 손님들
도 달아나서 그날의 매상은 엉망이었다. 장부를 뒤적이며
소란스런 안에 귀를 기울이고 있던 석두는 상을 찌푸리고
못마땅한 듯 입맛을 다셨다.

"언제까지 울고 난리를 칠참이야. 장사를 해야지. 아버
지까지 들어와서 식구는 많아지고 야단났네."

석두의 목소리를 듣고 두리는 나는 듯이 가게로 나갔다.

"당신 잘 왔어, 어디 입이 있으면 말해 보우."

두리가 석두를 향해 돌진하자 잽싸게 난쟁이 여인이 두
리의 몸을 껴안았다. 그 힘이 어찌 센지 두리는 뒤로 질질
끌려갔다.

"아무리 부부라도 마구 말을 해선 안 된다. 서로 타협점

을 찾아야지."

"왜 이렇게 야단이야. 내가 뭘 잘못했다고."

석두는 아주 싸늘한 얼굴로 두리와 난쟁이 여인을 노려보며 아무 일도 없었던 것처럼 시치미를 떼고 말했다.

"세상에 어떻게 그렇게 뻔뻔할 수가 있어요. 당신 그러고도 집사요? 집사가 어떻게 그런 짓을 해요."

두리가 악을 쓰며 덤비자 석두는 아주 냉담한 목소리로 차분하게 응했다.

"남자가 설령 한두 번 바람을 피웠기로 그렇게 나댈 것이 뭐야. 내가 당신의 남편이길 포기한 것은 아니잖아."

"그건 하나님을 믿지 않는 사람들의 이야기예요. 우린 하나님을 믿지 않아요?"

두리는 징징 울며 악을 썼다.

"흐흥, 집사보다 더 높다는 장로님도 여자사냥을 잘 하던데 왜 당신만 유독 집사라는 직분을 들고 나와 흥분하는 거요."

"이런 악마 같으니라고."

독살스런 눈으로 두리가 석두를 노려보자 그는 아주 여유있게 씨익 웃더니 의자에 팔짱을 끼고 털썩 앉았다.

"아유 피곤해. 요즘 인턴 생활은 생사람을 잡는단 말이야. 게다가 집에 와도 이 야단이니 살 수가 있어야지."

"그럼 집을 나가면 되지 않아."

"그래 나가고 싶어. 여자들이 줄을 서서 날 기다린다고.

나가라면 못 나갈 줄 알아. 더구나 노인들 넷에 군식구가 한 사람 달리고 자식 둘에 색시까지 대식구를 거느리고 살 남자가 어디 있어. 가정이 양로원이라도 된 것 같아 정나미가 떨어진다니까."

"아니 그게 누구의 부모요. 당신 어머니, 아버지가 아니에요?"

"또 당신에게 달린 어머니, 아버지는 어떻고."

"당신 도움 없이 내가 벌어서 여직 먹고 살았지 않아요. 당신 공부까지 시키고, 근데 내 부모가 들어와 살아서 뭐가 잘못되었어요."

두리는 이제 눈물을 흘리지 않았다. 또박또박 아주 앙칼지게 말대꾸를 하며 덤벼들었다.

"난 똑똑한 여자에 질려버렸어. 돈 번다고 으스대고 남편 알기를 뭣같이 알고 여자냄새는 하나도 풍기지 않게, 옷을 잘 입나 화장을 하나, 꼭 식모 같은 여자를 데리고 살자니 재미가 없어. 더구나 집에 오면 장인장모가 딸을 고생시키나 해서 이상한 몸짓을 하구. 아이쿠! 내가 이만큼 참고 산 것도 집산가 뭔가 하는 직분 때문인 줄 알라고. 차라리 술집여자가 더 마음을 편케 해준다니까. 나를 왕으로 모시니까 말이야. 당신은 너무 똑똑해서 남자를 불안하게 만들고 있어. 그 점을 당신은 회개해야 돼."

큰 망치가 두리의 뒤통수를 쿠웅 내려친 듯 아찔한 순간이었다. 세상에 이럴 수가! 그렇게 성실하게 열심히 살았는데 그것이 남편의 마음에 찬 바람을 일게 했다니. 과연 어떻게 사는 것이 하나님 앞에서 바로 살아가는 것이란 말인가? 두리 자신을 위해서 양말 한 켤레를 사는 것도 아끼며 살아온 지난날들이 주마등처럼 눈앞에서 아른거렸다. 그러나 남편을 위해선 아낌없이 모든 걸 불사르게 내어주지 않았던가.

앞이 희미해지더니 몸이 핑그르 돌았다. 두리가 휘청하자 난쟁이 여인이 얼른 다가와 두리의 허리를 안았다.

"정신 차려야지. 왜 이래."

"아아! 무엇이 사랑인지 모르겠어요. 사랑이 뭐예요? 어떻게 하는 것이 사랑이냐 말이에요."

두리는 난쟁이 여인의 어깨에 얼굴을 묻고 입술을 자근자근 씹었다. 대팻밥이 지천인 방에서 뒹굴며 울었던 때와 달리 얼음같이 차가운 이성을 가지고 자신을 돌아볼 수 있는 냉철함이 그녀를 사로잡았다.

"사랑이 뭐냐고? 위대한 질문을 던지는군. 사랑이란 사람을 편안하게 해주는 거야. 이제 알았어?"

석두가 콧방귀를 뀌며 두 여자를 꼬나보더니 휘잉 밖으로 나가버렸다.

"상대방을 편안하게 해주는 것이 사랑이라고?"

문을 깨어지라 닫고 나가는 남편의 뒷모습을 뚫어지게 바라보며 두리가 혼잣말을 했다. 그렇다면 굼벵이처럼 아랫목에 누워서 아무것도 하지 않고 지내도 상대방의 마음을 편케 해주면 그것이 사랑이란 말인가? 너무나 어려운 질문이었다. 사랑의 미로에 빠진 두리는 머리가 무거워 휘청댔다.

"저에게 가르쳐주세요. 사랑이 무엇이에요? 아낌없이 제 몸을 불사르게 내어주었고 가족 모두를 사랑했다고 생각해요. 타인을 미워할 겨를도 없이 바쁘게 살아왔단 말이에요. 우린 빈손으로 시작했어요. 부지깽이 하나 없이 알몸으로 시작했단 말이에요. 좀 전까진 우리 집을 세웠고 아름다운 가정을 가꿔왔다고 생각했는데…… 아아! 모든 것이 모래성을 쌓은 셈이 되었군요. 전 어디서부터 무얼 어떻게 시작해야 할지 모르겠어요."

"진심으로 하린 아빠를 사랑했다고 생각해?"

"그럼요."

그 순간 쿠웅 가슴을 치는 소리가 있었다. 너무나 바쁘게 돌아다니며 돈을 버느라고 아옹다옹했지 진심으로 남편을 사랑했단 말인가? 그의 학비와 입을 것과 먹을 것을 대느라고 정신없지 않았던가. 식구들의 입에 먹을 것을 물어 나르느라고 허덕이고 있었지 참말로 저들을 사랑했단 말인가. 진짜로 저들을 사랑했다면 시아버지가 사형되었는지 어쨌는지 알아보지도 않고 지냈겠는가. 그게 얼마나 시어머니의 가슴에 가시가 되었을까. 그저 돈을 찍어내는 기계처럼 바쁘게 돌아가는 며느리 눈치를 보며 얼마나 시어머니는 가슴이 아팠을까. 손녀와 손자를 길러가며 두 사돈의 시중을 들며 시어머니는 얼마나 눈물을 흘렸겠는가. 며느리가 아들 공부시키고 가정을 일구는 것이 착해 모든 걸 인내하고 참아낸 시어머니의 마음은 어떠했을까. 또 자신을 낳아준 어머니와 아버지에게 진심으로 하나님과 만나게 하는 노력을 했단 말인가. 저들의 욕구를 채워주느라고 급급했지 언제 한번 눈먼 아버지와 반쪽을 자유롭게 쓰지 못하는 어머니를 모시고 교회를 가려고 시도해본 적이 있었단 말인가. 물질만능주의의 물결에 휘말려서 살아온 것이 분명했다. 마른 떡 한 조각을 놓고도 서로 화목하고 지내는 것이 육선이 집안에 가득하고 다투는 것보다 낫다고 했는데 두리는 마른 떡에 진저리를 치고 육선만을 찾아 헤매지 않았던가. 젖가슴에 큰 멍울이 생기는지 가슴이 저렸다.

"아아! 난 인생을 헛살았어요. 하나님이 원하시는 삶을 산 것이 아니라. 내 마음대로 인생을 요리했어요."

"착한 것아! 맞다. 맞아. 내가 잘못했다. 널 잘 지도하지 못한 내게도 잘못이 있다. 가난에 멍이 든 나도 돈만 많이 벌면 모든 것이 해결되는 줄 알았는데 그게 아니구나."

난쟁이 여인이 갑자기 두 손을 벌벌 떨더니 털썩 화방바닥에 주저앉아버렸다.

"사랑이란 그렇게 하는 것이 아니었어."

"우린 매일 사랑 사랑하면서 사랑을 어떻게 하는 것인지 모르고 있어요. 아가가 수저를 어느 손에 잡아야 하며 응가를 할 적엔 어디에 가야하며 잠이 오면 어디에 누워 자야 하는지 구체적으로 가르쳐 주면서 목사님은 왜 사랑하는 법을 우리에게 낱낱이 가르쳐주질 않을까요?"

"사랑은 하나님이 우리 각자에게 주신 자유의지야. 성경을 읽고 어떻게 사랑해야 하는지 각자에게 세미한 음성으로 일러주시기 때문이야. 물질로 사랑할 때가 있고 영혼으로 사랑할 때가 있는 법이야. 그건 처한 상황이나 사람에 따라 다르기에 오른손에 수저를 잡아라, 이렇게 앉아라하고 일률적으로 정할 수가 없었던 거여. 그래서 믿음, 소망, 사랑 가운데 제일이 사랑이라고 하지 않았겠어. 사랑 실천이 가장 힘든 것이니 그렇지."

순간 사랑 장의 말씀들이 살아서 두리의 가슴을 치기 시작했다.

'내가 사랑의 방언과 천사의 말을 할지라도 사랑이 없으면 소리 나는 구리와 울리는 꽹과리가 되고 내가 예언하는 능이 있어 모든 비밀과 모든 지식을 알고 또 산을 옮길 만한 모든 믿음이 있을지라도 사랑이 없으면 내가 아무것도 아니요, 내가 내게 있는 모든 것으로 구제하고 또 내 몸을 불사르게 내어줄지라도 사랑이 없으면 내게 아무 유익이 없느니라.'

"내가 내게 있는 모든 것으로 구제하고 또 내 몸을 불사르게 내어줄지라도 사랑이 없으면 아무 유익이 없다고……."

그 구절에서 두리의 마음이 깨어지기 시작했다. 맞았

어, 맞아. 내가 내 몸을 불사르게 내어주었지만 받는 사람이 그걸 사랑으로 받지 못했고 오히려 부담스러워했으며 두리 자신도 진심으로 내 몸처럼 저들을 사랑해서 몸을 내놓고 일한 것이 아니고 자신의 만족을 위해서 교만을 채우기 위해서 일해 온 것이 분명했다.

한동안 이런 생각 속을 헤맨 뒤 두리는 갈증 난 꽃이 물을 먹고 살아나듯이 생기 있는 얼굴을 하고 일어섰다. 그러나 마음 한구석에선 여전히 억울하다 억울해 하는 무서운 들레임을 누르지 못했다.

"힘을 내라 두리. 내가 곁에 있고 좋으신 우리 하나님이 함께하시는데 믿는 자처럼 살아야지 얼굴과 마음에 웃음을 잃으면 못써. 두리를 향한 하나님의 마음은 하나님만이 아시는 거여. 이런 고통을 빌미로 두리에게 재앙을 내려 망하게 하려는 것이 아니라 더 큰 평안과 장래를 내다볼 수 있는 소망을 주려는 것이 분명해. 힘을 내고 영안을 뜨고 앞을 보아야 한다."

달리는 마라톤 선수에게 박수를 보내듯이 난쟁이 여인은 힘을 다해 두리를 응원하고 있었다.

아무리 그녀가 박수를 치며 응원하고 하나님이 그녀의 뒤에서 받쳐주고 있다 할지라도 두리의 마음속에 고여 오는 이상한 고독을 달래주지 못했다. 마음으로는 난쟁이 여인의 말에 수긍하지만 섭섭하고 서럽고 외로운 마음이 여전히 그녀를 잡아흔들었다.

"하나님은 너무 멀리 계세요. 그리고 너무 더디게 일을 처리하세요. 전 그게 불만이에요. 하나님도 제 이런 기분을 이해하실 거예요. 전 지금 가슴이 녹아내리듯이 아프단 말이에요."

"우린 피조물이야. 두리가 갖는 그런 마음을 나도 수없이 가졌었고 몸부림치며 운 적이 많았어. 왜 하나님은 일을 이렇게 처리하셨을까 하고 말이야. 그러나 토기장이가 토기를 만들 때 마음대로 만들 듯이 하나님은 창조주니까 마음대로 하실 수 있어. 그러니 그의 뜻을 헤아리는 자세로 하나님을 바라볼 수밖에 없어."

"전 지금 이 순간 죽을 듯이 괴로운데 언제까지 그의 마음을 헤아리고 있겠어요. 전 지금 숨이 막혀 질식할 것만 같다고요."

잠시 가라앉은 것 같던 마음의 앙금이 술독에 익은 술이 끓어오르듯이 부글대기 시작했다. 걷잡을 수 없이 무서운 속도로 분노가 위로 치솟기 시작했다.

4

난쟁이 여인에게 화방을 맡기고 두리는 집에 들어와 버렸다. 모든 것이 귀찮고 맥이 빠져 손에 일이 잡히질 않았다. 석두와 결혼하기 전에 가졌던 답답함과 막막함, 그리고 인생을 놓고 괴로워했던 아픔이 스멀스멀 살아나기 시작했다. 다시 원점으로 돌아갔단 말인가?

그녀의 집 앞은 아파트를 짓느라고 소란했다. 15층 골조공사가 끝나고 내장을 하느라고 떠들썩했다. 땅값이 비싼 곳이라 공간을 좁혀서 아파트와 아파트 사이에 일자로 뚫린 공간이 허연 빛기둥처럼 서 있었다. 아파트가 거대한 괴물처럼 그녀 앞에 버티고 서 있어서 숨이 턱턱 막혔다. 비상을 해야 하는데 어떻게 날아올라가지. 열이 나기 시작했다. 하린이가 옆에서 재롱을 떨어도 하나도 귀엽지가 않았다. 모든 것이 무중력상태에서 소리 없이 굼실굼실 움직이고 있을 뿐이었다. 이 자리에서 뛰어올라 비상을 해야 한다는 절박감이 두리를 감쌌으나 어떻게 공중을 날아야할지 몰라 그저 멍청이 허공을 응시할 뿐이었다. 일자로 선 아파트 사이의 빛기둥이 바늘처럼 좁아져서 그 사이를 비집고 나갈 수도 없다는 절박감에 빠져든 두리는 그대로 쓰러져버렸다.

얼마나 시간이 흘렀을까. 천둥소리에 잠이 깬 두리는 어둠을 깔고 앉아있음을 알고 몸서리를 쳤다. 꿈속에선 풀 위에 앉아 산그늘에 몸을 숨기고 개울물에 발을 담그고 있었는데…… 어둠에 눈이 익어가자 천둥소리는 남편이 옆에서 코를 고는 소리였음을 깨닫고 쓴웃음을 삼켰다. 어떻게 저렇게 깊이 잠을 잘 수가 있을까? 옆에서 아내는 죽어가고 있는데 상한 아내의 마음을 위로해줄 생각은 않고 깊은 잠에 빠져 편안하게 코를 골다니! 새삼스럽게 남편이 타인으로 여겨졌다. 길에서 짐을 지고 가는 막노동자로 보이기도 하고 공중전화박스만한 공간에 갇혀 복권을 파는 사내로 둔갑하기도 했다. 밤이 깊어가니 불빛이 줄어들어 점점 어둠은 짙어 가는데 남편의 얌체머리 없는 코골기는 더욱 거세졌다. 마루 밑에 똥개를 발길로 차듯이 그렇게 툭 건드려보았다. 잠시 석두는 코골기를 멈추고 입맛을 쩝쩝 다시더니 금세 다시 코를 골기 시작했다.

턱을 괴고 밖을 응시하든 두리는 세상에 태어나서 처음으로 이런 고독을 느꼈다. 처녀시절 가졌던 외로움은 지금 것에 비하면 아주 고급스러운 것이었다. 앙드레 지드의 〈좁은 문〉을 떠올리며 두리는 타박타박 외줄기 길을 걷고 있다는 짙은 아픔을 누를 수가 없었다. 두 아이의 엄마가 되었는데도 인생길은 여전히 혼자라니! 지금 죽는다면 어차피 혼자 땅속에 묻힐 것이고 그리고 그녀는 하나님께 돌아가는 것인데…… 이렇게 생각하면서도 죽음은 멀리 있었다. 젊은 나이이니 절대로 두리에게 죽음은 오지 않을 것이다. 그러나 사람은 한 번 태어나서 죽는 것은 정한 이치이니 죽기는 죽을 터이지만 그건 먼 훗날의 이야기겠지. 떡방아간의 기계처럼 돌아가다가 스위치를 눌러 서 있는 쇠붙이처럼 두리는 멈춰 서서 자신을 응시했다. 쓸쓸하고 슬프고 힘이 들고 그리고 버려진 처절한 기분을 어떻게 처리해야 할지 그저 막막하기만 했다.

"왜 자질 않고 그러고 있어?"

새벽녘에 잠이 깬 석두는 달팽이처럼 몸을 앙당그리고 앉아있는 두리를 보고 퉁명스럽게 물었다.

"불면이에요."

"편한 소리 하고 있네. 일하지 않아 몸이 피곤하지 않으니까 잠이 오질 않는 거야. 남은 잠이 모자라 죽겠는데 불면이라니 다 배부른 소리야."

"어째서 잠을 못 자는지 이유를 알면서 그러기예요?"

"배고파 봐. 어디서 그런 소리가 나와."

"전 이 집에 시집와서 너무 고생했어요. 이젠 지겹다는 생각이 들어요. 지쳐서 일어날 수가 없을 지경이에요."

그때 석두는 벌떡 일어나 앉더니 아주 진지한 표정으로 물었다.

"왜 쌀이 없어. 연탄이 없어. 배가 고픈데 먹을 것이 없는 것이 고생이지 무엇이 고생이란 말이야."

그는 벽이었다. 남편에게 소망을 두고 살아가는 세상의 모든 여자는 얼마나 불쌍한 존재란 말인가! 그럼 남편이란 누구란 말인가? 그저 친구처럼 서로 의지하고 살아가는 존재이지 그 이상은 아닌데 지나치게 두리가 기대한 것이 잘못이었다는 뜻이 된다. 참 소망은 하나님이고 남편은 하늘나라를 향해 손을 잡고 걸어가는 동반자이니 가끔 구시렁거리기도 할 것이고 길가에 주저앉아 투정을 부리기도 할 것이다. 더러 함께 가지 않겠다고 고집을 부리며 날마다 함께 걷는 것이 지루하니 잠깐 다른 동반자와 동행하다 오겠다고 돌아설 수도 있지 않겠는가.

"참 소망은 하나님밖에 없는데 내가 왜 이렇게 속을 끓이고 있는지 모르겠네."

"좋은 생각이야. 시시하게 그까짓 버려진 여잘 가지고 뭘 그래. 지금 이 나라가 얼마나 소란한데 그런 걸 위해 기도해야지. 예를 들면 광주사태로 벌컥 뒤집힌 이때 쓸데없는 것 가지고 자글자글 끓지 말라고. 광주서 온 사람을 만났는데 보도가 통제되어서 그렇지 굉장하다고 하더군. 달아나는 학생을 집 안까지 쫓아가서 부모들이 보는 앞에서 죽이기도 하고 처녀의 유방을 도려내기도 하고 죽은 시체를 은닉하기 위해 마구 실어다 암매장도 한다더군. 공수부대원들이 약을 먹었는지 제정신이 아니래. 이런 조국을 위해 기도는 않고 그까짓 여자 문제로 불면이야."

석두는 학생을 훈시하는 선생처럼 아주 진지하게 두리를 달래고 있었다. 두리가 아무 대꾸도 하지 않자 석두는 계속해서 거대한 기도거리를 들고 나왔다.

"내 문제만 해도 그래. 인턴이 끝이 나면 렌지던트를 해야지. 그다음은 전문의가 되기 위해 더 공부해야 한다고. 그때까지 돈을 벌지 못할 터이니 당신이 계속 뒷바라지를 해주어야지. 그런 걸 위해 기도는 않고 무슨 허튼수작이야. 당신은 바다처럼 마음이 넓은 여잔 줄 알았는데 날 실망시키지 말라고. 혼란한 조국과 남편을 위해서 기도하고 또 우리 귀여운 아들, 딸을 위해 낙타의 무릎이 되도록 기도해야지. 게다가 우리 집은 네 명의 노인이 있어. 난쟁이 여인도 있고. 지금은 그 여자가 몸이 성해서 도움이 되겠지만 병이라도 나면 우리 차지라고. 어제 느낀 것인데 그 여자 얼굴빛이 이상해. 난 의학을 공부하고 있어 사람을 턱 보면 아는데 간이 나쁜 것 같아. 내 생각엔 내일이라도 그 여잘 내보내고 건강한 정상인을 고용해. 설령 그 여자가 건강하다고 해도 꼽추에 난장이이니 아이들 교육에도 좋질 않아."

"어떻게 당신 그런 말을 할 수가 있어요. 그 아줌마는 우리의 은인이에요. 간이 나빠졌다면 그건 우릴 위해 헌신해서 그렇게 된 것인데 내보내라고요? 절대로 그럴 수 없어요."

"당신은 무엇이나 내게 반기를 들어. 여자란 남자에게 순종해야 가정이 편한 법이야. 당신이 이렇게 나가면 내게도 생각이 있어."

우리 가정을 하나님 다음으로 사랑해주고 돌봐준 난쟁이 여인을 내보내라고 감히 그가 어떻게 말할 수 있단 말인가! 이제 버젓한 가정을 이루고 집도 있고 먹고 살 만하게 되니까 도와준 기둥을 뽑아버리란 말인가. 석두 자신도 그녀의 도움으로 의사가 되었으니 은공을 갚아야 하는데 말이다. 아이들 앞에서 그녀가 꼽추라서 교육상 좋지 않으니 내보내라고. 따지고 보면 너무 이 가정을 위해 수고해서 병든 여자가 아닌가. 생각할수록 남편의 그런 마음이 두리에게 섬뜩할 정도로 차갑게 전달되었다.

시아버지는 밤송이처럼 자라 오른 머리에 빵떡모자를 쓰고 며느리가 출근할 적마다 으레 대문까지 나와 손을 흔들었다. 오랜 세월 감옥에서 죽을 날을 기다리며 지낸 탓인지 눈은 휑하고 표정도 어눌했다.

"아가야, 김치가 떨어졌다고 그러더구나. 넌 힘이 들 터이니 돈을 주면 내가 시장을 봐오마. 마늘도 까놓고 파도 다듬어놓을 터이니 저녁에 와서 네가 버무려 넣으렴. 식구들이 네 손맛을 좋아하니 마지막 손질은 에미가 하려무나."

이런 시아버지를 두리는 그윽이 바라보았다. 형언할 수 없는 잔잔한 물결이 그녀의 상한 가슴을 쓰다듬었다. 아아! 얼마나 사랑을 갈구하는 얼굴인가. 저분을 사랑해야지. 저분의 영혼을 본받아야지. 두리는 아무 말 없이 지갑을 열어 만 원짜리 한 장을 시아버지의 손에 쥐어주었다.

"아가야. 하린 아범이 뭐라고 하든 참아라. 넌 우리 가정의 기둥이야. 네가 믿는 하나님이 내 하나님이고 네가 있는 곳에 우리가 항상 있어 도와줄 터이니 용기를 내라. 내가 살아 돌아온 것도 너 같은 좋은 며느리를 보라고 하나님께서 주신 기막힌 축복이라고 생각하고 감사한다. 힘을 내라. 하린에미가 쓰러지면 우리 모두가 함께 넘어져."

시아버지는 마른 입술에 침을 발라가며 더듬더듬 말했

다. 유창한 말을 아니었으나 한 마디 한 마디에 너무나 깊고도 찐득한 진실이 담겨 있어 두리의 가슴을 감동시켰다.

"알았어요. 아버지, 우린 모두 한 식구인 걸요. 가족이란 한 몸이 아니겠어요. 걱정하지 마세요."

두리는 아버지를 향해 손을 흔들며 골목을 빠져나왔다. 흘끔 돌아보니 시아버지는 그녀의 뒤를 안쓰럽게 지켜보고 있었다.

두리는 언제나 아침이 바빴다. 미술과 학생들이 아침이면 준비물을 교문 앞 화방에서 챙기느라고 소란을 떨어서 혼자서는 감당 못 하게 부산했다. 아줌마 혼자 얼마나 힘들까. 두리가 서둘러 카운터로 들어섰으나 학생들로 붐비는 화방 어디에도 꼭 있어야 할 난쟁이 여인이 보이질 않았다. 무슨 일이 생긴 것일까. 갑자기 요망스런 생각이 두리를 불안케 했다. 뒷방엘 가니 난쟁이 여인이 배를 움켜쥐고 토악질을 참느라고 입을 수건으로 틀어막고 있었다. 이마는 진땀으로 푸욱 젖어 있어 병색이 완연했다.

"아줌마, 어쩐 일이세요. 아파요?"

"괜찮아. 현기증이 나서 아침에 일어나기가 힘들더군. 나이 탓이야. 이 몸으로 이만큼 살았으면 많이 살았지."

"무슨 말씀을 하시는 거예요. 이제 우린 살 만하게 되었어요. 처녀를 구해서 돕게 할게요. 이젠 좀 쉬세요."

"무슨 소리. 아직 멀었어. 내가 할 일이 남아있으니 하나님이 그렇게 쉽게 날 데려가진 않을 거여."

난쟁이 여인은 엎드려있어 추켜 올라간 치마를 내리며 바가지를 엎어놓은 듯한 허리를 뒤로 젖혔다. 그녀의 눈이 젖어있어 희미한 형광등 불빛을 받고 번쩍였다. 아픔을 견디느라고 쏟아지는 눈물로 촉촉하지만 강렬한 빛이 고여 있는 눈이었다.

"아줌마, 병원으로 가요. 이러다간 이 먼지구덩이에서 죽겠어요. 미안해요. 제가 처한 상황에 급급해서 아줌마를 이 지경이 되도록 내팽개쳐두었으니 죄송해요. 정말 제가 정신이 없었어요. 우리 가정을 일으켜 세우느라고 추우나 더우나 이 구석에서 짐승처럼 살며 지냈으니 어찌 병이 나지 않겠어요."

두리는 밖에서 학생들이 어서 돈을 받으라고 소리쳐도 아랑곳하지 않고 울음을 터뜨렸다.

"어서 물건을 팔아야지. 아침부터 여자가 요사스럽게 왜 울어. 우린 사나죽으나 다 그리스도의 것이야. 내 걱정 말고 어서 나가봐야지."

난쟁이 여인이 먼저 비트적거리면서 가게로 나가기에 두리도 울음을 삼키고 고객들 사이에 끼어 섰다. 화수분처럼 샘물이 고이듯 돈이 슬슬 들어왔다. 알 수 없는 일이었다. 돈이 그냥 늘 수북이 들어와서 치우면 또 가득차서 은행에 넣고 오면 또 돈은 샘물처럼 고여 있었다.

"하나님은 우릴 축복하시려고 아주 작정하셨나 봐요."

남편으로 인해 가졌던 아픔이 사라지고 두리는 돈을 챙기며 활짝 웃었다.

　"고인 물이 흘러나가듯이 자꾸 선한 곳으로 흘러가니까 그런 거여. 하나님은 우리 두리의 부대를 흔들고 꾹꾹 누르고 붓고 또 붓고 한없는 사랑을 채워 주시고 있어."

　"맞아요. 시아버님이 오신 뒤 장사가 더 잘 돼요."

5

　"내가 할 일이 하나 있어. 나만이 할 수 있는 일인데 두리가 허락해주어야겠어."

　"무슨 일인데요. 병원에 가신다면 화방을 걸어잠그고라도 모시고 갈게요. 그렇지 않아도 하린 아범 친구가 있는 대학병원에 연락할 참이었는데."

　"그게 아니야. 동두천엘 가려고 그래."

　"뭐라고요?"

　두리는 자신이 생각해도 이상타 싶게 신경질적인 반응을 보였다. 난쟁이 여인도 두리의 속을 건드릴까 봐 조심하다 찔끔해서 눈치를 보느라고 머리를 어깨 사이에 묻었다.

　"사실은 계속 그간 전화가 왔어. 아무래도 내가 나서야겠어."

"나서서 어쩌자는 거예요."

"이웃을 그렇게 팽개쳐두면 못써. 도움을 청하는 사람의 손을 매정하게 치면 그 사람의 가슴에 대못을 박는 거나 마찬가지야."

두리의 대답을 기다리지도 않고 난쟁이 여인은 외출할 준비를 했다. 저렇게 아픈 몸으로 어찌 가려나 싶어 걱정되었으나 두리는 구태여 말리려 들지 않았다. 자신의 속에 고여 있는 미움 때문에 아픈 사람을 더 상하게 하고 싶지가 않아서였다.

"동두천까지 버스를 타고 오가노라면 시간이 걸릴 터이니 날 기다리지 말고 혼자 가게 잘 지켜요. 미움엔 사랑만큼 좋은 약이 없어."

난쟁이 여인은 기미까지 끼어 더욱 검어진 얼굴에 밉지 않은 웃음을 담아가며 화방을 나섰다. 오화자란 여인이 일러준 집의 약도가 그대로 핸드백 속에 있는지 다시 한번 확인해보고 그녀는 나는 듯이 인파 속에 묻혔다. 돈으로 해결하고 이 집의 화평을 깨지 말라고 타이를 것인가. 아니면 아기를 낳아서 주면 우리가 기를 터이니 생명은 죽이지 말라고 할까. 아기를 떼어버리라면 어떨까. 아아, 그것은 죄인데 그럴 수는 없고 이런 몸을 하고 내가 기른다고는 할 수 없고, 그냥 아기를 낳게 해서 두리에게 안겨주면 늘 가슴에 멍울을 가지고 살 것이고……. 이런저런 생각으로 난쟁이 여인의 마음은 너무나 무거웠다.

미군들이 부분적으로 철수를 시작해서인지 동두천은 옛날 같지 않았다. 난쟁이 여인은 제집에나 온 듯이 조금도 망설이지 않고 손에든 주소지를 찾아가고 있었다. 이곳은 난쟁이 여인의 고향이기도 했다. 숨김없이 말하자면 양공주촌이 그녀의 둥지였고 가정이었다. 창녀인 어머니 밑에서 걸어차이며 살아온 곳이다. 어머니의 소원은 깜상이든 백둥이든 어느 놈이 걸리든 결혼해서 소망의 나라인 미국으로 들어가는 것이 꿈이었다. 어머니의 천국은 미국이었다. 꼽추를 그것도 딸을 낳았다고 쫓겨난 어머니는 등이 굽은 어린 것을 안고 살길이 없어 파고든 데가 바로 이곳이었다. 어머니는 나이가 들어서도 머리를 궁둥이까지 늘어뜨렸다. 그것도 파마기가 없는 생머리였다. 미국인들은 한국 여자의 나이를 짐작 못 했다. 머리가 검고 길면 무조건 오우 케이였다. 믿기지 않는 일은 이런 곳에 발을 들여놓은 외국인들은 곧잘 창녀를 아내로 삼았다. 서양인이란 일단 여자를 사랑하는 마음이 생기면 어떤 여자든 신분을 묻지 않고 사랑하게 되고 결혼을 해서 태평양을 건너 자기 나라로 데려갔다. 인간과 인간의 관계는 육체가 중요한 것이 아니고 사랑이 귀하다고 믿는 사고방식 때문이다. 이런 걸 터득한 꼽추의 어머니는 상처뿐인 과거를 탈피하는 수단으로 오로지 국제결혼해줄 남자를 기다리는 꿈을 버리지 못했다. 그 소망이 이루어져서 어느 날 갑자기 어머니는 깜상을 따라가버렸다. 그 당시 다섯 살 난 난쟁이 여인의 가슴에 안겨준 것은 손때와 땀에 꾀죄죄하게 절은 곰 인형이 전부였다. 그것도 아이가 새우처럼 등을 휘고 잠이 든 한낮, 마지막 정표인 뽀뽀도 해주지 않고 도둑처럼 슬쩍 병신 자식을 버리고 바다 건너로 달아나버린 셈이다.

여전히 동두천의 환락가는 요란했다. 양키 특유의 냄새가 고인 골목을 조금도 더듬거리지 않고 마치 옛집을 찾아가듯 편안하게 여인은 걷고 있었다. 어머니와 코쟁이들이 주고받던 이야기들이 또렷이 그녀의 머리에서 살아났다. 채식을 해서 몸집이 작은 한국여자들을 코쟁이들은 무척 좋아한다고 어머니는 대견해서 자신의 몸을 쓰다듬으며 자랑을 했었다. 그런 몸을 밑천으로 어머니는 얼마나 많은 돈을 벌었을까. 지금쯤은 얼마나 잘 살고 있는지 모르지만 그렇게 떠난 양공주 어머니는 단 한 번의 연락도 없었다. 그녀는 어머니에게 불행의 마스코트였기 때문에 그렇게 버림을 받았을 것이다. 지금도 허리께까지 늘어뜨린 생머리로 남자들의 눈을 속이고 있을까. 단조로운 검은 머리보다 눈처럼 흰 머리가 되어서 더 인기가 있을지도 모른다. 긴긴 세월 다듬어진 난쟁이 여인의 마음도 옛날로 돌아가자 어머니에 대한 미움으로 이글거리기 시작했다. 솔직히 말해서 이 거리를 걸으며 편안하고 기쁜 마음으로 걸을 사람이 누가 있겠는가. 남자나 여자나 모두 무의식의 세계엔 깊디깊은 부끄러움을 안겨주는 곳이 아니겠는가.

찾고 있는 집 문앞에 섰다. 가슴이 약간 떨렸다. 사실 오화자란 여인을 찾게 된 것은 일을 저지른 당사자나 고통을 당하는 두리보다도 더 난쟁이 여인의 입장에선 과거를 상기시키는 일이었다. 그래서 이렇게 찾아 나서는 열심을 낸 것이다. 오화자란 여인 속에서 어머니의 비애에 찬 옛 모습을 보았기 때문이다.

방문을 열었을 때 두 여자가 한낮인데도 늘어지게 자고 있었다. 밤을 낮 삼아 살아가는 여자들의 특이한 냄새가 물씬 고여 있었다. 난쟁이 여인은 상을 찌푸리고 넝마처럼 흩어진 옷들 사이에서 웅크리고 자는 오화자를 찾아냈다.

"만나자고 해놓고 이렇게 자면 어쩝니까."

"아니, 예까지 오기 전에 전화를 넣으라고 했잖아요?"

속이 훤히 내비치는 잠옷을 입고도 부끄러운 줄 모르고 여자는 투덜대며 마지못해 잠자리에서 빠져나왔다.

"제가 요구하는 돈을 가져오셨어요?"

"임신한 아기를 낳아준다는 조건을 받아들인다면 돈을 주겠소."

"세상에 아기를 낳으라고요? 그 남자 때문에 신세를 망친 여자에게 애까지 매달아놓아 아예 진구렁 속에 처넣을 작정이군요."

"설령 우리 눈에 보이지 않더라도 아기를 죽이는 것은

죄악입니다. 그러니 아기를 낳는다는 조건에서 요구액을 줄 거예요."

난쟁이 여인은 단호하게 말하며 버티었다. 오화자는 얇게 막아놓은 벽이 흔들릴 정도로 까르르 꼬르르 웃음을 토해냈다.

"양갓집 규수를 이 지경까지 만들어놓고 겨우 한다는 소리가 아기를 낳으라고. 지금 세상에 씨받이로 날 삼자는 속셈인데 지금도 그런 풍습이 남아있는 모양이군. 기가 차서 말이 나오질 않네. 벌써 아기는 떼어버렸어. 그러나 이렇게 된 도의적인 책임을 지셔야지. 이 시대에 부모를 잘 만나 금수저를 입에 물고 의사가 되었지. 나처럼 바닥에서 태어났으면 의과대학 문전이나 가봤겠어. 당신이 누군지 모르나 남의 일에 끼어들지 말고 가지고 온 돈이나 내놓고 가요."

오화자란 여인이 담배를 꺼내 입에 물고는 라이터에 불을 댕겼다. 손이 심하게 떨리고 있었다. 마리화나를 피웠는지 눈동자도 게슴츠레하게 풀려있었다.

"이봐, 나도 이 바닥사람이야. 여기까지 흘러들어왔을 적엔 구린 사연이 누에고치처럼 뒤엉켜 있을 터인데 어쩌자고 순진한 남자를 물고 늘어지는 거요. 내 어머니도 양공주였소. 해볼 터이면 해봅시다."

난쟁이 여인이 갑자기 쇳소리를 내며 덤벼들자 오화자는 주춤해서 숨을 죽였다. 고참의 딸이라니까 기가 차기도 했고 난장이요, 꼽추인 주제에 내세우는 주장이 거셌기 때문이다.

"아니 왜 이렇게 소란해. 나가서 싸워. 한참 신나게 꿈을 꾸고 있는데 교양도 없이 이게 뭐 하는 짓들이야."

옆에 누운 여자가 덮고 자던 이불을 아기를 껴안듯이 두르르 말아 안으며 벽을 향해 옆으로 누웠다. 그 순간 난쟁이 여인의 눈이 동그랗게 커지고 입도 딱 벌어졌다. 한참 말을 못 하고 누워있는 여인을 뚫어지게 보고 있었다.

"왜 아는 사이요? 라라에게 꼽추 언니가 있다는 소리는 들은 적이 없는데 이상하다."

오화자는 난쟁이 여인의 눈에 서리는 심상찮은 눈빛을 감지하고 두 사람 사이에서 어정쩡하게 양쪽을 기웃댔다. 이 바닥에서 누구든 가족을 만나는 것은 반가운 일이 아니었기 때문이다.

"이봐요. 틀림없어요. 나한나씨지요? 두리의 언니."

난쟁이연인은 머리를 노랗게 물들이고 입을 헤에 벌리고 자고 있는 여자의 등을 세차게 흔들었다.

두리란 말을 듣는 순간 누워있던 여자가 꿈틀하더니 마치 발밑에 밟힌 지렁이처럼 꿈틀 몸부림을 치며 이불을 어깨까지 끌어올렸다.

"맞아요. 아무리 세월이 이렇게 흘렀어도 내 눈을 못 속여요. 평범한 얼굴이었다면 내가 기억 못 했을지 모르지만, 한나씨는 기막힌 미인이어서 지금까지 내가 기억하고 있어요. 아직도 다리랑 몸매가 날씬하고 코랑 뺨에 흐르는 고운 티는 숨길 수 없군요."

난쟁이 여인은 한나의 등 뒤에 붙어 앉아 어서 일어나라고 어깨를 세차게 흔들었으나 여자는 깊은 잠에라도 빠진 듯이 꼼짝하질 않았다.

"나 회장님은 장님이 되었고 노 여사는 쓰러져서 반신불수가 되어 한나씨를 기다리며 날마다 울고 지내고 있는데……."

"히야, 일이 우습게 풀리네. 그럼 라라가 이 집하고 핏줄이 닿고 있었단 말이야. 그래도 난 물러서질 않을 거야. 몇 년 살 것을 뜯어내야지."

오화자는 난쟁이 여인에게 오른손을 내민 채 거드름을 피우며 두 다리에 힘을 주었다.

"세상에! 아무리 눈에 보이지 않는다지만 하나님이 주신 생명을 어떻게 그렇게 죽여버릴 수가 있었어요. 잔인해요."

난쟁이 여인이 돈이 든 핸드백을 가슴에 끌어안으며 몸을 웅크리자 오화자는 천장이 들썩일 정도로 소리를 내서 웃었다.

"호호…… 여기 또 한 사람의 인도주의자가 있었군. 닥터 석두보다 더 강도가 짙은데. 그 닥터는 능구렁이 같은 데가 있었는데 이 여잔 맑은 다이아몬드 같아. 두리라는 여자랑 어떤 사이요? 작은 여자가 아주 당돌해 보이던데.

예수를 믿는 여자라고 하더니 모두 그 무리에 낀 사람들 아니요. 그렇다면 더 재미있게 됐어. 사랑을 밥 먹듯이 외치는 사람들이니 설마 날 이 지경으로 놔둘 수는 없을 거야."

두리란 이름이 나오자 라라는 더 이상 못 참겠는지 벌떡 일어나 앉았다.

"왜 내 동생 이름이 네 입에 오르내리랴? 그 애가 무슨 짓을 해서 이래."

"우와! 이제 감춘 속이 터져 나오는군. 석류 알처럼 신선해 좋았어. 라라의 동생이 바로 내가 잡은 생명줄이야. 내 입이 갈구하는 밥을 넣어줄 생명줄이지."

"입 닥쳐. 이 바닥에서 살아도 핏줄을 속일 수 없어. 네가 하필 뜯어먹을 곳이 없어 내 동생을 잡았어. 이 더러운 년아."

"히야, 아프다고 누워서 내 밥을 얻어먹을 적엔 길들인 푸들처럼 고분거리더니 왜 이래. 의사 남편 가진 여동생이 나타나니까 눈이 헤까닥 도나 보지. 아서라. 아서. 의리는 의리대로 지켜야지. 아무리 네 동생이라고 떼를 써도 내가 덫을 놓아 잡은 먹이는 놓치지 않을 거야."

"이 더러운 년이 말이면 다 하는 줄 알아."

드디어 두 여자가 한 몸으로 엉켜 격렬하게 서로 머리를 쥐어뜯고 물어뜯고 아우성치고 울부짖고 발버둥 쳐서 방 벽에 몸과 머리를 부딪치는 소리로 좁은 방이 떠나갈 것 같았다. 난쟁이 여인은 겁에 질려 돈 가방을 가슴에 품어 안고 한구석에 구겨 박아 넣은 인형처럼 몸을 숨기고 있었다. 약질인 한나가 드디어 힘이 진해 쭉 뻗어버리자 난쟁이 여인은 토끼 눈을 하고 승자인 거센 여자를 훔쳐보았다.

"병신년이 날 고렇게 노려봐서 어쩌자는 거야. 어이 돈이나 내놔. 내가 말한 액수를 가지고 나왔겠지. 그렇지 않으면 병원 수위실에 매일 출근해서 지키고 있을 거야. 위신을 먹고 사는 남자들이란 이런 여자가 따라붙으면 돈을 아끼지 않고 내놓게 마련이야. 돈보다 체면으로 먹고사는 무리라니까. 나야 갈 데까지 막간 몸이야. 구더기로 여기고 쳐다봐도 끄떡없어."

난쟁이 여인은 핸드백 속에 든 돈 액수를 헤아려보았다. 챙겨 온 돈을 주고 달랠까 어쩔까 망설이는 동안 한나의 눈에 번쩍 이상한 빛이 고였다. 소름 끼치도록 음흉한 빛을 머금은 한나의 눈이 난쟁이 여인의 가방과 얼굴을 빠른 시선으로 훑었다. 행인지 불행인지 오화자는 약을 먹는다고 물을 가지러 부엌으로 나간 순간이었다.

"나갑시다. 내가 동생에게 전할 말이 있어."

한나가 후다닥 이불을 걷어차고 일어나더니 빠르게 옷을 주어입고 구두를 찌그러뜨려 신더니 난쟁이 여인의 손을 잡아끌기 시작했다. 어찌나 그 힘이 센지 신도 제대로 신지 못하고 질질 끌려가며 마당에 나동그라졌다.

"저게 내 돈을 가로채려고 저래 이년, 네 수작을 내가 모를까 봐. 돈에 걸신들린 이 배라먹을 년아."

한나는 초인적인 힘을 내서 난쟁이 여인을 일으켜 등에 업었다. 배리배리하고 하늘거리는 그녀의 어디에 그런 힘이 숨어있었는지 놀라울 뿐이었다. 오화자의 고함 소리에 이어 바짝 뒤따라오는 발자국 소리, 숨이 막혔다. 이런 절박한 상황에서도 한나는 아주 침착했다. 큰 길에 나오니 운 좋게 택시가 서 있어 그들은 택시에 나는 듯이 오르고 곧 차는 앞으로 돌진했다. 추적자의 손이 택시 트렁크를 잡고 절규했으나 기사는 이 지역에서 일어나는 이런 일에 참견을 않기로 작심했는지 석고처럼 무표정한 얼굴이었다.

"어디로 모실까요?"

"서울."

난쟁이 여인이 짧게 대꾸했다. 그러자 한나는 움찔하며 옆에 앉은 여자를 흘겨보고 백미러에 비친 자신의 몰골에 신경이 쓰였는지 헝클어진 머리를 손 갈퀴를 하고 쓰다듬었다.

"미안하지만 배가 고파 그러니 어디 음식점에 내려주세요."

옛날의 기고만장했던 태도가 아니었다. 기어들어가는 목소리로 눈치를 보며 주눅이 든 몸짓을 했다. 밖에 나와 밝은 빛에 보니 한나의 얼굴은 누렇게 뜨고 눈가에 푸른

기가 고여 있었다. 손은 무엇이 그리 불안한지 연신 떨리고 있어 깍지를 끼더니 손가락에 힘을 주어 진정시키려고 애를 쓰고 있었다.

"아직도 아침을 먹지 않았우? 쯧쯧…… 귀하게 자란 아가씨가 이게 어쩐 일 이유. 기사 아저씨, 이 지역서 가장 갈비를 잘 굽는 집으로 갑시다. 육신이 강건해야 일을 하지. 세상에 얼마나 고생을 했으면 이 꼴이 되었어. 저런, 목이 저렇게 가늘어졌으니……."

난쟁이 여인이 눈물을 그렁거리며 진정으로 가슴 아파서 울먹여도 한나는 굳어진 얼굴로 멍청이 앞만 응시했다.

"두리는 성공했다오. 딸과 아들을 두었고 남편은 의사가 되었지. 부모님도 모시고 있어요. 나 회장이 눈이 멀어 고생이나 이제 그런대로 생활에 불편이 없고 노 여사는 중풍으로 불편하시지만, 막내따님 댁에서 행복하다오. 매일 큰 따님을 못 잊어 눈물을 흘리는데 이렇게 함께 들어가면 얼마나 놀라실까. 이게 도대체 몇 년 만이유. 모든 식구가 기뻐할 거여."

"두리는 그 멍청이 바보 같은 석두와 그저 함께 사나요?"

"그럼. 그 사람을 공부시켜 당당한 의사로 만들었는데."

"쳇! 바보들끼리 살더니 신기한 일이네. 소가 뒷걸음질 치다 운 좋게 행운을 잡은 모양이군. 에이! 기분 나빠."

"한나도 두리가 걷는 길을 따르구려. 그 길로 가면 고난

이 있어도 인생길에 보람을 가지고 살 수 있어요."

"날더러 예수 믿으라는 소릴 하고 싶은 거지요? 당신이 우리 집안 불행의 원인이었어. 우리 부모가 모신 귀신들을 당신의 귀신이 쫓아내서 우린 재산도 몽땅 날리고 부모도 육신이 망가져서 저 꼴이고 난 이 지경이 되었다니까. 따지고 보면 그 계집애 때문이야. 태어날 때부터 집안의 화근이고 불행의 씨앗인 셈이야. 고게 일찍 죽어버렸다면 나도 요 꼴이 되지 않았을 거야."

바닥까지 내려가고도 아직도 변하지 않은 한나를 보며 난쟁이 여인은 가만히 한숨을 삼켰다. 차가 개성갈비집이란 큼직한 간판이 붙은 음식점 앞에 섰다. 여전히 한나의 눈은 난쟁이 여인이 가진 가방에 꽂혀 있었다.

"돈이 필요한 모양이군."

"맞아요. 돈이 인생의 전부지요. 내가 요 모양 요 꼴이 된 것도 돈이 없어 그러지요. 옛날처럼 내 수중에 돈이 있으면 사람들도 꼬여들고 얼굴도 더 예뻐지고 싹 변신할 수 있는데."

"그렇게도 돈이 좋우."

"당연하지요. 오늘 하루라도 좋으니 내 손에 마음대로 쓸 수 있는 돈이 있다면 내일 죽어도 좋아요."

"돈독이 대단히 들었군. 그까짓 돈이 뭐라고. 돈이 당신의 하나님이니 그렇게 불행해진 게 아니요."

갈비가 지글지글 익어가고 있었다. 너무 배가 고픈 한

나는 크게 반발을 못 하고 우선 먹는 일에 빠져서 눈에서 괴기스러운 빛을 발할 뿐이었다. 하긴 돈이 없다는 것은 추한 것인지도 모른다. 그녀의 살갗은 완전히 거칠어졌고 번데기를 연상시킬 만큼 턱에 주름이 져있었다. 번데기 턱을 가진 돈 없는 여인, 난쟁이 여인은 이런 생각을 해가며 빙긋 웃었다.

"날 조롱하는 거예요? 왜 실없이 웃어요?"

"아니요. 사람이란 소유가 없어져야 어느 정도 진실한 모습을 드러내게 마련이지. 그걸 겸손이라고 표현하면 적절하겠군."

"나 같은 무식쟁이는 무슨 소릴 하는지 모르겠어요. 인간에게 겸손이 무슨 소용이 있어요. 난 돈이 없어 열등의식에 빠져있고 불편해서 죽겠는데 진실하다느니 겸손하다느니 해가며 비웃다니. 내게 돈을 줘요. 그 백에 돈이 얼마나 들었는지 그 돈을 내게 줘요. 난 돈이 없으면 죽는단 말이에요. 지금 내 몸은 병이 들어서 죽어가고 있단 말이에요."

"무슨 병인데?"

"그건 알 필요 없어요. 난 병원비도 필요하고 입을 옷과 급하게 먹을 약도 사야 해요. 제발 가진 돈을 내게 주고 가세요."

그녀의 눈은 난쟁이 여인이 상 위에 놓은 핸드백에 고정되어 있었다. 살쾡이처럼 물불을 가리지 않고 채가고 싶으나 난쟁이 여인의 근엄한 얼굴에 눌려서 차마 손을 뻗지 못하고 있었다.

"집으로 갑시다. 부모가 있고 사랑하는 동생이 있는 처진데 이러고 돌아다닐 필요가 없지 않아."

"전 지금 거지란 말이에요. 이 꼴로 어떻게 그들 앞에 섭니까. 내게 돈만 있었다면, 그리고 병들지만 않았다면 난 지금쯤 미국의 아름다운 초원에서 하얀 집의 안방마님이 되었을 터인데 글쎄 병이 들어버렸단 말이에요. 내가 미국으로 가기 위해 그간 얼마나 고생했는지 알아요. 검둥이건 흰둥이건 닥치는 대로 들러붙었건만 운이 나빴어요. 아니야. 지금 생각해보면 두리가 믿는 하나님이란 것이 날 못 가게 만들고 병들게 해서 내동댕이친 것이 분명해요. 난 당신들이 믿는 예수님을 저주해요. 날 이렇게 불행하게 만들다니. 제발 이젠 나를 그 마력에서 풀어내줘요. 날 버려두란 말이에요."

한나는 미친 듯이 소리를 치다가 껄껄 웃었다. 아무리 봐도 제 정신이 아니었다.

"이봐요. 나도 이 바닥여자를 어머니로 둔 사람이오. 한나의 심정을 잘 이해해요. 그러나 미국이 천국은 아니요. 미국도 이 땅처럼 살벌하고 미움과 분쟁이 있고 병이 있는 곳이요. 미국보다 더 좋은 곳을 사모해야지. 어떻게 그렇게 어리석을 수 있우."

"날 또 쳐 죽이려고 하는데 이러지 마시오. 교회 다니는 사람들은 돈이 있는 사람들이요. 돈 없는 놈이 어떻게 교회를 갑니까. 배부르니까 교회에 나가 입을 짝짝 벌리며 어쩌고저쩌고 야단이지 돈이 없어 봐요. 배가 고파 죽겠는데 소리가 어디서 나와요. 먹을 것이 없어 속에서 쪼르륵 소리가 나는데 교회에 나가 쪼그리고 앉아있으면 하늘에서 먹을 것이 뚝 떨어진답니까. 도깨비 방망이라도 선사한답니까. 모두 배부른 놈들이 하는 짓거리요. 교회란 부자들이 옷 자랑하고 고상한 척 철학 강의를 들으며 으스대는 곳이지 나 같은 여자가 갈 곳이 아니란 말이에요."

한나는 자기 말에 신이 나서 얼굴이 발그레해졌다. 세상에서 예수를 믿는 사람들만큼 어리석은 멍청이들이 어디 있단 말인가! 돈 가져다 바치고 시간낭비하고 그래도 좋다고 헤헤거리는 사람들이 그래도 가진 자들이라는 사실이 그렇게 재미있을 수가 없었다. 신명이 난 한나의 눈에 승리의 당돌한 빛이 역력하게 서려 피어올랐다.

"예수를 믿는 두리가 어리석다면 어떻게 이렇게 성공적인 삶을 살고 있겠나. 더구나 두리는 돈 한 푼 유산으로 못 받고 결혼생활을 시작했는데 얼마나 훌륭한 인생을 살아가고 있느냔 말이요. 한나는 하나님 없이 인간만의 문화를 따라 살아서 이뤄놓은 것이 뭐요? 수고와 병과 허탈감과 추한 모습밖에 더 있소."

난쟁이 여인의 날카로운 지적에 한나는 분이 나서 컵을 들어 팽개칠 듯이 독기어린 눈으로 상대방을 노려보았다.

"예수 믿지 않는 사람들도 잘 사는 사람이 많아요. 나는 두리의 마술에 걸려 요 꼴이 된 것이지요. 한 번만 더 자존심을 건드리면 그땐 가만두지 않을 거요."

그때 일본 기생의 머리처럼 옆 날개를 살려 빗은 중년의 여자와 하사계급장을 단 검둥이가 들어왔다. 한나의 눈이 마주치는 순간 여자는 잽싸게 다가와서 한나의 손목을 비틀었다.

"라라, 너 이제 잡았다. 내 돈을 떼어먹고 대한민국 천지 어디에 숨을 곳이 있는 줄 알았어. 이년, 그간 널 돌본 돈이 자그마치 백만 원이 넘어. 다시 내 집으로 돌아가서 10년을 일해서라도 갚아라. 벼룩의 간을 내먹지 그래 내 돈을 갚지 않고 도망칠 작정이었어. 당장 가자. 이 녀석을 넣어줄 터이니."

껌을 질겅질겅 씹고 있는 검둥이의 이빨이 숯처럼 검은 입술 사이에서 유난히 번쩍였다. 말을 알아들을 수 없지만 자기 색시로 지명된 여자가 마음에 들었던지 징그러울 정도의 웃음을 풀풀 날리며 사내는 한나를 위아래로 훑어보았다. 죽을 상을 하고 한나는 날개 꺾인 새처럼 머리를 수그리고 있었다. 뺨의 근육이 포르르 떨리고 있었고 눈가에 눈물이 질질 꼬리를 그리며 흘러내렸다. 난쟁이 여인이 슬그머니 포주에게 다가갔다.

"백만 원을 지불하면 이 여자를 놔주겠소?"

예상 밖의 여자가 이런 제의를 해오자 웃긴다는 듯 중

년 여인은 흘끔 일별하고 대답을 하지 않았다.

"돈을 줄 터이니 저 여자를 내게 넘겨 주시요."

"지금 당장 그 돈이 있소?"

"그 정도는 줄 수 있소."

"그래요. 그럼 장부를 봐야겠네. 화장품 값이랑 미장원비 등등 자질구레하게 널린 외상장부도 봐야 하니까."

그녀는 난쟁이 옆에 바짝 쪼그리고 앉아 안경을 꺼내쓰고 장부를 뒤져가며 계산을 하고 있었다. 검둥이가 답답한지 한나에게 다가와서 팔을 잡으며 히죽히죽 웃었다. 한나가 진저리를 치며 그 팔을 앙탈을 부리며 떨어냈다. 그것이 재미있었던지 사내는 더 이죽거리며 다가들어 한나를 아예 무릎 위에 올려놓을 태세였다.

"갓뎀, 사나바 비춰."

난쟁이 여인의 입에서 예상치 않았던 욕설이 튀어나왔다. 아아! 얼마나 오래 잊고 살았던 더러운 말인가! 난쟁이 여인의 어머니가 귀 따갑게 써먹었던 그 욕설이 쉽게 쏟아져 나오다니. 이런 말을 뱉어놓고 난쟁이 여인은 백을 가슴에 안은 채 흐느껴 울었다. 한나가 갑자기 난쟁이 여인을 따라 울기 시작했다. 한나의 울음은 물꼬가 터진 듯 세차게 뻗쳐올라서 그 누구도 억제할 수 없는 기세로 음식점을 채웠다.

한나는 난쟁이 여인의 무릎을 가슴에 껴안고 얼굴을 묻고 울었다. 어깨를 너무나 격렬하게 들먹여서 꼽추여인은 두 손으로 어깨를 지그시 눌러주었다.

"이젠 됐어. 됐다니까. 고만 울어."

남자란 여자의 눈물에 약한 법이다. 검둥이는 갑자기 터진 사태를 어떻게 해석해야 할지 몰라서 흰자위가 징그럽게 드러나도록 놀란 표정을 지었다. 대부분 감정을 조절 못 하게 울어대던 여자들도 한껏 어린 울음이 어느 정도 쏟아져 나오면 제풀에 죽어 수그러드는 법인데 한나의 울음은 끝이 질겼다.

"저 남자가 무서워서 우는 거야? 별일이네. 백둥이보다 검둥이가 더 인간성이 있다고 깜상만 찾더니 어쩐 일이야. 미국 가려면 이 남자가 적격일 터인데. 몸도 자유로워지니 한 번 낚아보지 그래."

외상장부를 들척이며 받아야 할 돈을 계산하던 포주가 선심이라도 쓰듯 히죽 웃으며 검둥이와 한나를 번갈아 흘겨보았다.

"이 구덩이에서 빠져나오고도 깜상을 따라간다면 내 손목을 끊어버릴 거야. 난, 난 이 생활이 이제 지겹단 말이야. 죽으려고 약방을 가도 그 웬수 같은 돈이 없어 약을 사지 못해 죽질 못했다고. 으윽, 으응……."

한나의 울음이 다시 톤을 높여 질퍽하게 쏟아져 나왔다.

"그래, 그 말이 맞아. 이제야 사람이 돼가는군. 울어, 어서 울고픈 대로 울어서 속에 깔려 있는 앙금을 몽땅 쏟아내라고."

난쟁이 여인이 아직도 그녀의 두 다리를 껴안고 몸부림 치는 한나의 등을 다정하게 다독이며 달랬다. 어깨에 전달되는 따스한 손길에 더욱 서러워진 한나는 어린아이처럼 엉엉 목 놓아 울어댔다. 검둥이는 분위기가 심상치 않게 흘러가자 슬그머니 자리를 떴다.

"저 자식 아주 순진한 놈인데 그렇게 놔주면 어떡해. 이 바닥 생활을 그만큼 해봤으면 사람 볼 줄은 알잖아. 마지막 잡은 줄을 그렇게 쉽게 놓아버리다니. 라라, 너 지금 제 정신이야? 우선 미국 들어가는 게 급선무야. 이 바닥 생활에서 탈출해 여봐란듯이 사는 길이 미국으로 가는 길밖에 더 있어. 그 길이 곧 구원의 길이란 걸 알면서 그래."

"난, 난 너무 지쳐 있어요. 몸이 병들어서 만사가 귀찮아요."

"어디가 아픈데 그래?"

"……."

"말해봐. 미국 가면 여기보다 더 좋은 병원에서 기막히게 잘 치료를 받을 터이니 더 악착같이 매달려보라고."

"다 끝난 이야기예요. 전 미국을 바라보던 꿈과 소망도 버렸어요. 거기도 여기처럼 돈이 있어야 살구 싸우고 생난리 치는 곳이 아니겠어요. 바다만 건넜다는 차이점뿐이 더 있겠어요. 여기서 빠져나가 자유인이 되면 전 산속으로 들어가서 하늘을 보고 누워 어서 내 생명을 가져가라고 빌면서 죽어갈 거예요. 죽음만이 영원한 자유라고 생각해요."

 "아니, 점점 더 이상한 소릴 하네. 우리끼리 이야기지만 지금 저분이 돈을 지불하고 널 풀어준다 해도 넌 어딜 갈 거야. 부모나 형제자매도 처음엔 붙들고 울겠지. 그러나 며칠 지내보라고. 넌 갈보였다, 양색시였다, 넌 더러운 년 이다, 이 집안의 수치다, 어서 죽어버려라, 눈앞에서 꺼져 라, 아이쿠! 나도 그런 길 다 거쳐 여기 이 자리에 섰다 고. 우리나라는 손바닥만 해서 너무 사생활에 간섭이 많 은 게 흠이야. 이 나라 어디에 가도 네 몸에 찍힌 흔적을 들추면서 주절댈 사람들뿐이야. 그러니 뒤돌아보지 말고 내 옆에 더 있다가 좋은 녀석 만나 미국으로 가라고. 미국 갔다 하면 또 우리 사람들은 참 이상하지. 모든 걸 감싸주 거든. 미국이란 대국에 안기면 너의 몸에 찍힌 흠집이 화 려해 보인다 이거야."

 "그래도 전 이 땅에 남을 거예요."

 한나가 머리를 곧추세우고 아주 단호하게 말하자 날개 스타일 머리를 한 포주는 의아해서 잠시 종이 위에 두었 던 눈을 들어 한나를 노려보았다.

 "돈이 생명을 구하지는 못해요. 솔직히 고백하면 전 돈 을 물 쓰듯 흘려버리기도 하고 뿌려보기도 했지만, 항상 마음이 허전하고 텁텁했어요."

 "돈보다 더 좋은 미국을 가봐. 그럼 그 마음이 확 뚫릴 터이니."

"미국에 가도 제 마음은 여전히 클클할 거예요. 전 요즘 죽음만을 생각하고 있어요. 죽어 땅에 묻히면 얼마나 무서울까. 난 어디로 가는 것일까. 죽어서도 돈을 벌려고 발버둥치는 삶을 살아야 하는 것일까. 나 혼자라는 사실이 너무 두려워서 육신의 병보다 마음의 병으로 죽을 지경이란 말이에요."

"아이쿠! 고급 정신병이 들었구나. 배가 부르니까 고런 생각을 허는 거여. 사람이 죽어 땅에 묻히면 고만이야. 그 다음을 생각해 뭘 해."

"아니에요. 죽음 다음에 가는 세상이 분명 있을 거예요. 그리고 돈보다 더 좋은 것이 있는데 내가 길을 잘못 잡은 것이 분명해요."

한나의 입에서 처음으로 깊고 깊은 고백이 터져 나오고 있었다. 난쟁이 여인은 이런 한나를 내려다보면서 엄마가 아가의 머리를 쓰다듬듯이 그렇게 한나의 머리를 매만지고 있었다.

6

어느새 한나의 질긴 울음도 걷히고 난쟁이 여인은 비상금으로 깊숙이 감추어두었던 돈까지 몸값으로 지불해주고 한나를 데리고 동두천을 빠져나왔다.

"어디로 절 데려가는 것이지요?"

"집으로."

"무서워요. 전 가진 것이 없어요."

"누구나 가진 것이 없지. 날 따라오기만 해요."

"이렇게 구해주셔서 고마워요. 절 저 산속에 내려주세요. 저 산으로 들어가 며칠이고 나무 밑에 누워 있고 싶어요."

"그다음은 어디로 가려고."

"몰라요. 지금 이 순간은 제게 주어진 자유를 만끽하며 조용히 있고 싶을 뿐이에요."

"그렇게 혼자 있고 싶은가?"

"네, 사람들이 무서워요. 인간 냄새에 질려버렸어요."

"병이 있다고 했는데. 어디가 그렇게 아픈가?"

"여기요."

한나가 아랫배를 오른 손바닥으로 두드려 보였다. 그러고 보니 배가 임신한 여자처럼 볼록했다.

"많이 아파?"

"네."

한나의 표정에 그늘이 서렸다. 이렇게 얌전하고 차분한 한나가 지난날엔 어째서 그렇게 표독스럽게 독이 올라 칼날 위에서 춤을 추는 신들린 무당처럼 나댔는지 모를 일이었다. 수중에 돈이 단 한 푼도 없이 병이 들어 죽음을 앞둔 사람만이 세상에서 가상 겸손한 자리에 서게 되는 것이란 말인가.

"하나님이 고쳐주실 거야. 우리 기도해요. 그럼 약보다 더 빨리 나을 터이니 걱정하지 마요."

난쟁이 여인이 하나님이란 말을 해도 한나는 조금도 거부의 빛을 보이지 않고 다소곳이 듣고 있었다. 소금에 절여 풀이 죽은 배추처럼 한나는 완전히 지쳐있었고 자신의 의지를 완전히 버린 빈 그릇이었다.

"됐어. 이젠 됐어."

난쟁이 여인이 한나의 두 손을 감싸서 꼽추의 작은 가슴에 품어 안았다.

택시는 서울을 향해 석양을 안고 달리고 있었다.

대문 앞에서 한나는 장승처럼 서서 들어가려 하지 않았다.

"뭘 망설여요. 어서 부모님을 만나 큰절을 해요. 얼마나 기뻐하시겠어요."

아무리 난쟁이 여인이 다그쳐도 한나는 감히 발을 대문 안에 넣지를 못했다. 귀머거리처럼 뻣뻣하게 서서 무엇을 그리 골똘히 생각하는지 눈의 초점이 흐려있었다. 그러다 더듬거리며 어눌하게 말했다.

"부모에겐 제가 중요할까요, 아니면 돈이 더 중요할까요?"

"그야 자식이 더 중하지. 천하를 다 주고도 살 수 없는 것이 자식의 생명이야."

"제 부모도 그럴까요?"

"그럼. 나 회장이나 노 여사가 얼마나 한나를 그리워하고 기다리고 있는 줄 알아. 날마다 대문에 귀를 기울이고 살고 계셔."

"아니에요. 우리 부모는 돈을 얼마나 귀하게 여기셨는데요. 특히 어머니는 돈에 모든 기준을 두고 평가를 했어요. 근데 제겐 돈이 한 푼도 없거든요. 전 이대로 들어갈 수가 없어요. 절 내쫓아버릴 게 뻔해요."

"무슨 말을 그렇게 해. 돈이란 생명이 있고 존재하는 것이지 돈이 주인은 아니야."

아무리 달래도 한나는 감히 발을 대문 안으로 디밀지 못했다. 마치 목과 양팔이 줄에 매달려 춤을 추는 인형극의 각시처럼 위에서 찍어 누르는 힘에 잡혀 꼼짝하지 못했다.

"지금 한나에게 중요한 것은 어서 병을 고치고 정상인으로 살아가는 거예요. 부모님도 그걸 원하실 게 분명해요. 과거의 편견을 어서 끊어 내버리고 용감하게 부모님 앞에 서요. 이젠 새 사람이니 옛사람이 아니잖아요."

그때 대문을 열고 두리가 나왔다. 난쟁이 여인 옆에 서 있는 한나를 보자 너무 놀라서 말을 못 하고 한참 서 있다가 한나를 와락 가슴에 끌어안고 몸을 떨었다.

"언니, 어디 가 있었어. 세상에 이럴 수가 있어. 언니가 죽은 줄 알고 얼마나 가슴을 태웠다고. 살아있어서 너무 기뻐. 언니야. 하나뿐인 언니야, 왜 소식을 끊고 지냈어."

두리가 이렇게 나가자 한나는 소리 없이 눈물을 펑펑 쏟았다. 아귀처럼 덤벼들어 그 많은 돈을 가지고 나가 어디에 숨어서 혼자 호강하고 있다가 이제 나타났느냐고 머리채를 낚아채서 쥐어박기를 기대했었는데 그게 아니었다. 중풍 맞은 어머니와 장님이 된 아버지를 모시고 남편까지 공부시켜가며 얼마나 고생한 줄 아느냐고 넋두리를 늘어놓을 걸 기대했는데 너무나 반응이 달라서 한나는 어떻게 이 사태를 받아들여야 할지 난감했다.

"언니, 건강이 나빠 보이네. 세상에 이 지경이 되도록 왜 연락도 없이 지냈어. 인신매매단에라도 걸려 팔려간 게 아닌가 하고 얼마나 울었다고. 어이 들어가 부모님께 인사해요. 어머니, 아버지, 나와 보세요. 언니가 돌아왔어요."

두리는 안을 향해 소리치는 것으로도 부족해서 안으로 뛰어 들어가며 고함쳤다. 할 수 없이 한나는 주춤 대문 안으로 들어섰다. 예상치 않게 나타난 큰딸 한나를 앞에 놓고 노 여사는 멍청이 바라볼 뿐이고 나 회장은 보이지 않는 눈을 껌벅거리면서 앞을 휘저어서 한나를 찾느라고 소리 나는 쪽으로 다가왔다.

"저예요. 한나예요."

한나가 나 회장의 품안에 쓰러지자 그는 비틀거리며 딸을 받아 안았다.

"어디가 있었니. 이 몹쓸 것아. 이제 됐다. 네가 돌아왔으니 우린 이 집을 나가자. 두리가 너무 고생했어. 네가 꼭 돌아올 줄 알았다. 이제 됐다, 됐어. 이런 날이 있으리라 믿고 기다렸다."

아버지의 품에 안겨 두리와 난쟁이 여인의 호위를 받으며 한나는 안방으로 들어갔다. 노 여사는 그저 우느라고 딸의 손을 잡지도 못하고 두 손으로 얼굴을 가리고 있었다.

"그래 그간 어떤 사업을 했느냐? 난 너를 믿었다. 사업이란 이삼 년 내에 일어나는 게 아니지. 적어도 5년은 넘어야 제 궤도에 오르거든."

나 회장은 비록 앞이 보이질 않지만, 옛날의 사장다운 기품을 다시 찾으려고 목울대에 힘을 주고 자세를 바르게 하고 앉아 딸의 대답을 기다렸다.

"아버지, 용서하세요. 전, 전……."

"알아, 걱정하지 말라니까. 많이 번 걸 기대하지 않아. 넌 큰 부자는 아니더라도 일생 돈이 따르는 운을 타고 났어. 네 어머니가 본 네 점괘는 초년에 호강하다가 조금 고생을 하지만 나중이 아주 좋다고 했어. 고생을 그간 한 모양이구나. 그러나 사업이란 언제나 그런 유의 고통이 따르는 법이여."

나 회장은 사원을 훈계하듯이 아주 의젓하게 말했다. 방안에 잠시 침묵이 흘렀다. 노 여사도 이 부분에 이르러서는 울음을 그치고 딸의 입에서 나올 기쁜 소식을 기다리느라고 눈물을 삼켰다.

"아버지, 전 아무것도 없어요. 맨몸이 되었어요. 돈들이 독수리처럼 하늘로 날아가버렸어요."

"몽땅?"

"예."

"참말인가?"

"네. 제 재산은 이것뿐입니다."

모두의 눈이 한나의 손으로 향했다. 한나는 핸드백을 뒤져 아버지 앞에 작은 물건을 내놓았다. 두리, 난쟁이 여인, 노 여사, 보이질 않으나 소리를 좇는 나 회장의 귀가 한나의 손에 있는 물건으로 향했다. 작은 비닐봉지에서 한나는 도장 4개를 꺼냈다. 우윳빛이 도는 상아 도장이었다.

"그게 뭐냐?"

"우리 네 식구 이름을 새긴 도장입니다."

"그 도장으로 찍어낸 등기 재산이 남았단 말이냐?"

"아니요. 그냥 도장일 뿐입니다."

"그게 무슨 소리냐? 왜 내용 없는 도장을 전 재산이라고 내놓는 거여. 우릴 놀리는 건 아니겠지."

"남은 재산으로 이 네 개의 도장을 만들었습니다."

"빌딩의 땅은 소유주에게 넘어갔지만 그래도 건물 값이랑 자질구레한 재산을 끌어 모으면 꽤 많은데 그걸 다 날렸단 말이야."

나 회장의 음성이 몹시 떨렸다. 마른 침을 삼키느라고 목젖이 꿈틀했다.

"네 개의 도장만 남고 한 푼도 없이 다 날렸어요."

이제 모든 걸 뱉어내니 편안한지 하나의 경직된 얼굴 근육이 풀리고 여유가 생겼는지 방안을 둘러보며 잔잔하게 웃음을 입가에 심었다.

"이해할 수가 없어. 절대로 납득이 가질 않아. 부자가 망해도 당대에 먹고 살 것은 남는 법이야. 어떻게 한 푼 없이 몽땅 날리고 도장 네 개를 가지고 돌아올 수 있단 말이냐. 어떤 사업을 벌였기에 이렇게 털털이가 됐어."

머리를 절레절레 흔들어가며 나 회장은 피를 토해내듯 괴롭게 말했다.

"전 재산을 몽땅 주식에 넣었었지요. 게다가 친구들의 돈까지 엄청나게 끌어넣었어요. 겁도 없이 말입니다."

"그럼 친구들의 돈을 갚느라고 넌 빈털터리가 되었단 말이냐?"

노 여사가 턱 언저리의 근육을 씰룩이며 어벙하게 물어 놓고는 소리 내서 울지도 못하고 눈물만 질질 흘렸다.

"이 바보야, 그럴 땐 도망을 치는 것이지 그래 천사처럼 친구들의 돈을 모두 갚아주고 겨우 상아 도장 네 개를 만들었다 이 말이냐?"

"아니어요. 빌린 돈은 단 한 푼도 갚지 못했어요."

"세상에! 어떻게 그런 일이 일어날 수가 있었단 말이냐?"

"매일 주식 값이 치솟아서 친구들 돈까지 깡그리 몰아넣었지요. 그런데 내 수중에 돈이 한 푼도 없이 빠져나갔을 때 주식은 절벽을 뛰어내려 자살하는 사람처럼 급강하했습니다. 글쎄 만 원을 넘겨주고 산 주식이 칠백 원으로 떨어지더니 나중에 그 이하로 가더군요. 전 미칠 것 같았어요. 정신을 차릴 수가 없었어요. 내 친구들 중엔 남편 몰래 꿍꿍이속으로 끌어넣은 돈들이 엄청났으니까요. 본때 있게 돈을 벌어 땅뙈기라도 사놓고 남편 앞에서 떵떵거리려던 친구들이 사타구니에 꼬리를 사려 넣은 강아지 꼴이 된 셈이지요. 전 주섬주섬 바닥시세가 된 주식을 팔았습니다. 손에 쥐어진 돈은 절 미치게 만들었습니다. 떼돈을 벌려 했던 똥배짱이 지옥 같은 함정 속으로 절 몰아넣었던 거지요. 정신없이 거리를 헤매다가 도장집으로 들어갔습니다. 어떻게든지 돈을 벌어 우리 식구들 이름으로 재산을 마련하겠다는 꿈을 가지고 네 개의 상아 도장을 새겼으나 세월은 절 팽개쳐 이 지경으로 만들었습니다. 전 식구들을 위해 아무것도…… 으흐흑……."

"이 철딱서니 없는 자식아. 숫제 길거리에서 카악 죽어버리지 왜 눈앞에 나타나서 병신 애비에게 우둔증을 심어주니. 어이쿠! 가슴이야."

먼 눈을 껌벅이며 가슴을 쥐어뜯던 나 회장은 두 주먹을 불끈 쥐었다. 그대로 두면 한나를 때릴 기세였다. 두리가 가만히 아버지의 뒤로 가서 허리를 껴안았다.

"언니가 살아 돌아온 것만으로도 전 기뻐요. 그까짓 돈은 있다가도 없어지고 없다가도 눈 깜짝할 사이에 수중에 들어오는 것이 아닌가요. 오 년 만에 돌아온 언니를 위해 우리 잔치를 벌입시다. 어서요."

그때 문을 벌컥 열고 석두가 들어섰다. 방안에 벌어진 사태를 한번 쓰윽 훑어보고 이마에 팔자를 그리더니 한나의 얼굴을 뚫어지게 노려보았다.

"으응! 드디어 마지막 식구가 이 집으로 기어들어 왔군. 우리가 요양소라도 차리고 있는 줄 아는 모양인데 여기는 엄연한 가정이라고요."

옛날 같으면 손사래를 치거나 부아통이 터진다고 으르렁대며 뛰쳐나갔으련만 한나는 척추를 다친 개구리처럼 허리를 접고 방바닥에 얼굴을 대고 엎드렸다. 방안엔 껄끄러운 침묵이 흘렀다.

"범접할 수 없는 권위를 가지고 목에 힘을 주었던 처형이 아니었던가요. 복날 개 패듯이 절 구박했었지요. 하린 엄마와 절 벌거벗겨 길거리로 내쫓았던 분이 감히 여기가 어디라고……."

"여보, 정말 이러기예요? 오 년 만에 돌아온 언닐 반갑게 맞아줄 아량을 가져 보세요."

"탕자의 비유를 떠올리는 모양이군. 탕녀의 비유도 있었던가. 괜히 으쓱해서 성녀라도 된 듯이 나대지 말라고. 난 가정을 찾고 싶어. 내 아들, 딸하고 아내랑 거하는 오

붓한 분위기를 그리워하고 있단 말이야. 우리나라 어디에 이런 가정이 있나 보라고. 텔레비전 연속극에서나 가능한 대가족을 이루고 있는데 현실은 그렇지 않단 말이야. 정보사회에서 처가랑 친가를 다 모아놓고 우글대며 살아가는 집안이 어디 있나 우리 주위를 살펴보라고. 게다가 병신 여자까지 돌봐가면서."

표독스럽게 뱉어내는 석두의 말을 막을 사람이 아무도 없었다. 코를 방바닥에 박고 엎드려 있는 한나의 목덜미가 시래기 빛이었다. 두리까지 드세게 나대는 석두를 어떻게 무마할지 몰라 멍청이 서 있었다. 가족들로부터 버림받고 막막하게 석두와 손을 잡고 집을 나섰던 과거가 생생하게 떠올랐다. 석두의 마음이 그렇게라도 왈살스럽게 나가야 풀린다면 하는 바람이 일기도 해서 두리는 머리를 숙이고 서러웠던 시절을 머릿속에 그렸다.

노 여사는 감히 이런 사위에게 뭐라 대꾸할 수가 없었다. 한 가닥 생명줄로 기다렸던 한나가 알거지로 돌아왔으니 더더욱 입을 뗄 수가 없었다. 숨이 막히는 아픔이었다. 시골 빈농의 딸로 보냈던 어린 시절을 떠올려 자존심 상하는 이 자리를 피해가고 있었다.

노 여사의 머릿속은 꿀벌들이 바쁘게 알을 까는 농가의 봄철로 빠져 들어갔다. 누에들이 애기 잠에서 깨어나 뽕잎을 게걸스럽게 와삭와삭 먹어치우고는 다시 한잠 들면 여자들은 뽕잎을 따느라고 뽕밭으로 달려갔다. 하얀 수건을 쓴 머리들이 뽕잎 바다 위에 떠서 넘실거렸다. 목화씨를 뿌려야 하고 논에 풀을 베 넣어야 거름이 될 판이라 남정네들은 허리를 펴지 못하고 논밭 위에 엎드러져있었다. 샛밥을 지으려고 물동이를 인 처녀들이 무릎을 넘게 자란 삼밭 샛길로 종종걸음을 쳤다. 보리타작을 손꼽아 기다리며 턱을 까부르고 넘어가던 보릿고개. 노 여사는 어린 시절 속에 잠겨 부초처럼 흐느적거렸다.

나 회장은 볏을 세운 수탉처럼 꿋꿋하게 사위 앞에 서려고 이를 악물고 허물어져 내리는 몸을 추슬렀다. 그도 역시 노 여사처럼 고향으로 돌아가 후릿그물을 들고 개울 물살을 가르며 걷고 있었다. 후리질해서 잡은 고기들이 은빛 등을 번쩍이며 퍼덕일 때 파란 하늘이 쩌엉 갈라지게 환호했던 그 시절, 객쩍은 잡담에도 배를 쥐고 웃었던 배꼽친구들의 얼굴이 어른거렸다.

이렇게 모두가 물 밑을 헤엄치는 고기들 모양 조용히 숨을 삼키며 자신의 세계로 빠져 들어갔다. 손바닥도 마주쳐야 소리가 나는 법, 그 누구도 대꾸를 하지 않고 조용히 있으니 싱겁게 된 석두는 분을 삭이지 못해 숨을 거칠게 쉬었다. 구름을 머금은 달무리처럼 석두의 분이 흐릿해질 즈음 문경댁이 조용히 들어와 아들의 등을 밀어냈다.

"하린 에미를 봐서도 이래선 못쓴다. 장인, 장모도 네 부모란다. 사랑하는 아내를 낳아주지 않았니. 그리고 부모를 공경해야 하나님의 축복을 받는 법이여."

"하필 이럴 때 왜 하나님을 들고 나와요."

"아무리 부모가 잘못했어도 부모는 피를 나누어준 생명의 근원이다."

"놔둬요. 내가 왜 못할 말을 하고 있는 줄 아세요? 제가 살인자의 아들이요, 가난한 집안 출신이라고 이 집안사람들이 날 얼마나 잔인하게 구박한 줄이나 아세요? 절대로 용서할 수 없어요."

문경댁의 손에 점점 힘이 가해졌다. 석두의 몸이 쓰러질 듯이 문 쪽으로 기울어졌다.

"그 집을 나올 적에 전 맹세했었지요. 언젠가 저들의 마음속에 대못을 빈틈없이 박아서 내 앞에 꿇어앉히겠다고요."

"여봇! 그런 말을 어떻게 그렇게 죄의식도 없이 뱉어낼수가 있어요. 절 어떻게 보고 그런 말을 해요."

"이 쓸개 빠진 여자야. 넌 분하지도 않아?"

"우린 이렇게 성공했어요. 가난이 당신을 의사로 만들었고 하나님이 살아계셔서 우릴 사랑의 줄로 묶어 이끌어준 놀라운 체험을 했으니 얼마나 감사해요."

"당신이나 죽도록 감사하라고. 이런 식으로 나가면 난당신까지 미워할 거야. 이 집에 돌아오기도 싫어. 모두 보기 싫단 말이야."

석두가 가시 돋친 말을 두리를 향해 쏟아놓고 선불 맞은 호랑이처럼 집을 뛰쳐나갔다.

"한나, 너 이년, 어서 내 앞에서 물러가라. 눈앞에 절대로 나타나지 말라니까."

석두가 나가버리자 화산처럼 폭발한 나 회장의 고함이 작은 방을 채웠다. 너무나 억울하고 분했다. 어떻게 모은 재산인데 그걸 겁 없이 몽땅 주식에 털어 넣고 바닥이 나니까 손을 털고 일어서다니. 파리 손을 하고 몇 시간을 비벼가며 용서를 빌어도 시원치 않을 터인데 뻔뻔스럽게 상아도장을 내밀다니. 그것도 네 개씩이나 만들어서 말이다.

땅따먹기 하듯 나 회장은 재산을 모았다. 땅거미가 내려 앞이 보이지 않을 때까지 악착같이 땅따먹기에 매달렸던 어린 시절의 성품이 어른이 되어서도 변하지 않았다. 생선을 자전거에 싣고 다니며 팔아 모은 돈이 행여나 잘못 쓰일까 봐 콩나물도 손수 사서 날랐다. 아내인 노 여사까지 여자인고로 믿지 않았던 꼬챙이 같았던 사내였다. 여자란 제 고장 장날을 몰라야 복이 있다고 하지 않았던가. 여자하고 사기그릇은 내돌리면 이가 빠진다는 속담이 맞는 말이라고 믿어온 사람이었다. 그러다 아내가 식비를 줄여 계를 들어 목돈을 쥔 것이 문제였다. 죽은 듯이 집에만 박혀 있던 여자가 이자 돈을 끌어서 집을 사고팔고 땅을 사고팔고 어쩌고 하더니 돈을 눈덩이처럼 불려놓은 데서 남편의 카리스마적인 권위가 낙엽처럼 떨어져 내렸다. 콩나물까지 사 날랐던 그의 절약, 충직함이 아내에게 쩨

쩨한 사내로 낙인찍히게 되었다. 도박하듯 일수까지 끌어서 부동산투기를 해도 팝콘처럼 불어나는 재산, 재산, 재산…… 산같이 쌓이는 돈을 놓고 아내는 분수처럼 힘차게 밖을 향해 뛰어나갔다. 아내의 그런 열기가 한나에게 고스란히 전수된 셈이다. 어쩌면 아내보다 더 통이 컸다고 할까. 다른 점이 있다면 재산을 키우지 못하고 본전까지 날려먹은 것을 빼고 말이다.

"이건 당신 탓이야. 전적으로 당신에게 책임이 있단 말이야. 암탉이 울어 망하지 않은 집안이 없어. 딸이 당신을 그대로 흉내 내고 나대다가 이 꼴이 된 거여. 당신 몸속에 흐르는 더러운 피가 한나의 피로 연결되어서 이런 끔찍한 일을 저지른 거지. 그래 어떡할 거여. 반신불수가 된 당신이 박살 내버린 이 가정을 일으킬 책임을 져야지. 모두가 당신 때문이야. 당신 때문이란 말이야."

"어이쿠! 누구에게 책임을 돌리고 있어요. 당신이 흑장미 마담에게 빠져서 재산을 날려놓고 누구 탓을 하고 있어요. 발단은 당신에게서 시작된 것이라고요. 한나는 당신이 날린 재산을 잡아 모으려다 이렇게 된 것이고요. 자고로 계집질하는 사내치고 끝이 좋은 남자 없다는데 그게 바로 당신을 두고 한 말이에요. 모두 당신 때문에 이런 불행이 다가온 거예요. 당신 때문이에요. 당신이 책임을 지라고요."

노 여사도 지지 않고 바락바락 악을 쓰며 나 회장에게

덤벼들었다. 노 여사와 나 회장이 분이 사그라질 기세를 보이지 않고 치솟을 즈음 한나가 힘없이 옆으로 피식 쓰러졌다. 시래기 빛 목덜미에 땀이 끈적끈적하게 배 있었다. 살짝 드러난 코끝이 명이 떨어진 것처럼 파리해 보였다.

"어이쿠! 언니야 왜 이래."

두리가 한나를 끌어안았다. 개구리처럼 접은 몸이 그대로 굳었는지 펴지지 않았다.

"언니가 죽었나 봐요. 어서어서 의사를 불러야겠어요."

두리가 들락거리며 찬 물수건으로 한나의 이마를 식히고 앰뷸런스를 부르며 소란을 떨어도 노 여사는 허리말기를 성한 손으로 잡아 쥐고 서서 차가운 눈길을 기절한 한나에게 던졌을 뿐이다. 오히려 마음이 약한 나 회장이 보이지 않는 눈을 껌벅이며 사태를 귀로 가늠하느라고 머리를 갸우뚱했다.

"이럴 수가 없어요. 사람이 떡으로만 살 것이 아니고 하나님의 입에서 나오는 말씀으로 살라고 했는데 어머닌 돈, 돈, 돈만을 따지니……."

"신앙엔 자유가 있다. 넌 하나님, 난 돈이다. 왜 그러니?"

"어머니는 한나 언니를 돈 때문에 사랑했나요? 언니를 기다린 것이 아니고 돈을 기다린 건가요."

"이 모두가 대마도 뱃놈 같은 강한철인가 약한철인가 하는 놈 때문이다. 큰 사위를 잘못 얻어서 이 집안이 망한 거여. 연때가 맞질 않는 놈을 집안에 끌어들였으니 아궁이에 지핀 불이 와락 내게 덤벼든 꼴이여. 궁합이 맞으면 아궁이에 지핀 불이 순하게 누워서 구들 속으로 들어가듯이 매사가 순하게 풀리고 방구들도 따끈하게 달아서 온 식구가 구순하게 지내니 하련 아범도 우릴 이렇게 구박하질 않을 터인데. 모두 돈이 없어 당하는 고통이여. 어이쿠! 돈이 웬수여, 웬수."

노 여사는 허리 밑으로 연신 흘러내리는 치마 말기를 치키며 혼절한 딸보다 자신의 처지가 서러워 울먹이며 푸념을 쏟아냈다.

밖에 구급차가 도착해서 수군거렸다.

7

응급실 구석에 놓인 침대 가에 두리 혼자 서 있었다. 벽시계의 큰 바늘이 자정에서 조금 비껴가고 있다. 한나가 힘없이 눈을 뜨더니 두리의 손을 꼬옥 잡았다.

"미안하다. 네게 너무 많은 짐을 지워주었구나."

"언니, 무슨 소리야. 난 지금 부자야. 언니야, 마음 놓고 어서 병을 이기고 일어나야지. 언닐 살리기 위해서라면 아무리 많은 돈이 들어도 다 감당할 자신이 있어."

"난 글렀어."

한나의 파리한 얼굴에 쓸쓸한 빛이 서렸다. 수없이 되풀이되는 피 빼기, 촬영, 약, 링거……. 벌써 열흘이 흘렀다.

"무슨 병인가요?"

두리는 사무적으로 쌀쌀하게 스치고 지나가는 의사와 간호사를 붙들고 애타게 물었다.

"지독한 빈혈이에요."

"피가 모자라는 병이라면 수혈을 하세요. 곧 소생할 것입니다. 언니랑 저랑 같은 A형이니 제 피를 뽑아 넣어주세요."

두리가 왼쪽 소매를 걷어 올리고 팔뚝을 의사의 코밑에 내밀고 있을 때 난쟁이 여인이 들어섰다.

"두리, 이리 와서 내 말을 들어봐. 사실을 한나가 큰 병이 들어 있어. 뭐라고 단정 지어 말할 수 없지만, 빈혈이나 영양실조가 문제 되는 게 아니야. 종합검사를 해보면 나오겠지만 아무래도 심상치가 않아."

"무슨 병인지 아줌마는 짐작이 간단 말인가요?"

그때 검사결과가 나왔다며 보호자를 찾았다.

"미안하지만 검사결과는 자궁암이라고 나왔어요."

환자가 들을까 봐 의사는 두리의 귀에 입을 바짝 대고 속삭였다. 두리는 너무 놀라서 말을 잇지 못하고 그저 멍청이 서 있었다.

"자궁암이라도 어느 정도 진행되었는지가 문제겠지요. 초기라면 수술을 할 수 있잖아요."

이미 짐작을 하고 있었던 난쟁이 여인이 침착하게 물었

다. 그러나 의사는 머리를 흔들었다.

"많이 퍼졌어요. 이렇게 오래 모르고 있었다는 게 믿어지질 않아요. 손을 쓸 수 없이 퍼졌어요. 초음파에 잡힌 것이니……."

스피커를 통해 의사를 찾는 다급한 소리를 듣고 주치의는 더 대꾸를 해주지 않고 휘잉 나가버렸다.

"오! 주여! 불쌍한 언니를 살려주세요."

두리는 한나의 가슴에 머리를 묻고 울음을 터뜨렸다. 이런 두리의 뒷머리를 한나는 다정하게 감싸 안았다.

난쟁이 여인은 환자의 발을 끌어안고 소리죽여 기도하고 있었고 두리는 언니의 몸 여기저기를 쓰다듬으며 눈물을 삼켰다.

"아아! 나는 행복해. 나를 진심으로 사랑해주는 사람들을 만난 것이 얼마나 기쁜지 몰라."

한나는 죽음까지도 초월한 사람처럼 아주 덤덤하게 중얼거렸다. 두 자매는 서로 부둥켜안은 채 커튼을 비집고 들어오는 햇빛을 잠깐 숙연하게 응시했다. 늦가을의 아침 햇살은 안개 속에서 기지개를 켜고 있었다.

"나를 저 창가로 데려다주렴."

오랜 방황 끝에 따뜻한 안식처를 구하고 사랑해줄 사람을 만난 병든 나그네가 으레 그러하듯이 한나는 완전히 맥을 놓아버려 살려는 의지를 잃은 사람처럼 보였다. 한나는 한쪽 팔을 두리의 목에 감고 다른 한쪽 팔을 난쟁이 여인의 허리를 휘감아 안았는데도 걸을 수가 없을 지경으로 몸을 무겁게 내던지고 있었다. 몸을 천근으로 내맡기는 한나를 질질 끌어다가 창가 의자에 앉히고 3명의 여인은 나란히 서서 창밖에 눈길을 던졌다.

도시의 변두리 산울을 끼고 지어진 병원이라 시골풍경이 한 쪽 모퉁이에 그대로 남아있었다. 병실 창문을 통해 눈길 닿는 곳에는 태곳적부터 있었음직한 호수도 있고 제법 우거진 소나무 숲도 멀리 보였다. 산부리를 시루번처럼 두른 안개에 모두의 시선이 머물렀다. 얼마나 시간이 흘렀을까. 안개 속을 파고드는 햇살에 살이 오르자 산 밑의 모습이 선연하게 드러났다. 호수 위에 살살 피어오르는 물안개는 너무나 신비해서 지옥의 초입처럼 뜨거울 것이란 무섬증을 안겨주기도 했다. 산부리 옆으로 살짝 보이는 들판은 이미 추수해서 비어 있는 논과 아직도 낫을 기다리는 황금물결로 들쭉날쭉했다. 시월 하순이라 밤나무와 벚나무는 흠뻑 가을 물이 들었고 옥수숫대나 수숫대는 생명이 떠난 불쏘시개 감으로 변해 있었다. 산기슭에 듬성듬성 핀 보랏빛 들국화는 갈색으로 변색해버린 들풀들로 인해 눈이 시리게 찬 빛을 토해냈다.

"죽은 뒤에 난 어디로 가지? 호수 위에 모락모락 피어오르는 물안개를 보니 내가 죽으면 뜨거운 불 못에 던져질 것이란 두려움이 오는군."

아침 구름을 헤치고 힘차게 떠오른 해님으로 인해 호수

위에 안개가 말끔히 걷히자 한나가 근심스럽게 중얼댔다.

"언니, 왜 죽는다는 소릴 해. 언니는 절대로 죽지 않아."

"아니야. 난 글렀어. 돌이켜 보면 난 쓸모없는 인간이었어. 부모에게나 하나뿐인 동생인 너에게나 또 남편에게도 난, 쓰레기 같은 여자였어."

"아니야. 아니야. 언닌 우리에게 소중한 사람이야."

"내가 죽으면 내 몸은 땅에 묻힐 터이고…… 난, 난 차갑고 무거운 흙 속에 갇히어 얼마나 답답할까. 너도 저 아줌마도 모두 나를 땅속에 묻어버리고 돌아가면 난 또 혼자가 되어 산속에 누워 있을 터이니 아아! 무서워."

한나는 몸을 떨고 흐윽 흐느끼며 두 손으로 얼굴을 덮었다. 시래기 빛으로 변한 목덜미 밑에 바짝 마른 어깨가 무섭게 들먹였다.

"언니, 무서워하지 마. 두려워하지 마. 하나님을 믿어."

"그분은 어떤 분인데?"

"이 세상을 창조하셨고 언니와 나도 창조하셨으며 우리가 죽은 뒤에 갈 곳까지 만들어놓고 기다리시는 분이야."

"그분은 너의 하나님이지 나의 하나님은 아니야."

"우리를 사랑해서 독생자 예수를 보내신 하나님을 믿기만 하면 된다고."

"이렇게 죄를 많이 진 쓸모없는 여자를 하나님이 받으실까?"

"그럼. 언니랑 나처럼 죄를 많이 진 사람들을 위해 예수님은 십자가에서 돌아가셨어. 언니의 무거운 짐을 어서 예수님께 맡겨버려."

"난, 난 그럴 수 없어. 염치없이 어떻게 지금에야 뻔뻔스럽게 예수를 믿는다고 하겠니."

한나는 기운 없이 머리를 떨구었다.

"아니야, 언니. 지금 이 순간 예수님을 구주로 받아들여. 하나님아버지를 진짜 아버지로 받아들이면 언니는 구원을 받은 거야. 그래야 천국에 갈 수 있고 하나님께 기도하면 병도 나을 수 있어. 예수님과 함께 십자가에 못 박힌 강도도 죽기 직전에 예수를 믿어 구원받았다고."

"난 너무 죄를 많이 진 여자야. 부모와 형제, 그리고 친구들, 남편, 내 주변의 모든 사람은 나로 인해 불행해진 사람들뿐이라고. 더구나 나는 몸을 팔아서 먹고 살았던 더러운 창녀였어. 천국엔 나 같은 죄인이 들어갈 수 없어. 이 세상 사람들도 날 피할 지경인데 감히 어떻게 내가 하나님 계신 곳엘 가겠니. 거긴 깨끗하고 거룩한 사람들만 들어가는 곳이라 내가 갔다가는 모두 침을 뱉을 거야. 아아…… 나는 죽어서 어디로 가야 하는 거지. 난, 난 갈 곳이 없어. 너무 더러운 여자니까."

"지금의 한나 그 마음을 하나님은 사랑하셔요. 우리 예수님은 죄인을 위해 오셨거든요. 한나처럼 더러운 죄인을 기막히게 사랑하시는 분이랍니다."

난쟁이 여인이 다정하게 한나의 등을 감싸 안으며 부드

럽게 말했다.

"아줌마, 정말 나 같은 죄인을 하나님은 사랑하실까요?"

"그럼요. 교만한 부자나 자칭 의인이라고 나대는 사람은 절대로 천국에 들어갈 수 없어요. 죄인임을 하나님께 고백하고 회개하고 주님을 구주로 받아들이면 그 순간부터 한나는 하나님의 딸이 되는 거예요."

"그렇게 쉽게 하나님의 딸이 될 수 있나요?"

"그럼요."

"그럼 전 예수님을 내 구주로 받아들입니다. 제 모든 죄를 용서해주세요. 친구들의 돈을 갚지 않고 도망쳤고 많은 포주를 울렸고 백인이랑 검둥이를 가리지 않고 등쳐먹었고 부모의 돈도 날렸고 남편을 진심으로 사랑하지 않았으며 하나뿐인 동생을 잡아먹을 듯이 미워했으며……."

한나는 의자에서 내려와 병실 바닥을 데굴데굴 구르며 울었다. 두리도 난쟁이 여인도 손을 맞잡고 기도하며 눈물을 흘렸다.

"오! 주여 이 죄인을 용서하여주세요. 전 죽을 죄인입니다. 하나님을 믿는 사람들을 저주했고 점쟁이를 믿었으며 부적에 의지했던 죄인입니다. 이 모습 이대로 주님 받아주세요."

간호사가 뛰어오고 의사가 오고 병실은 금세 소란해졌다.

"환자에게 병명을 일러준 모양이군요. 성인군자라도 암이라고 말해주면 걷잡을 수 없이 야단치는 법인데 어쩌자고 가족들이 대책 없이 마구 병명을 발설했습니까. 이러면 생명이 더 단축됩니다. 이거 큰일 났군."

담당 의사는 못마땅한 눈으로 두리와 난쟁이 여인을 흘겨보며 혀를 끌끌 찼다. 상상할 수 없는 거센 힘에 끌려서 몸부림치며 울어대는 한나를 진정시킬 길은 진통제를 놓아줄 수밖에 없다는 듯 의사는 간호사에게 눈짓했다.

"아니에요. 지금 전 예수님을 믿고 구원을 받았습니다. 저는 하나님의 딸이 되었어요. 이제 죽는다 해도 두렵지 않아요. 전 죽은 뒤에 갈 곳을 정했으니까요. 아아! 너무 기뻐요. 가슴이 터질 듯이 기뻐서 억제를 못 하겠네요. 제 이 기분을 어떻게 설명해야 할지 모르겠네요. 펄펄 뛰게 뜨겁고 후련한 이 기쁨을 어떻게 표현해야 할지."

한나는 울다가 웃다가 미친 듯이 고함을 치며 펄쩍펄쩍 뛰었다. 병실이 터져나가게 간호사들이랑 옆방의 환자들이 모여들었다. 그리고 모두 가엾다고 혀를 찼다. 젊은 여자가 죽음을 앞에 두고 미쳐버렸다고. 한나의 몸부림이 끝날 즈음 석두가 병실에 들어섰다. 병실이 미어지게 모여든 사람들을 헤치고 불쑥 얼굴을 내민 석두를 보자 두리가 눈물을 글썽이며 그의 가슴에 얼굴을 묻었다.

"왜 이래? 무슨 일이야. 어쩐 일로 사람들이 이렇게 많이 모여들었어. 동두천의 양색시가 왔다고 모두 구경하는 거야.”

“아니에요. 여보, 언니가 예수님을 구주로 영접했어요. 옛사람을 벗어버리고 새사람이 됐어요. 기뻐해 주세요. 여보!”

“흐응. 잘들 한다. 알거지가 되고 병까지 들어서 갈 곳이 없으니까 고등연극을 하는군. 예수를 믿는다고 해야 당신 마음을 감동시켜 우리 집에 머물 수 있으니까 광대 짓을 했군. 누가 그 속임수에 넘어갈 줄 알고. 당신 같은 멍청이나 그걸 믿고 울고불고 야단이지 난 속지 않는다고. 당신도 정신 바짝 차려. 잘못하다간 저 사람까지 맡아서 고생할 터이니. 부부는 일심동체라는데 당신이 고생하면 그게 곧 내가 고생하는 것이니 알았어. 여러분 뭘 구경하려고 여기 이렇게 모였소. 어서들 나가요.”

석두의 쌀쌀맞은 말에 구경났다고 웅성거리던 사람들이 하나, 둘 자리를 뜨기 시작했다. 병실엔 얼굴 전체가 눈물로 범벅이 된 한나와 당황해서 어쩔 줄 모르는 두리, 그리고 가슴을 펴고 목에 힘을 준 석두, 세 사람만 남았다. 난쟁이 여인은 가게를 비워두면 안 된다고 자리를 뜨고 없었다.

“당신이 이번에도 또 내 말을 듣지 않고 군식구를 집안으로 끌어들이면 난 당신 곁을 떠날 거야. 명심하라고.”

“여보 무슨 말을 그렇게 해요. 환자가 듣겠어요.”

“그럼 당신은 남편인 나를 거역하고 끝까지 고집해서

좁은 집에 사람들을 자꾸 끌고 들어오는 이유가 뭐야. 장차 복지원이라도 만들 작정이야?"

"미안해요. 여보. 언니랑 제 어머니, 아버지를 방을 얻어주어 다른 곳으로 나가게 할게요."

"누구 돈으로 방을 얻어. 그리고 생활비를 누가 대주느냐 말이야. 결국, 당신이 다 해야 하는데 그게 바로 내 책임이란 말이야."

"여보, 남도 도와주는데 우리 피붙이를 모른다고 하면 하나님은 우리에게 주신 축복을 거두어갈 거예요."

"또 날 협박하는군. 나씨 성을 가진 사람들은 협박도 아주 멋들어지게 해서 사람 기를 죽인단 말이야. 이번엔 절대로 양보하지 않을 거야."

석두의 말투가 점점 거칠어 갔다. 눈을 감고 숨을 죽이고 있는 한나에게 신경이 쓰여 두리는 계속해서 남편에게 애원하는 눈짓을 보내고 가슴을 쥐어뜯으며 안달을 했으나 석두는 그럴수록 더 신들린 사람처럼 말에 가시를 달았다.

"군식구를 또 집에 들여놓고 싶거든 나에게도 다른 계획이 있어."

"무슨 계획인데 그래요?"

"당신이 오화자란 여자로 인해 아주 심기가 상해 있는데 나도 그 여자로 인해 병원에서 체면이 말이 아니야. 직장에서나 가정에서 난 다 버림받았어. 허구 헌 날 당신의 거룩한 성품에 질려서 전전긍긍하고 집안에 들어서면 양가의 군식구들이 모여 꼭 복지원에 들어온 것 같고 병원엘 가면 간호사랑 동료들이 오화자의 뚱딴지 같은 농락을 믿고 뒤에서 수군거리고 지금 내 처진 진퇴양난이야. 따지고 보면 나란 놈은 참 가련한 놈이야."

"그럼 오화자랑 아예 딴 살림을 나겠단 이 말이에요."

"내가 미쳤다고 유부남을 건드리고 돈을 울거 먹는 여자를 아내로 맞아. 내 지위가 의사라 어쩔 수 없이 그런 곤욕을 당하지만 그것도 다 당신 탓이야. 당신이 가정을 돌보지 않고 장사한다고 나대고 군식구들이 많으니까 내가 외로워서 저지른 일이라고."

"당신이 믿음이 없어 그런 소릴 하는 거예요. 내가 밖으로 돈 것은 당신 공부시키고 식구들 먹여 살리기 위해 한 일이 아닌가요. 나도 여느 여자들처럼 따뜻한 아랫목에 등대고 누워 아이들 가슴에 끼고 낮잠이나 늘어지게 자며 남편이 벌어다 주는 돈으로 군것질이나 하고 미장원이나 드나들며 복실 강아지처럼 킁킁거리며 살고 싶었어요. 당신의 가정 형편이 날 이 지경으로 만들었단 말이에요."

두리는 참다못해 울음을 터뜨리며 시멘트 바닥에 두 다리를 뻗고 퍼질러 앉아 어이어이 울음을 터뜨렸다.

"그래 모두 내 탓이라고 하자. 그러나 난 지금 이 상태로 가정을 이루기가 싫어. 그러니 이 가정을 탈출해야겠어."

"그게 무슨 소리예요?"

"곰곰이 생각하다가 얻어낸 결론인데 할 수 없이 난 미국으로 가야겠어. 거기 가서 새로운 기술도 배우고 돈도 벌고 아주 좋은 의사가 되는 거야. 당신은 내가 가서 자리를 잡으면 바로 데려갈게. 당신은 여기 식구들을 처리하고, 난 우리만의 보금자리를 꾸리기 위해 미국으로 가서 새 터전을 잡는 거야. 오화자란 여자와의 스캔들도 떨쳐버리고 복잡한 식구들도 그간에 정리하고 우리는 새 출발을 하는 거야. 내 계획이 어때? 아주 멋있지? 내가 가서 자리를 잡는 동안 당신이 돈을 미국으로 좀 부쳐주어. 그러면 나도 미국서 박사가 되어서 멋들어진 집을 사서 당신을 호강시켜줄게. 사실 탁 터놓고 말하지만 내가 공부하는 동안 당신을 너무 고생시켰어. 태평양을 건너가면 우리를 따라올 군식구는 없을 터이고 우리 가족끼리 오순도순 살 수 있어. 미국은 의사의 천국이래. 상류층 생활을 할 수 있다더군. 첨단을 걷는 의학 기술을 배워가지고 가끔 한국에 나와 세미나나 해주고 당신은 미국의 귀부인이 되어 태평양을 넘나들고, 얼마나 멋진 계획이야! 정말 기막힌 계획이지, 여보."

"당신 혼자 미국 들어간 뒤 얼마 만에 우리 식구를 부를 작정이에요?"

"일 년이나 이 년이면 가능하지 않을까? 그간에 당신은 여기서 장사를 더 해서 돈을 벌어 미국에 부쳐주고 군식구들이 살 수 있는 터전을 마련해주고 빨리 들어오면 되지 않겠어."

두리는 병실바닥에 멍하니 앉아 있다가 일어섰다. 어느새 해는 서편으로 기울고 하늘은 감색으로 물들어가고 있었다. 인생이란 나그네요, 들에 핀 꽃과 같다고 했고 아침 이슬과도 같다고 했는데 꼭 이렇게 복잡하고 소란하게 살아야 한단 말인가. 석두는 새로운 인생을 앞에 놓고 흥분해서 씩씩거리지만 두리는 이상하리만치 냉정해지는 것이었다. 어차피 남편은 집에 안착하지 못하고 나그네처럼 밖으로 돌고 있고 두리에겐 매달린 사람들이 많았다. 시부모, 친정 부모, 그리고 죽음을 기다리고 있는 한나, 게다가 병색이 완연한 난쟁이 여인, 이들 모두가 두리의 몫이었다. 그녀에게 맡겨진 일들을 처리하자면 시간이 필요했다. 그러자면 남편의 계획을 들어줄 수밖에 없었다.

"누가 뭐라고 해도 당신이 마음 먹기에 달렸어요. 당신이 하나님을 의지하는 굳건한 믿음 위에 서 있다면 지금의 환경은 감사할 조건들뿐이에요. 우리가 결혼했을 당시의 암담함을 한번 생각해보세요."

"크리스천이란 과거에 매어 살면 못써. 앞을 보고 뛰는 거야. 우린 미래를 향해 달리는 하나님의 군병들이란 걸 몰라."

석두는 아주 의젓하게 턱을 치켜들고 당당하게 두리를 설득하고 있었다. 석두의 눈은 미국행에 들떠서 찬란한 빛을 발하고 있었다. 오직 미국만이 석두의 소망이요, 천국이니 그걸 막을 힘이 두리에겐 없었다.

석두가 티켓을 받아들고 동분서주할 즈음 한나는 병상에서 성경을 읽고 있었다. 암세포가 창자까지 퍼져 손을 쓸 수 없다는 진단을 받아놓고 죽음을 기다리는 처지였다. 병원비를 줄이기 위해 퇴원하고 싶었으나 갈 곳이 없었다. 석두가 미국으로 떠난 다음에라야 동생 집으로 들어갈까. 그러나 거기서 매일 노 여사와 나 회장의 얼굴을 어떻게 대할 수 있단 말인가. 이러다가 한두 시간 뒤 덜컹 죽는다면 하나님나라에 갈 터인데 빈손으로 들어가 부끄러워 어쩐단 말인가. 어서 교회에 등록도 해야지. 나는 이런 교회에 다니다 왔습니다, 하는 주소도 들고 가야한다. 하나님 앞에 티끌만 한 것이라도 내놓을 수 있다면 얼마나 좋을까. 생각할수록 살아온 뒤안길이 너무나 부끄러워 한나는 기도할 적마다 눈물로 베개를 적시었다. 아아! 하나님 전에 꽃 한 송이를 꽂아본 적이 없고 성가대에 앉아 단 한 번도 찬송가 부른 적도 없으며 성전을 깨끗하게 치워본 적도 없다. 더구나 전도해서 단 한 사람의 생명을 구한 적도 없지 아니한가. 애타하는 순간 그녀의 머리에 번개처럼 스치는 한 생각이 심어졌다. 그래 그렇게 하는 거야. 그 길이 내가 죽기 전에 하나님을 기쁘게 해드리는 일이야. 한나는 뛸 듯이 기뻐서 입이 다물어지지 않았다. 마냥 터져 나오는 웃음을 감출 재간이 없어서 그저 싱글벙글 웃느라고 입이 노상 열려 있었다.

"언니는 무엇이 좋아서 그렇게 웃고 있어. 하린 아빠가 미국으로 간다니까 좋아서 그래?"

"아니다. 나의 남은 인생길 계획을 세우고 흐뭇해서 그런다."

"그 몸으로 무슨 계획을 세웠는지 모르지만 언니야, 제발 병을 고쳐달라는 기도나 열심히 해. 믿는 자에겐 불가능이 없다고 했어."

"사실 나는 네 걱정이 더 많다. 나야 인생길에 전환점을 맞아 홀가분하게 기쁨으로 살아가지만 네 앞길엔 무시무시한 고난이 예상되는구나. 널 생각하면 눈물이 난다. 기도로 밀어주는 꼽추아줌마가 있다지만 그분도 건강이 예전 같지 않아 널 위해 얼마나 기도해줄지……."

"난 행복한데 왜 그래. 남편은 의사가 돼서 미국으로 유학을 떠나게 되고 딸과 아들이 앞에서 재롱을 떨어 마치 천국에 사는 것 같아. 이제 내게 소원이 있다면 언니가 이 병에서 놓여나 건강해져서 친정 부모를 모시고 사는 걸 봐야 나도 마음 놓고 미국으로 떠날 터인데……."

두리는 꿈에 젖은 눈을 반짝였다. 이런 두리를 걱정스럽게 보고 있던 한나가 가만히 일어나 앉더니 어깨까지 자란 머리를 손수건으로 묶어 뒤로 늘어뜨렸다. 이따금 헬기가 저공비행을 하는지 우르르 창문을 흔들고 요란한 소리를 내며 병동 위를 지나갔다.

"내가 미국 가서 자리 잡히면 언니를 초청할게. 언니의 소원이 미국 가는 것이라고 들은 적이 있는데 이 동생이 다 이루어줄 터이니 어서 병석을 박차고 일어나기나 해요."

"넌 미국이 마치 천국이나 되는 줄 알고 나대는데 그곳도 인간이 사는 곳인데 무슨 천국이 되겠니. 난 지금 이 상태가 제일 행복해. 너무 기쁘고 좋아서 어디에고 갈 마음이 없다. 이 모습 이대로가 제일 감사하고 평안할 뿐이다. 단지 너 때문에 근심이 된다. 불쌍한 것 같으니. 쯧쯧……."

"언니는 어째서 나를 그렇게 걱정해요. 이렇게 지금 행복해서 들떠있는데 괜한 걱정 말고 언니 걱정이나 해요."

"이 시대가 요상해서 그런다. 남자란 믿을 것이 못 되니까. 한때 유행어에 '아직도 조강지처와 사십니까?'란 말이 있었지."

한나는 너무 걱정되어서 못 견디겠다는 듯 슬픈 눈을 하고 두리의 손을 쓰다듬었다. 그녀가 진구렁에 빠져 보아온 남자란 모두 믿을 수 없는 이상한 동물들이었기 때문이다.

"언니야, 그건 벌써 흘러간 유행어구. 요즘 80년대 들어와선 '아직도 조강지첩이 없으십니까?'가 유행이야."

"난 그런 소린 못 들었는데 그건 또 무슨 뚱딴지 같은 소리냐?"

"하하…… 그건 지방에 상주시켜둔 첩이 아직도 없느냐 이런 말이래."

"말세가 가까운 거야. 서울뿐만 아니라 이 나라 전체가 소돔과 고모라로 변해버렸으니. 참으로 안타까운 일이다."

"언닌 그 말보다 더한 말도 요즘 유행한다구 해. '아직도 윤첩이 없으십니까?' 란 말도 있대."

"그건 또 무슨 소리냐?"

"호호…… 매일 여자를 바꿔가며 재미를 보는 다양한 종류의 첩을 아직도 두지 않고 지내느냔 뜻이래."

"그럼 이런 말도 나옴 직하구나. 예를 들면 '아직도 외첩이 없으십니까?' 란 말은 어때. 아직도 외국에 첩을 얻어놓고 오락가락하며 즐기지 않느냐란 말도 유행함직하지 않아."

"아하하…… 아직 그런 말은 못 들었어."

"어쩜 이게 널 두고 하는 말인 줄도 모른다. 남자란 아내를 떠나 오래 나가 있으면 모두 위험신호를 발할 수 있어. 내가 그런 데서 굴러봐서 남자의 속성을 알기에 하는 말인데 하린 아범을 혼자 미국에 보내는 게 어째 께름칙하구나."

"하하…… 언니가 그래서 날 보고 그렇게 슬픈 얼굴을 했구나. 그인 절대 그럴 남자가 아니예요. 어쩌다가 오화자란 여자하고 하룻밤 즐겼다가 사기극에 말려들어 그렇지 정을 준 심각한 사이는 아니었어요. 오죽 싫었으면 미국으로 도망가겠다고 그래요. 처랑 자식들을 얼마나 위하는지 언니는 잘 모를 거야. 사실 탁 털어놓고 말해서 제가 친정식구들 다 데리고 시부모 모시고 이 고생하는 걸 제일 가슴 아파하는 남자예요. 날 이 구덩이에서 구해내서 호강시키겠다고 거대한 계획을 세우고 태평양을 건너가 혼자 가시밭길을 개척해놓고 날 데려가겠다니 얼마나 멋있는 남자예요. 요즘 난 남편 하나는 잘 택했구나 하며 하나님께 진정으로 감사하며 지낸다고요."

두리는 껄껄 웃어가며 걱정하지 말라고 한나의 무릎을 눈물이 날 정도로 아프게 꼬집고는 꿈에 젖어 몸을 떨었다. 여자란 얼마나 연약한 마음을 소유하고 있단 말인가! 남편의 말 한마디에 과거를 몽땅 잊고 행복에 녹아 있는 두리를 보며 한나는 속으로 한숨을 삼켰다. 복 많은 조강지첩(지방에 상주시켜 놓은 첩)은 아파트와 고급 승용차까지 남자에게서 뜯어내어 호강하고 사는 이상한 시대인 걸 자기와는 상관없는 타인의 이야기로 여기는 두리가 가여웠다. 돈이 흥청거리는 70년대 말부터 첩 구해달라는 남자들이 늘고 있다는 사실을 왜 두리는 모르고 있을까. 허여멀건 멀쩡한 주부들도 아직 애인이 없다면 신판 팔불출로 여기는 세태인데 두리는 세상 돌아가는 것도 모르고 너무나 열심히 살아가고 있었다. 하긴 인간이란 자기가 알고 있는 지식이 자기의 세계이니 두 손이 수고해서 번 돈으로 남편 공부시키고 양가 부모에게 효도하며 성실하게 살아온 두리가 어찌 속된 세상의 물결을 이해할 수 있겠는가. 주위에서 소란을 떨어 똥냄새가 풍겨도 두리는 주어진 환경에서 최선을 다하고 살아가느라고 그런 풍조를 가늠할 마음의 여유도 없단 말인가.

8

난쟁이 여인과 함께 살겠다고 우겨서 한나는 화방 뒤칸에 있는 좁은 방으로 퇴원을 했다. 다행히 신품종의 좋은 전기 난방기구들이 시중에 나와 있어서 싼 것으로 사다 놓았는데도 방은 훈훈했고 작은 창에 연분홍색 커튼을 쳤더니 사랑이 깃든 빛이 온방에 감돌았다. 암의 뿌리가 깊이 번져서 병원에서도 퇴원해서 집에서 임종하기를 바라던 터라 한나의 남은 날들을 주변 사람들까지도 손을 꼽을 수 있을 정도였다. 이런 절망적인 몸을 가지고 한나는 희한한 일을 하겠다고 우겨서 두리를 당황하게 했다. 건강한 사람도 힘든 아주 천박한 일을 서슴없이 하겠다고 나선 것이다. 두리화방이 마침 대학의 정문 근처에 자릴 잡고 있어서 화방 앞에 나앉아 여대생들 구두를 닦는 일을 하겠다는 거다. 슈산 보이처럼 작은 가게를 차리고 하는 것이 아니고 의자를 하나 놓고 사과 궤짝에 필요한 구두닦이 도구와 구두약을 넣어가지고 퇴원 다음날 한나는 길거리에 나가 앉았다. 병든 여인이 구부정하게 엎드려 열심히 구두를 닦는 걸 보고 호기심이 발동한 여대생들이 줄을 서서 발을 내밀었다.

"몸도 좋지 않은데 도대체 돈을 벌어 무엇에 쓰려는 거요?"

여간해서 분을 발하지 않는 난쟁이 여인까지 역정을 냈다. 오늘, 내일 생명이 경각에 달린 사람이 구두를 닦아 돈을 벌고 있으니 참으로 걱정거리였다.

"백만 원을 벌 계획이에요, 아줌마."

"아직도 돈에 대한 매력을 버리지 못한 모양이군. 쯧쯧…… 그나저나 그 돈을 어디에 쓰려고 그러우. 그렇게 돈이 필요하면 내가 주리다."

"아줌마 돈은 필요 없어요."

"그럼 두리에게 말해 얻어줄 테니 제발 들어와 누워 있구려. 날씨는 점점 추워오는데 그 몸을 하고 어쩌려고 그래요."

"내 손이 수고해서 얻어지는 돈을 가지고 싶어요. 남을 속여 버는 돈이 아니고 더러운 짓을 해서 버는 돈이 아닌 깨끗한 돈을 벌겠어요."

"그래 그 돈을 어디 쓸 참이요? 부모에게 효도하려고 그러우?"

"아니요. 저기 다리 밑에 가면 넝마주이들이 사는 천막이 있어요."

"여기서 가까운 곳이지. 그런데 그런 곳이 있다는 걸 어떻게 알았지."

난쟁이 여인의 얼굴빛도 병색이 완연했다. 병든 두 여자는 한낮 도심지의 먼지와 매연으로 인해 흐릿해진 태양 밑에서 더욱 찌들어 보였다. 두 사람 모두 누렇게 뜬 얼굴이었다. 아직 털목도리를 두르지 못한 두 여인의 시래기 빛 목에 영하의 추위가 몰고 온 한파로 소름이 닭살처럼 깔렸다.

"그전부터 유명한 곳이지요. 재건대원들이라고 말하지만 실은 감옥에서 나와 갈 곳이 없어 버려진 남자들이 모여 사는 곳이지요. 그곳에 내 손으로 수고한 돈이 생기면 모두에게 성경, 찬송을 사다가 나누어주고 두리가 다니는 교회 목사님께 부탁해서 떡을 한 가마 해가지고 가서 예배를 한번 봐주고 싶어요."

"세상에! 그렇게 좋은 계획이 있는 걸 모르고 난 엉뚱하게 또 돈독이 올랐나 하고 걱정했지. 나도 한 몫 끼어주구려. 그럼 이렇게 하지. 한나씨가 오십만 원, 내가 오십만 원 하면 어때요."

"싫어요. 순전히 내 손이 수고한 돈으로 나 혼자 감당하고 싶어요."

"그렇게 고집부리는 이유가 뭐요? 같이 합시다."

"제발 나 혼자 이 일을 하게 놔두세요. 난 곧 죽을 터인데 예수님 앞에 섰을 적에 너 무엇하고 왔느냐 물으면 아무 일도 못하고 왔다고 말할 것을 생각하면 몸이 오그라들어요. 작지만 이 일이라도 하고 가면 부끄럽긴 하지만 하나님 앞에 슬그머니 얼굴을 들고 앉을 수는 있잖아요. 이해하시겠어요, 제 마음을."

"아유! 어쩜 그렇게 아름다운 사랑을 가졌소. 어쩜 그렇게 귀한 믿음을 지니게 됐느냔 말이요. 부러워요, 부러워. 할렐루야! 나의 하나님. 이런 아름다운 믿음을 보시고 우리 한나씨를……."

난쟁이 여인은 눈물을 찔끔거리며 울기 시작했다. 병든 여인들이 한 사람은 엎드려 구두를 닦고 불구인 여인은 울고 서 있으니 호기심이 발동한 사람들과 자연스럽게 사랑이 움튼 여대생들이 많이 모여들기 시작했다. 한나는 아픈 몸을 앙당그리고 여대생들 구두만을 닦을 뿐 절대로 남자들의 구두는 닦지 않았다. 그 이유는 그 근처에 있는 다른 구두닦이들의 생업에 위협을 주고 싶지 않아서였다. 하루 종일 점심 먹을 시간도 없이 한나는 구두를 닦았다. 어떤 때는 너무 힘에 겨워 화방에 들어와 쓰러지기도 했으나 오뚝이처럼 일어나 구두에 매달렸다. 목숨을 건 열심이었다. 놀라운 힘이었다. 무서운 의지력이었다. 그렇게도 곱고 아름다웠던 모습이 병으로 찌그러지고 고통으로 일그러졌으나 구두를 닦으며 서서히 눈에 빛이 살아나기 시작했다. 한나는 암으로 인한 처절한 아픔도 잊을 지경으로 일에 몰두했다. 몸은 파란 심줄이 드러나게 뼈와 가죽만 남았으나 눈은 영롱한 빛을 뿜어 올렸다.

9

석두가 미국으로 떠난 지 반 년이 돼가는 한여름, 변함없이 한나는 이를 악물고 구두 통에 매달렸고 두리는 눈이 보이질 않아 노골적으로 역정을 내며 노망기까지 곁들인 나 회장의 잔심부름을 하느라고 정신이 없었다. 반신을 못 쓰는 노 여사는 사위가 미국으로 떠난 뒤엔 조심성이 없어져서 아예 아랫목에 자리를 펴고 누워버렸다. 이런 집에 들어서면 무지근하고 어두운 기운이 부엌이랑 안방, 건넌방, 어딜 가도 무섭게 사방을 찍어 누르고 있었다.

"한나, 그년은 무얼 하느라고 얼굴 한 번 내밀지 않아. 배라먹을 년 같으니라고. 돈 잡아먹는 귀신이 붙어서 두리 널 괴롭힐 게 뻔하다."

"어머님, 제발 정신 좀 차리세요. 언니는 암이라는 죽을 병에 걸려 투병하고 있는데 위해서 기도는 하지 못할망정 그렇게 험담하지 마세요."

"암에 걸린 건 당연한 거여. 부모를 이 지경으로 만들어 놓고 지가 편안키를 바랬어. 암, 암…… 빨리 죽지 말고 두고두고 시간을 끌며 고생을 해야지. 암 병으로 우리가 받는 몇 십 배의 고통을 그년이 받아야지."

목구멍까지 끓어오르는 분노와 역겨움을 두리는 꿀꺽 삼켰다. 어째서 남편인 석두가 이 집엘 들어오기 싫어하며 밖으로 겉돌았는지 알만했다. 오죽했으면 태평양을 건

너 가버렸을까. 친척들 아무도 따라올 수 없는 곳으로 가서 단출한 가정을 이루겠다는 그의 말이 백번 옳다는 생각이 슬며시 두리의 가슴 속으로 파고들었다.

"하린 어멈아, 어제 안과에 가니 의사 말이 눈동자를 구하면 나도 볼 수 있다고 하더라. 누군가가 눈을 기증해 주면 좋으련만. 죽어가는 사람이나 사형수가 눈을 기증하는 예가 있다는데 모두가 젊은 사람들 몫으로 돌아가지 나처럼 늙은 사람에게 차례도 오지 않고 또 돈도 없고……."

나 회장이 주뼛주뼛 두리를 향해 멀어버린 눈을 끔벅이며 어렵게 입을 뗐다.

"주책이유. 이제 눈을 떠서 뭘 하려고 그래요. 눈 뜨면 흑장미 마담이라도 만나서 사기당한 빌딩을 찾을 심산이유."

노 여사가 쇳소리가 나게 신경질적으로 반응하자 나 회장은 머리를 두 어깨 사이에 움츠려 박고 벽을 향해 돌아앉더니 주머니를 더듬어 담배를 꺼내 물었다.

"하린 할아버지, 기도하세요. 기도하시면 좋으신 우리 하나님은 모든 걸 들어주십니다."

난쟁이 여인이 아침 두어 시간만 서는 골목의 반짝 시장에서 싱싱한 조기를 한 두름 사 들고 들어왔다가 건넌방의 대화에 끼어들었다.

"흐흥, 또 하나님 타령이야. 하나님이 하긴 뭘 해."

노 여사는 신경질적으로 마비된 손을 성한 손으로 잡고

목에 힘을 주면서 악을 썼다.

"하린 할머니가 의지한 신이 누군지 모르지만 여직 해 놓은 것이 무엇입니까. 한 번만 하나님을 의지하고 간구해 보세요. 꼭 들어주실 것입니다."

난쟁이 여인이 검어진 뺨 위로 흘러내린 머리카락을 쓸어 올리지도 않고 눈을 깜박이며 잔잔하나 확신에 찬 목소리로 대꾸했다.

"그런 당신의 몸은 왜 그 꼴이요. 당신이나 건강하게 해 달라고 당신이 믿는 하나님께 빌어 보구려. 우린 말년에 액이 끼어 이 꼴이지만 당신은 그렇게 좋은 하나님을 믿고 살았어도 몸이 왜 그 꼴이란 말이요."

"어머니, 무슨 말씀을 그렇게 하세요."

듣다 못해서 두리가 막고 나섰다.

"지나 잘 믿고 살지 누구보고 이래라, 저래라 야단이야. 그 주제에."

노 여사는 두리의 눈을 피해가며 목소리를 낮추어 하고 싶은 말을 나오는 대로 주절거리며 뱉어내다가 이죽거리고 히죽거리며 뭐라고 혼자 구시렁거렸다.

"하린 엄마. 나도 이 집을 일으키노라고 할 만큼 했는데 아무래도 매달 받는 돈을 세 배로 올려 받아야겠어. 사실 내가 이 집 돌아가는 돈의 절반을 벌어들이니 그만큼 받을 자격이 있다고 생각해."

난쟁이 여인이 단호하게 두리에게 돈을 요구하고 나섰

다. 미국으로 돈을 부치랴, 이 대식구의 생활비를 대랴, 이젠 하린이 유치원을 다니고 피아노학원을 간다고 야단인데 난장이여인까지 돈을 올리란다. 남편 쪽이랑 자신의 피붙이들이 사슬처럼 엉켜서 살아가는 모든 일이 너무나 힘들고 지겹다는 생각이 들었다. 그렇게 믿고 의지해온 난쟁이 여인까지 이젠 돈을 들고 나오니 섬뜩할 지경이었다. 하긴 몸은 병들고 두리는 곧 미국으로 떠난다고 하고 살길이 없으니 그렇겠지. 마음 한구석이 뻥 뚫린 듯 스산한 바람이 그녀의 온몸을 휘감고 지나가서 휘청거렸다. 아아! 춥다. 인간의 삶이란 이렇게 슬프고 괴롭고 쓸쓸한 것이란 말인가. 이 모든 이유가 싫든 좋든 의지했던 남편, 석두가 떠나서 불어오는 바람일까. 하나님은 이다지도 성실하게 사는 나를 왜 자꾸 구렁텅이로 밀어 넣고 있을까. 한나 언니만 해도 그렇다. 약값이란 일체의 생활비는 두리에게 뜯어가고 구두를 닦아 버는 돈은 넝마주이들에게 바친다고 한다. 지금 두리의 형편이 넝마주이보다 더 썰렁하고 힘든데도 말이다. 석두가 요구하는 돈이 너무 많아서 탈이다. 만리타향 미국이란 땅에 아는 사람 없이 얼마나 힘이 들면 그렇게 많은 돈을 보내라고 그럴까. 그러니 이곳의 생활은 말이 아니었다. 참으로 참담할 지경이었다. 난쟁이 여인이 요구하는 돈까지 주고 나면 어찌 살아야 할지 앞이 캄캄했다. 그렇다고 그녀를 몰아낼 수도 없다. 다른 사람이 어찌 그 자리를 대신할 수가 있단 말인가.

"아줌마, 지금 내 생활이 엉망인데 돈을 지금의 세 배로 꼭 받으셔야겠어요. 하린 아빠가 요구하는 돈 액수가 너무 많아서……."

"나도 더 이상 양보 못 하겠어. 지금 버는 돈의 반을 내 몫으로 가져간다 해도 두린 말 못 할 거야. 아무튼, 나도 돈이 필요해."

"여직 드린 돈을 모두 어디 쓰셨어요?"

"나도 한나처럼 가장 어려운 사람에게 썼지. 그것도 두리가 알아야 하나. 두린 마음이 모질지 못해서 탈이야. 사랑도 절제가 필요한 법이야. 남편이고 부모고 자식이고 간에 사랑을 베풀되 절제하는 법도 알아야 해."

"그것하고 아줌마 돈 올려달라는 것하고 무슨 상관이 있나요?"

두리가 발끈해서 난쟁이 여인에게 덤벼들었다. 완전히 쓰러져버린 이 가정을 일으키는 데 결정적인 역할을 했던 난쟁이 여인을 향해 처음 느껴보는 이질감이 두리의 마음을 불편하게 했다.

'아아! 아줌마도 내겐 타인이구나. 난 혼자야.'

그러고 보니 난쟁이 여인은 석두가 미국으로 떠난 뒤부터 눈에 띄게 달라져있었다. 그악스럽게 돈을 긁어모으고 비참할 정도로 절약해서 병든 강아지처럼 몸에서 비릿한 냄새가 풍겼다. 두리가 미국으로 떠나 가버리면 병든 불구의 몸으로 살아갈 길이 없으니 목돈을 만들어 다른 곳에 혼자 힘으로 경영할 화방을 차릴 속셈이 분명했다. 그렇다면 그녀가 일생 동행했던 하나님도 질병과 늙음 앞에선 힘을 못 쓰는 것일까. 세상의 흐름이 돈이면 만사 오우케이이니 어찌 난쟁이 여인도 여기서 예외일 수 있으랴. 두리가 태평양을 건너가면 그곳에서 뿌릴 내려 돌아오지 않을지도 모른다. 그렇다면 난쟁이 여인이 원하는 액수를 지불해주는 것도 서로의 가슴에 따뜻한 추억을 남기는 것이 되리라. 아아! 혼자 이런 일들을 결정한다는 것이 무섭도록 겁이 났다. 지금까지 두리는 너무나 많이 난쟁이 여인을 의지하고 살아왔음을 실감했다. 모든 일에 난쟁이 여인이 기도로 밀어주고 조언을 해준 탓이다. 이젠 혼자 서야한다. 난쟁이 여인 없이 혼자 서야한다.

남편 석두는 주립병원에 파트 타임으로 나가며 박사코스에 들어갔다는 자랑 편지를 연일 보냈다. 푸른 꿈에 들떠서 편지마다 '여보, 사랑해요.'란 말을 수십 번 썼다. 참으로 오랜만에 두리와 석두는 제2의 연애기로 접어들었다. 낯과 낯을 대하지 못하고 편지로 마음을 통하니 모든 것이 아름답게 보이고 편지를 기다리는 설렘으로 두리는 들떠있었다. 미국으로 간다는 꿈과 남편이 박사가 된다는 소망이 두리의 어깨에 두 날개를 달아주어 구름 위를 둥둥 날아다녔다.

걱정거리가 있다면 '사랑해요.'란 말만큼 돈을 보내라

는 액수가 많아진다는 점이다. 학비가 엄청 비싸다느니, 책값으로 얼마나 들고 논문을 쓰자니 컴퓨터도 사야하고…… 그의 청구액은 어마어마했다. 요즘은 이곳의 뿌리가 흔들릴 정도로 요구를 해왔다. 이왕이면 한국에 있는 가게와 집을 팔아서 이곳 근교에 잔디밭이 크고 아담한 집을 사자. 당신과 아이들이 어떻게 검둥이들이 우글거리는 다운타운에 거할 수 있겠는가. 백인촌에 집을 사야 아이들도 훌륭하게 교육시킬 수 있으니 염려 말고 어서 돈을 부치면 당신이 오기 전에 침대도 사고 가구들도 사서 신데렐라를 모시듯이 놀랍게 장식을 하겠다고 안달이었다.

"그건 말도 안 돼. 가게와 집을 팔면 그나마 쌓아놓은 탑이 무너지는 거야. 어떻게 일으킨 기업인가. 절대로 가게와 집을 처분하지 마."

난쟁이 여인이 기를 쓰고 막아섰다. 병이 깊어가서 눈에 열기가 퍼져 눈곱이 녹두알처럼 눈꼬리에 끼어있는 그녀의 입에서 역겨운 단내가 났다.

"난 어차피 미국으로 갈 사람이야. 대식구들이 모여 사는 이 집에 들어서면 숨이 막혀. 하린 아빠 말대로 모든 걸 팔아버릴 거야. 난 새가 되어서 자유롭게 창공을 날아다니고 싶단 말이야."

"그건 인간의 생각이야. 절대로 그런 결정을 내리면 안 된다니까."

난쟁이 여인은 두리의 허리를 껴안고 애걸했으나 벌레를 털어내듯이 두리는 야멸차게 뿌리치고 석두가 있는 미국을 향해 비상하려는 새처럼 날갯짓을 했다.

　"날 두고 어딜 가려느냐? 나 죽거들랑 묻고 가거라. 늙은이들만 덜렁 남겨놓고 언제 올지 모르는 이역만리 땅으로 너희들을 어찌 보내겠느냐. 못 보낸다. 절대로 못 가."

　두리의 시어머니, 문경댁의 반대가 예상외로 거셌다. 설상가상으로 시아버지마저 중풍으로 쓰러져 대소변을 받아내야 했다. 어째서 나이 들면 갓난아기처럼 대소변을 못 가리게 되는 것일까. 죽음이란 영화에서 보는 것처럼 그렇게 쉽고 간단한 것이 아니라 끈질기게 시간을 끄는 투쟁이었다. 며느리 사랑은 시아버지 사랑이라고 한다. 감옥에서 오랜 세월 보낸 탓인지 입이 무겁고 이따금 씨익 웃어 보이는 것이 전부였던 분이다. 쌀쌀한 아들보다 며느리를 더 사랑해서 뒤에서 말없이 늘 며느리를 위해주셨던 분이다. 어서 남편이 있는 곳으로 가야 하는데 핀에 꽂힌 표본나비처럼 두리는 온몸을 탄탄한 밧줄로 세차게 묶어놓은 상태였다.

　"거 봐라. 네가 떠난다니까 이 노인도 며느리 품에서 죽으려고 명을 재촉하고 있구나. 하린 아범은 공부 중이라 외롭진 않을 터이고 돈을 여기서 부쳐주니 사는 데 지장이 없을 터이고…… 여긴 우리뿐만 아니라 앞 못 보는 바깥사돈과 반신불수인 안사돈 모두 너 없인 살지 못한다.

제발 우리 모두 죽거들랑 땅에 묻어주고 태평양을 건너가라."

양가의 노부모들이 거세게 뒤에서 잡아당기며 놓지를 않았다. 미국에선 어서 들어오라고 성화고 여기선 노인들이 발을 구르며 울부짖다가 거머리처럼 달라붙었다.

"아아! 난 어떡하면 좋아. 이러지도 못하고 저러지도 못하고 양쪽에서 잡아당기는 통에 태평양을 사이에 두고 몸이 반으로 찢어질 지경이니."

구두닦이를 하면서 성경을 벌써 두 번이나 통독한 한나까지 전도서의 일부를 인용해가면서 어른들과 합세했다.

"매사에 때가 있는 법이야. 울 때가 있으면 웃을 때가 있고 미워할 때가 있으면 사랑할 때가 있다더라. 전쟁할 때가 있으면 평화할 때가 있고 기쁠 때가 있으면 슬플 때가 있단다. 돌을 던져버릴 때가 있으면 돌을 거둘 때가 있는 법이라는데 시부모도 돌볼 때가 있으면 언젠가는 떠날 때가 올 것이다. 너도 알지만 숨 쉬는 것까지 인간의 뜻대로 되는 것이 있니. 이렇게 들떠서 우왕좌왕하지 말고 기도하고 결정해라."

"지금이 바로 떠날 때야. 날보고 더 희생하라고 강요하지 마. 언니도 내가 없으면 당장 경제적인 타격이 오니까 날 붙드는 것이 아니우. 모두 날 이용하려는 사람들밖에 없어. 내 주위엔 사랑에 굶주린 사람들뿐, 날 사랑해주는 사람은 단 한 명도 없다니까."

"네 믿음대로 되는 법이다. 고렇게 얇은 믿음을 가지고 어떻게 이 자리까지 왔는지 모르겠다. 하나님이 우리 가정을 사랑해서 널 이만큼 돌봐주신 것이지 네 공로는 하나도 없다는 걸 신앙의 눈으로 봤으면 좋겠다. 너 때문에 하나님이 이 사업과 가정을 일으킨 것이 아니고 널 위해 기도해준 사람들의 기도를 응답하신 걸 왜 모르니."

"언닌 배가 부르니까 고런 소릴 하는 거야. 난 언니처럼 돈을 써본 적도 없고 마음 놓고 옷 한 벌을 사 입은 적이 없어. 내가 아니었으면 이 가정이 어떻게 되었겠어."

"너 병들어도 단단히 들었다. 물론 너의 수고를 인정한다. 그러나 우리가 아무리 마음으로 경영해도 그 뜻을 이뤄주시는 분은 하나님인 걸 정말 네가 몰라서 하는 말이냐."

"난 몰라. 단지 억울하다는 심정뿐이야. 난 동생이야. 동생이 언니까지 돌보고 있으니 미치겠어. 나 좀 제발 풀어줘."

"내게도 때가 있다. 넝마주이에게 줄 돈을 모으려면 시간이 필요하다. 그리고 너도 알지만 난 오늘내일 하나님이 부르실 날을 기다리는 몸이다."

"뭣 때문에 넝마주이들을 돌봐주려고 그래. 언니의 이웃은 바로 나야. 하나뿐인 동생이 죽어 가는데 피도 통하지 않는 사람들을 도와주겠다니 웃기는 일이야. 언니의 그 위선이 싫단 말이야. 언닌 언제나 그랬었지. 바람 부는 대로 언닌 갈대처럼 나부꼈으니까."

두 자매의 언성이 높아지자 이 집에 들어와 쉬쉬하며 가정의 평안을 위해 몸으로 때우며 살았던 문경댁이 강하게 두리를 면박했다.

"네가 이 집에 들어와 고생한 것을 모두가 인정한다. 그러나 시어미인 내가 없었다면 누가 아이들을 길러주었겠니. 그래도 늙은 내가 두 아이를 길렀기에 네가 나가 돈을 번 것이 아니냐. 이 가정이 이만큼 일어나는 데 너 혼자 힘으로 된 것이 아니다. 키우는 것도 돈 버는 것만큼 힘든 작업이다."

"어머니 수고하신 것을 누가 아니라고 했어요. 엄마 노릇 못하고 돈 벌겠다고 자식을 버려두고 나간 에미의 심정을 어머닌 알기나 해요. 흑흑흑……."

"그렇게도 과거의 고생이 지겨웠단 말이냐. 그래서 시아버지가 오늘내일 죽을 날을 기다리고 있는데 버려두고 떠날 때라고 싸우고 있단 말이냐. 가려면 우리 노부부를 당장 죽이고 떠나거라."

고부간에 미국 가는 문제를 놓고 소란을 떠는 동안 나 회장은 마루 끝에 앉아 보이지 않는 눈을 들어 허공에 대고 끔벅거렸다. 쓸쓸한 표정이었다. 몸 전체에 흐르는 추레함이 회장으로 있을 적의 말쑥함이 사라지고 여느 사람들처럼 후줄근한 노인의 모습 그대로였다.

"하린 외할아버지 눈 뜨기를 원하세요?"

난쟁이 여인이 그의 곁에 바짝 다가앉으며 귓속말로 물었다. 노인은 크게 머리를 끄덕였다. 탐욕과 자신감이 넘쳐흘러 기름기가 자르르 돌던 마음이 아니라 아기처럼 단순하고 순박한 마음밭이 그대로 그녀에게 전달되었다. 억제할 수 없는 사랑이 그녀의 가슴에서 흘러나와 온몸이 전율하도록 거세게 휘몰아쳤다.

"눈을 뜨게 해주면 예수를 믿으시겠어요?"

"물론이지요. 예수님은 이천 년 전에 장님을 수술도 하지 않고 척척 고쳐주셨다는군요. 그 이야기를 듣고 만약 제 눈을 뜨게만 해준다면 예수를 당장 그 자리에서 믿겠다는 마음이 들더군요. 그러나 그런 일이 어떻게 일어날 수 있겠어요. 누가 제게 눈을 기증할 것이며 또 눈이 있다 해도 그 많은 수술비를 무슨 수로 감당할 것입니까. 그러니 내가 예수를 믿는다는 건 숲에서 물고기를 잡겠다는 거나 마찬가지로 불가능한 일이요."

"믿는 자에겐 불가능이 없답니다. 할아버지는 곧 눈을 뜨게 될 것입니다. 그걸 믿고 하나님께 간절히 간구하세요."

"아니 이 아줌마가 듣자 하니 점점 미친 소릴 하고 있네. 두리랑 짜고 우릴 속여서 떼어내버리고 미국으로 도망가려고 그러우. 요즘 돌아가는 집안 꼴이 수상타 했더니 쯧쯧…… 안 속아요. 내 속에서 낳은 자식에게 속아 우리가 이 지경이 되었지만, 마지막 판에 예수에게 속을 줄 알아요. 어림없지, 어림 한 푼어치도 없고 말구. 여보!

정신 똑바로 차리시구려. 저 여자 그물에 걸렸다가는 예수귀신에 홀려 우리 만신 목이 조일 터이니 조심하시라고요."

노 여사를 그냥 두었다가는 어떤 푸념이 쏟아져 나올지 조마조마한 순간이었다. 나 회장이 미리 낌새를 채고 미안하다는 손짓을 난쟁이 여인에게 해보이고 노 여사를 잡아끌어 방으로 들어가버렸다.

문경댁도 제풀에 꺾여 슬그머니 안으로 사라지고 마당엔 두리와 난쟁이 여인만 남았다. 하나님이 코끝에 호흡을 허락했으니 사람이지 죽으면 땅에 묻혀버리는 흙일뿐이다. 죽음을 준비해야겠다는 강렬한 내부의 소리를 난쟁이 여인은 억제할 수가 없었다. 오늘 밤 하나님이 부르신다면 이 땅 위에서의 일을 마무리 짓지 못하고 떠나는 꼴이 된다.

"두리, 내가 긴히 할 말이 있어. 나랑 조용한 음식점에 가자."

"아줌마도 돈이 필요하단 말을 할 참이지요. 내 주변 사람들 모두가 한결같이 손을 벌리고 돈을 달라, 사랑을 달라 아우성이라고요."

"그런 게 아니야. 따라오라니까. 와봐."

두리화방 맞은편에 요즘 요란하게 치장을 하고 새로 문을 연 일식집에 두 여인이 들어가 마주 앉았다. 두리의 머리는 온통 돈으로 먹칠이 까맣게 돼있어서 표정이 어두웠다. 그녀가 고생하며 살아온 경험으론 무엇이나 돈이 해결책이었기 때문이다.

"하린 엄마, 잘 들어요. 내 눈을 ㅅ대병원에 기증하겠다고 수속해 두었으니 오늘 나랑 함께 그 병원에 가서 두리가 기증을 실천에 옮길 사람이라고 서명을 해주어야겠어."

난쟁이 여인은 핸드백을 뒤져 안구기증카드를 상 위에 내놓았다. 두리는 처음에 무슨 소린 줄 몰라 의아해서 입을 열지 못했다.

"내가 죽은 뒤 24시간 내에 안구를 적출해서 개안수술을 하도록 해요. 좋으신 우리 하나님께서 반드시 나 회장의 눈을 뜨게 할 걸 믿어요."

"그럼 제 아버지께 헌안하겠단 말씀인가요?"

"응. 그다음 수술비가 문제 되겠군. 그것도 내가 준비했어. 여기 통장하고 도장이 있어. 아무리 쪼들려도 이 통장의 돈을 건드리지 말라는 조건으로 넘기는 거야."

"아줌마, 왜 갑자기 이래요. 내가 미국으로 간다니까 영원히 이별하는 줄 아시나 본데 나 꼭 돌아올 거예요. 멀쩡한 사람이 안구적출이니 기증이니 하니까 소름이 끼치네요."

"사람이 죽는 것은 정한 이치라고 했어. 언제 죽어도 죽을 몸. 다 주고 가야지 가지고 갈 수가 있어야지. 돈도 명예도 아무것도 가지고 갈 수 없는데 이웃에게 모두 나누어주어야지."

점심시간이 훨씬 지난 때라 음식점은 썰렁하게 비어있었다. 그래서 둘이 오순도순 이야기를 나눌 적에 방해하는 사람이 없었다.

"아줌마. 정말 미안해요. 난 아직 나이가 어려서 그런지 어려운 일에 부딪힐 적마다 마음이 요동하고 믿음이 적어 그런지 신경질이 나고 예수를 믿는다고 하면서도 내 마음을 의지한 적이 너무 많아요."

"아직 나이도 어리지만 불 같은 시련을 겪지 않아서 상한 심령으로 하나님께 부르짖을 겨를이 없어서 그래."

"믿음의 색깔이 사람마다 다른 건 그 때문인가 보지요."

"두리 일생에 용광로 속보다 더 뜨거운 고난의 때가 올 거야. 재작년 나랑 포항제철의 압연장을 견학한 생각이 나지? 보잘것없는 철광석이 용광로에서 녹아 압연장으로 옮겨져서 비싼 열연코일로 변하는 걸 보고 우린 얼마나 감탄했어. 두리도 그런 뜨거운 시련기를 거쳐 정금같이 나올 거야."

"아줌마가 내 곁에 있어 준다면 난 꼭 승리할 수 있어요."

"호호…… 내가 미국까지 따라갈 수가 있나. 참, 여기 두리를 위한 선물이 있어."

난쟁이 여인이 조그마한 상자를 두리 앞에 내밀었다. 예쁘게 포장을 한 아주 앙증맞은 상자였다.

"지금 펴 봐도 될까요?"

"아니. 이건 농 깊숙이 감추어 두라고. 먼 훗날 불 같은 시련이 닥치고 내가 두리 곁에 없을 적에, 죽음을 생각할 정도로 나락으로 떨어져 내려 절망할 때에 열어보면 힘이 되어줄 거야."

두리는 난쟁이 여인이 건네준 작은 상자를 뜯어보고 싶은 강렬한 욕망을 누를 수가 없었다. 선물이란 준 사람 앞에서 뜯어보는 것이 예의라고 하지 않던가. 굉장히 큰 다이아몬드 반지를 선물한 것일까. 얼굴이 누렇게 들뜰 정도로 돈을 모으느라고 혈안이 된 사람이 그런 비싼 것을 샀을 리가 없다. 안구를 기증할 정도의 사랑을 지녔으니 두리에게도 뭔가 줄 것이란 기대가 슬그머니 머릴 들었다. 엉뚱하게 물질을 기대하는 자신이 너무 초라해 보여서 두리는 누에처럼 양어깨 사이에서 머리를 흔들었다.

어느 명의의 유언처럼 하나님을 잘 믿고 인내하라는 글귀를 써넣은 종이쪽이 들어 있을 것이다. 한 장으로는 마음이 놓이질 않아 성경 구절을 줄줄이 사랑으로 적은 종이쪽을 넣고 허풍을 떠는 것이 틀림없었다.

"아줌마, 지금 당장 펴보고 싶어요."

"내가 두리에게 부탁하는 마지막 소원이야. 뭔 훗날 두리가 절망했을 적에 펴보라고."

이렇게 말해 놓고 난쟁이 여인은 눈가에 피잉 도는 눈물줄기를 감추려고 얼굴을 옆으로 돌렸다.

"미안해요. 아줌마의 마지막 소원이라면 그렇게 할게요."

"고마워. 날 기쁘게 해주어서. 이건 우리 두 사람만의 영원한 비밀이니 가장 가까운 사람이 생겨도 절대로 말해선 안 돼."

"점점 호기심이 생겨서 자꾸 펴보고 싶네요. 그러나 약속을 지킬게요. 먼먼 훗날 제가 지옥과도 같은 불구덩이에 던져졌을 적에 펴볼게요. 아마 제게 힘을 주는 아주 적절한 하나님의 말씀이 들어 있겠지요. 언제나 아줌마는 제게 하나님의 법이 육신이 갈망하는 법보다 훨씬 고차원적이라고 가르치셨지요. 제가 돈 돈 돈 하니까 돈독이 올라 누렇게 들떠있을까 봐 하나님의 말씀을 적어 넣어주시는 걸 왜 제가 모르겠어요. 우리 새끼손가락을 걸어요. 아줌마와의 약속을 지켜서 더 내려갈 수 없는 바닥까지 떨어졌을 적에 이 상자를 열겠어요. 이제 마음이 편하세요?"

서로 태평양을 사이에 두고 헤어지는 마당에 난쟁이 여인이 두리에게 돈을 요구하지 않는 것이 우선 고마웠다. 게다가 어린아이처럼 하나님의 말씀을 적어 상자에 넣어주는 것이 우습기는 했지만 다행이라고 생각하며 내심 후유 안도의 숨을 삼켰다.

난쟁이 여인이 가만히 두리의 새끼손가락에 자신의 손가락을 걸었다. 두리는 어릴 적 소꿉친구들과 하던 맹세를 떠올리며 피식 웃었다. 허나 난쟁이 여인의 눈에선 눈물이 주루룩 흘러내렸다.

"난 너로 인해 이 세상 나그넷길이 즐거웠어. 넌 내가 가장 가까이 했던 사람이었다. 어느 땐 내 몸의 일부처럼 느껴질 정도였으니까. 널 만나고 난 삶의 보람을 느꼈고 너로 인해 난 하나님께 얼마나 감사했는지 몰라. 이 땅에서 날 인정해주고 사랑해준 유일한 사람은 너, 두리밖에 없었으니까. 보다시피 난 난쟁이고 병신이라 모두가 날 피해갔거든."

"아줌마, 무슨 소릴 하고 있어요. 우린 한 식구였어요. 아줌만 내게 언니이기도 했고 엄마이기도 했지요. 또 신앙의 길잡이였고요."

두리의 이 말에 난쟁이 여인은 만족한 듯 조용히 머리를 끄덕이며 입가에 미소를 지었다.

"육체적으로 헤어져도 두리의 마음속에 영원히 내가 살아있겠지?"

"머리에 사진처럼 찍힌 과거를 어찌 잊겠어요."

"됐어. 이제 됐어. 그 한마디로 족해."

두 여인이 팔꿈치를 탁자 위에 올려놓고 서로의 손을 잡고 마주 보고 있을 때 한나가 불쑥 들어섰다. 한나의 얼굴은 기쁨에 절어서 볼이 발그레하게 물들어 있었다. 난쟁이 여인은 어서 가게 문을 열어야겠다며 두 자매를 남겨두고 화방으로 먼저 가버렸다.

두리 앞에 나타난 한나는 식탁 앞에 앉아서도 찬송을 큰 소리로 불러서 식당종업원이 무슨 일이 났나 하고 기웃거렸다.

"쉬이! 조용히 해. 사람들이 구경하잖아."

"마음속에 불이 붙어 자꾸 터져 나오는 걸 어쩌니. 내 몸 어딜 건드려도 찬송이 마구 삐져나오는 걸."

"언닌 뭐가 그리 좋아서 찬송이 나오고 신이 나우?"

"코끝에 호흡이 붙어 있다는 게 그렇게 기쁠 수가 없구나. 이 세상을 곧 떠날 사람이어서 그런지 미풍이 내 뺨을 스치고 지나가도 그렇게 감미로울 수가 없어. 튤립 한 송이를 봐도 감격하고 나뭇잎이 바람에 살랑거리는 걸 봐도 황홀해진단다. 죽음을 앞에 두고 내 속에 있는 욕심, 근심 또 눈물, 두려움 따위를 몽땅 십자가 위에 내려놓고 나니 이렇게 홀가분하고 기쁠 수가 없다. 모두가 사랑스럽고 예쁘고 소중해 보여서 미워할 것이 하나도 없어. 이 세상 모두를 가슴에 품어 안을 수 있는 사랑이 샘솟으니 춤을 출 듯하다."

"언닌 경제적 책임을 지고 있지 않아서 그렇게 쉽게 나대는 거야. 나처럼 대식구를 거느리고 힘겹게 생활하면 나처럼 얼굴이 쭈그렁바가지가 되고 잔소리가 많아지고 짐이 무거워 신경질을 내게 되는 거야."

"난 이제야 예수를 믿어 초신자라 이렇지만 넌 집사직까지 맡고도 그런 소릴 하니?"

"집사직도 무겁단 말이야. 교회 가도 수입의 십의 일을 내야 축복받는다고 야단이고 건축한다고 돈 내라, 감사할 일이 있을 터이니 적어도 한 달에 한 번은 감사헌금 해라. 선교를 해야 하니 선교헌금 내라, 주일헌금 내라, 구제헌금, 구역헌금, 장학헌금, 게다가 심방 받으면 교역자들 교통비도 주어야지 여전도회비도 내야하고 마음 맞는 교우들끼리 또 모여 후원회를 조직해서 양로원이나 교도소를 돕는다 등등…… 아휴! 교회 가도 모두 돈, 돈, 돈 하고 아우성이라 내 어깨가 점점 더 무거워져서 짜부라지고 있는데 집사직이 뭐가 어쨌다고 들먹여."

"나처럼 찬송을 해봐라, 하나님은 찬송 중에 거하시더라. 온종일 부르고도 모자라 밤이 깊도록 찬송을 부르면 너무 감사하고 기뻐서 눈물이 줄줄 흘러내리고 구절구절이 살아 움직이며 내 마음을 감동해서 눈앞이 훤히 트인단다."

"언닌 딸린 사람도 없이 혼자만을 위하고 살다가 죽어서도 홀가분하지만 난 샌드위치가 되어서 빠져나가지도 못하고 있어. 그야말로 죽을 수도 없단 말이야. 이젠 사는 것도 지겨워. 앙앙……."

두리가 갓난아이처럼 소릴 내서 마구 울어대서 이번엔 어쩐 일이 터졌나하고 식당주인이 뛰어나와 두 자매를 훔쳐보았다.

10

그때 식당 문이 와락 열리더니 졸업반이 될 때까지 근

4년이나 화방을 드나들었던 여학생이 다급하게 소리쳤다.

"여기 계셨군요. 집으로 연락하러 가던 중 울음소리가 하도 크게 나기에 무슨 일인가 들여다보길 잘했네요. 어서 화방으로 가보세요. 큰일 났어요. 어서요."

화방에 불이라도 났단 말인가. 두리의 머리엔 불길에 싸인 화방과 비명을 지르는 난쟁이 여인의 찌그러진 얼굴이 오버랩이 되어 어른거렸다. 이걸 어쩌지. 마지막 생명줄인 화방마저 타버린다면 이 많은 대식구가 거지가 돼버리는데 이를 어쩌지. 두리는 화방을 향해 곤두박질했다.

"앰뷸런스 불러요. 어서요."

불길에 휩싸인 화방을 보리란 예상과는 달리 두리화방 앞엔 단골 고객들이랑 호기심에 들뜬 이웃들로 웅성거렸다.

"주인아줌마를 먼저 불러야지. 아이쿠! 벌써 숨을 거둔 게 아니야."

두리는 사람들을 헤치고 화방 안으로 들어섰다.

"무슨 일이야?"

"꼽추아줌마가 쓰러졌어요. 갑자기 머릴 통나무처럼 진열장 모서리에 박고 넘어졌어요. 머릴 심하게 다친 것이 분명해요."

난쟁이 여인은 어느 여학생의 품에 안겨 목각인형처럼 뻣뻣하게 사지를 내맡기고 있었다.

"아줌마, 아줌마, 이렇게 가면 어떡해요. 아줌마. 정신 차려요."

두리의 당황한 외침과 흐느낌. 한나가 다급하게 앰뷸런스를 부르는 소리, 행인들이 기웃거리고 여대생들이 도움을 주려고 웅성거려 좁은 화방은 막차를 타려고 모여든 대합실처럼 사람들로 붐볐다. 조금 전까지 난쟁이 여인이 부르는 찬송소리로 가득 차서 평화로웠던 작은 화방은 순식간에 벌집을 쑤신 듯 소란해졌다. 한나가 화방에 남고 두리는 징징 울면서 난쟁이 여인이 실려 가는 앰뷸런스에 올라탔다.

"아줌마. 죽지 마. 이렇게 가버리면 내 가슴에 못을 박고 가는 거야. 한 번만이라도 좋으니 눈을 떠봐. 아줌마!"

두리는 환자의 귀에 입을 대고 연신 흘러내리는 눈물을 닦을 생각도 하지 않고 소리질렀다. 그래도 난쟁이 여인은 미동도 하질 않았다. 이미 호흡이 코끝에서 떠난 것일까. 입에 귀를 바짝 대고 들어봐도 아무 소리도 들리지 않았다. 이따금 가슴이 가만가만 움직일 뿐 난쟁이 여인의 손과 발은 이미 싸늘하게 식어있었다.

"환자를 편안하게 그냥 내버려두세요. 자꾸 이러시면 환자에게 나쁜 영향을 미칠 수 있습니다."

환자가 담긴 들것의 묶임이 단단하게 조여 있는지 확인하고 맥박을 세던 의사가 짜증을 냈다. 그래도 두리는 난쟁이 여인의 가슴에 얼굴을 묻고 울음을 삼킬 수가 없었다. 아아! 얼마나 두리를 사랑해주었던 사람인가. 어떻게 살아온 사이였던가! 이 세상에 태어나면서 부모보다 그녀를 더 아껴주었던 여인이 아니던가. 미국에 갈 꿈에 빠져서 모두를 귀찮다고 몸부림치며 뿌리쳤는데 하필이면 제일 먼저 떨어져나간 사람이 가엾은 난쟁이 아줌마라니. 두리가 홀가분하게 모두를 떨쳐버리고 미국으로 가려 하니 아줌마는 이런 식으로 선수를 쳐서 작별하고 있단 말인가. 아니야. 아니야. 이렇게 떠나면 난 일평생 죄책감에 시달릴 거야. 미국에는 먼먼 훗날 떠날 터이니 제발 눈을 한 번이라도 떠봐요. 두리는 응급실에 실려가는 난쟁이 여인 곁에서 몸부림치며 엉엉 울어댔다.

응급실엔 모두 위급한 사람들뿐이었다. 교통사고로 피를 흘리는 사람들이 있고 혈압으로 쓰러져 혼수상태에 빠진 젊은이도 있었다. 간호사나 의사들 모두 표정 없는 얼굴로 사무적이고 냉담하게 환자들을 대했다. 매일 이런 환자들이 실려 오니 그때마다 놀란 표정을 지을 수는 없겠지. 이렇게 생각하면서도 두리는 쥐방울처럼 잽싸게 돌아다니며 의사나 간호사를 붙들고 늘어졌다.

"의사 선생님. 어서 이 환자를 먼저 봐주세요. 어서요. 제발 살려주세요. 돈은 얼마든지 드릴 터이니 불쌍한 우리 아줌마를 살려주세요."

겨우 차례가 와서 난쟁이 여인의 눈까풀을 뒤집어본 의사는 머릴 흔들었다.

"가망이 없단 말인가요?"

의사는 말없이 고개만 끄덕일 뿐이었다. 세상에! 이렇게 쉽게 세상을 떠날 수가 있단 말인가. 꽃대궁이 툭 꺾이듯 그렇게 생生과 사死가 갈릴 수가 있단 말인가.

난쟁이 여인은 아픔도 없이 혼수상태에서 임종을 맞고 있지만, 옆에서 이걸 지켜보는 두리의 가슴은 천 갈래 만 갈래로 찢겨 나갔다. 이 나이가 되도록 죽음을 이렇게 생생하게 대한 것은 이번이 처음이어서 더욱 서럽고 가슴이 찢어지게 아렸다.

"임종이 가까이 왔습니다. 조용히 하세요."

의사는 두리가 지나치게 울면서 죽어가는 사람을 껴안고 몸부림치니까 억지로 그녀를 환자에게서 떼어냈다.

"아줌마, 이렇게 허무하게 떠나면 난 어찌하라고. 이다지도 귀중한 사람을 너무 소홀히 대접했군요. 아아! 어떻게 혼자 보내지요. 아줌마가 그렇게도 사랑하던 예수님을 만나러가니 아줌만 좋겠지만 난 못 견디게 가슴이 아프니 어쩌지요."

"조용히 떠나게 그만 환자를 흔들어요."

의사가 두리에게 주의를 주었다.

"저도 이 세상에서 제게 맡겨주신 삶을 더욱 성실하게 살다가 아줌마가 간 곳으로 갈게요. 제발 한 마디만 해주고 가요. 말을 할 수 없으면 제게 어떤 사인을 보내 봐요. 내 말이 들리면 오른손을 올려달란 말이에요. 작별 인사를 해줘요. 아줌마."

그때 난쟁이 여인의 오른손이 서서히 올라갔다가 내려갔다.

"아아! 저걸 봐요. 손을 올렸단 말이에요. 아줌마는 죽지 않았단 말이에요. 내게 손을 올려 인사를 했어요. 아줌마 눈을 떠요. 어서요."

두리의 절규가 응급실 안을 쩌엉 가르고 지나갔다. 그러나 난쟁이 여인은 바로 숨을 거두었다. 꼽추여인의 삶은 겨우 쉰두 살에 조용히 끝을 맺었다. 오직 한 사람, 두리만을 사랑하다가 간 삶이기도 했다.

난쟁이 여인의 장례식 다음날 한나는 목표했던 돈을 모았다. 주일예배에 한나는 돈이 쓰일 데를 봉투에 써넣어서 헌금했다. 그 돈의 내력을 알고는 전 교인들은 모두 감격해서 눈물을 흘렸다. 목사님도 강단에서 목이 메어 한참 말을 더듬다가 암으로 죽어가는 한 여인의 사랑을 광고하자 모두가 할렐루야로 화답했다.

땅을 사서 돈을 뻥튀기하는 세상이요, 주식에 돈을 넣어 손 하나 까딱 않고도 돈을 갈퀴로 긁어모으는 판에 한나는 순전히 여대생들의 구두를 닦아주어 목표액의 돈을 모은 것이다. 급작스럽게 경제가 자라나서 지각없는 사람들이 너도나도 호화판으로 살아가는 때요, 요란한 광고로 인해 모두가 돈을 물 쓰듯 하는 시대라 한나가 번 돈은 저들의 돈과 비교하면 정말 적은 액수였다. 지나친 소비문화에 함께 떠내려가며 상대빈곤으로 미움과 갈등이 무섭게 자라나는 시기에 한나는 온전히 두 손으로 수고해서 번 깨끗한 돈을 하나님께 바친 것이다.

한나가 원하는 대로 떡을 한 가마 해가지고 성경과 찬송가 50권을 사 들고 목사님과 한나는 다리 밑, 넝마주이들의 숙소로 갔다. 연락도 없이 갑자기 들어선 사람들과 선물뭉치를 번갈아 보며 저들은 경계의 눈을 하고 조금도 반기는 기색이 없었다. 이런 넝마주이들 가운데로 쑤시고 들어간 한나는 성경과 찬송을 들고 서서 힘 있게 외쳤다.

"이건 제가 길가에서 근 8개월간 여학생들의 구두를 닦아 모은 돈으로 사 온 것입니다. 저는 여러분보다 훨씬 더 러운 죄인이랍니다. 몸을 파는 창녀였고 부모의 재산을 몽땅 까먹은 탕녀였습니다. 그리고 오늘이나 내일 하나님이 부르시면 이 세상을 곧 하직해야 하는 말기암환자입니다. 이런 제가 하나님 앞에 설적에 가지고 갈 마지막 보고서를 작성하려고 여러분께 선물을 가져왔습니다."

순간 다리 밑 넝마주이들의 얼굴에 웃음이 살아나기 시작했다. 곧 저들은 기쁨의 환성을 질렀고 떡을 받아 먹으며 성경과 찬송을 받아 안았다. ✣

좁은 길

1

안양에서도 한 시간이나 버스를 타고 들어가야 하는 거리였다. 버스에서 내려서도 잰걸음으로 15분을 걸어야 하는 곳에 한나는 작은 농가를 헐값으로 한 채 샀다. 그린벨트요, 호수가 옆에 있어 절대로 발전할 수 없는 지역이어서 한나처럼 죽음의 문턱에서 살아난 사람이나 좋아하는 곳이라고 사람들은 숨어서 수군거렸다. 예수 믿고 바보가 되어서 그런 집을 샀다고 주위에서 한나를 비웃는 사람들도 있었다. 누가 뭐라고 하든 한나가 나 회장과 노여사를 모시고 살려고 마련한 집은 도시와 떨어져 있어 문화시설이 빈약한 초라한 농가였다. 산업도로 옆, 야트막한 야산을 끼고 돌아앉은 마을이어서 소음이 없는 탓인지 까치들이 감나무 위에서 시끄럽게 울어댔다. 집집마다 울안에 대추나무와 엷은 소금물에 침을 담가야 먹을 수 있는 떫은 감을 맺는 감나무들이 많은 걸 보면 겨울에도 햇살이 따사로울 양지바른 곳임이 틀림없다. 더구나 두 사람이 두 팔로 안아도 한 뼘이 남을 성싶은 큰 연자 맷돌이 마을 한가운데 공터를 차지하고 있는 걸 보면 적어도 몇 백 년의 역사를 지닌 곳이었다.

나 회장은 간밤에 단잠을 자고 난 탓인지 머리가 맑아서 웃음이 절로 나왔다. 난쟁이 여인이 준 눈을 받아 세상을 다시 볼 수 있는 기적을 체험한 그는 이제 참말 새 사람이었다. 난쟁이 여인의 사랑이 곧 하나님의 사랑임을 깨달은 뒤 얼마나 울었던지! 그렇게도 좋은 하나님을 어째서 그렇게 멀리하고 투정을 부렸는지 아무리 생각해도 바보멍텅구리였다는 후회뿐이었다. 간밤에 내린 비 탓도 있겠지만 난쟁이 여인의 눈으로 바라본 세상은 너무나 싱싱했다. 나뭇잎마다, 풀잎마다 그리고 논두렁에 새벽이슬을 먹고 핀 메꽃까지 생명이 넘쳐흘렀다.

새벽기도회에는 나 회장이 언제나 일등이었다. 다섯 시에 예배가 시작되건만 그는 네 시면 벌써 나가 있었다. 농촌교회라 사찰이 없는 탓에 제일 먼저 나가 교회 청소를 해놓고 불도 켜고 종 줄에 매달려 새벽을 깨우는 종을 치고 나이가 어려 새벽잠이 많은 전도사를 깨우는 일이 나 회장의 새벽 일과였다.

"오늘은 눈이 아프지 않습니까?"

세 번이나 가서 문을 두드려 겨우 깨어난 전도사님이 멋쩍게 나 회장에게 건넨 첫 마디였다. 수술하고 난 뒤 2년간은 어찌나 눈알이 빠지게 아프고 머리가 씀벅거리는 통증이 심했던지 교회 마룻바닥을 뒹굴며 운 적이 많아서 아직도 이런 인사를 받았다. 난쟁이 여인은 눈을 주되 상한 심령으로 기도해야 자릴 잡는 눈을 나 회장에게 주고 갔던 것이다. 타인의 눈이 그것도 여자의 눈이 남자의 눈구멍에 들어와 자리를 잡는데 어찌 아프지 않고 되겠는가. 그 아픔이 나 회장을 바닥까지 던져버려서 백기를 들고 하나님 앞에 서는 놀라운 겸손을 얻어냈고 그 자리에서 그는 예수를 만났던 것이다.

"오늘 막내 따님이 미국으로 떠나는 날이지요?"

"우리 두리 말이지요?"

"네."

"그래서 요즘 백일 작정 아침금식과 새벽기도를 하고 있지요."

"기도하는 부모님을 둔 자식은 망하지 않는 법이랍니다. 두리씨는 미국 가서 꼭 성공할 것입니다. 그간 고생도 많았지요. 세상에! 오 년을 남편과 떨어져 있으면서 학비를 보냈으니 보통 여잔 아닙니다. 또 이곳 시부모들이 연달아 돌아가시는 걸 여자 혼자 손으로 모두 장례를 치렀으니 여걸이지요."

"기를 적엔 약해 보였는데 시집가더니 힘이 세졌나 봐요. 억척스럽게 망한 친정도 일으키고 남편 공부도 시키고 시부모 잘 모시다가 돌아가시니 장례를 성대히 치르고 참 놀라운 딸이지요."

"이상한 것은 어째서 사위는 단 한 번도 한국엘 나오지 않는지요?"

"공부가 바빠 그렇지요."

전도사님은 아무래도 무엇인가 석연찮아하며 머리를 갸웃거렸다. 태평양을 사이에 두고 있다지만 미국은 옛날로 말하면 서울에서 부산 가는 정도의 시간이 걸리는 곳이다. 비행기를 타면 하루 만에 올 수 있는 거리인데 5년 동안 단 한 번도 집엘 오질 않았을 뿐만 아니라 친부모상을 당했어도 꿈쩍 않는 걸 보면 아무래도 이해할 수 없는 구석이 있었다.

"전 재산을 다 팔아서 미국으로 송금했다면서요?"

"우리 두리가 그렇게 말합디까?"

"아니요. 한나씨가 새벽 강단에 엎드려 눈물을 흘리며 기도하는 내용을 우연히 들었지요."

"사위가 편지랑 전화로 어찌나 닦달하는지 오 년 동안 한 푼 남기지 않고 모두 미국으로 부쳐버렸답니다."

"이젠 미국 사람이 되나 보지요?"

"글쎄요. 미국에 가 살아도 얼굴빛이나 머리색깔이 변하겠어요. 자리 잡으면 한국으로 돌아오겠지요. 귀소본능이 있는 법이니 언젠가는 부모를 찾아 나올 터이니 걱정은 안합니다."

"자식이라도 떠나버리면 그만이랍니다. 그래서 이웃이 더 가깝다고 하지 않던가요. 그래도 부모에게 돈을 좀 남기고 갔으면 좋으련만."

"우리 두리는 이제 고생 고만하고 호강을 해야 합니다. 돈을 몽땅 가지고 가야지 남의 나라에 가서 돈까지 없으면 얼마나 주눅이 들겠어요. 그래서 제가 더 서둘러서 집이랑 가게를 팔게 했지요. 우리 두리가 그간 주접을 떨며 고생한 모든 걸 떨쳐버리고 미국에 가서 호강할 생각하면 제 가슴에 맺힌 한이 풀리듯 시원해진답니다."

"딸 가진 사람은 미국 나들이를 가도 아들 가진 사람은 어림없다지 않습니까. 곧 나 집사님도 미국에 딸의 초청을 받아 가시겠습니다."

"허허…… 우리 집사람이 어서 완쾌되어야 함께 갈 터인데."

나 회장은 아직도 성치 못한 노 여사를 떠올리며 말끝을 흐렸다.

"중풍병도 우리 좋으신 주님이 한 번 쓰윽 만지시면 쭉 펴집니다. 성경에 그런 기록이 많지 않습니까. 믿으셔야 해요."

"집사람은 믿음이 없어서 아직도 의심하면서 따지고 비웃고 야단이니 큰일이랍니다. 언젠가는 저처럼 예수님을 만나 데굴데굴 뒹굴면서 울 날이 오겠지요."

"우리 열심히 기도합시다. 하나님이 원하시는 만큼 기도의 양이 차야 하니까요."

두리를 미국으로 보내는 아침. 나 회장의 가슴엔 오만 가지 생각들이 오락가락했다. 대학도 못 나오고 고생만 해서 나이에 어울리지 않게 늙어버린 딸이다. 한나처럼 잘 생기지도 못한 데다가 가꾸지를 못해서 더 까칠한 딸을 볼 적마다 나 회장은 가슴이 아팠었다. 성공한 사위를 따라 미국으로 두리를 보내는 아침 왜 이다지 불안한지 모를 일이었다. 딸자식이란 떠나보내야 하는 자식인데 너무 곁에 오래 두고 산 탓일 것이라고 머리를 흔들며 밀려오는 불안을 떨쳐버렸다.

미국이란 나라엔 세상에 없는 것 빼놓고 다 있는 나라라며 무엇을 선물로 보낼까 고심하다가 노 여사가 만들어 놓은 약을 가지고 나 회장은 공항으로 나갈 준비를 하고 있었다.

"여보! 이 약이 보통 정성이 든 것이 아니니까 잘 설명해주어요. 이건 미국에 없는 좋은 보약이라고요. 솔잎, 들깨, 육모초, 구절초, 검은깨, 검은콩, 소간, 들국화 그리고 또 무엇을 넣었더라?"

노 여사는 두리에게 보낼 보약을 얼마나 정성 들여 만들었지 들어보라고 나 회장을 공항에 보내며 말이 많았다.

안양까지 나오는 산업도로는 언제나 붐볐다. 새벽기도

회를 끝내고 바로 떠났건만 두리가 출국할 시간대에 대어 가기가 어려울 지경이었다. 태평양을 건너서 대륙을 횡단 할 딸을 보내는 마당에 배웅할 수 없다니 가슴이 타 버스 안에서 마구 뛰고 싶은 심정이었다. 아침 10시 비행기인 데 나 회장이 김포공항에 도착한 것은 비행기가 떠나고도 삼십 분이 흐른 뒤였다. 노 여사가 아픈 몸으로 심혈을 기 울여 만든 보약도 전해주지 못하고 언제 상봉할지 모르는 사랑하는 딸 두리와 외손자, 외손녀의 얼굴도 못 본 걸 생 각하니 마음이 인두에라도 덴 것처럼 짠했다. 에라! 모르 겠다. 늦었지만 딸이 출국하는데 친정아버지가 어째서 안 나오셨을까 하고 섭섭해서 두리번거렸을 공항 안이라도 보고 가리라 생각하며 여유있게 천천히 걸어서 막 건물 안 으로 들어서는 순간 한나가 그를 향해 뛰어오고 있었다.

"아버지, 왜 이렇게 늦으셨어요?"

"그래 두린 잘 떠났냐. 제기랄! 아침 일찍 나왔는데도 길이 막혀 딸 배웅을 못 했으니 기가 차는구나. 서울의 교 통난은 문제라고 문제야. 이젠 차 위를 밟고 걷는 법을 배 워야지 차가 사람 걸음보다 더 늦으니 속이 상해서. 날마 다 차가 늘어나니 두고 보라고. 이러다간 길에 차들만 쫘 악 서 있는 날이 올 터이니."

나 회장은 떠나버린 두리를 못 본 것이 너무 서운해서 애꿎은 자동차 홍수를 물고 늘어졌다. 서운한 마음을 다 퍼내려는 듯 한참 지껄이고 난 나 회장은 그제야 한나의 얼굴을 보고 입을 다물어버렸다. 눈물로 범벅된 한나의 얼굴은 단순히 여동생을 이별해서 울어대는 울음이 아닌 듯 싶었다.

"왜 무슨 일이 일어났냐? 그렇게도 그리던 남편을 만나러 가는 동생 앞에서 불길하게 눈물을 보이며 울었단 말이냐?"

"아니예요. 아버지."

"떠나보내고 나니 허전해서 우는 모양이구나."

"아니라니까요. 큰일 났어요."

"오 년 동안 그렇게 들어오라고 생난리를 쳤던 사위에게 무슨 일이 생겼단 말이냐?"

"그래요. 두리 남편, 석두에게 문제가 생겼어요."

"그럼 교통사고라도 나서 죽었단 말이냐. 설마 그럴 리가……."

"그랬다면 좋겠어요."

"그럼 암이라도 걸려 병원에 입원 중이란 말이냐?"

"그 새끼가 그랬으면 얼마나 좋겠어요."

"그게 무슨 말버릇이냐. 넌 신학생이야. 넝마주이들에게 말씀을 증거하는 전도사라구. 입을 거룩하게 지켜야지 무슨 그런 욕을 다하니."

"일이 너무 다급하게 되어서 그래요."

한나가 나 회장의 가슴에 얼굴을 묻고 소리 내 울기 시작했다. 먹구름처럼 밀려오는 불안과 공포로 나 회장은 정신을 차릴 수가 없었다.

"어서 말해봐. 무슨 일이 일어난 거여. 늙은 애비 애간 장 좀 그만 썩이고 어서 말해봐."

"먼저 병원으로 가봅시다. 두린 앰뷸런스에 실려 응급 실로 갔습니다."

"공항에서 사고가 난 거냐?"

"아니요. 집에서요. 시골집에 전화가 없으니 연락을 할 수가 없었어요. 그래서 제가 공항으로 나와 아버질 기다 렸다고요."

"그럼 두리가 죽었단 말이냐. 도대체 무슨 일이냐."

"절 따라오세요. 가면서 말씀드릴게요."

한나는 나 회장의 손을 세차게 끌어당기며 택시를 향해 손을 흔들었다.

응급실에 두리는 죽은 듯이 누워있었다. 귀고리를 달고 팔찌를 찬 걸 보면 공항으로 나가려는 참이었나 보다. 서 툴게 그렸지만 눈썹도 진하게 그렸고 머리에 후까시를 넣 어 위를 살려서 여느 때의 헐렁한 모습은 아니었다. 걸친 옷도 제 딴엔 가장 멋지다고 생각해서 고른 것으로 앞가 슴이 살짝 드러나게 패인 진달래색 투피스였다. 두 줄짜 리 연분홍 산호 목걸이가 그대로 목에 남아있는 걸 보면 여행 가방을 들고 대문을 나서다 쓰러진 모양이다.

"두리야. 애비 왔다. 눈을 떠봐. 이게 무슨 날벼락이냐."

나 회장이 두리의 손을 잡고 기도하는 중간 중간 딸의

귀에 대고 속삭였으나 두리는 숨넘어간 사람처럼 미동도 하지 않았다.

"충격으로 심장에 이상이 온 것 같습니다. 엑스레이를 찍었으니 판독되는 대로 결과가 나오면 그때 치료가 시작됩니다."

응급실 의사의 설명이었다.

"죽지는 않겠지요?"

"글쎄, 두고 봐야지요."

"아버지, 너무 걱정 마세요. 우린 사나 죽으나 그리스도의 것인데 뭘 그렇게 근심하세요. 주님의 뜻을 기다리며 온전히 주께 맡기세요."

기도하면서도 걱정이 되어 안달하는 나 회장을 향해 한나가 의젓하게 위로를 했다. 벌써 전도사 냄새가 풀풀 난다고 생각하며 나 회장은 모든 짐을 십자가 위에 내려놓으려고 이마에 땀이 배도록 눈을 질끈 감고 기도를 했다. 그러나 마음에 평화는 임하지 않고 사위인 석두를 향한 미움이 지글지글 끓어올랐다.

"그 새끼가 어떻게 했기에 이 애가 이 지경이 되었니?"

"여행 가방을 들고 아이들 데리고 대문을 나서는 순간 미국에서 전화가 걸려왔어요. 제가 받아서 두리에게 넘겼지요. 비행기 도착시간을 확인하고 공항에 나가있겠다는 전갈이라고 믿었지요. 근데 전화를 받던 두리가 갑자기 짐승처럼 괴성을 지르며 그대로 나가자빠졌어요."

"무슨 내용이었는데 그래?"

"두리가 앰뷸런스에 실려 가며 중얼거린 말은 '이 개새끼야, 날 이용했구나. 이 돼지만도 못한 자식아! 니가 날 버리고 다른 여자하고 잘 살 줄 알았어!'라고 했어요."

"그래도 한나, 니가 직접 미국으로 전화를 넣어보지 그랬니?"

"물론이지요. 제가 직접 전화를 해서 상황을 알아냈습니다. 두리가 미국으로 보낸 마지막 돈이 어젯밤 늦게야 하린 아범에게 전달된 모양이에요. 그러니 두리가 가진 전 재산을 몽땅 자기 수중에 넣은 뒤에 걷어차버린 것이지요."

"두리를 버린 이유가 뭐라고 하던? 그 개새끼가."

분해서 나 회장은 주먹을 불끈 쥐고 부르르 떨며 이를 갈았다.

"그게 웃기는 거예요. 좋아하는 여자가 생겼다는 거예요."

"부모가 죽어도 색시한테 맡기고 모를세라 돌아섰던 자식이 처자식을 돌보겠니. 하지만 재산까지 몽땅 앗아가고 차버린다는 것은 금수만도 못한 인간이다."

"아버지, 아예 싹수가 없는 사람이니 두리가 일찍 돌아서는 것이 낫다고 생각해요."

"힘들게 재산정리를 하고 비자를 받느라고 얼마나 고생을 했는데 비행기도 타보지 못하고 걷어 채이다니. 아이쿠! 불쌍한 내 새끼야."

나 회장은 아직도 혼수상태에 빠져있는 두리의 손등을 쓰다듬으며 끓어오르는 사랑을 억제 못 해서 끼룩끼룩 울음을 터뜨렸다.

두리는 식물인간이 된 것일까. 응급실에서 중환자실로 옮겨지고 보름이 지나도 깨어날 줄 몰랐다. 두리가 혼수 상태에 빠지지 않았더라면 이미 비자까지 나온 뒤니 미국으로 가서 결판을 보았으련만 이렇게 누워 있으니 애가 타서 나 회장의 입술은 까맣게 타들어 갔다.

"애구구! 지겹게도 복이 없는 것아. 남편 공부시켜 의사 만들고 감옥에서 나온 시아버지와 정신병자 시어머니까지 잘 모시고 살더니 그래 결과가 이거란 말이냐."

노 여사의 넋두리가 아침, 저녁 그치질 않았다. 마치 조석으로 불공을 드리는 여승처럼 몸을 좌우로 흔들어가며 중얼대는 자세가 꼭 정신 나간 여자로 보였다.

"당신이 하나님을 믿지 않아 이런 시련이 온 것이라고."

보다 못한 나 회장이 못마땅해서 눈을 흘기며 이렇게 면박을 주자 노 여사도 지지 않고 대들었다.

"큰딸, 한나까지 모두 하나님을 믿어 행복하다고 난리더니 어디 더 믿어 보시지. 예수를 모르는 사람들의 세상에서도 두리처럼 착한 일을 했으면 복을 몇 십 배를 받았으련만 이게 뭐유. 도대체 당신이 새벽마다 가서 만나고 오는 하나님은 심보가 사나운 모양이지. 어째서 우리 착한 두리를 이 지경으로 만들어놓고 침묵하고 있는 거요."

그간 피나는 노력을 해서 어느 정도 회복이 되었다고는 하지만 노 여사는 아직도 절름발이처럼 걸었고 말도 어눌했다. 이런 몸으로 머리끝까지 화를 내니 다시 쓰러질 것이 겁이 난 나 회장은 다락에 팽개쳐둔 두리의 여행 가방을 끌어내서 안겨주었다.

"고만 신경질 내라고. 당신의 성격 탓에 몸도 그 꼴이 되었으면서 아직도 정신을 못 차리오. 하나님을 믿는 사람에겐 이런 시련이 곧 축복이 되는 거야. 당신같이 하나님을 모르는 사람에겐 이런 꼴이 마치 이빨에 식초가 닿듯이 시큰거리겠지. 아니면 군불 지필 적에 피어오르는 연기처럼 눈도 마음도 매워서 안달이 나겠고."

나 회장은 얼렁뚱땅 아내의 관심을 다른 곳으로 돌리려고 두리의 여행 가방을 풀어헤쳤다. 집도 가게도 모두 팔아 미국으로 부쳐서 두리의 수중에 돈이 있을 리 없지만 엄청난 병원비를 충당하려면 딸의 소지품을 뒤지지 않을 수 없었다. 벌써 초등학교 삼 학년이 된 외손녀 하린이도 낌새를 알아채고 병든 닭처럼 남동생을 데리고 고개를 외로 꼬고 청승을 떨며 앉아서 외할머니의 눈치를 살폈다.

두리가 가져가려던 짐은 모두가 조국을 기념할 물건들이었다. 태극마크가 들어 있는 차렵이불, 자개가 촘촘하게 박힌 쟁반, 설날 널뛰기를 하는 처녀들과 제기를 차는 코흘리개 뒤로 산수가 수려한 산골이 담긴 장식용 병풍,

원앙을 수놓은 베갯잇, 색동 방석 카바…… 이런 자잘한 것이 전부였다.

"에구구! 이 병신 같은 년이 저 죽을 줄 모르고 살아보려고 이런 걸 사러 다녔군 그래. 아이쿠! 내 새끼야, 불쌍한 내 새끼야."

노 여사는 가방에서 물건을 꺼낼 때마다 몸부림치며 울어서 나 회장은 더 이상 이 일도 계속할 수가 없었다. 노여사의 관심을 다른 곳으로 돌려보려다가 더 일을 악화시킨 결과가 되었기 때문이다. 그때 조그마한 상자가 두리가 명절이면 즐겨 입던 노란 한복 속에서 툭 방바닥으로 떨어졌다.

"이게 뭐야."

나 회장이 먼저 호기심이 생겨 상자를 집어 들었다. 상자 거죽엔 두리와 난쟁이 여인이 다정하게 포옹하고 찍은 사진이 붙어 있었다.

"에구구! 지겨운 이 여자가 미국까지 따라가려고 했군."

노 여사는 상자를 와락 빼앗아 멀리 돌팔매질이라도 할 기세였다. 낌새를 챈 나 회장이 상자를 얼른 등 뒤로 감추었다가 가지고 나가버렸다. 어디 깊이 두었다가 두리에게 돌려줄 참이었다. 두리가 살아난다면 분명히 난쟁이 여인의 사진이 붙어 있는 상자를 찾을 것이 뻔하기 때문이다. 그만큼 두리는 꼽추여인을 사랑했던 것을 나 회장은 잘 알고 있었다.

"우리 집의 불행은 이상한 귀신을 몰고 온 해괴망측하게 생긴 이 여자 때문이었다고요. 그 여자의 사진이 붙어 있는 상자에 분명히 예수부적이 들어 있을 거라고. 그 부적상자 때문에 우리 두리가 저 꼴이 되었다니까. 그러니어서 내놓아요. 내가 깡그리 태워버릴 터이니. 어서 내놓아요. 여보! 당신이 내 말을 듣지 않으면 내가 그걸 못 찾아낼 줄 알아요. 아무리 깊이 감추어도 이 집 안에 있을 것이니 내가 모두 풀어헤치기 전에 어서 가져다줘요. 그상자를 지금 당장 홀랑 태워버려야 두리가 살아날 터이니두고 보라고요."

노 여사는 이마 위로 땀을 흥건히 흘려가며 악을 썼다. 제정신이 아니었다. 반 미친 여자처럼 몸을 출랑대며 고함을 질렀다. 마치 신들린 사람처럼 나댔다. 벌게진 얼굴에선 금세 김이라도 모락모락 피어오를 기세였다. 눈에선 괴기스러운 빛이 뿜어 나와 무서울 지경이었다.

"당신 제 정신이 아니군. 꼽추여인은 우리의 은인이야. 어째서 당신은 그 여잘 그렇게 미워하는 거요. 당신의 편견이 당신을 불행하게 만들고 있어. 당신이 일생 믿어온 점쟁이의 더러운 마술이 당신을 또 사로잡는 모양이군. 당신의 지식이 당신의 세계이니 내 말을 이해하지 못하겠지만 두리나 내가 믿는 하나님은 당신이 생각하듯 그런 분이 아니야. 진짜 살아서 우리의 생사화복을 주장하시는 분이야. 그러니 제발 좀 진정하고 내 말을 들어보라고."

"딸이 이 지경이 되었는데 무얼 더 기다리며 머무적거리고 있어요."

"난 두리가 죽는 것이 어떤 점에서 좋다고 생각해."

"아니, 당신 지금 뭣이라고 했우. 두리가 죽는 것이 좋다고요. 자식 죽기를 기다리는 부모가 이 세상천지에 어디 있어요. 당신이 믿는 하나님은 자식을 데려가는 것이 취미인가 본데 난 그렇게 떠나보낼 수 없어요. 세상에! 얼마나 고생한 아인데 그렇게 보내요. 아이고! 아이고! 가엾어라 내 새끼야. 억울하고 분해서 어떡하면 좋으냐."

"여보. 잘 생각해보라고. 두리가 살아나면 이 무서운 고통을 어떻게 감당할 수 있겠어. 재산과 남편을 몽땅 잃고 그 애가 어떻게 재기할 수 있겠느냐 이 말이야. 그 애 편에서 보면 이렇게 죽어서 편안하게 하나님 나라로 가는 편이 백 번 낫다니까. 나두 사람이야. 내 새끼 죽는 걸 왜 좋다고 하겠어. 어어엉엉……."

머리가 허옇게 센 두 부부는 서로 목을 엇갈려 부둥켜안고 울음을 터뜨렸다. 사실 두리를 잃는다는 것은 그들 부부에게 너무나 큰 상실이었고 아픔이었다.

그때 한나가 허겁지겁 뛰어 들어왔다. 이모의 뒤를 따라 하린이도 달려 들어왔다. 한나의 얼굴엔 환희가 넘쳐흘렀다.

"하나님께선 제 기도를 들어주셨어요. 제가 오늘로 꼭 일주일 금식기도를 했는데 새벽에 응답을 받았다고요. 그래서 중환자실로 달려갔지요. 놀랍게도 두리는 깨어나서 울고 있었어요. 소리 없이 울고 있더라고요. 그 애가 천장을 보고 하염없이 눈물을 흘리고 있더란 말이에요."

한나는 꺼이꺼이 울어가며 두리가 혼수상태에서 깨어난 소식을 전했다. 방안은 하린이 울어 젖히는 날카로운 울음소리와 노 여사의 통곡으로 시끌벅적했다.

2

미국 펜실베니아 주의 근교 리하이는 백인들만 모여 사는 부촌이었다. 절대로 흑인에게 집을 팔지 말자는 의견 일치를 보고 똘똘 뭉쳐있는 지역이었다. 검둥이들이 들어오면 그 첫 증상이 잔디가 죽는다고 했다. 깜상들의 몸에선 독한 물이라도 나오는지 처음엔 잔디가 제초제라도 뿌린 것처럼 시들시들 누렇게 죽어가고 나중엔 나무도 꽃도 이상하리만치 제빛을 잃어서 동네가 망해간다고도 했다. 흑인이 단 한 사람이라도 들어와 사는 동네를 피하라는 것이 집을 사는 첫째 조건임을 김석두는 너무나 익히 잘 알고 있었다.

그는 두리가 부쳐준 돈이 든 통장을 몇 번이고 꺼내서 확인했다. 은행 융자를 받지 않고 백인촌의 집을 살 수 있는 액수였다. 그가 오리랜드를 지나 리하이에 이르렀을 적에 그곳이 바로 석두가 꿈꾸었던 동네임을 확신했다. 극락조목木에선 이제 막 입을 벌린 연분홍 꽃봉오리가 젊음을 팽팽하게 과시하고 있어 더욱 생기가 넘치는 마을이었다. 검은 지붕에 벽은 하얀 색을 칠한 목조건물들이 널찍한 잔디밭을 사이에 두고 듬성듬성 자릴 잡고 있었다. 잔디가 짙푸르고 정원수들이 과잉양분을 먹고 검푸른 빛을 토해내는 걸 보면 흑인이 없는 마을임에 틀림없다.

그가 흑인을 이렇게 싫어하는 이유는 같은 병원에서 근무한 여의사 정애리 때문이었다. 웃으면 양쪽 볼에 보조개가 지는 여자였다. 얼굴은 오이씨처럼 갸름하고 입술이 무척 얇은 약골의 여자였다. 한국에서 의대를 나오고 미국에 와서 공학박사와 결혼했는데 무엇이 맞지를 않는지 별거상태에 있었다. 석두가 미국에 온 첫 주에 교회에서 결혼한다고 어찌 떠들썩했는지 마을 신문에도 대문짝만하게 사진이 났을 정도였다. 근데 반년쯤 살다가 남자는 대륙을 횡단해서 샌프란시스코로 가버렸고 여자는 펜실베니아 주에 남았으니 견우직녀의 사이는 아니었다. 이런 여자가 슬슬 석두를 유혹하기 시작했다. 유부녀가 유부남을 건드리니 처음엔 비실비실 피하다가 며칠 모텔에서 잠자리를 같이한 다음부터는 정애리는 석두를 걷어차버렸다. 그리곤 병원에서 제일 말단에 근무하는 흑인 사무원하고 눈이 맞아 돌아다니고 있었다. 한국에선 그래도 굴레에 씌워있어 안전하게 지내온 여자가 미국이란 나라에 오니 하룻강아지 범 무서운 줄 모르고 날뛰는 꼴이었다. 보다 못해서 하루는 석두가 노골적으로 성을 내며 나무랐다.

"그래도 당신은 한국의 지성인인데 하필이면 흑인 남자와 놀아나요. 그것도 공부나 많이 한 남자라면 또 몰라요. 겨우 사무직원 아니요. 한국의 체면도 살려야지. 그게 뭐하는 짓이요."

"참 별꼴 다 보겠네. 내 남편도 내가 싫어서 가버렸는데 당신이 뭔데 이래라저래라 야단이요."

"보기가 하도 딱해서 하는 말이요."

"한국남자는 저래서 못 쓴다니까요. 아내를 자기 물건인 것처럼 마구 다루니까요. 그런 버릇이 한국에서는 통할지 모르지만 여긴 미국이라고요. 미국, 여기까지 와서 한국의 고리타분한 남자구실 하려고 목에 힘주지 말라고요. 백인이나 한국 남자와 사느니 차라리 흑인이 훨씬 더 매력이 있다고요. 그들은 날 여왕처럼 모시니까요."

"그럼 일생 깜둥이와 함께 살겠다 이거요."

"재미 보다가 싫으면 자유롭게 헤어지는 것이지 꼭 붙어살란 법이 어디 있어요."

"이 나라에선 이혼을 밥 먹듯이 한다는 소린 들었지만……."

"그럼요. 얼마나 좋은 나라예요. 일생을 어떻게 한 남자와 지겹게 붙어살아요. 이곳에선 세 쌍이 결혼하면 한 쌍이 이혼하고 있는 나라예요. 이혼천국이지요."

"당신의 얼굴을 한 번 거울에 비춰 봐요. 당신이 본토박이 백인이라도 된 듯 조잘대고 있는데 당신은 엄연한 한국여자요, 한국여자. 눈은 와이셔츠 단춧구멍처럼 쪽 찢어졌고 코는 알밤처럼 몽톡하고 살갗이 누렇게 물든 황색인이라고요. 착각 좀 고만 하시구려."

"당신의 꼴은 어떻고요. 남자 구실을 제대로 하나 여자의 마음을 편안하게 하나. 하는 짓이라곤 알량한 자존심만 강해가지고 이래라 저래라 말이 많고 따지기 잘 하고 자기 고집만 부리고 이기주의라 여잘 위해줄 줄도 모르고 도대체가 이상한 족속이 한국 남자란 말이에요. 왜 내 말이 틀렸나요. 생기기는 자라다가 서리를 맞고 몽그라진 고추처럼 오그라든 키에 간암이라도 걸린 것처럼 거무튀튀한 살갗은 너무 황막해서 매력이라곤 눈곱자기만큼도 없으면서 입만 살아서 야단이라고요."

그 말을 듣는 순간 석두는 정애리의 뺨을 보기 좋게 한 대 때렸다. 눈에 불을 켜고 석두를 째려보던 여자는 아주 침착하게 다리를 꼬고 의자에 앉더니 담배 불을 붙여 물었다. 여유 있게 담배연기를 공중에 몇 번 뿜어내다가 갑자기 까르르 웃어댔다. 여자의 돌발적인 태도에 석두는 얼얼한 손을 어디에 둘지 몰라 어색하게 멈칫거리며 장승처럼 정애리 앞에 서 있었다.

"다 했어요, 이젠 내 차례지요."

정애리는 반쯤 탄 담배를 신경질적으로 비벼 끄고는 핸드백을 열었다. 루즈라도 꺼내서 입술을 더 예쁘게 칠하려는 것일까.

석두는 징징거리기는 하지만 희생적으로 살아가는 아내, 두리를 생각했다. 이따금 귀찮게 쨍쨍거리는 버릇은 있지만 그래도 늘 순종했던 아내였다. 그 아내에 비해 이 여자는 절대로 꺾을 수 없는 강한 막대기였다. 두리를 향한 강렬한 사랑이 억제할 수 없이 마음에서 흘러나왔다. 두리는 얼마나 착한 아내란 말인가! 비록 공부를 정애리처럼 많이 하지는 못했지만, 하나님을 의지하여 받은 초인적인 힘으로 그를 공부시켜주었고 부모를 모시고 살아가고 있지 아니한가. 정애리에 비해 두리는 천사였다. 그의 사랑스러운 귀중한 천사였다. 두리에 대한 사랑과 그리움으로 눈이 몽롱해진 석두 앞에 불쑥 차가운 권총부리가 가슴에 와 닿았다.

"자! 여길 봐요. 내가 손가락을 한 번 꼼질하면 당신은 가슴에 피를 뿜으며 죽어버린다고요."

"어어! 왜 이래. 이 권총 치워요."

"날 모욕했지요. 미국까지 와서 날 소유물처럼 취급한 남자를 절대로 그냥 돌려보낼 수 없어요. 버릇을 고쳐주어야지. 당신은 한국에 아내를 두고도 날 데리고 모텔을 드나든 남자라고요. 아내가 벌어서 보내준 돈으로 공부하는, 아내의 장학금을 받는 형편없는 남자라는 것도 알고 있다고요."

"난 절대로 죽을 수 없어. 난 아직도 해야 할 일이 많다고. 날 좀 살려줘. 이렇게 죽을 순 없어. 흐흐흑……."

"비겁하게 울긴. 꽁지 빠진 중닭처럼 보기 싫은 남자 같으니라고. 한 번 꽉 눌러버리면 죽어버릴 남자가 한국에 두고 온 여자에겐 군왕으로 임하는 모양이지."

그때 정애리의 애인 흑인 남자가 달려왔다.

"허니, 이게 무슨 짓이야. 권총을 백에 넣어요. 아유! 당신은 아주 매력이 있어. 숙녀가 총을 겨누는 걸 보는 순간 난 당신을 너무 사랑하고 있다는 걸 알았어. 허니, 내가 사진을 한 장 찍을 터이니 그 자세로 잠깐 포즈를 취해 줘요."

정애리는 살살 눈가에 웃음을 흘려가며 흑인 남자가 사진을 찍는 동안 멋진 포즈를 잡아주고 있었다. 석두는 귀신에 홀린 것처럼 정신이 나가서 등 뒤가 흥건히 젖어왔다.

검둥이와 황둥이가 어울리는 장면은 석두가 여직 지녀온 가치관에서 용납할 수 없었다. 두 사람이 히히덕거리는 사이 그는 슬그머니 그 자리를 빠져나왔다. 정애리의 권총부리에서 불이 뿜어 나올 것 같아 자석에 끌리듯 몸이 자꾸 뒤로 잡아당겨졌으나 그는 죽으면 죽지 하는 마음으로 앞으로, 앞으로 걸어 나가 주차장에 이르렀다. 손이 떨려 차문 열쇠구멍을 찾는데 더듬더듬 시간이 걸렸다. 겨우 차에 시동을 걸었으나 핸들을 잡은 손이 창피할 정도로 떨고 있었다. 그의 차, 매브릭이 다운타운에 이르자 그때서야 식은땀으로 몸이 흥건히 젖어 있음을 알고 그는 몸서리를 쳤다.

"세상 말세로군. 마지막 때엔 여자가 남자를 안는다던데 지금이 바로 그런 시기야. 이 나라는 거죽으로 보기보단 더 곪아버린 곳이란 말이야."

말할 수 없는 외로움이 그의 가슴으로 밀려들어왔다. 두리는 어쩌자고 저러고 머무적거리고 있는 것일까. 남자 혼자 이국땅에서 견디기 어려우니 아이들 데리고 건너오라고 성화를 부려도 부모님을 두고 어찌 가느냐고 징징거리니 이 여자는 막혀도 꽉 막힌 바보였다. 남자를 긴 세월 동안 버려두고도 믿고 있으니 말이다. 아무리 봐도 아내 노릇보다 며느리 자리를 더 귀히 여겨 고수하고 있으니 가슴이 탁 막혀왔다.

그간은 이곳서 자리 잡을 돈을 부치라고 어느 정도 떨어져있는 기간을 주었으나 이젠 들어와야 할 시기인데도 저렇게 머무적거리고 있으니 속이 상했다. 인간적인 서글픔이 차차 절대고독의 자리까지 가니 견딜 수가 없었다. 그때서야 그의 입에선 '오, 주여! 저를 긍휼히 여겨주소서.'라는 기도가 터져 나왔다. 얼마나 오랜만에 찾는 예수님인가! 그는 중얼중얼 기도를 하며 다운타운을 빠져나와 집을 사리라 결심한 백인촌으로 차를 몰았다. 리하이로 가는 샛길로 접어들었을 때 왼편으로 아담한 교회가 눈에 들어왔다. 두리와 그가 소속된 장로교회가 아니라 성공회였다. 대형 유리창들이 성당처럼 채색조각그림으로 장식을 해서 겉으로 보기에도 무척 화려했다. 정원엔 색색의 장미가 만발해 있고 한참 독이 오른 잔디는 짙푸른 색을 띠어 구름 한 점 없는 하늘과 잘 어우러졌다.

그는 차를 교회 앞에 세우고 안으로 들어갔다. 바닥이 거울처럼 어른거렸고 반주자가 주일에 연주할 오르겐 연습을 하고 있어 성스러운 분위기가 안에 그득히 고여 있었다. 강단의 꽃을 장식한 여인이 하얀 장갑을 낀 채 경건하게 기도를 올리고 있었다. 석두는 가만히 들어가 맨 뒤 끝자리에 앉았다.

"이 낯선 땅에 와서 너무 고독합니다. 걷잡을 수 없이 마음이 허전해서 허공을 떠돕니다. 주여! 저를 잡아주소서. 어서 속히 착한 두리와 두 아이를 제 곁으로 오도록 도와주소서."

이렇게 두서없이 지껄이는 동안 가슴이 찡해 와서 눈물이 울컥 쏟아졌다. 그러고 보니 미국에 와서 3년이 넘도록 신앙생활을 너무 나태하게 했다는 찔림이 가슴을 철렁하게 했다.

"한국인이군요. 유학생인가 보지요?"

예기치 않았던 한국말을 듣는 순간 석두는 어찌나 반가운지 용수철 튀듯 벌떡 일어섰다.

"한국말로 드리는 기도 소리를 듣고 저도 모르게 이리로 오게 되더군요."

"아아! 한국여인이 미국교회 강단에 꽃을 꽂다니 놀랍습니다."

"미국 교회긴 하지만 한인 교회이기도 하지요. 오전엔 미국인들이 예배를 드리고 오후 두 시면 한인들이 이 장소를 사용하니까요."

여자는 생머리를 허리까지 길러 뒤로 질끈 묶어서 십대처럼 어려 보였다.

"백인촌에 한인들 교회가 있다니 반갑네요."

"오전엔 미국인들이 예배를 보고 오후 두 시에 우리 차례가 옵니다. 내일 두 시에 오시면 김치를 곁들인 식사대접도 받으시고 고향 소식도 들을 수 있답니다. 미국의 교회란 부동산소개소처럼 직장알선도 해주고 셋방도 얻어주고 상담도 해주지요. 차가 없으면 모셔가고 오고 다 하지요."

"이 근처에 사시나 보지요?"

"아니요. 여긴 백인촌이라 집값이 엄청 비싸 한인들이 한 사람도 없어요. 교회만 빌려서 쏩니다."

"집사님인가 보지요?"

"아니요. 교회 나온 지 겨우 일 년인 걸요. 전 국제결혼해서 이민 왔다가 이혼한 여자예요. 제 이름은 오규혜라고 합니다. 미국 이름은 다이아나라고 불러요. 잘 봐주세요."

규혜는 아가처럼 머리를 까딱하며 발랄한 몸짓으로 인사를 했다.

"어어! 제 이름은 김석두라고 합니다. 전 이곳 의대에 유학 온 사람입니다."

"세상에! 미국으로 의학을 공부하러 오셨단 말입니까? 아주 부잣집 자제분이신가 보군요. 미국에서 의학을 공부한다는 것은 이곳 사람들도 돈이 많이 들어 겁을 내고 있지요. 미국에서 유럽으로 의학을 공부하러 가는 사람도 있는 걸 보면 엄청나게 등록금이 비싼가 봐요."

"부자가 아니라 저 아……."

석두는 입을 다물어버렸다. 이렇게 아름다운 여인 앞에서 결혼했다고 밝히는 것이 어쩐지 싫어서였다.

"어디 대학이지요?"

"다운타운에 자리 잡은 주립대학입니다."

"유학생 비자로 오셨어요?"

"그럼요. 왜 유학생 비자는 뭐가 나쁩니까?"

"아이쿠! 저를 어쩌나. 주립대학에서 공부를 하자면 영주권이 있어야 혜택을 받지요. 그렇지 않으면 몇 배를 내는데 그걸 어떻게 감당해요. 아무리 돈 많은 집의 귀한 아들이지만."

두 사람은 자연스럽게 어울려서 근처의 보난자란 양식집으로 향했다. 주로 가족 단위로 식사를 하러 오는 분위기 있는 아담한 음식점이었다.

오규혜는 미군부대의 타이피스트로 여러 해 일하다가 미군장교와 결혼해서 이민 온 여자였다. 처음엔 뭐가 잘 되는 것 같았으나 시댁식구들과의 문화의 장벽이 큰 고통이었고 또 남편과도 언어의 벽은 허물 수 없는 장애물이었다. 5년간 끈질긴 노력을 했으나 결국 헤어져서 슈퍼마켓 계산대 일을 보고 있었다.

"애기는 없나요?"

여자는 말없이 머릴 흔들었다. 물기가 살짝 눈에 어렸다. 자색 갓을 씌운 실내등 밑에서 마주 앉아 바라본 규혜의 얼굴은 석양을 받고 서 있는 탓인지 아주 매혹적이었다.

"갑자기 석두씨를 도와드리고 싶다는 생각이 드네요. 이건 모성적인 본능이에요. 이상하게 생각하지 마세요."

"어떻게?"

"제겐 시민권이 있으니까 형식상의 결혼신고를 하면 등록금 혜택을 받을 수 있지요."

"그럼 법적 부부가 되자 이 말인가요?"

"그럼요. 그 길이 가장 빠른 이민 길입니다. 그걸 여직 모르셨어요. 이곳 사람들은 저를 찾아와 비밀스럽게 얼마나 치근덕거리는지 골이 아파요. 돈을 요구하는 대로 주겠다고 들볶는 사람도 있어요."

"전 귀국하면 했지 그런 짓은 하지 않겠습니다."

석두가 단호하게 거절을 하자 규혜는 이상하다는 듯 어

정쩡한 표정이었다. 석두가 얼굴을 붉히며 짐짓 화난 얼굴로 이맛살을 찌푸리자 규혜의 눈에 장난기 어린 반짝임이 타오르기 시작했다.

"미국엔 불법 거주하는 남자들이 영주권을 얻기 위해 게걸스럽게 탐내는 걸 싫다니 진짜 매력적인 남자군요. 신앙이 굉장히 돈독하신 집사님이지요? 그런 냄새가 나네요. 집사가 아니고선 그런 순수한 마음을 가질 수 없어요."

"마음을 찢는 교인이 아니었지요. 그나저나 그렇게 해주고 돈을 얼마나 받으려고 그러십니까?"

"보통 2만 불에서 3만 불을 받는다는군요. 그러나 전 그런 일 해본 적이 단 한 번도 없어요. 그러니 돈 걱정은 마세요. 그저 외로운 한국남자를 만나니까 연민의 정이 솟아나서 한 말이에요."

여자는 컬컬하게 웃으며 자신의 아파트 전화번호를 석두에게 넘겨주고 훌훌 떠나버렸다.

다음날 마침 주일이라 규혜가 일러준 대로 교회엘 갔다. 40여 명이 모인 교회는 가정 분위기였고 대화도 푸짐해서 한국에 와있다는 착각이 들 지경이었다. 예배를 드리고 정원파티가 끝난 뒤에 석두는 규혜가 이끄는 대로 3시간을 달리면 나오는 바다로 향했다. 펜실베니아 주와 붙어 있는 뉴저지 주의 해변은 고운 모래 때문인지 고국의 바다와 비슷했다.

"전 결혼 같은 것은 하지 않기로 했어요. 이곳까지 왔으니 돈을 왕창 벌어서 부자가 되려고 결심했답니다."

"슈퍼마켓 일을 하고선 혼자 쓰기도 벅찰 터인데 어떻게 부자가 됩니까?"

"전 아직 젊어요. 다른 사람의 두 배인 열여섯 시간 일하면 언젠가는 내 사업체를 가질 수 있을 거예요."

"어떤 사업을 하고 싶으세요?"

"흑인촌에 들어가 가발장사를 하면 엄청 벌 수 있어요. 하나님은 검둥이를 가발을 쓰지 않곤 못 배기게 창조하셨거든요. 팬티를 안 입어도 가발은 써야 할 정도니까요. 하지만 제겐 돈이 없어요. 가게를 얻어야 하고 물건을 들여놔야 하는데…… 게다가 전 남편이 없어서 권총강도를 막을 길이 없어요. 절 보호해줄 보디가드가 필요하단 말이지요."

"항상 보디가드가 규혜씨를 지키고 있어야 한단 말입니까?"

"아니요. 저녁 가게 문을 닫을 적에 반시간 정도만 필요해요. 현금을 들고 있으니까 목숨을 노리는 사람이 그 시간대에 제일 많이 접근하지요."

"한 달 수입이 얼마나 된답니까?"

"그건 가게 크기와 위치에 따라 달라요. 제 친구는 북부 필라델피아 구석에서 작은 가게를 운영하는데 한 달에 오륙천 불을 번다고 자랑하더군요."

"그럼 규혜씨에겐 돈을 대주는 물주와 남자 동업자가 필요하겠군요."

석두의 머리에서 번개처럼 지혜가 떠올랐다. 두리가 그간 매달 시간도 보낼 겸 돈으로 동업을 한다면 일이 년 내에 돈이 불어나서 큰 사업을 할 기금을 마련할 수도 있지 않겠는가. 이렇게 외로운 때 시간도 보낼 겸 그야말로 꿩 먹고 알 먹는 기회가 아닌가. 그는 오랫동안 곰곰이 이 일을 놓고 앞뒤로 재느라고 머릿속이 복잡했다.

두리는 금년에 들어올 기미가 보이질 않고 내년에도 주위 사람들이 매달리면 못 온다고 허우적거릴 것이 분명했다. 그 기간 돈을 벌면 두리 앞에서도 떳떳하게 설 수 있고 영주권도 얻어 학비도 줄일 수 있으니 얼마나 좋은 길인가. 석두는 규혜가 따라준 커피가 다 식도록 머릿속이 복잡했다.

"무슨 생각을 그렇게 하세요. 장사에 구미가 당기시나 보지요?"

"으음, 만약 제가 동업자가 된다면?"

"호호…… 유학생에게 무슨 돈이 있어요."

"날 얕잡아 보지 말아요. 내겐 그런 가게를 두 개도 더 차릴 수 있는 현금이 수중에 있으니까요."

순간 오규혜의 눈빛이 영롱하게 빛을 뿜어냈다. 자고로 눈빛이 너무 세면 팔자가 드센 여자라고 했는데…… 이런 생각을 하면서도 석두는 그녀의 눈 힘에 빨려 들어가고 있었다.

"세상에! 이렇게 감사할 수가! 제가 강단 꽃을 두 주일 꽂았는데 하나님께서 절 축복하시는군요. 목사님 말씀이 맞아요. 주의 일을 하면 손해 보지 않는다고 하시더니."

규혜는 두 손을 맞잡고 기도를 드리는지 중얼거리다가 머리를 숙이고 몸을 흔들기도 했다. 석두는 속으로 생각했다. 나란 놈은 운이 억세게 좋은 놈이야. 미국까지 와서 두리처럼 예수를 잘 믿는 여자를 또 만나게 되다니, 예수 믿는 여자에게 공통적인 것은 성실하고 희생적이고 봉사하는 형이거든, 두리처럼 말이야.

"한 가지 의심스러운 점은 그런 장사를 해본 적이 있으시오? 여긴 한국이 아니라 미국인데 경험도 없이 덤볐다가 원금까지 날리면 어쩔려고 그래요."

"그 점은 염려 놓으세요. 제가 가발가게에서 일 년 가까이 일해서 물건 받아오는 곳도 알고 이득을 얼마 남기는가도 잘 알아요. 또 세금을 어떻게 조절할 수 있는가도 잘 안다니까요. 더구나 가발업은 미장원 역할까지 겹친 것이라 세금과 관계없이 돈이 슬슬 들어와요. 예를 들면 가발이 더러워지면 모두 가게로 가져오니까 빨아서 다시 해주면 그게 모두 돈이라고요."

"그럼 미용기술도 있단 말이요?"

"아니요, 가발이란 옷 빨듯이 빨아서 웨이브 난 데로 그냥 빗겨서 헤어스프레이를 뿌려주면 된다고요. 멍청한 흑인들이 겁이 나서 모두 들고 오는 것이지요."

"그럼 진짜 머리에 파마를 해서 웨이브가 난단 말이요?"

"요즘 진짜 머리카락으로 만든 가발이 어디 있어요. 전부 가짜지요. 더구나 진열장에 조금 특이하게 헤어스타일을 해놓고 요란한 장식을 해놓으면 몇 배를 불러도 좋다고 집어간다고요. 미국에서 이만큼 좋은 사업이 어디 있겠어요."

점점 구미가 당기는 말이었다. 두리가 얼마나 기도를 많이 했으면 이런 행운을 만나게 되었단 말인가. 사실 뒤를 돌아보면 아내인 두리를 너무 고생시킨 것이 가슴이 찡하게 아픈 적이 많았다. 태평양을 건너와서 정애리란 여자에게 당하고 얼마나 절실하게 두리의 가치를 인정하게 되었던가! 두리가 고생해서 모은 돈보다 몇 갑절을 만들어 의기양양하게 터억 내놓는다면 두리는 얼마나 좋아할까. 생각이 이에 이르자 석두는 규혜 앞에 바짝 다가가서 곁에 앉았다.

"좋아요. 그럼 이렇게 합시다. 자금은 내가 댈 터이니 운영을 규혜씨가 하고 난 공부를 해야 하니까 보디 가드 해줄 시간에 나오리다. 그 대신 이득금은 정확히 반분하는 거요."

즉석요리를 내놓듯 선뜻 거액을 투자하겠다는 석두의 입을 규혜는 너무 놀라서 멍청하게 응시할 뿐이었다. 서서히 그녀의 뺨에 보조개를 패면서 웃음이 살아났다.

3

　한편 두리는 긴 잠에서 깨어난 누에처럼 서서히 머리를 들고 주위를 둘러보았다. 식물인간으로 누워있던 사이 눈은 휑하니 깊어졌고 생각은 심연을 헤매고 있는지 살갗까지 맹하게 보였다. 무엇보다도 답답한 일은 두리가 입을 열지 않았다. 먹을 것을 주면 한마디 인사도 없이 묵묵히 삼켰고 정 싫으면 머리를 흔들 뿐 벙어리가 되어버렸다.

　"두리야, 나 누군지 알아보겠니?"

　한나가 앞에서 춤을 추어도 노 여사가 꺼이꺼이 울어가며 목을 얼싸안아도 두리는 석고처럼 무표정했다. 나 회장이 그런 두리의 손을 쓰다듬으며 아가를 달래듯이 토닥여 주어도 감정의 변화가 털끝만큼도 없었다. 심지어는 자신이 낳은 딸인 하린이가 앞에서 엄마를 부르며 보채도 눈썹 하나 꿈쩍해 보이지 않았다.

　"완전히 가버렸구나. 우리 두리가 미쳐버렸어. 이를 어째."

　노 여사가 병실이 떠나가게 울어 젖히고 이따금 병문안을 오는 이웃들이 안타까워서 눈물 어린 눈빛을 번쩍여도 두리는 깊이를 모르는 무저갱이라도 헤매고 있는지 그저 침묵할 뿐이었다. 이 순간 그녀는 이생과 금생의 중간지점에서 부유하고 있는 것일까. 눈과 얼굴에서 기쁨과 슬픔의 표정을 전혀 찾아볼 수가 없었다.

퇴원하는 날 한나는 두리를 데리고 교회로 갔다. 크리스마스를 앞둔 교회는 강단 좌우에 크리스마스 트리를 장식해서 꼬까옷을 입은 아가처럼 잔치 분위기였다. 더구나 껌벅 등이 명멸해서 하나님의 집은 생기가 넘쳐흘렀다.

　"두리야, 여기 앉아라. 나처럼 손을 맞잡고 하나님을 향해 부르짖어라. 하나님이 바로 너를 이런 고난의 자리에 세워서 당신의 능력을 보여주시려는 원대한 계획을 가지고 계신 거야. 이 고통의 자리에서 네가 벌떡 일어서서 하나님의 이름을 천하에 전파하게 하려는 그분의 깊은 뜻을 헤아려야 한단다."

　한나가 아무리 좋은 위로의 말을 늘어놔도 두리는 의자에 허리를 꺾어 세워놓은 인형처럼 미동도 하지 않았다. 오후 3시에 들어왔을 적엔 희뿌옇게 창문을 파고들던 햇살이 6시를 지나자 어둠으로 변해버렸다. 발이 시리고 손끝이 얼어 와도 두리는 코끝에 호흡만 있을 뿐 단 한마디의 말도 하지 않고서 눈동자를 크리스마스 트리에 고정시킨 채 망부석처럼 싸늘하게 앉아 있을 뿐이었다.

　"안다, 알아. 너의 큰 아픔을. 너 혼자서는 절대로 그걸 감당할 수 없어. 모든 짐을 십자가 위에 던져버리고 예수님을 의지하고 일어서거라. 나를 따라 말해봐라, 어서. 예수님 저를 도와주세요. 이렇게 말해봐."

　담벼락을 향해 앉은 것처럼 전혀 반응이 없으니 답답해진 한나는 두리 곁에 앉아 목이 터지게 기도를 하다가 찬송을 불렀다. 이따금 훌쩍이며 상한 심령으로 부르짖다가 지쳐 두리를 껴안은 채 자정이 넘어도 자매는 성전을 떠나질 못했다.

참으로 난감한 일이었다. 모든 재산을 몽땅 털어 남편인 석두에게 송금해버렸고 남은 건 알몸뚱이인 동생을 어떻게 위로해야 한단 말인가. 덜렁 남겨진 어린 아들, 딸을 데리고 저 상태에서 어찌 일어설 수가 있단 말인가. 여의도에 사놓은 아파트라도 그냥 두었더라면 이럴 때 큰 힘이 되련만 그것까지 팔아서 미국으로 송금해버렸으니 하나님은 강권적으로 두리를 알몸으로 내던져버리셨던 것이다.

"두리야, 내 말을 잘 들어라. 가난이란 불편한 것이란다. 나도 너처럼 돈을 다 날리고 어둠의 수렁을 헤맨 적이 있어서 널 누구보다도 더 잘 이해할 수 있어. 그러나 그 가난이 축복이란 점을 잊어서는 안 된다. 내 수중에 돈이 단 한 푼도 없이 날아가버린 뒤에야 마음이 비어지고 나서야 창조주인 하나님 앞에 백기를 들게 되었고 그제야 예수님이 나를 찾아오셨단다. 그때 임하는 영혼의 평안을 너도 맛보기를 바란다. 돈이란 그런 점에서 하나님을 만나는 길을 막고 있는 가장 무서운 우상이라고 할 수 있어. 내 말 들리니, 두리야."

사람의 머리는 녹음기와 같아서 무슨 소리나 녹음이 된다고 하지 않던가. 한나는 두리가 대꾸를 하지 않아도 열심히 동생의 귀에 입을 바짝 대고 순간순간 그녀의 머리를 스치는 말씀들을 늘어놓았다.

"갈렙과 여호수아가 가나안 땅에 들어갈 수 있었던 것은 하나님께 온전히 순종했기 때문이란다. 너도 이렇게 밑바닥에 내던져질 적엔 하나님께서 네게 크나큰 사랑을 주시려는 엄청난 앞날이 준비되어 있을 것이 분명하다. 내가 말하는 것은 네가 물질적 축복을 받을 것이란 뜻이 아니다. 내 말은 영적 축복을 말하는 것이다. 내 경우를 보아라. 내가 바라던 재물을 하나님은 하나도 허락지 않으셨으나 영적 축복을 받으니 억만금을 받은 것에 그걸 어찌 비교하겠니. 너의 남편 석두를 우선 용서해라. 피치 못할 사정이 있었거나 그렇지 않으면 하나님이 예비한 다른 길이 있었을 터이니 원망하거나 저주하지 말고 불쌍한 그를 위해 기도해주고 너는 하나님의 사랑의 줄에 묶여서 끌려가야 한다."

새벽이 오니 교회 안에 따뜻한 바람이 돌았다. 하나둘 사람들이 모여들어 찬송을 부르기 시작했다. 새벽이건만 오르간을 반주해주는 사람이 있어서 새벽 찬송은 천상에서 울려 퍼지는 천사들의 합창 같았다. 가슴에 가득 평화가 넘치는 아름다운 새벽이었다. 서서히 두리의 눈에 눈물이 차오르기 시작했다.

"흐흑……"

"알았다. 알았어. 하나님은 눈물을 좋아하신단다. 옷을 찢는 것보다 네 마음의 중심인 심령을 찢는 걸 좋아하셔. 마음에 할례를 행하시는 걸 기뻐하신단 말이다. 두리야, 마음 놓고 울어라, 울어. 가슴 깊은 곳에 앙금일랑 한 알갱이도 남기지 말고 교회가 떠나가게 울어라, 울어."

새벽 강단에 불이 꺼지고 사람들이 사라졌다. 드디어 오르간의 아름다운 음률도 사라졌건만 두리와 한나 자매는 서로를 부둥켜안고 높은 곳을 향해 머리를 들고 앉아 있었다. 서서히 두리의 뺨에 혈색이 돌더니 언니가 잡은 손에 힘이 주어졌다.

"언니, 언니, 저기 좀 봐. 저기."

폭죽이 터지듯 두리가 입을 열었다. 두리의 손끝을 따라 한나의 눈길이 좇아갔다. 강단 한구석에 장식해놓은 크리스마스 트리의 꼭대기 별에 눈이 멎었다. 껌벅 등이 제일 강렬하게 빛을 발하는 별이었다.

"저건 예수님을 인도했던 별을 상징해서 달아놓은 거란다."

"거기에 난쟁이 아줌마가 앉아서 날 부르고 있어. 언니 눈에도 보이지. 그지. 저 위에 하얀 천사 옷을 입고 아줌마가 앉아서 나를 향해 활짝 웃으며 뭐라고 말하고 있어. 잘 들어봐."

두리가 귀를 크리스마스 트리 쪽으로 기울이고 마음을 모았다. 얼굴에 핏기가 돌기 시작했다.

"언니야, 아줌마가 날 보고 어서 집에 가서 임종자리에

서 주었던 상자를 펴보라고 그러네. 참말 그 상자를 여직
열어보지도 않고 그냥 여행가방 속에 넣어놓았는데. 어서
집에 가자."

"너 정말 걸을 수 있겠니?"

"언니, 걱정하지 마. 나 일어설 거야. 난쟁이 아줌마를
만나보고 나니 강한 힘이 마구 솟아나서 몸이 뜨거워졌
어. 이상하게 마음이 편안해지고 내게 일어난 모든 일이
덤덤하니 아무것도 아니란 생각이 들어."

"됐다, 됐어, 이것아. 난쟁이 아줌마는 네 일생을 통해
가장 좋은 인도자였고 널 가장 사랑해주었던 고마운 분이
었는데 죽어서까지 네게 힘을 주다니!"

두 자매는 나란히 교회 문을 나섰다. 이때 한나가 주저
하며 두리에게 조심스럽게 물었다.

"네가 쓰러질 적에 하린 아범이 국제전화로 뭣이라고
말하던?"

"으응. 나랑 함께 살 생각을 하니 끔찍하대. 지금 만난
여자는 얼마나 편하게 해주는지 천국에서 사는 것 같다고
했어. 여자가 너무 경건하고 악착같이 나대고 조금도 비
뚤어지지 않으니 남자가 숨통이 막힌다나. 여자란 자고로
좀 멍청하고 남자 없으면 못 살겠다고 어린애처럼 칭얼대
야 으쓱한다나."

"그래서 그 말을 듣고 넘어져버린 거냐. 넌 예수를 믿는
여자야. 그렇게 나약해서야 어떻게 험한 세상을 살아가겠

니."

"자기의 지식이 자기의 세계이기 때문에 그랬어. 남편은 돼지우리에 살아도 편하게 해주는 여자를 원했던 거야. 이젠 나 변했어. 아까 크리스마스 트리의 별자리에 앉아 있는 난쟁이 여인을 본 순간 형용할 수 없는 강한 바람이 내게 임하더라고."

"그게 바로 불길 같은 성령이란다."

"아무튼, 그 순간 내 마음이 뜨거워지고 가슴이 뜨거워지더니 힘이 생겼어. 아직 내 생애에 단 한 번도 소유해보지 못했던 강한 힘이 나를 사로잡았어. 무엇이나 할 수 있다는 기막힌 자신감이 넘쳐흘렀지. 지금 이 순간 나는 너무너무 기뻐 죽겠어. 지나가는 사람들이 모두가 사랑스러워서 만져주고 싶고 다정하게 이야기를 나누고 싶고 샘이 흘러넘치듯이 새 힘이 마구 내 몸에서 흘러넘치고 있어. 아아! 아름다운 세상이여! 사랑스러운 만물이여! 정이 가는 사람들이여!"

갑자기 두리가 칼날 위에서 춤을 추는 선무당처럼 신들린 듯이 껄껄 웃다가 집을 향해 뛰기 시작했다. 그 뒤를 한나가 헐떡이며 따랐다. 그녀의 입에선 연신 이런 말이 흘러나왔다.

"오! 주여, 감사합니다. 제 기도를 들어주신 주여! 할렐루야! 영광 받으옵소서."

갑자기 활기에 차서 뺨을 붉히며 노 여사와 나 회장에

게 밝게 인사를 하는 딸을 놓고 모두 전기에라도 감전된 듯 입을 딱 벌리고 서 있었다.

"어머니, 아버지 할렐루야! 감사합니다. 두리가 성령을 받고 살아났어요. 저거 보세요. 완전히 변했어요."

"성령이 뭐냐? 우리 딸, 두리가 미쳐버렸구나. 이젠 완전히 정신이 돌아버렸어. 저 입술을 봐라. 저 얼굴 근육을 보라고. 이상하게 일그러지고 기괴한 빛이 머리에 내려앉아 있으니 이거 큰일 났구나."

노 여사가 벌떡 일어서서 귀신 물러가라고 으샤으샤 해대는 것도 부족해서 병든 몸을 뒤뚱거리며 두리를 향해 삿대질을 했다. 이런 어머니를 향해 두리가 고함쳤다.

"나사렛 예수의 이름으로 명하노니 나의 어머니를 괴롭히는 사탄마귀는 물러갈지어다!"

두리가 노 여사를 향해 강한 기압을 넣듯이 소리를 쳐서 하린이도 눈이 동그래져서 어머니를 쳐다보았고 한나도 나 회장도 너무 놀라서 사태의 추이를 지켜보느라고 두 사람 사이를 흘겨보았다. 참으로 신기하게 노 여사는 병든 닭처럼 비실비실 두리를 피해서 부엌으로 나가버렸다. 아주 기가 꺾인 몰골이었다.

"어디서 그런 힘이 나오니? 그간 병상에 그렇게 오래 누워 있던 아이가 다치려고 무슨 고함을 그렇게 엄청나게 지르니."

나 회장이 그제야 두리의 건강을 걱정했다.

4

"아버지, 제 여행 가방 어디 있어요?"

"그건, 왜 그래?"

"난쟁이 아줌마가 선물해준 상자가 그 안에 들어있거든요."

"그럴 줄 알고 그걸 꺼내서 내가 잘 보관해 두었다."

나 회장이 유리 상자를 다루듯 조심스럽게 난쟁이 여인이 두리에게 남겨준 상자를 장롱 서랍에서 꺼내 두리에게 넘겨주었다. 거죽에 붙어있는 두리와 난쟁이 여인의 사진에 눈이 미치자 두리는 오랫동안 그 사진을 눈이 시리게 응시하다가 서서히 상자의 종이를 벗기기 시작했다. 모두의 시선이 두리의 손끝에 집중되었다. 저 속에서 무엇이 나올까. 예수에 미친 여자였으니 두리에게 맞는 적절한 말씀을 기록한 종이쪽이 나올 것이란 생각이 지배적이었다. 드디어 상자를 열었을 때 그 안에는 놀랍게도 열쇠가 한 개 들어 있었다.

"아니 이게 뭐냐? 열쇠 아니냐."

나 회장이 먼저 입을 열었다.

"글쎄. 열쇠라니, 무슨 뜻을 주려고 했나 보다. 예를 들면 베드로에게 천국 열쇠를 예수님이 맡겼듯이 그런 어떤 암시적인 뜻이 내포되었을 거야."

한나도 두리에게 이렇게 말하며 열쇠가 하나 덜렁 나온

걸 의외로 여기며 머리를 갸웃거렸다. 두리만 침착하게 열쇠가 든 상자의 여기저기를 세심하게 살피다가 담배꽁초처럼 도르르 말린 종이를 상자의 밑바닥에서 끄집어냈다. 상자를 열 때보다 더 조용한 눈길이 두리의 손끝에 몰렸다. 두리는 도르르 말린 종이를 조심스럽게 펴서 찬찬히 읽어보았다. 두리는 한참 멍청이 앉아 있다가 무릎을 꿇고 기도하기 시작했다.

참다못해 한나가 두리의 손에서 종이쪽을 빼앗아 훑어보았다. 거기엔 이렇게 쓰여 있었다.

"ㅇㅇ은행에 가서 보관함을 찾아 이 열쇠로 열기 바란다. 거기에 그다음 두리가 할 일을 적어놓았으니 그 지시대로 따르도록 해라. 두리를 이 세상에서 예수님 다음으로 사랑한 사람이 씀."

"그럼 은행에 유산으로 돈을 저축해 두었단 말인가?"

언제 나타났는지 노 여사가 이렇게 좌중에 끼어들었다.

"아마 그럴지도 몰라. 워낙 사랑이 많았던 여자였으니까."

나 회장도 이렇게 말하며 두리의 기도가 끝나기를 기다렸다. 이런 때 두리의 추측이 제일 적절한 것이 아니겠는가. 설마 성경 구절을 몇 줄 적어서 은행의 보관함에 넣어둘 리는 없을 터이고 분명 많지 않은 돈이겠지만 두리를 위해 유산을 남겨놓고 갔을 것이 뻔했다. 따지고 보면 액수가 문제가 아니었다. 지금의 상황은 알거지가 되었기 때문에 단돈 몇 푼이라도 큰 힘이 될 터이니 말이다. 아직도 은행이 문을 닫을 시간은 멀었다. 어서 가고픈 마음이 굴뚝같았으나 두리는 오랫동안 눈을 감고 앉아 있었다.

"두리야. 지금 우리의 입장은 아주 난처하다. 당장 끼니를 이을 것이 없어. 어서 가서 보관함을 열어보자꾸나. 그분이 병든 몸으로 화방에서 일하면서 얼마나 저축했겠니. 허나 액수가 문제냐."

노 여사는 성격이 급해서 어서 결과를 알고 싶어 안달이었다.

"네가 건강해지면 미국으로 가서 그놈을 만나 한바탕 해주고 돈을 찾아오는 방법도 있다. 다행히 미국비자를 받아두었으니 말이다."

나 회장이 진지하게 이제 정신이 든 두리를 놓고 의견을 내놓았다.

"아니에요. 난쟁이 아줌마가 그걸 원하지 않았기에 이런 열쇠를 준비해 두었을 거예요. 절대로 미국엔 가지 않습니다. 과거는 깡그리 물거품으로 밀어내버렸습니다. 내 가슴에 엉킨 증오의 앙금도 크리스마스 트리에 앉아서 나를 바라보던 아줌마를 만난 뒤에 몽땅 태워버렸습니다. 이 열쇠 하나면 족합니다. 설령 보관함이 비어있다 해도 저는 천만금보다 더한 귀중한 유산을 이미 받았습니다."

은행 앞을 지나는 버스를 타고서 한나가 두리에게 조심스럽게 물었다.

"화방에서 일해 번 돈을 몽땅 저축했다고 하자. 얼마나 되겠니. 액수는 별것 아니라고 생각한다."

"알거지가 된 내게 단돈 십만 원이라도 얼마나 큰 것이라고. 적은 액수의 돈이라도 내게 주어지면 그걸로 다시 시작하는 거야. 콧구멍만한 화방이라도 낼 수 있으면 좋으련만…… 그게 불가능하면 머리에 떡 광주리를 이고 다니면서라도 다시 일어설 용기가 있어. 언니야 걱정하지 마. 이젠 난 과거의 두리가 아니야. 새 사람이라고. 옛날엔 내가 가진 힘과 지혜로 날뛰었지만 이젠 그게 아니야."

은행직원에게 열쇠를 내밀자 번호표를 확인한 뒤에 보관함으로 안내되었다. 두리는 떨리는 손으로 보관함 안에 손을 넣었다. 두툼한 것이 잡혔다. 은행원이 너무나 오랜만에 찾아온 고객을 놓고 기이하다는 눈으로 보관함의 내용이 적힌 서류와 두리를 번갈아 보았다.

"뭐냐, 뭣이 들었어. 마치 광야를 헤매다가 만나를 소쿠리에 긁어 담고 있는 출애굽 이스라엘 사람이 된 기분이다."

한나도 덩달아 흥분되어서 호기심에 들떠 동생의 손에서 눈을 뗄 수가 없었다. 두리는 침착하게 내용물을 펴기 시작했다.

"어머머! 이게 웬일이야. 이럴 수가! 세상에! 이게 믿어지지 않아."

두리는 몇 번이고 눈을 비비고 다시 비비고 서류에 눈

을 바짝 가져다 대었다.

"뭐가 이상해. 뭐라고 쓰여 있어."

두리가 펼쳐든 종이의 글자들이 잔잔하게 파문을 일으키며 두리의 손에서 떨고 있었다.

"이 돈을 두리가 더 내려갈 수 없는 밑바닥에 내던져졌을 적이 쓰기 바란다. 내가 두리에게 숨긴 유일한 것이 바로 이 재산이다. 십 대의 어린 나이부터 모은 돈을 몽땅 두리에게 주는 것이다. 나처럼 불행한 신체장애자를 위한 학교를 만들고 싶었으나 난 너무 무식하고 건강이 나빠 못했다. 내 대신 두리가 잘 사용해주기 바란다. 모든 것이 하나님의 것이니 그 원리대로 사용해다오. 하나님 앞에서 부끄러움 없이 이 돈을 관리해주란 말이다. 좁은 의견이지만 주식이 한창 올랐을 적에 팔아 택시를 많이 사야 한다. 인구가 많아지는 세상이니 택시회사를 차리면 돈을 벌 것이 틀림없다. 남들이 주식이 오른다고 머무적거릴 적에 과감하게 팔아서 그 돈으로 몽땅 택시를 사라는 말이다. 택시들을 관리할 회사 장소를 물색할 적에는 강북에 싸구려로 버려진 땅을 가능한 한 많이 사두면 유리할 거다. 강남 우면산 뒤쪽에 사둔 땅은 육십 년대 초반에 아주 헐값으로 산 땅이다. 언젠가는 강남이 크게 발전할 것이고 그렇다면 산 뒤쪽도 발전할 것이 뻔해서 내 딴엔 죽을 먹으며 돈을 모아 사놓았다. 그 땅은 그냥 가지고 있다가 먼 훗날 도시가 거기까지 팽창하면 빌딩을 지어서 사용하면 좋을 것이다. 난 지식이 없고 병신이라 모으기는 했지만 쓰는 것은 머리 좋은 우리 두리에게 맡기고 편안히 눈을 감을 수 있어 얼마나 하나님께 감사한지 그저 할렐루야를 외칠 뿐이다."

난쟁이 여인이 남긴 유산은 어마어마했다. 제일 놀라운 것은 주식이었다. 이상하게 지금 주식이 하늘 높은 줄 모르게 치솟아서 그걸 팔면 택시를 50여 대 살 수 있을 액수였다. 머리가 횡횡 돌았다. 먼저 무엇을 해야 할지 멍청했다.

"애야, 그 큰 땅덩어리는 어디에 쓸 거냐?"

한나도 어안이 벙벙해서 갈피를 잡을 수가 없었다. 돈이란 사람의 머리를 카오스로 몰아넣기에 충분한 것이었다. 난쟁이 여인이 얼마나 치밀하게 일을 해놓았는지 땅문서랑 주식이 모두 두리의 이름으로 되어있었다. 두리는 보관함을 다시 걸어잠그고 열쇠를 핸드백에 조심스럽게 넣은 다음 입을 꾸욱 다문 채 거리로 나왔다. 머리를 양어깨 사이에 깊숙이 파묻고 찬바람이 몰아치는 도성의 거리 속으로 빨려 들어가 사람들 물결을 따라 표류하듯 그저 걷기만 했다.

"어쩔 거야? 무엇부터 시작해야 하는 거야, 으응."

감히 건드릴 수 없는 성스러운 분위기에 젖어있는 두리 곁을 따라 한나도 종종걸음이었다. 갑자기 큰 사람으로 변한 두리를 향해 한나가 수없이 어쩔 거야라고 묻는 질문에 두리는 그저 침묵으로 응했다. 광화문을 지나 종로를 거쳐 동대문이 나왔는데도 두리는 그저 걷기만 했다.

"두리야, 이제 고만 집으로 들어가자. 넌 건강도 좋지 않은 상태야. 물론 영적으로는 충만하지만 육신의 장막도 무시하지 못한다."

"언니, 나 기도원에 가서 한 달가량 기도한 뒤에 집에 들어갈 거야."

"물론 그래야지. 하지만 집에 가서 부모님께 일의 경과를 알리고 그간 팽개쳐두었던 너의 아이들, 하린이와 하수를 안심시키고 나랑 함께 가자."

"언니 말이 맞아. 짐을 꾸려 떠나야겠지. 남편이 내 곁을 떠났다는 건 어떤 점에서 자유를 의미하기도 해. 언니가 믿을지 모르겠지만 세상을 향해 날 수 있는 독수리의 날개가 내 양어깨에서 근질거리며 자라 오르는 기분이기도 하구 말이야. 내 코끝에 호흡이 있다는 건 축복이야. 이 세상에 내가 살아있다는 건 기막힌 축복이야."

"그래, 그래. 네 말이 맞다. 더구나 우린 젊다고. 삼십대에 있으니 일생을 칠십으로 잡아도 우린 떠오르는 태양이지."

"맞아. 우린 이글거리며 떠오르는 하나님의 빛줄기들이야."

"너 그 돈을 어떻게 쓰려고 하니? 하나님의 영광을 위해서 쓰라고 아줌마가 말했으니 몽땅 난쟁이 아줌마 같은 처지의 무의탁자나 신체장애자를 수용하는 기관을 만들

작정이냐?"

"아니야. 그 돈을 수천 배로 늘릴 거야. 있는 돈으로 몽땅 그런 기관을 세우면 무엇으로 운영해. 난 돈을 많이 벌 자신이 있어. 이전에는 나 자신과 가족을 위해 돈을 벌었지만, 이제부터는 하나님의 일을 위해서 버는 거야. 이 일에 하나님이 함께하실 걸 난 확신해. 그걸 위해 기도하겠다는 거지."

"그럼 난쟁이 여인이 원했던 것처럼 택시회사를 차리겠다는 거냐? 운수업이란 시쳇말로 버려진 하찮은 노가다판이라고 생각하는데 더구나 여자 몸으로."

"우선 작은 화방을 경영할 거야. 내게 확실한 직종은 화방이거든. 거기서 기반을 닦으면서 천천히 난쟁이 아줌마가 원했던 운수업으로 손을 뻗쳐보는 거지. 먼저 기도하고 그다음으로 계획하고 실행으로 들어가서 평가해본 뒤에 서서히 더 투자할 방침이야."

한나는 두리의 옆얼굴을 보며 새로운 사실을 발견했다. 동생 두리는 이제 허약한 어린 여자가 아니었다. 절벽에 둥지를 틀고 편히 거하다가 강제로 쫓겨나서 허공에서 퍼덕이다 날개에 힘이 올라 위로, 위로 치솟아 날아오르는 독수리였다. 어떤 사람도 감히 당해낼 수 없는 용기와 힘을 소유한 사업가의 가슴을 소유하고 있었다.

"화방을 어디에 차릴 거냐?"

"우리가 팔아버린 두리화방을 다시 사들이는 거지."

"도대체 난쟁이 아줌마가 남긴 유산이 얼마나 된다는 거냐."

"일생 꾸준히 사 모은 주식이 오랜 세월 엄청나게 불어났고 헐값으로 사들인 밭 삼천 평은 강남과 경기도 사이에 산을 끼고 있긴 하지만 장차 개발 붐을 타고 요지로 변하는 건 시간문제야."

"그 땅을 팔아 사업을 할 거냐?"

"아줌마 말대로 먼 훗날 거기에 빌딩을 지어 세를 놓아 들어오는 돈으로 장애자 복지원을 운영해 볼까 하는 계획이야. 가장 문제되는 것은 주식관리라고."

"어이쿠! 애야. 난 주식이라면 머리가 돌 지경이다. 내 경우엔 재산을 몽땅 털어 넣고 그것도 부족해서 빚을 얻어 주식을 샀다가 망한 사람이니까."

"언니가 인내심이 없어서 그래. 주식이란 머릴 써야 하는데 너무 단기간에 왕창 벌려고 해서 문제가 됐던 거지."

"제발 주식엔 손대지 마라. 두 손이 수고한 대로 먹으라고 성경은 우리에게 일러주고 있어."

"알아. 그러나 주어진 기회를 잘 선용해 번 돈으로 내 일신의 영화를 위해 쓰지 않고 하나님의 나라 확장에 쓴다면 하나님도 기뻐하실 거야. 주식도 국가가 허용한 것이니 도둑질은 아니야. 언니 경우는 하나님께서 언닐 사랑의 줄로 잡아당기느라고 몽땅 망하게 한 거지. 내 경우는 두고 보라고. 대단할 거야. 난 확신해. 지금 성령을 통해 내게 강하게 지시하고 계셔. 난 이젠 혼자가 아니야."

집에 오니 하린이와 하수까지 엄마의 눈치를 보느라고 모두 입이 무거웠다.

"어머니, 우릴 하나님이 살리셨어요. 어머님이 그렇게도 싫어하던 난쟁이 아줌마가 우리에게 거대한 유산을 남겼습니다."

"화방에서 일해 번 돈이 몇 푼이나 된다고 유산이라고 하느냐. 네가 거렁뱅이가 되어서 손이 비니까 쌀 몇 가마 값에도 감격해서 그러는구나."

노 여사는 웃기지 말라는 표정을 지으며 차갑고 매섭게 두 딸을 흘겨보았다. 소름끼치도록 괴기스러움이 넘치는 얼굴이었다.

"어머니, 그게 아니에요. 좋으신 우리 하나님은 우리 아버지, 어머니가 그 옛날 누렸던 재산보다 더한 물질적 축복을 우리에게 허락하셨어요."

"한나, 넌 가만히 있어. 우리가 가졌던 재산이 얼마나 어마어마했는데 그것과 비교하려고 그러냐. 우리가 고용했던 병신 여자가 가지면 얼마나 많은 재산을 소유했었다고 이렇게 허풍을 떠는 것이냐."

노 여사는 당찮은 말을 한다고 한나를 나무랬다.

"어머니, 언니 말이 맞아요. 하나님은 살아 계셔서 지금도 우리에게 표적을 주고 계십니다. 우린 부자가 되었어요. 그러나 그 재산은 제 것이 아니고 하나님의 것입니다."

"모를 일이야. 수수께끼 같은 말들을 하니 이해할 수가 없구나. 눈에 보이지도 않는 하나님의 것이라니 날 놀리는 게냐."

"어머님이 그렇게도 싫어하는 꼽추아줌마가 일생 번 돈을 유산으로 은행의 보관함에 넣어놓고 갔는데 그게 글쎄 엄청난 주식에다가 강남의 삼천 평 땅문서더라고요. 놀랍게도 그게 몽땅 두리 이름으로 되어 있고요."

"그, 그 찌그러진 여자가 그렇게 많은 돈을……."

노 여사 눈의 검은 동공이 어둔 빛에서 맘 놓고 벌어진 사진기 조리개처럼 점점 커지기 시작하더니 이내 눈물로 번뜩거렸다.

"난, 난, 난 말이다. 하나님이 계신지 안 계신지 모르겠다. 하지만 그 여자가 정말 두리에게 그런 돈을 남겼다면 바로 그 사람이 하나님의 화신이 아니겠느냐."

"당신 실로 오랜만에 사람다운 말을 하는군. 난 처음부터 그 여자를 존경했다고. 말없이 우릴 위해 얼마나 희생을 했는지 당신도 알잖아. 실명한 내 눈까지 이렇게 뜨게 한 걸 봐도 알 수 있었는데 당신은 형광등이야."

"아아! 가슴이 터질 것 같다. 두리가 믿는 하나님이 진짜로 계신 분인 걸 몰랐다니. 난쟁이 여인이 바로 하나님의 모습일 거다. 비록 거죽은 추하지만, 사람이 감당할 수 없는 힘을 지닌 그런 사람 말이다."

"할머니도 이제 하나님을 믿기로 했나요?"

"그럼. 우리 하린이와 하수가 믿는 하나님을 할미가 안 믿으면 어떡하라고. 아이쿠! 요 귀여운 것들아. 너희들이 주일학교에 갔다 와서 내게 겁을 주었던 것처럼 이 할미가 지옥 가면 뜨거워서 펄펄 뛰라고."

"우와! 우리 할머니 만세."

아빠가 집을 떠난 뒤 주눅이 들어있던 외손자 하수가 손뼉을 치며 토끼처럼 방 안을 뛰어다녔다. 모두 모두 입이 찢어지게 웃고 있었다. 처음으로 이 가정에 찾아온 웃음이었다. 과거의 음흉하고 징그러운 웃음이 아니라 천국의 기쁨이 넘치는 웃음이어서 빛기둥이 방 안에 서 있을 지경으로 평화가 넘쳐흘렀다. 너무 감격해서 머리를 숙여 기도하는 큰딸 한나를 따라 노 여사도 머리를 숙이고 중얼거렸다.

"어머니, 이제 우리는 모두 하나님의 자녀예요. 어머니도 하나님의 딸이란 말이에요."

"내가 하나님의 딸이라고? 그렇지. 그래 난 하나님의 딸이지. 신神딸이 아니고 하나님의 딸이지. 어허허……."

두리가 제일 먼저 손을 쓴 것은 미국 가려고 팔아버렸던 두리화방을 되사서 나 회장과 노 여사에게 넘겼다. 생계를 부모님께 온전히 맡기고 두리는 뚝심있는 사내처럼 검은 가죽잠바를 입고 차를 몰고 다니며 택시회사들의 실태를 조사해서 분석하느라고 눈코 뜰 새가 없었다.

"언니, 지금 주식을 팔 때라고 생각해. 주식 값이 유사

이래 이렇게 폭등할 수가 없는 시기지만 말이야."

"그렇게 오래 기도하고 준비했으니 좋을 대로 하려무나. 인간이 아무리 마음으로 경영해도 그걸 이루어주시는 분은 하나님이 아니냐. 네 개인의 영화를 위해서 하는 것이 아니니 꼭 성공할 것이다."

"인간의 지혜로 판단하기엔 택시업은 요즘 보잘것없는 직종이야. 게다가 운수업이란 한 번 큰 사고가 났다 하면 몽땅 망하는 판이야. 그래서인지 택시 대당 값이 아주 헐하더라고."

"의심하지 마라. 걱정 말고 하나님께 모든 걸 맡기고 어서 택시를 사거라."

"꼭 제비를 뽑는 것 같은 기분이야."

"모든 것엔 때가 있는 법이다. 주식이 올라갈 때가 있으면 곤두박질해서 내려갈 때가 있는 법이다. 택시업이 지금은 밑바닥이지만 이제 올라설 것밖에 더 있냐. 어서 지체하지 말고 주식을 팔아 택시들을 힘닿는 대로 사들여라."

두리와 한나는 창동에 천 평의 땅을 사서 택시회사를 차렸다. 두리택시회사가 탄생한 것이다. 놀랍게도 주식을 판돈으로 몽땅 사들인 택시가 팔십 대나 되었다. 택시회사를 차린 여 사장 두리의 등장은 운수업계에선 화제거리였다. 남편에게 버림받은 삼십대의 여자가 남자들도 꺼려하는 운수업에 뛰어들었으니 모두 관심을 가지고 지켜보며 지분거리는 사내들도 많았다. 두리는 검은 안경을 쓰고 화장을 짙게 하고는 당당해 보이는 옷차림으로 택시기사들을 다스렸다. 오십대의 남자기사들을 다스리는 법은 나이 들어 보이게 옷을 입고 화장을 짙게 하고 검은 안경을 써서 강렬한 인상을 풍길 수밖에 없었다.

"어이쿠! 남자 사장 밑에서 일하는 것이 낫지. 여사장 밑에서 이게 뭐람."

"영국도 여왕이 다스려서 강대국이 되었습니다. 또 세상 사람들이 즐겨 쓰는 말에 남자는 세상을 정복하고 그 남자를 여자가 정복한다고 하지 않던가요."

두리 사장님은 말이 없건만 언제나 한나가 나서서 짓궂은 기사들에게 대꾸를 해주었다. 그래도 기사들끼리 모이면 쑤군덕거렸다.

"그건 서양 사람들의 이야기고 우리나라에선 암탉이 울면 집안이 망한다고 했는데 세상에 운수업에 겁도 없이 여자가 뛰어들다니."

"우리 남자들이 출근할 적에 어떤가. 예를 들어보면 알잖아. 집안 여자들에게 당당한 군왕으로 임해 왔었다고. 여자가 조금이라도 기분 잡치게 하는 날은 사고를 낼 것이고 그땐 과부가 되는 것이 무서워 억지를 부리며 쥐어박아도 꾹꾹 참으며 순종하는 게 여자들 아닌가. 그런데 글쎄 젊은 여사장이 우리 위에 임해서 우리 남자들을 부려먹으니 배알이 꼬여서 다른 회사로 옮겨야겠어."

이렇게 어디고 모이기만 하면 입방아를 찧으면서도 그

누구도 두리택시회사를 떠나는 사람이 없었다. 그 이유는 간단했다.

"제 밑에서 일하려면 조건이 있습니다. 반드시 교회에 나가야 합니다. 그 대신 저란 여자는 이 두리회사의 사장으로서 여러분들에게 다른 회사가 감히 상상도 못 할 조건을 제시합니다. 기사 아파트를 택시회사 옆에 지어서 한 채씩 드리겠습니다. 운전이란 가정이 편해야 안전하게 할 수 있습니다. 살 집이 있고 자녀를 교육할 수 있으며 먹고 살 경제적 여유가 있으면 마음이 안정되어서 절로 운전을 잘 할 수가 있다고 봅니다. 아파트를 지을 동안만 참으세요. 그 대신 우리 회사가 망하지 않도록 여러분들이 최선을 다해서 일해야 합니다."

이런 공약을 두리가 했기에 엉거주춤해서 저들은 다른 회사로 뜨지도 못하고 일의 진행과정을 훔쳐보고 있었다. 그러다 일 년이 지나 두리 사장님이 부지를 구입해서 눈앞에서 기사 전용 아파트가 올라가고 있으니 저들은 길들인 맹수들처럼 점점 양순해지고 눈동자와 살갗에 맑고 투명한 빛이 감돌았다. 기사들이 다투어 택시를 깨끗하게 닦아서 윤을 내기 시작했다. 그뿐 아니라 예전보다 더 열심히 일해서 두리회사가 망하지 않도록 모두 한 몸이 되어서 성실하게 일하기 시작했다. 두리택시회사 옆에 아담한 교회를 지어서 한나가 설교를 시작하면서 기사들은 매일 아침 교회에 모여 직장예배를 본 뒤 일을 시작했다.

매스컴은 이 택시회사를 대문짝만하게 신문에 실어주었다. 이런 기업이 이 나라에 있다는 건 기적이라고 입을 모았다. 아파트와 교회가 택시회사 울타리 안에 있고 기사들이 한 식구가 되어 움직이니 날로 번창해갔다. 기사들의 휴식시설도 점점 갖추어져 가고 아이들 놀이터도 생겼으며 주변에 여러 종류의 꽃과 나무를 심어 두리택시회사는 계절을 따라 화려한 변신을 했다.

더욱 놀라운 일은 두리가 주식을 몽땅 판 뒤에 주식 시세가 곤두박질 바닥으로 떨어져서 매장은 온통 수라장이 되었다.

"두리야, 널 하나님이 돌보시고 계시다는 표적을 이렇게 보여주시니 하나님은 정말 살아 계신 분이다."

노 여사가 수줍은 소녀처럼 얼굴을 붉히며 황홀한 눈으로 딸을 보며 말했다.

"어머니, 더 두고 보세요. 두리택시회사가 어떻게 발전하는지요. 시작은 미약했으나 하나님이 창대하게 길러주실 터이니 그땐 어머님 어떻게 하시겠어요?"

"지금도 백기를 들고 하나님 앞에 선 내가……."

"평안하고 배부를 적에 멀리 계시던 하나님이 바닥에 내던져져서 백기를 드니 어루만져주시네요. 하나님은 위대하십니다. 정말 살아 계셔서 역사하십니다."

두리가 어머니의 품에 몸을 던져 푸욱 안기며 이렇게 외쳤다.

5

태평양 건너에 있는 석두는 규혜와 함께 살면서 점점 혼미했던 정신이 맑아오기 시작했다. 이곳의 꿈같은 생활이 도저히 믿어지지 않았다. 어떻게 두리에게 그렇게 차갑고 매몰차게 거친 전화를 할 수 있었는지 아무리 생각해도 제정신이 아니었다고 생각했다. 규혜가 하도 다그치기에 그랬다고 변명하기엔 너무 자신이 나약해 보였다. 돈을 쉽게 벌 욕심과 새 여자와의 새 생활에 대한 호기심이 인생길을 이 지경으로 만든 것이 틀림없다는 늦깎이의 고백을 숨길 수가 없었다.

3년 전 규혜와 나눈 대화를 영화필름을 돌리듯 서서히 떠올렸다.

"고국의 부인에게 어서 전화를 하세요. 유학생이 장사를 하자면 변호사를 사서 법적으로 묶어놔야 합니다. 우선 이민수속을 하면서 사업을 벌이면 법적으로 보호를 받을 수 있습니다. 이렇게 많은 돈을 투자하셨는데 제 이름으로 놓아두시겠어요. 그랬다가 제가 변해서 하루아침에 몽땅 챙겨가지고 도망갈 수도 있답니다. 세상이 얼마나 무서운 곳인데 어떻게 저를 믿고 이 큰돈을 내놓으시려고 하십니까?"

규혜는 아주 논리 정연한 이론을 펴서 석두가 의심할 수 없게끔 적극적인 방법을 제시했고 피할 수 없는 코너로 몰고 갔다.

"무슨 방법으로 영주권을 제게 얻어주려고 그러십니까?"

"그야 간단하지요. 고국에 있는 아내에게 우선 이혼선언을 하셔야합니다. 그리고 저와 법적 부부라는 수속을 하면 됩니다. 그 길이 제일 빠릅니다."

"말도 안 되는 소리 말아요. 어떻게 그런 짓을 합니까?"

"이곳 사람들은 모두 그 방법을 씁니다. 그래서 영주권을 얻어놓고 어느 정도 시간이 흐르면 이혼수속을 하고 고국의 아내와 결합, 온 가족을 데려오면 됩니다."

"그럼 제가 집에 가서 아내를 설득하고 오겠습니다."

"그걸 수락할 아내가 이 세상 어디에 있겠습니까? 우선 일을 저지르고 봐야합니다. 그리고 이민국이 눈치 채지 않도록 한국의 아내에게 이 비밀스러운 영주권 취득방법을 일러주어서도 안 됩니다. 그 사실을 알면 이쪽 경찰들이 가만두겠습니까. 영주권을 신청해놓고 부부처럼 저와 함께 살고 있어야지 언제 이민국 경찰이 조사 나올지 모릅니다. 참말로 두 사람이 부부가 되어서 한집에서 살고 있는지 꼭 나와서 확인하고 가는 것이 이곳의 상례입니다."

속으로는 그렇게까지 해서 이 나라의 국민이 되어야 하는가 하는 반발이 일었으나 석두는 감히 그렇게 나서질 못했다. 그만큼 규혜의 유혹은 강렬했고 미국에 대한 매력이 그를 강력한 흡인력으로 끌어 잡아당겼기 때문이다.

사우스 필라델피아에 가발가게를 차리려고 규혜와 함

께 석두가 들어선 곳은 아주 허름한 구멍가게였다. 유태인이 운영하는 10평 크기의 작은 가게는 강도들이 많은 다운타운의 중심가에 자리 잡고 있었다. 백발이 된 유태인 상인은 거기서 20년이 넘게 가발을 팔아왔는데 아주 전통적인 유태인 수법의 장사를 했다. 그는 가발을 10여 개 헌 옷 속에 숨겨 놓고 고가高價로 팔면서도 거죽은 허름하게 꾸며 강도의 관심에서 벗어나는 수법을 썼다. 가게 안은 헌옷으로 아주 너저분했다. 여자들 헌옷을 싸구려로 팔면서 가발 고객들에게만 가발을 조달해서 돈을 번다고 했다. 가난한 흑인들이 헌옷을 사 입으러 들어가는 척하고 거기서 가발을 써보고 비싼 값에 사들고 나오는 고등기술의 장삿술이었다. 그 유태인이 석두를 처음 만났을 때 석두에게 말한 내용을 대충 옮겨보면 이러했다.

'거죽은 이렇게 우습게 보이지만 나는 여기서 돈을 왕창 벌어서 집도 사고 시내에 빌딩도 지었다. 이렇게 우습게 보여도 황금알을 낳는 곳이 바로 여기다. 절대로 화려하게 꾸미지 마라. 난하게 꾸미고 삐까 뻔쩍거리면 첫째, 흑인 강도들이 들어와서 생명이 위험하고 둘째, 흑인 여자 고객들을 잃는다. 흑인 여자들이란 노예근성이 남아서 허름한 곳이라야 마음 놓고 드나드니 그 심리를 이용해라.'

"그 말대로라면 황금알을 낳는 이 가게를 왜 파십니까?"

석두가 이렇게 파고들자 유태인은 하얀 머리를 긁적이며 싱긋 웃었다.

"내 나이가 이제 쉴 때가 되었어. 게다가 이 지역에 흑인 강도들이 들끓어 매일 두세 사람이 죽어나가고 있어. 옆의 구멍가게 주인도 권총을 차고 장사를 했는데 일주일 전에 강도에게 정수리를 관통하는 총을 맞아 죽었다고. 일생 열심히 일해서 이젠 많은 돈을 벌어 저축했기에 다 쓰지도 못하고 죽기가 억울하다는 생각이 드는구먼. 이젠 날씨 좋은 하와이나 남태평양으로 가서 즐기다 죽으려고 이 가게를 내놓은 거지."

"그럼 동족에게 파시지 왜 하필이면 한국인을 찾는다는 광고를 냈습니까?"

석두와 규혜가 이 가게를 보러 온 것은 신문광고를 읽었기 때문이다.

"요즘 가발 붐을 선풍적으로 일으키고 있는 한국 사람들에게 팔아야 제값을 받고 권리금도 받을 수 있기 때문이야."

미국사회에서 유태인만큼 음흉하고 매서운 사람들이 없다. 저희들끼리만 똘똘 뭉쳐 살면서 단일 민족임을 과시하고 이방인들인 다른 사람들은 어떻게나 차갑게 대하는지 이웃에게서 꼴불견이란 말을 들을 만했다. 더구나 유태인들의 돈에 대한 집착과 게걸스러움이 지나쳐 시대가 변했건만 지금도 새삼스럽게 베니스상인을 연상하게 만드는 사람들이었다.

"석두씨, 무조건 이 가게를 삽시다. 건물은 이 층으로 보잘것없지만 황금알을 낳을 장소에요."

가게를 사서 널판을 사다 선반을 층층으로 꾸미고 헌 옷을 모두 쓰레기로 버리고 가발만을 파는 가발가게를 열었을 때는 유태인의 가게를 사서 두 달이 흐른 뒤였다. 우리는 떳떳한 대한민국 사람이니 유태인처럼 그렇게 엉큼한 수법을 쓰지 말자는 규혜의 의견대로 쇼 윈도우를 화려한 머리 스타일의 가발로 장식하고 네온사인도 현란하게 장식해서 흑인들을 유혹하기 시작했다. 갑갑하게 드리웠던 두꺼운 커튼도 걷어치우고 밖에서 진열된 가발들을 훤히 볼 수 있도록 문도 투명유리로 갈아 끼웠다.

규혜의 예측대로 가발이 날개 달린 듯이 팔려나갔다. 토요일 오후 석두가 학교에서 규혜를 데리러 가면 그녀는 정신이 없어 입을 헤에 벌리고 넋이 빠져 있었다. 선반에 가발들이 싹쓸이로 다 빠져나가 텅 비었고 돈이 너무 많이 들어와 치마에 감싸 안고 눈만 끔벅거렸다. 이때부터 석두에게도 급속도로 돈독이 오르기 시작했다. 매몰차게 두리를 떨쳐버리길 천만 번 잘 했다고 그는 박수를 힘차게 치고 있었다. 이런 상태로 간다면 북 필라델피아에도 가발 가게를 두어 군데 차릴 욕심이 생겼다. 흑인을 고용해서 사방에 가발 가게를 연다면 억만장자의 대로에 뛰어들게 되는 것이다. 그까짓 의사 짓을 왜 하겠나. 따지고 보면 어려운 의학의 길도 돈을 벌기 위해서 나선 것인데 이렇게 돈을 쉽게 잘 벌 수 있는 방법을 알고 있으면서 미

쳤다고 고생하며 의사의 길을 갈 필요가 있겠는가. 돈만
많으면 귀족처럼 살 수 있는 자본주의 국가에 살고 있지
아니한가. 그렇지 않아도 황색인이라 누리끼리한 석두의
얼굴에 돈독까지 칠해놓으니 황금처럼 번쩍였다. 학교도
집어치우고 석두는 가발 속으로 뛰어들었다. 돈, 돈, 돈,
돈이 폭포수처럼 그의 무릎에 쏟아져 내렸다.

　규혜와의 생활은 참으로 편안했다. 두리와 살 때처럼
귀찮게 엉겨 붙은 군식구들도 없이 단둘이 지내니까 새록
새록 재미가 있었다. 규혜는 또 두리와는 아주 대조적이
었다. 가게 청소며 살림까지 석두를 어떻게나 잘 다루는
지! 손 하나 까딱하지 않고 잘 부려먹는 이상한 조종술을
터득하고 있는 여자였다. 더구나 애교가 만점인 데다가
남자를 편안하게 해주는 장점을 지니고 있었다. 술집 여
자들이 바가지를 긁지 않고 비위를 맞춰주듯 규혜는 상큼
하고 삼빡했다.

　석두에겐 규혜 같은 여자가 마음에 들었다. 두리처럼
경건하고 빈틈이 없으며 자로 잰 듯 정확해서 한 치의 여
유도 없는 사람과 사는 것이 얼마나 그를 피곤하게 했던
가! 군더더기 없이 앞만을 보고 하나님을 찾으며 두리를
따라 걸었던 과거 생활이란 그의 숨통을 조여 자유가 없
었던 삶이었음을 새삼 느꼈다. 두리보다 이 여자와 사는
것이 참 좋아. 내가 택한 길은 참 잘한 선택이었어. 그는
크응, 크응 콧방귀를 뀌어가며 승리의 웃음을 비밀스럽게

삼켰다.

두리가 고생하며 벌어 부친 돈으로 사업을 시작한 것이 간간이 조금은 양심의 저울을 휘청거리게 했고 께름칙해서 속이 느글댔다. 그럴 때마다 그는 혼자 독한 술을 사다 퍼마시고는 한낮 빈 아파트에서 곤드레가 되어 나자빠졌다. 석두가 가진 모든 돈이 규혜의 사업자금으로 몽땅 빠져나갔지만, 눈앞에서 사업이 번창하고 있으며 고객들이 우글거리고 선반에 물건들이 빈틈없이 들어차서 걱정할 것도 없었다. 저녁이면 규혜가 어김없이 모은 돈을 석두에게 보이며 은행에 넣도록 지시를 했다. 이런 속도로 돈이 불어나면 3년만 지나면 그는 돈방석에 앉을 수 있다. 백인촌에 수영장과 넓은 잔디밭을 가진 집을 살 것이며 1년에 두 번씩 유럽여행을 하고 남아메리카에 갈 적엔 호화여객선을 타고 유람을 할 수도 있다. 돈이란 참으로 좋은 것이었다. 아니 돈을 번다는 것이 요렇게 맛이 있다는 사실에 그는 놀라고 있었다. 이제야 두리의 마음을 헤아릴 수가 있을 것 같았다. 어째서 두리가 화방에 그렇게 악착같이 매달렸는지를. 돈 버는 재미는 공부하는 재미보다 몇 십 배 스릴이 있고 소유가 늘어나는 것은 마약을 먹은 것처럼 몽롱해서 석두는 무릎을 치며 하하 허허 웃어댔다.

사업을 시작해서 1년이 흘러갔으나 아직 영주권이 나오지 않아 이따금 규혜에게 불평을 늘어놓았다.

"시민권 가진 사람과 결혼을 했는데 어째서 깜깜소식이

야."

"변호사를 샀는데 뭐가 문제예요. 당신이 이렇게 사업을 벌여놓았고 변호사가 당신을 잡고 있는 한 다른 사람들이 불법체류자로 당신을 이민국에 찔러도 출국당하지는 않아요. 그게 바로 요 나라의 법이에요."

"그래도 걱정이 되는 걸."

"왜 돈 때문에 그래요? 우린 부부예요. 내 돈이 네 돈이고 네 돈이 내 돈이 아닌가요. 아직도 절 의심하세요. 그럼 이 통장을 당신이 가지고 있구려."

노동카드를 받지를 못해서 모든 돈이 규혜의 이름으로 저축되었고 또 상거래를 트고 있었다. 규혜만큼 장삿속을 잘 모르는 석두는 어쩔 수 없이 여자가 하자는 대로 따라갈 수밖에 없었다. 이렇게 세월이 흐르면 언젠가는 영주권이 나와 돈이 그의 이름으로 저축될 것이며 미국의 갑부로 등장할 것이 뻔했다. 그때 고향에 돌아가 금의환향해서 마을사람들 앞에서 떵떵거리며 노인잔치라도 벌이고 노인당을 지어주고 또 그까짓 것 중학교라도 하나 세워야지. 이런 큰 야망을 품고 있는 터에 함께 살고 있는 여자를 의심해서 마음을 상하게 할 필요가 없지 아니한가.

그는 평상시보다 일찍 차를 몰아서 가게로 나갔다. 개업 1년 만에 북부 필라델피아의 중심가에 육십 평이 넘는 본점을 차려놓고 먼저 시작했던 가게는 지점으로 갓 이민 온 사람을 고용해서 맡기고 있었다. 규혜는 본점에서 열명이 넘는 고용원들을 부리며 불붙듯이 일어나는 가발 붐을 타고 사방에 지점을 낼 계획을 세우고 있었다. 상거래에서 신용을 얻어놔서 가게를 여는 데 돈이 많이 드는 것이 아니었다. 가게도 사글세를 내니까 큰돈이 들지 않았고 물건도 모두 외상으로 가져다 진열했으며 가난한 유학생을 배치해서 시간당 돈을 주면 되었기에 가게를 열었다 하면 황금알을 낳는 거위처럼 돈은 자꾸만 불어났다.

규혜가 가게를 닫는 시간은 저녁 여덟 시였다. 그러나 너무나 행복한 석두는 규혜와 점심이라도 먹고 싶었다.

가발은 흑인촌에서만 가능한 장사였다. 흑인들이 사는 곳이란 더럽고 가난하고 항상 싸우는 소리로 소란한 곳이었다. 이곳에서 먹을 수 있는 음식이라야 핫도그나 이태리식 빵인 호기가 주종을 이루었다. 흑인들만이 먹는 음식으로는 봉고차를 개조한 이동식 간이음식점에서 파는 소울 후드가 있었다. 알기 쉽게 설명하면 돼지족발을 한국식으로 해 먹는 것이 아니고 식초를 듬뿍 넣고 며칠을 삶았는지 입에 넣으면 풀떼기처럼 슬슬 녹는 음식이었다. 이것도 일주일을 두고 계속 사 먹으니 입에서 돼지우리 냄새가 난다고 규혜가 푸념을 한 적이 있어서 함께 나가 불고기에 곁들여 냉면을 먹을 참이었다. 그러자면 시간을 많이 빼앗기니 항상 서로 피해 왔지만, 오늘만은 돈보다 한국음식이 더 그리운 날이었다. 가게 앞에 차를 세울 수가 없을 정도로 그의 가발가게는 붐비고 있었다. 고용된 사람들도 모두가 깜상들이라 그들이 쓰는 슬랭으로 인해 가끔 말이 통하지 않긴 하지만 주인이라는 위치 때문에 아주 예의를 갖추어서 그를 대해 주었다.

"그레이스 어디 있나?"

규혜惠의 끝 글자의 의미를 따서 그레이스라고 모두들 여주인을 불러주었다.

"날마다 이 시간이면 밖에 나가요."

"점심 먹으러 나갔나?"

"점심은 열한 시에 일찍 먹었고 놀러 나가는 것 같아요."

만삭 여인처럼 부어오른 배를 가진 뚱보 흑인 여자, 루디가 의미 있는 웃음을 날리며 윙크를 보냈다.

"어디로 놀러가?"

"재미 보러 나가는 걸 우리가 어딘 줄 알겠어요."

여자는 자꾸 웃기만 했다. 징그러운 웃음이었다. 의미 있는 웃음이었다.

"그럼 남자친구와 나갔다는 말인가?"

"요즘 여자들치고 남자친구 없는 사람 있나요."

이렇게 말해놓고 루디는 재미있어 죽겠다는 듯 어깨까지 들썩이며 웃어댔다. 알 수 없는 수치심으로 얼굴이 붉어진 석두는 그래도 침착하게 물었다.

"그레이스 남자친구를 본 적이 있어?"

"매일 바뀌어요. 어느 땐 순경. 어느 때는……."

"입 닥쳐. 장사일로 뛰어다니는 여주인을 그렇게 말하

면 가만두지 않을 거야."

석두는 짙은 외로움을 느꼈다. 그렇다고 손님들이 붐비는 가게를 그냥 놔두고 나올 수도 없었다. 불안했다. 하지만 언제나 규혜는 석두가 그녀를 데리러 오는 저녁시간 이전에 오는 걸 금하고 있었다. 이유는 간단했다.

"여자들이 가발을 쓸 적에 남자들이 있으면 도망가요. 흑인 여자들의 머리는 저들의 치부거든요. 어느 면에선 나체를 보여주어도 가발 벗은 맨머리를 사람들 앞에 내보이는 걸 더 수치로 알지요. 흑인들끼리 주고받는 말엔 이런 것도 있어요. 아내가 가발을 벗었을 때 나타난 본 모습, 즉 흉측한 머리를 사랑하는 남자와 결혼하라고요. 그러니 절대로 한낮이나 가게가 붐빌 적에 가게에 들어오지 마세요."

맞는 말이었다. 여자 옷을 파는 곳에 여자 주인이 있어야지 남자 주인이 서 있을 적엔 고객들이 도망가는 원리와 똑같았다. 가발 말고 남자가 할 수 있는 사업을 해야겠어. 영주권만 나와 봐라. 내가 이러고 있나. 규혜의 보디가드란 저녁 한 때이고 한낮은 지루하게 보내야 하니 망상이 자꾸 머리를 들었다. 그냥 의학을 공부할 걸 그랬나 하는 후회도 엄습했다. 그러나 아리송하게 알아듣지도 못하는 영어로 수업을 받으며 언어의 장벽으로 인해 주눅이 드는 것은 참으로 참을 수 없는 고문이었다. 인생이 얼마나 산다고, 그런 공부를 해. 의사도 이제 한물 간 직업이야. 십 년 전만 해도 의사가 제왕으로 임했지만 지금은 의사도 사무원과 다를 것이 뭐야. 차라리 나는 이 광활한 땅에서 대기업가로 크리라.

혼자 빈집에 들어가기가 싫어 그는 차를 몰아 시내에서 떨어진 백인촌으로 갔다. 아무도 아는 사람이 없지만 산뜻하게 펼쳐진 새파란 잔디밭이랑 울타리 없이 이웃과 연결된 넓은 공간이 주는 푸근함은 어머니의 품 안에 안긴 것처럼 넘치는 평안을 그에게 안겨주었다. 이곳에 집을 한 채 어서 사야겠는데. 그러나 이 집에서 살 사람이 없지 아니한가. 그가 버린 가정의 아이들이 눈앞에 크게 다가왔다. 하린이의 깊이를 측량할 수 없는 맑은 눈동자가 그를 계속 괴롭혔다. 아빠 흉내를 낸다며 입을 치와와 주둥이처럼 뾰족 내밀었던 아들 하수의 얼굴도 어른거렸다.

"그 아이들이 여기서 산다면 그건 천국인데. 난 지금 무엇을 하고 있단 말인가. 혼자 도망쳐서 내 수중에 거머쥔 것이 무엇이란 말인가."

산이 없는 필라델피아 근교는 광활하게 펼쳐진 들판이었다. 차를 몰아 계속 달리다 보니 지평선이 나왔다. 그래도 그냥 석두는 달리고 있었다. 길 옆으로 검은 상복을 입은 사람들이 줄을 서서 천천히 교회를 향해 가고 있었다. 여자들이 쓴 검은 모자나 망사 장갑이 강하게 그의 마음을 끌었다. 몰던 차를 세우고 장례식이 진행되는 교회의 한 끝에 가서 앉았다. 아무도 그를 반겨주는 사람이 없었다. 모두가 슬픔에 젖어 말이 없었다. 열한 살 소년의 장례식이었다. 죽음은 검은 색일까. 왜 모두 검은 옷을 입고 있는 것일까. 땅속이 어둡기에 검은 옷을 입는 것일까. 석두는 멍청이 앉아 깊은 생각 속으로 빠져 들어갔다. 검은 가운을 입은 목사가 이따금 손수건을 눈가에 가져가며 설교를 하고 있었다. 한창 클라이맥스에 이르러서는 높은 곳을 향해 손을 뻗치고 무엇인가를 잡는 시늉을 했다.

"하나님과 연결된 줄을 단단히 잡으시오. 현대인들은 부초가 되었어요."

목사는 계속 위를 향해 줄을 타고 기어오르는 사람처럼 높은 곳을 향해 손을 들고 있었다.

"하나님의 줄에 연결되어 있지 않으면 지렁이나 동물에 지나지 않습니다. 땅만을 보고 사는 사람들은 이 시간 이 소년의 죽음을 앞에 놓고 우리의 본향이 있는 높은 곳을 볼 수 있어야 합니다. 그분과 연결된 줄을 꼭 잡으십시오. 소망을 가지고 그곳을 바라보십시오."

목사의 설교는 아주 강하고 말의 속도가 느려서 모든 단어가 심지어 정관사까지 빠짐없이 그의 머리에 화살처럼 꽂혔다.

'내가 걷고 있는 길이 지렁이였어. 수챗구멍 밑에 냄새 나는 흙에 몸을 묻고 움직이는 한 마리의 지렁이가 바로 나야. 아아! 나는 지렁이야. 내가 죽으면 저렇게 울어줄 사람도 없어. 나와 피를 나눈 하린이도 하수도 날 보면 잘

죽었다고 웃을 거야. 지렁이가 죽었는데 울어줄 사람이 어디 있어.'

기막힌 우울함이 그를 엄습했다. 게다가 규혜에 대한 이상한 망상이 그를 끊임없이 괴롭혔다. 이런 걸 의처증이라고 하는 것이 아닐까. 그 증상은 자꾸 심해져서 마음이 온통 불안에 휩싸여 안정할 수가 없었다. 아아! 나는 서서히 죽어가고 있어. 너무 괴로워. 이를 어쩌지. 그는 축도가 끝나가는 교회를 빠져나와 차를 집으로 몰기 시작했다. 우선 집으로 가서 규혜를 만나 말을 나누리라. 아니야, 아니야. 가게로 가서 가발을 빗고 있는 것이 좋아. 내 가게이니까. 애프로는 남자라도 빗을 수가 있어. 기술이 없이도 포크 형 빗으로 잡아 빼기만 하면 되니까. 그리고 앞머리가 늘어진 집시 스타일 머리도 빗을 수 있어. 발이 굵은 빗으로 그냥 쓰윽 빗어 툭툭 털어 걸면 되는 것이고 앞에 흰 머리가 한 웅큼 박힌 새 스타일 머리도 고용된 깜둥이들이 하는 걸 보면 솔빗으로 쓱쓱 빗어 툭 털어서 조금 쓰다듬어 헤드에 끼어 잘 진열하면 되는 것이야.

지렁이에서 벗어나는 길은 우선 가게에 가서 무슨 일이라도 해야 살 것 같았다. 일하기 싫은 자는 먹지도 말라고 했는데 작은 일부터 시작해 보자. 그리고 장례식 목사의 말대로 높은 곳을 보리라. 저 높은 곳을 향해 머리를 들리라.

구름을 타고 다니듯 큰 것을 찾던 성격을 버리고 석두는 차분하게 가게에 나가앉았다. 규혜가 뭐라고 구시렁거려도 그냥 묵묵히 앉아서 가발을 빗겨 헤드에 씌우고 진열장의 먼지를 털어내고 바닥을 걸레로 깨끗이 닦아냈다.

"남자가 시시하게 이런 가게에 왜 나와 이렇게 걸리적거려요. 집에 들어가 푹 쉬었다가 저녁에 날 데리러오면 좋을 터인데. 남자가 좁쌀처럼 계산대에 기어들고 물건을 카운트하고 못 봐주겠어."

"당신은 우리가 새로 가게를 낸 벌티모어에 나가있어. 내가 여기 관리하고 그리고 갈게."

"당신이 본점에 앉아 있고 내가 지점에 나가 있으면 전체 관리를 누가 해요. 당신이 벌티모어에 새로 낸 가게에 가 있구려."

이래서 석두는 자그마한 가발가게를 맡아 운영하게 되었다. 남자가 주인이라 여자를 세우는 것처럼 불티나게 팔리는 건 아니었으나 이렇게 일을 한다는 것이 좋았다. 이런 변화는 순전히 우연히 그가 참가했던 교회의 장례식 탓이었다. 죽음이 현실적으로 그의 앞에 다가와 서 있었기 때문이다.

가로수의 잎이 바람을 따라 뒹굴고 있는 늦가을. 석두는 아침부터 밀어닥칠 손님들을 맞으려고 부지런히 가발을 털기도 하고 굵은 빗으로 대강 빗어서 선반에 늘어놓고 있었다. 오늘은 토요일. 가발가게는 금요일 오후부터가 장날이 된다. 흑인들이 주급을 받아 제일 먼저 가발을 사서 쓰고 그다음 옷도 사고 음식도 사기 때문이다. 그날 하루가 일주일 총수입의 80퍼센트 비중을 차지할 만큼 바쁜 날이었다. 손님들이 대강 빠져나간 저녁 가게 문을 닫으려는데 규혜의 전화가 걸려왔다.

"지금 홀드 업(권총강도)이 들어서 오늘 들어온 돈을 몽땅 털렸어요. 당신이 보디가드를 저녁에 해주어야 하는데 코딱지처럼 작은 가게를 차고 앉아있으니 이런 일 당하는 건 당연해요."

"벌써 다섯 번째야. 당신은 그놈들 얼굴 기억 못 해. 잡아넣어야지. 오늘이 토요일인데 자꾸 그렇게 털리면 이거 거덜 나는 것 아닌가."

"당신이 시원찮은 남자라 날 이 사람들이 깔보는 것이라고요."

"동양인인 내가 어떻게 검둥이 홀드 업을 당해내."

"동양인 블랙 벨트라면 흑인들은 오금아 날 살려라 하고 도망친다고요."

"그럼 그런 남자를 끌어들이지 그래."

석두는 악을 쓰고 있었다. 요즘 그녀와 함께 살아가는 매일 매일이 새로운 것이 아니고 날마다 조금씩 하강하는 상태였다.

"내가 다치지 않고 산 것이 다행이라고 경찰들은 와서 위로해주었는데 당신은 돈 돈 돈하니 당신이란 남자는 돈만 아는 남자예요. 당신이란 남자를 만나게 된 걸 날이 갈수록 후회하고 있어요. 꼭 돈 버는 기계와 사는 것 같다니까요."

"그래서 돌아다니며 바람을 피워."

찰칵 수화기 놓는 소리가 났다. 하필이면 두리의 꺼벙한 얼굴이 그 순간, 그의 눈앞에 커다랗게 다가왔다.

두리란 여자는 모든 걸 내어주고 희생하고 모든 걸 인내로 감수하고 묵묵히 내 말을 들으며 다소곳하게 대해주었는데…… 내가 없이 혼자서 부모님의 중풍시중을 다 들었고 또 혼자서 장례식도 치렀고 돈을 부치라는 대로 몽땅 다 부쳐준 여자였어. 무섭도록 참아내며 몸으로 마음으로 그를 향해 불어 닥치는 바람과 물결을 막아주었는데…… 그런데 참 이상하지. 두리가 영원히 그의 곁을 떠났다는 생각이 단 한 번도 든 적이 없으니 말이야. 지금 당장 귀국하면 공항에 나와 손을 흔들며 반길 것만 같고 교회만 나가주면 모든 걸 다 해주겠다고 애원하고 있는 것 같았다. 이에 비해 규혜는 수화기를 팽개친 다음 언제나 히스테리를 부리는 것이 상례였다. 처음엔 그렇게도 상냥하고 좋았는데 갈수록 진 수렁이었다.

금요일 저녁이라 조금 늦게까지 가게를 열어야 하겠으나 규혜의 신경질을 달래주어야 하겠기에 석두는 계속 밀려들어오는 손님들을 손사래를 쳐서 거절했다.

"한국남자는 제 땅에서 살아야 대접을 받아. 미국에 온 여자들은 남자의 머리 위에서 논단 말이야. 미국은 남자를 불안하게 만들고 있어. 이민 온 사람 중 거의가 이혼을 하고 있으니 말이야. 요즘 이곳은 통계적으로 세 쌍이 결혼하면 한 쌍이 이혼한다니 몹쓸 고장이라고."

그는 아무도 듣는 이가 없건만 이렇게 큰 소리로 지껄이며 가게 문을 닫고 본점이 있는 다운타운으로 차를 몰았다. 아직 땅거미가 내리지도 않았는데 거리는 온통 휘황찬란한 네온사인으로 물들어있었다. 자본주의국가의 특징이 무엇일까? 그건 하찮은 것들이 치장을 하고 눈을 흘리는 화려한 빛깔의 옷을 입고 있다고 말할 수 있을 것이다. 특히 어둠 속에서만 생색을 내는 밤의 문화가 곧 자본주의의 내막이 아닐까. 속이 빈 강정처럼 거죽만 화려하고 눈코 뜰 새 없이 바쁘게 나대며 아이까지 구름을 타고 다니듯 정신없이 헤매다가 자신이 누군지도 모르고 그냥 떠밀려 죽는 것이 이곳의 사람들이었다.

그의 가게도 이 밤, 사람의 눈을 현혹하는 네온사인 장식으로 휘황찬란하게 빛을 발해야 원칙인데 멀리서 봐도 이상하게 헐렁했다. 본점의 간판은 이 시간에 '지미 가발'이란 연분홍 빛을 발해야 하는데 그 대신 번쩍이는 노란 네온사인으로 '아메리칸 가발'이라고 장식되어 있었다. 이상하다. 내가 잘못 들어왔나. 그는 눈을 비비며 다시 보아도 거리는 맞는데 그의 가발가게 이름이 바뀌어 있었다. 석두는 머리를 흔들며 눈을 다시 비비고 정신을 가다듬고 보아도 분명히 그의 가게 네온사인은 '아메리칸 가발'로 바뀌어 있었다.

항상 그랬던 것처럼 그는 차를 가게 문앞에 세우려고 차머리를 디미니 엉뚱하게 납작한 유럽의 빈대 차가 그의 자리를 차지하고 있었다. 이상하다. 이건 석두가 부리는 종업원들을 거느리는 머피의 차인데 감히 그 녀석이 어쩌자고 주인이 늘 전용으로 삼고 있는 자리에 차를 세울 수 있단 말인가. 여직 그런 적이 단 한 번도 없었기에 불쾌한 마음이 울컥 치밀었다. 그는 신경질적으로 경적을 눌렀다. 다른 때 같으면 종업원들이 뛰어나오고 규혜도 밝게 웃으며 문을 열 터인데 개미 한 마리의 기척도 없었다. 연방 그 거리가 떠나가게 경적을 울렸더니 옆의 잡화상 가게 주인 메리가 머리를 내밀고 시끄럽다고 머리를 흔들며 발을 굴렀다. 석두는 할 수 없이 차를 세우려고 그 주변을 반 시간 이상 맴돌다 다른 가게 앞에 차를 세우고 한참을 걸어서 가게에 들어섰다. 참으로 이상했다. 가발의 머리 스타일도 변해 있었고 안엔 동양적인 분위기가 사라지고 완전한 미국냄새가 났다. 왜 그럴까? 석두는 가게에 발을 들여놓는 순간 어둠에 들어선 것처럼 눈앞이 아찔해서 멍하니 서 있었다. 석두가 가게의 벽에 걸었던 산수화 두 쪽이 없어지고 유방과 허리를 훤히 드러낸 금발여자의 사진들을 붙인 것이 그런 인상을 풍겼나 보다. 어째서 내가 붙인 사진이 사라지고 나체사진들이 붙어있단 말인가.

그는 서서히 정신을 차리고 현금계산기 쪽을 보았다. 머피가 석두와 눈을 마주치기를 꺼려 시선을 집시 스타일 가발에 두고는 어색하게 웃고 있었다.

"머피, 어떻게 된 거야? 도대체 무슨 일이 일어난 거야?"

그들 중 석두와 가장 말을 많이 나누었던 검둥이 여인, 루디가 가만히 다가와서 가여운 눈으로 한참 그의 얼굴을 응시하더니 그의 손을 잡아 이끌고 가게 뒤칸 방으로 갔다. 거기엔 아직 빨지 않은 가발들이 한쪽에 쌓여있었고 다른 한쪽엔 어제 빨아서 걸어놓은 가발들이 손질을 기다리며 빈틈없이 벽을 채우고 있었다.

"그레이스가 어떻게 되었단 말이야? 오늘 아침만 해도 나에게 다정하게 웃고 갔는데. 무슨 일이 일어난 거야. 말 좀 해 봐, 루디."

뒷방 문을 닫아놔서 이쪽의 이야기가 가게 안으로 전혀 새나갈 수가 없었지만 그래도 석두는 종업원들이 알세라 목소리를 낮추었다.

"그럼 그레이스가 단 한 마디도 당신과 의논 없이 이렇게 처리했단 말인가요? 저를 어째. 아주 나쁜 여자군요. 미스터 킴, 정신을 차리셔야겠어요. 우리 검둥이들도 그런 짓은 하지 않는데 당신네들은 참 잔인하군요."

"그게 무슨 소리야?"

"어서 집으로 가보세요. 어서 시간을 다투어 가세요. 내가 해줄 수 있는 말은 이것뿐이에요. 이 가게는 머피가 은행에서 융자까지 얻어내서 인계받았으니까, 여긴 이제 주인이 바뀌었어요."

머리 뒤를 큰 돌로 얻어맞은 것처럼 띵해 와서 그는 더러운 가발들이 쌓인 자리에 털썩 주저 앉아버렸다.

"미스터 킴, 정신 차려요. 사람의 생명이 천하보다 더 귀하다고 했는데 그까짓 것 다 잊어버려요. 어서 집으로 가서 그녀를 잡아요."

루디가 둥근 배로 인해 허리를 구부리지 못하고 헐떡이며 석두를 일으키려고 뭉그적거렸다.

"그럼 이게 달아났단 말인가. 그럼 내가 당한 거구."

이렇게 말하고 나니 서서히 마음이 안정되기 시작했다. 차츰 무감각해지더니 웃을 수도 울 수도 없는 덤덤한 상태가 되었다. 그는 루디의 손을 뿌리치고 벌떡 일어나서 가게 문을 나섰다. 끼룩거리는 종업원들의 웃음소리가 그의 등 뒤에 달라붙어 차를 몰고 얼마를 달렸는데도 여운으로 남아 그를 괴롭혔다.

6

아파트 앞에 차를 세우고 단숨에 그의 처소로 뛰어 올라갔다. 숨이 차서 그는 잠시 아파트 문을 짚고 서서 호흡을 가다듬었다. 그리고 천천히 초인종을 눌렀다. 처음엔 짧게, 그리고 나중엔 길게 눌렀다. 그게 석두가 왔다는 신호였다. 그러나 안에선 아무 응답이 없었다. 몇 번을 되풀

이해도 인기척이 없었다. 그는 자신의 열쇠로 문을 따려고 막 손을 뒷주머니에 넣으려는 순간 문 밑에 반쯤 디밀어 놓은 종이쪽이 눈에 띄었다. 얼른 집어 들었다. 거기엔 규혜의 달필이 이렇게 적고 있었다.

'돈만 아는 남자와 더 이상 살 수가 없습니다. 제 것을 전부 챙겨서 가지고 갑니다. 저를 찾지 마세요. 저와 연락하시려면 222-4444 콜리 변호사를 통해서 말하세요. 규혜.'

콜리 변호사라면 그의 영주권 신청을 맡고 있는 사람이었다.

"이놈의 나라는 뭐든지 변호사야. 어린애까지 꺼떡하면 경찰을 부른다. 변호사를 부른다, 모두가 법, 법, 법이야. 그리곤 미꾸라지처럼 모두 빠져나간단 말이야."

석두는 종이쪽을 박박 찢어버리고 찰칵 키를 돌려 문을 열고 들어갔다.

"세상에! 이럴 수가, 세상에 어떻게 이런 일이 있을 수 있단 말인가."

그는 너무 놀라서 뒷짐을 지고 서서 거실과 부엌과 빠끔히 열린 침실까지 서서 휙 훑어보며 입을 딱 벌리고 숨을 헐떡였다. 식탁이랑 소파 심지어 침대랑 담요까지 아니 하찮은 전기밥솥까지 모든 세간은 깡그리 없어지고 먼지와 휴지만 쓰레기통처럼 여기저기 널려있었다. 석두는 후다닥 침실로 뛰어 들어갔다. 그의 전 재산이 들어 있는 통장의 행방이 퍼뜩 가슴에 왔기 때문이다. 아아! 그러나 그것도 없었다. 규혜는 잔인할 정도로 몽땅 가지고 떠나버린 것이다. 두리가 뼈 빠지게 벌어서 부쳐준 모든 돈이 독수리 날개를 달고 몽땅 날아가버린 뒤였다.

"아아! 나는 어떻게 하지. 나는 어쩌면 좋아."

그에게 남은 것은 그가 몰고 들어온 자동차와 호주머니에 든 돈이 전부였다. 지갑을 거실 바닥에 털어보았다. 오늘 장사해서 번 돈은 은행 문을 닫기 전에 규혜 통장에 입금해버렸으니 남은 것은 십 불짜리 석 장하고 페니 다섯 개 그리고 다임이 다섯 개였다.

"철저하게 쓸어가지고 갔구나. 나쁜 년, 어디 잘 사나 두고 보자. 남자들 등이나 처먹고 사는 천하에 몹쓸 여자 같은이라고."

이렇게 욕을 하는 순간 갑자기 두리가 떠올랐다. 그럼 자기는 누구란 말인가. 자기는 두리를 철저하게 이용해먹지 않았느냔 말이다. 그 순간 초등학교 교과서에서 배운 자연계의 먹이사슬이 떠올라서 그는 머리를 세차게 흔들었다.

그때 아파트 관리인이 초인종을 누르지 않고 안으로 들어왔다.

"미스터 킴이 들어오는 걸 기다리고 있었다고요. 오늘로 여기를 나가야겠어요. 내일이면 다른 사람이 들어옵니다. 그레이스가 이 아파트를 계약할 적에 넣은 돈 오백 불을 찾아가며 해약을 했습니다. 당신이 가진 열쇠만 넘겨주면 모든 것이 깨끗하게 끝이 납니다."

"그래요. 철저하게 처리하고 갔군요. 자아 이 열쇠를 가져가라. 이 개새끼야."

석두가 한국말로 지껄이니 알아듣지를 못한 관리인은 음흉한 미소를 입가에 지으며 그가 건네주는 열쇠를 받아 가지고 돌아섰다.

"언제쯤 그레이스가 여길 떠났지?"

"당신이 아침에 출근한 다음 바로 들어왔더군요. 아예 짐 트럭을 불러서 함께 타고 왔더라고요. 그리고 건장하게 생긴 남자친구도 왔어요."

그는 실실 웃으며 석두의 얼굴 표정을 살폈다. 극도의 분노와 아니면 이상한 반응을 기대하는 모양이었다. 그러나 석두는 아주 담대하고 조용하게 말했다.

"다 알고 있었어. 오늘 하룻밤만 여기서 자면 안 될까?"

"그건 마음대로 해요."

관리인이 나가버리고 혼자가 되자 석두는 털썩 거실바닥에 주저앉아버렸다.

"어쩔 거나. 정말 어쩔 거야. 난, 난 어디로 가야 하지."

보름 전에 석두가 골라서 거실에 사다 건 장밋빛 커튼까지 규혜가 가져가서 거실 밖의 풍경이 몽땅 안으로 들어왔다. 어둠 속에서 많은 불빛이 하늘의 별들처럼 반짝였다. 모두가 행복의 불을 밝혀 들고 있다고 생각했다. 그 불빛을 간직한 곳엔 엄마 아빠 아가들이 이 시간 행복하게 뭉쳐있을 터인데 자신은 외톨이가 되어버렸으니 어쩔 거나. 불을 밝힌다 한들 누가 그의 불빛 밑으로 기어들어 오겠는가. 차라리 죽어버릴까. 자살하면 하늘나라에 갈 수 없다는데. 그렇게는 할 수는 없고. 차를 몰고 가다가 트럭에 부딪히든지 아니면 다리 밑으로 차를 탄 채 뛰어들어 가버릴까. 그래도 여직 살려고 노력해왔는데 이렇게 죽어야하는 것일까. 하필이면 이런 고통의 시간에 두리의 꺼벙한 얼굴이 크게 그의 눈앞으로 다가왔다. 하린이와 하수의 얼굴도 겹쳐서 다가왔다. 그는 머리를 두 손으로 감싸 안고 거실바닥에 새우처럼 허리를 휘고 뒹굴었다. 가슴을 저미는 통증이 머리로 올라왔고 나중에는 관절 마디마디로 파고들었다.

그때 그의 입에서 참으로 오랜만에 이런 절규가 터져 나왔다.

"엘리 엘리 라마 사박다니. 나의 하나님. 어찌하여 나를 버리시나이까. 저를 긍휼히 여겨주소서. 저는 진짜 죄인입니다. 너무 죄를 많이 지었습니다. 으흐흑흑……"

하나님 앞에서 절규했던 청년시절엔 하나님이 두리를 보내주셔서 잘 살았는데 이젠 아무리 밤새워 부르짖어도 하나님은 침묵할 뿐이었다.

"주여, 제게 응답하소서. 전 어떻게 해야 하지요. 절 긍휼히 여겨주세요. 저도 살아보려고 무척 애를 썼는데 글쎄 이렇게 당하고 말았습니다. 제발 저 좀 살려주세요. 주여! 주여! 주여!"

아무리 고함치며 소릴 질러도 속은 점점 더 답답해지고 쿨쿨했다. 그래도 내겐 마지막 소망인 벌티모어에 남은 가게가 있지 아니한가. 그걸 가지고 일어서는 거다. 그 가게가 내게 남은 것이 얼마나 다행인가. 거기서 열심히 일해서 일어서는 거다.

"아하! 그게 남아있었지. 어이쿠! 하나님 감사합니다."

밤새 잠 한숨 못 자고 뜬눈으로 밤을 새운 그는 새벽녘에야 짐을 꾸렸다. 그의 짐이래야 그의 옷만 덜렁 남아있어서 그걸 가방에 넣고 먼지와 휴지로 엉망인 아파트를 몇 번 뒤돌아보고 용기 있게 그곳을 빠져나왔다.

'그래도 내겐 희망이 있다. 볼티모어에 가게가 남았다는 건 기적이다. 거머리 같은 년이지만 차마 거기까지 손을 쓸 용기는 없었을 거야.'

새벽 볼티모어 거리는 사람 그림자도 없었다. 밤늦게까지 떠들다가 모두 잠자리에 들어서 이 시간대에 쇼핑가에 나온 사람이 어디 있겠는가. 그는 차를 그의 가게 앞에 세워놓고 차 밖으로 나서는 순간 그 자리에 얼어붙어버렸다. 쇼 윈도우 한가운데 세를 놓겠다는 커다란 종이가 붙어 있었기 때문이다. 엊저녁 그가 나올 적에도 없었던 종이가 거기에 붙어 있다니. 그는 기가 차서 숨이 턱에 차올랐다.

"아주 잔인한 여자구나. 이럴 수가 있어?"

볼티모어 가게에 넣은 돈까지 빼갔다는 뜻이 된다. 아주 철저하게 뜯어가지고 그녀는 떠나버린 셈이다. 본점에 앉아 지점까지 모두 관리를 하니 그녀의 손에서 벗어날 재간이 없지 아니한가. 더구나 그의 돈이 모두 규혜의 통장에 들어 있고 아직 영주권도 없는 주제이니 아무것도 법적 보장을 받을 길이 없었다.

건물 주인을 만나 따지기도 싫고 또한 가게를 가득 메운 가발들은 모두 외상으로 가져다 놓은 것이니 잘못했다가는 오히려 빚더미를 안아야 할지도 모를 처지였다. 차라리 여기를 어서 떠나는 것이 수였다. 얼쩐대다가는 당하기 꼭 좋다는 판단이 서자 그는 뒤도 돌아보지 않고 차에 올랐다.

어디로 가지. 그는 아직 방향을 잡지 못해 다운타운을 몇 바퀴 돌았다. 갑자기 차가 울컥울컥 무엇을 토하듯이 버둥대더니 찌지직 서버렸다. 이 차가 왜 이래. 일이 뒤틀리니까 별게 다 속을 썩이네 하면서 그는 연신 액셀레이터를 세게 밟았으나 차는 꿈쩍하지 않았다.

"돈 떨어지니 애인 떨어지고 나중엔 신발까지 떨어진다더니 내 꼴이 그렇게 되었네. 에이! 차까지 속을 끓여줄게 뭐람."

그제야 차의 계기들을 살폈다. 빨간 불이 켜진 곳에 눈길이 미치자 차에 기름이 떨어진 걸 알았다. 그야말로 엥코가 난 것이다. 거리를 둘러보니 주유소는 멀고 이렇게 길 한가운데 차를 세워둘 수는 없고 할 수 없이 차를 밀어서 인도에 바짝 붙여놓고는 주유소를 찾아 나섰다. 행인의 말로는 전철을 타고 다섯 정거장 가서 내리면 거기서 기름을 살 수 있다고 해서 그는 전철을 타러 지하로 내려갔다. 전철역에는 검둥이들 특유의 낙서가 징그러울 정도로 여기저기 그려져 있어서 이른 시간 승객이 없는 역에 혼자 서 있는 것이 표현할 수 없을 정도로 소름이 끼쳤다. 게다가 음습한 바람이 그의 겨드랑이까지 파고들어서 어깨를 움츠렸으나 여전히 마음이 안정되지 않고 두근거렸다. 어린 시절 한밤중 시골 마당 구석의 뒷간에 앉아있는 것처럼 마음이 조마거렸고 식은땀이 날 지경으로 가슴이 콩닥콩닥 뛰었다. 그때 어디서 나타났는지 키가 2미터도 넘을 흑인 녀석이 석두를 향해 비틀비틀 걸어왔다. 피할 수 없이 맞부닥뜨리게 된 두 사람은 마주 서 있었다. 흑인 청년의 눈은 게슴츠레하게 풀려있었다. 마리화나를 피운 것이 틀림없었다. 환각상태에서 그 청년은 해파리처럼 흐느적이고 있었다. 석두는 지레 겁을 먹고 뒷걸음질을 치며 될 수 있는 대로 그에게서 멀리 떨어지려고 안간힘을 썼다. 그러나 그는 바짝바짝 그의 앞으로 다가와서 주머니에 푸욱 찔러 넣고 있던 손을 불쑥 내밀었다. 검둥이의 손에는 작은 권총이 들려 있었다.

"잠깐, 잠깐. 네가 원하는 것이 뭐냐? 다 줄 것이다."

"돈, 돈, 돈이 필요하다."

"그래, 그래. 주마. 내가 가진 돈을 전부 줄 터이니 제발 그 총의 방아쇠를 당기지 마라. 나는 살고 싶다. 살고 싶어. 이렇게 죽고 싶진 않단 말이다. 제발 살려줘. 하라는 것은 무엇이나 할 터이니 살려줘."

석두는 머리를 굽실거리는 것도 부족해서 손사래를 치다가 두 손을 싹싹 비벼가며 몸을 떨었다. 비디오나 TV 화면에서 그렇게도 많이 보아왔던 총이요, 살인 장면이었건만 자신이 당하고 나니 오금이 저려오더니 차츰 전신이 마비되고 종내는 입까지 얼어붙어버렸다. 정신을 차려야 한다. 정신을. 우리 속담에 이런 말이 있지 아니한가. 호랑이에게 물려가도 정신만 차리면 산다고. 최선을 다해 손을 움직이라고 두뇌는 명령을 연신 내렸다. 가위에 눌린 듯이 허우적이다가 간신히 돈을 꺼내려고 한 손을 오른쪽 바지주머니에 넣고 다른 손으로 검둥이의 총 가진 손을 붙잡았다. 살려달라고 애원하는 그의 뺨 근육이 제멋대로 씰룩거렸다. 난 한국인인데 치사하게 아프리카에서 끌려온 노예의 후예요, 이런 마약중독자의 손에 죽어서야 되겠는가. 별의 별 생각들이 몇 초 사이에 영화 화면처럼 어른댔고 몸은 여전히 의지와는 관계없이 제멋대로 떨고 굳어지고 야단이었다.

"돈 돈 돈을 내놔. 난 돈이 필요해."

검둥이의 초점 없는 눈동자 언저리에 핏기가 서리기 시작했다. 소름이 끼치도록 무서운 눈이었다. 그게 차츰 분노가 번득이는 성난 동물의 눈으로 변해갔다. 총부리가 석두의 머리를 향했고 석두는 십 불짜리 석 장을 그의 코앞에 바짝 대며 받으라고 애원했다. 그러나 강도의 눈은 돈에 관심을 보이지 않고 석두의 머리만을 응시했다. 죽음을 앞에 둔 순간이건만 석두는 이 돈을 빼앗기면 기름을 살 수 없고 그러면 당장 차를 움직이지 못할 터이고 그럼 어쩌지 하는 엉뚱한 생각이 순간적으로 그의 뇌리를 스쳤다.

"장난치지 말고 날 살려줘. 조금 있으면 전철이 도착할 거야. 오 분 간격으로 전철이 오는 걸 몰라. 어서 그 총부리를 치워."

그는 돈 든 손을 모아서 빌기 시작했다. 그의 어린 시절, 어머니가 새벽녘에 정화수를 떠놓고 동트는 하늘을 향해 빌듯이 그렇게 합장을 하고 굽실거리며 빌었다. 그리고 간절하게 어서 전철이 오기를 기도했다. 멀리서 바람이 일어나며 은은하게 전철이 역으로 진입해 들어오는 소리가 들리는 것 같았다. 불빛이 휘익 철로 위를 비춘다고 생각하는 순간 검둥이의 손에 들려진 총에서 불이 뿜어 나왔다. 그건 순간이었다. 참으로 순간적인 일이었다.

며칠 전 혼자 차를 몰고 가다가 호기심에 잠깐 들렀던 얼굴도 이름도 모르는 소년의 장례식장에 그는 가 있었다. 발인예배를 보며 손을 높은 곳으로 자꾸 치켜들었던 목사님의 음성이 들려왔다. 미국 목사가 가리키는 그 높은 곳을 향해 석두의 눈이 자석에 끌리듯 따라갔다. 깊고 깊은 공중에서 굵은 줄이 내려오고 있었다. 휑하게 뚫린 밝은 곳에서 내려오는 줄이었다. 그는 그 줄을 잡으려했으나 몸이 말을 듣지 않아서 애를 쓰며 전신을 비틀고 있었다. 머리가 빠개지도록 아파왔다. 줄을 잡으려고 힘을 쓰며 몸을 뒤척일 적마다 머리가 쪼개져나갈 듯이 쑤셔서 그는 이마를 찡그리고 신음을 하며 그 줄을 잡으려고 안간힘을 썼다. 그가 선 곳은 어둔 곳이고 음습한 지역이며 거머리와 구역질나는 밍밍한 물이 온몸을 휘감아서 그는 헛구역질을 연신 했다. 어떻게 해야 좋을지 모르게 몸이 무겁고 머리가 아파서 신음 소리가 절로 터져 나왔다. 사형장이 바로 이런 곳이라고 생각했다. 죽음을 기다리는 감옥과 같은 곳이었다. 그는 쑤셔오는 머리를 흔들어가며 높은 곳을 향해 비상하려고 몸을 이리저리 비틀었다. 줄은 손에 잡힐 듯 말 듯 자꾸 앞에서 아른거렸고 미국 목사가 힘차게 외치는 말이 석두의 머리를 우악스럽게 잡아 흔들었다.

'하나님의 줄에 연결되어 있지 않으면 지렁이나 동물에 지나지 않습니다. 그분과 연결된 줄을 꼭 잡으십시오. 지렁이 같은 사람들이여, 줄을 잡으시오, 줄을.'

천둥처럼 우렁찬 소리였다. 그는 몸을 비틀며 진 수렁에 빠진 몸을 꺼내서 줄이 있는 위로 치솟으려고 손을 높이 들었다. 이마 위로 땀이 흘러내리는지 눈이 따가웠다. 멀리서 차 소리가 나고 쑤군거리는 사람들 소리도 들렸다. 어서 저 줄을 잡아야 하는데. 사람들이 와서 나를 데려다가 진 수렁에 더 깊이 틀어박기 전에 어서 위로 올라가야 하는데. 오! 주여! 저를 긍휼히 여겨주소서. 저는 정말 나쁜 놈입니다. 세상에서 제일 착한 아내, 두리를 슬프고 아프게 만든 악한입니다. 용서해주소서. 하나님! 그러나 살고 싶습니다. 저 줄을 제게 내려주소서. 이렇게 열심히 기도하는 동안 차츰 차츰 그를 향해 줄이 내려오고 있었다. 아주 서서히 정말로 조금씩 내려오다가 그가 기도를 그치면 딱 멈춰 서곤 했다. 석두는 결사적으로 기도하며 그 줄을 잡으려고 몸을 비틀다가 간신히 그 줄 끝을 잡는 순간 놀라운 평안이 그의 영혼을 감쌌다. 넘치는 희열이 그의 가슴을 가득 채웠다. 머리의 통증도 사라지고 평화가 그의 영혼을 감쌌고 몸은 날듯이 가벼웠다.

"주여, 감사합니다. 저와 동행해주심을 감사합니다. 제 손을 잡아주심을 감사합니다. 당신의 나라는 참으로 아름답군요."

줄에 끌려 올라가 그는 아름다운 숲속을 걷고 있었다. 그가 좋아하는 라일락 향기도 났고 쌉쌀한 장미의 향기도 진동했다. 신나게 달려도 땀이 나지 않았으며 숨도 가쁘지 않았다. 그저 기쁘고 즐거워 입에서는 연신 찬송이 터져 나왔다. 아름다운 곳이었다. 몸에 스치는 공기도 감미롭고 새들의 지저귐도 평화로운 기쁨을 그의 가슴에 안겨주어서 그는 다섯, 여섯 살 난 소년이 된 기분이었다. 머리의 통증이 사라진 것이 어찌나 감사한지 그는 주여! 주여! 감사합니다, 라는 말을 연발하며 초원을 향해 달리다가 벌떡 푸른 초장에 눕기도 했다. 그때 갑자기 천둥치듯 위에서 소리가 들려왔다.

"김석두가 어째서 여길 왔느냐? 어서 내려 보내라."

"아닙니다. 저는 여기서 삽니다. 얼마나 여기로 오는 줄을 잡으려고 애를 썼는지 아시지요. 그런 절 다시 내려 보내시려합니까. 전 어둡고 무섭고 징그럽게 더러운 수렁 속으로 다시는 가지 않겠습니다."

"어어, 어서 저 사람을 매미골로 보내라."

"매미골이 어딥니까?"

그때 수많은 사람들의 웅성거리는 소리가 들려오고 휘잉 하는 소리가 귓가를 스쳤다. 매미골이 어딘데 나를 매미골로 가라고 그러는 것일까. 몸이 둥둥 떠서 구름을 타고 다니듯 흔들렸다. 매미골이 어디란 말인가. 그때 펀뜻 아아! 매미골은 두리와 결혼식을 올린 교회가 있는 마을이었다. 지도상엔 나타나 있지 않지만 그곳 사람들은 예부터 내려오는 애칭으로 이 마을을 매미골이라고 불렀다. 매미가 워낙 시끄럽게 모여들어 우는 곳이었기 때문이다. 그리고 그가 그 마을을 탈출할 적에 돼지대가리를 놓고 절하는 사람들을 향해 오줌을 갈기고 도망쳐 나온 마을이기도 했다. 어떻게 매미골을 알고 나더러 거기로 가라고 하는 것일까. 그는 구름을 타고 흘러가다가 매미골을 향해 내려가고 있었다.

"자, 여기가 매미골이다. 여기서 예수 잘 믿고 바른길 가다가 다시 오기 바란다."

"아니요. 전 갈 데가 없습니다. 매미골엔 아무도 없습니다."

그는 다시 위를 향해 허우적이기 시작했다. 그 줄을 나시 내려 보내면 결사적으로 그 줄을 붙들고 위로 올라갈 자세였다. 그는 눈이 아프게 그를 향해 내려올 줄을 기다리며 위로, 위로 눈을 들어 올려다보았다. 갑자기 강렬한 빛이 그를 향해 쏴악 내려오더니 그 위에 사람들이 보였다. 자세히 보니 꼽추여인이었다. 하린이랑 하수, 나 회장과 노 여사도 거기 있었다. 그 중에서도 꼽추의 얼굴에서 눈이 시리도록 강렬한 광채가 뿜어 나왔다. 그 옆에서 두리가 깃발을 흔들고 있었다.

두리는 아주 힘 있게 깃발을 흔들었다. 여호와 닛시, 여호와 닛시…… 참으로 우렁찬 찬송이었다. 천지가 진동하는 대합창이 공중에서 울려 퍼지고 있었다. 자세히 보니 그 뒤로 한나도 보였다. 한나는 박수를 치다가 흥에 겨워 덩실덩실 춤을 추고 있었다. 아아! 저 사람들은 참으로 복된 사람들이구나. 저 사람들 모두가 내 형제요, 내 가족들이었는데 나는 어쩌다가 여기 이렇게 밑에 혼자 떨어져 있단 말인가. 나도 그리로 올라가서 저들과 함께 있어야지. 두리가 흔들고 있는 저 깃발을 함께 잡고 흔들어야지. 그는 저들을 향해 두 손을 뻗쳤다. 힘을 다해 저들을 향해 소리를 질렀다.

"두리, 두리. 나야, 나. 여보! 여기를 좀 봐. 나를 용서해주고 날 그리로 데려가. 하린아, 하수야. 아빠가 여기 있다. 나를 좀 그리로 데려가 다오."

"어어…… 이 사람이 정신이 좀 드는 모양이군."

옆에서 두런거리는 소리가 명확하게 석두의 귀에 들려왔다. 그는 가만히 눈을 떴다. 하얀 천장이 눈에 들어왔고 산소호흡기가 입을 막고 무수히 많은 장비들이 전신을 무겁게 찍어 누르고 있었다. 무슨 말인가 하려고 몸을 뒤틀자 머리가 하얀 백인 의사가 다가와서 가만히 있으라는 사인을 보냈다. 살아난 것이 기쁘다는 미소를 그에게 보내며 빅토리라는 사인을 손가락으로 해 보이기도 했다. 아아! 내가 왜 여기 와 있지. 그래 맞아. 그 흑인 녀석이 총을 내 머리에 대고 쏴버렸지. 그리고 내가 죽었다가 살아난 거야. 나는 살았다고. 그런데 두리의 그 깃발이 참 기막히게 아름다웠어. 두리의 손에 쥔 그 깃발이 내 일생 여직 봐온 모든 것들 중에 가장 힘차고 생명력 있는 깃발이었어. 아아! 두리는 인생길에서 승리한 여자야. 지금 어디서 무얼 하며 살고 있을까. 아이들과 함께 길에 버려졌으니 모두 죽어서 천국에 있단 말인가. 아니야, 아니야. 두리는 힘 있는 여자야. 하나님이 함께 하는 여자라니까. 그러니 세상의 힘이 아니고 하나님이 주신 힘을 지닌 여자가 되어 잘 해내고 있을 거야. 그런데 왜 높은 곳에서 깃발을 흔들며 날 내려다보고 있었을까. 저들이 모두 집단 자살한 것이 아닐까. 그는 이제야 한국에 두고 온 식구들로 인해 안달이 났다. 하린이가 보고 싶고 하수가 보고 싶으며 특히 두리가 그리워서 미칠 지경이었다.

그가 혼수상태에서 깨어난 다음날 산소마스크를 떼어내고 응급실에서 일반 병실로 옮겨졌다. 총알이 머리를 관통했는데 죽지 않고 산 것은 기적이라고들 입을 모았다. 이건 인간의 상식으로는 헤아릴 수 없는 하나님의 섭리가 있는 것이지 어떻게 의식이 돌아왔는지 모르겠다고 모두 감탄을 했다. 하지만 석두는 살아만 났지 몸을 움직일 수가 없었다. 목 아래로 마비가 와서 의지로는 꿈틀거릴 수가 없었다.

"어찌할 거요? 이곳 사람이 아니라 귀국할 수밖에 없군요. 치료비가 엄청난데 이곳에 연고자도 없고 국제 고아처럼 떠돌아다니는 사람을 우리가 맡아 치료할 수도 없단 말이요."

일단 환자가 살아나자 치료비 문제로 말이 많았다. 머리만 살아 있으니 어쩌란 말인가. 어디로 간단 말인가. 몸이 말을 들어야 돈을 벌수가 있고 그 돈으로 한국으로 가는 비행기 표라도 살 수 있는데 몸이 이 지경이 되었으니 어쩌란 말인가. 똥오줌도 받아내야 하는 처지에 놓였으니 이를 어쩔 거나.

석두는 반듯이 누워서 천장을 보며 한숨을 삼켰다. 눈물이 베갯잇이 젖도록 날마다 퐁퐁 쏟아져 나왔다.

"하나님이 내게 형벌을 내린 거야. 그 착한 두리를 버리고 역마살이 끼었는지 지랄하며 돌아다녔으니 하나님께서 노하신 것이 분명해. 주여! 주여! 제가 눈을 들어 하늘에 계신 주를 바라봅니다. 저를 긍휼히 여겨주시고 어서 제 생명을 거둬가 주소서. 저를 불쌍히 여겨주소서."

7

두리는 미국에서 걸려온 전화를 받고 얼떨떨했다. 부모님이 돌아가셔서 연락해도 꿀 먹은 벙어리처럼 소식을 끊었던 사람이 아니던가. 그런데 이제 머리만 살아서 들것에 실려 돌아온다니 참으로 착잡했다.

"너 그 사람을 받아들일 참이냐?"

노 여사랑 나 회장이 오후 3시에 김포공항에 마중을 나가려고 화장을 하고 있는 두리를 근심스럽게 바라보았다.

"……"

"남자 구실도 못하고 동물처럼 똥오줌 싸는 사람을 그래도 남편이라고 집으로 데려올 작정이냔 말이다."

노 여사가 짜증을 내며 반박했다.

"여보, 좀 가만 두구려. 그 애도 생각이 많을 터인데."

"당신은 가만히 있어요. 너무 고생만 하고 살아온 아이라 내 가슴이 아파서 그래요. 우리가 그 사람을 왜 맞아야 하느냐 이 말이요. 시퍼렇게 살았을 적엔 고삐 풀린 망아지처럼 돌아다니다가 병드니까 기어들어오는 사람을 우리가 평안한 마음으로 받아들이게 되었느냔 말이에요."

두 분이 아무리 시끄럽게 싸워도 두리는 말없이 그저 예쁘게 화장을 하고 있었다. 그간 두리택시회사도 급성장을 해서 삼백 대가 넘는 택시를 소유했고 직원만도 500명이 넘었다. 대식구였다. 두리가 택시를 산 뒤에 택시 값이 치솟아서 두리는 큰돈을 소유한 사장님이 되었다. 택시회사를 차린 땅도 그간 두 배로 땅값이 뛰어서 그녀의 재산은 눈덩이처럼 불어나있었다. 게다가 경기도 산속에 장애자 복지원을 세우느라고 십만 평의 땅을 구입해서 건물을 짓는 일이 잘 진행되어 다음 달이면 꼽추아줌마가 그렇게도 소원했던 일을 할 수가 있어 눈코 뜰 새 없이 바쁜 나날이었다. 그간 남편 석두를 까맣게 잊고 살아왔는데 갑자기 그가 돌아온다는 것이다.

"어머니 다녀올게요."

"쯧쯧…… 저렇게 착하고 좋은 색시를 두고 그 바보 같은 놈이……."

노 여사는 치맛자락으로 눈물을 닦으며 돌아섰다.

세 사람은 석두가 탈 앰뷸런스를 타고 공항 안으로 들어갔다. 어느덧 중학생이 된 하린이가 빨간 카네이션 일곱 송이를 들고 불안하게 두리의 눈치를 보았고 하수도 그 옆에서 누나와 어머니의 얼굴을 근심스럽게 살폈다.

"어머니는 우리를 버리고 재산까지 몽땅 앗아갔던 아버지를 받아들일 작정이세요? 전 이런 아버지를 절대로 용서할 수 없어요. 엄마는 속도 없나 봐."

하린이가 카네이션을 팽개치며 울어버렸다. 하수도 못마땅한 표정을 하고 뚱하니 앉아서 금방 도착한 비행기를 실눈을 뜨고 보고 있었다.

"우리를 이렇게 부자로 만들려고 너희 아버지를 하나님께서 강권적으로 미국으로 보낸 거야. 하나님이 하시는 일을 감히 인간의 눈으로 어떻게 헤아릴 수가 있겠니. 그저 감사할 뿐이다. 내가 너희 아버지를 용서하고 미워하지 않는데 너희들이 왜 그러느냐. 내 얼굴과 눈을 보아라. 얼마나 반짝이고 있는지 알겠니. 내 손엔 하나님이 들려주신 승리의 깃발이 나부끼고 있어. 난 하나님께서 나와 함께 하신다는 걸 너희 아버지가 떠난 뒤에야 알게 된 사람이다. 너희들 몸속에 흐르고 있는 피가 바로 지금 돌아오는 그분의 피다. 아버지를 기쁘게 맞아라."

들것에 실린 석두가 앰뷸런스로 옮겨졌고 세 사람은 석고처럼 굳어진 환자의 얼굴을 내려다보았다. 종내는 하린이와 하수가 아버지의 가슴에 머리를 묻고 울어버렸고 두리는 얼음처럼 차가운 그의 손을 힘주어 잡았다. ✲

이건숙 문학전집 12

이브의 깃발

1쇄 발행일 | 2022년 01월 18일

지은이 | 이건숙
펴낸이 | 윤영수
펴낸곳 | 문학나무
편집 기획 | 03085 서울 종로구 동숭4나길 28-1 예일하우스 301호
이메일 | mhnmoo@hanmail.net

출판등록 | 제312-2011-000064호 1991. 1. 5.
영업 마케팅부 | 전화 | 02-302-1250, 팩스 | 02-302-1251
ⓒ이건숙, 2022

값 16,000원
ISBN 979-11-5629-132-9 03810